KB007268

돌보는 사람들

THE FRAGMENTS OF MY FATHER

Copyright ⓒ 2020 by Sam Mills

All Rights reserved including the rights of reproduction

in whole or in part in any form.

Korean Translation Copyright

ⓒ 2022 by JUNGEUNBOOKS

Korean edition is published by arrangement with Janklow & Nesbit (UK) Ltd.

through Imprima Korea Agency

이 책의 한국어판 저작권은 Imprima Korea Agency를 통해

Janklow & Nesbit (UK) Ltd. 와의 독점 계약으로 정은문고에 있습니다.

저작권법에 의해 한국 내에서 보호를 받는 저작물이므로 무단전재와 무단복제를 금합니다.

The Fragments of my Father: A memoir of madness, love and being a carer

돌보는 사람들

샘 밀스 지음
이승민 옮김

차례

L. K. 에게

그리고 사랑하는 엄마를 기억하며.

이 이야기는 실화지만 사생활을 보호하고 개인 정보가 드러나지 않도록
몇몇 개인 이름과 관련 사항은 수정했음을 밝힌다.

1부

이 인간 세상은 갈수록 너무 복잡해져만 가는데, 더 많은 정신병원이 채워지지 않는 것이 그저 놀라울 따름이에요. 미친 눈으로 보는 삶은 아직 들려줄 말이 많지. 어쩌면 결국은 그편이 제정신인지도. 그래서 우리, 서글프고 멀쩡하고 점잖은 시민들이 삶의 매 순간 진정 헛소리를 늘어놓을 때마다 끊임없이 입을 다물게 해야 마땅해요.

1901년 4월 23일 에마 보건에게 보낸 서신에서
버지니아 스티븐

*결혼 전 버지니아 울프가 친구 에마에게 보낸 편지

1

2016년 초 어느 금요일 밤, 나는 얼룩덜룩 칠해진 욕실 문을 뚫어져라 바라본다. 문은 잠겨 있다. 두 시간째다. 문을 계속 두드리느라 손가락 마디가 불그스름하다. 내가 큰 소리로 묻는다.

"아버지, 괜찮아요?"

한참 침묵이 흐른다. 이윽고 대답이 들린다.

"음…… 괜찮아…… 나갈……거야…….."

나는 층계를 내려간다. 그러나 아래층 복도에 내려서는 순간 다시 위층으로 올라가야만 할 것 같다. 가봤자 결국 막다른 곳, 표정 없는 욕실 문 앞에 다시 서 있겠지만. 이제는 그 문짝의 얼룩덜룩한 백색이 꽤나 친숙하다. 백색 유광 페인트로 어디는 두껍게 어디는 얇게 붓질이 드러나도록 칠한 오빠의 셀프 페인팅 솜씨다. 복도 창밖으로 푸르스름한 땅거미가 연기처럼 하늘을 뒤덮고 있다. 퇴근길 술집이나 집을 향해 움직이는 사람들의 생기가 대기를 떠다닌다. 그 사람들이 우리 집을 본다면, 과연 어떤 추측을 하려나? 깔끔한 정원이 딸린 골목 끝 연립주택. 나라면 평범한 사람들이 행복하고 따분하게 사는 집이겠거니 했겠지.

나는 현기증 나는 불확실성에 시달리고 있다. 지난 여섯 달 동안, 아버지에 관해 조언을 구하기 위해 여러 사람에게 전화를 걸었다. 그들 모두 똑같은 질문을 했다. '그분의 간병인이십니까?' 그럼 나는 매번 이렇게 대답했다. '아니요, 저는 딸입니다.' '간병인'이라는 말은 지나치게 치료적으로 접근하는 느낌이다. 아버지를 돕는 것은 내 아버지이기 때문인데. 한편으로 '간병인'이라는 말에 신경이 곤두서는 또 다른 이유는 이 말이 내가 의학적 식견을 갖춘 사람이며 내가 하는 일을 충분히 이해하고 있음을 암시하기 때문이다.

거실 탁자 위에는 붉은색 글씨로 '응급 정신 건강 지원 연락처'라고 인쇄된 명함이 놓여 있다. 거기 적힌 번호로 전화를 건다. 전화를 받은 남성이 자신을 조Joe라고 소개한다. 아버지가 욕실 안에서 두 시간째 문을 잠그고 있다는 말을 하고서야 내가 얼마나 극심한 혼란 상태인지 깨닫는다. 혼란이 갈가리 찢어놓은 내 목소리가 귀에 들린다. 충격적인 상황이 현재형일 때 우리는 감각의 마비 외엔 아무것도 느끼지 못할 때가 많다. 상황이 지나간 뒤에야 감정이 형체를 갖춘다.

내 이야기를 듣고 조는 얼마쯤 당황한 기색이 역력하다. 그가 담당하는 업무상, 병을 앓는 사람이 욕실 문을 걸어 잠근 스토리는 십중팔구 같은 플롯으로 전개된다. 자살할 의도로 위협을 하고 있다는 것. 그러나 아버지의 상태는 보기 드물게 특이하고 복잡해서―의사들도 수십 년 만에 처음 접하는 사례라니―내가 전화로 설명하기에는 역부족이다. 그저 전후 사정을 모르더라도 누군가 무엇을 해야 하는지 말해주면 좋겠다. 누가 지시를 해주면 좋겠다. 누가 말벗을 해주면 좋겠다.

조가 내게 일러준다. 전화를 끊지 말고, 다시 위층에 올라가 아버지에게 말을 걸라고 한다.

"아버지에게 밖으로 **나와야 한다고** 말하세요."

이미 그렇게 해보지 않은 건 아니지만, 그가 시키는 대로 따른다.

"아버지, 밖으로 **나와야 해요.**"

시킨 대로 말을 해본다.

묵묵부답.

"말에 힘을 실어야 돼요."

조의 조언에 나는 발작하듯 터지려는 웃음을 간신히 억누른다. 배역을 따내기 위해 오디션을 받는 기분이다.

"권위 있게 말해야 합니다."

이번에는 우렁찬 소리를 내본다. 응답은 없다. 아버지는 아까부터 아예 입을 다물어버렸다. 불길한 신호다. 내 목소리의 울림 때문에 비좁은 실내가 마치 광대한 공간으로 확장되기라도 한 것 같다. 좀비처럼 유예된 상태로 변기에 앉은 아버지 모습이 그려진다. 아니면 혹시 변기 뚜껑 위에 아슬아슬하게 휘청거리며 올라서 있을지도—퉁퉁한 일흔두 살 노인이 욕실 창문으로 도망칠 기회를 엿보면서.

"아버지 힘으로는 어쩌지 못하는 것 같아요."

내가 조에게 말한다.

"이제는 통제가 되지 않는 상태인가 봐요."

"침착하게 잘 대처하고 있어요." 조가 말한다. 조가 구급차를 호출하라고 한다. 그리고 자기는 지금처럼 밤새 사무실에서 자리를 지키고 있을 거라고 말한다. 그러니 나는 언제든 그에게 전화를 걸어도 된다. 아버지가 무사하다고 알려주고 이후 상황을 전해줄 수 있다. 언제든 불안하면 전화를 걸어 얘기해도 좋단다. 이 말을 듣는 순간, 조에게 반해버린다. 이런 일이 지난 여섯 달 동안 벌써 몇 번 되풀이됐다. 캄캄한 폭풍 같은 위기 순간에 누군가 빛을 비춰주고, 그 순간의 친밀감이 우리를 결속시킨다. 만난 적 없는 사이인데 마치 평생 서로 알고 지내온 기분이 든다.

"에드워드가 왜 하필 욕실을 택했을까요? 무기를 소지하고 있습니까? 자살 충동을 느끼는 것 같아요?"

999에 연락했을 때 전화를 받은 여성은 이런 질문을 퍼부었다.

"모르겠어요, 아니요, 아니에요." 그렇게 나는 대답했다. 그들은 아버지의 태도를 확고하게 삶을 거부하는 쪽으로 규정하고 싶어 했다. 그러나 아버지의 태도는 훨씬 더 흐릿하고 모호했다. 전화를 받은 여성은 구급차가 도착하려면 한 시간이 걸릴 거라고 말했다. 일이 많아 바쁜 저녁이라고 했다. 그의 어조에 깔린 다른 맥락이 읽혔다. 재정 축소와 인원 감축이 원인이겠지.

나는 수화기를 내려놓았다. 얼룩덜룩한 백색 문이 나를 마주 노려보았다. 다시 한번 아버지를 불러보았다. 이번에도 대답은 없다. 남동생 스테판에게 전화를 걸었다. 그날 들어 세 번째다. 동생은 런던 도심에서 늦게까지 근무하지만, 지금쯤 집에 돌아왔을 시각이었다. 동생 집은 아버지 집에서 큰길을 두어 번 건너면 되는 거리다. 10분 뒤, 반쯤 마신 맥주병을 손에 든 채 동생이 아버지 집 현관에 나타났다. 스테판은 삼십 대 중반이다. 동생과 나의 소통에는 일정한 패턴이 있다. 만나기만 하면 다시 아이로 돌아간 것처럼 서로 놀려대기 바쁘다. 하지만 이날, 우리는 둘 다 공황 상태에 빠졌다.

한 시간이 느릿느릿 길게 흘렀다. 해결책을 놓고 옥신각신하던 우리는 결국 인터넷을 검색해 열쇠공을 찾았다. 지금은 전화를 받을 수 없습니다, 라는 메시지만 되풀이해 들린다. 금요일 밤이라 사람을 구할 수가 없구나……

내가 계속 아버지를 부르는 동안, 스테판이 층계 밑에 놓인

공구통에서 드라이버를 찾아와서 욕실 문과 잠금장치 사이에 끼워 넣고 힘으로 열어보려 애를 썼다. 그때 뭔가 다리를 건드리는 바람에 화들짝 놀랐다. 고양이 라이라가 가르랑거리며 호기심 어린 눈으로 나를 쳐다보고 있었다. 평소에는 주인을 집사 취급하는 고양이 특유의 고집 세고 도도한 태도를 보이는 녀석이다. 그렇지만 위기가 닥치면 성미를 누그러뜨리고 새실거리며 기운을 주려고, 그렇게 가족의 일원으로 제 몫을 하려고 최선을 다하는 것 같다. 나는 라이라 옆에 앉아 녀석을 쓰다듬으며 동생을 초조하게 지켜보았다. 동생이 드라이버를 밀 때마다 흰 페인트 부스러기가 바닥에 떨어졌다. 아버지가 돌려 잠근 잠금장치가 문에서 떼어지면서 덜거덕거리기 시작했다. 그러더니 철커덕! 문이 열리고, 동생 얼굴이 충격으로 굳어졌다.

아버지는 파자마 차림이었다. 몸을 꼿꼿이 펴고 우리를 향해 서 있었지만 아버지 눈에는 우리가 보이지 않았다. 아버지의 몸은 조립라인 공정이 프로그래밍 된 기계처럼 이상한 반복 루프 안에 갇혀 있었다. 왼팔이 올라가 머리 위로 홱 치켜지면 곧이어 오른발이 들리는 동작을 되풀이했다. 시뻘건 얼굴은 고통을 느끼는 주먹처럼 일그러졌다.

나는 아버지에게 달려갔다. 아버지의 팔다리에 걸리지 않도록 조심하며 아버지를 끌어안았다. 괜찮을 거라고 아버지 귀에 대고 속삭였다. 아버지는 대답을 하지 못했다. 아버지의 정신과 신체가 서로에게 작별을 고하기라도 한 것 같았다. 아버지의 신체가 저 혼자 이상하게 움직이는데, 아버지는 무력하게 붙잡혀 빠져나오지 못했다. 아버지의 팔을 붙잡고 경련을 풀어보려고 했지만, 팔은 나를 무시하고 계속 움직였다. 아버지를 그대로 둬야겠다는 생각에 한 걸음 물러섰다. 더 끼어들면 아버지가 다칠 수도 있었다.

초인종이 날카롭게 울렸다. 벌써 구급차가 왔을까? 뛰어 내려가 문을 열어보니, 열쇠공이 서 있었다. 도와주러 온 사람에게 죄송하다고 말하고, 동생에게 받은 지폐 뭉치를 건넸다.

실제로 구급차와 함께 도착한 구급대원들은 정말 훌륭했다. 조가 그랬듯 따뜻한 기운을 나눠주고 진심으로 관심을 기울였다. 대원들도 아버지의 상태를 보고 당황했다. 우리 남매에게 소나기 질문을 퍼부었고, 우리는 최선을 다해 긴장증catatonia에 빠지는 아버지의 증상을 설명했다. 마침내 대원들이 아버지를 휠체어에 태워 담요로 몸을 감쌌다. 그러고는 불안하게 층계를 바라보았다. 아버지는 165센티미터 정도 키에 체중은 100킬로그램이 넘는다. 친구 하나는 하얗게 센 머리와 보는 순간 정이 가는 둥그스름하고 유순한 얼굴을 한 아버지가 산타클로스를 닮았다고 말한 적이 있다. 아버지를 어떻게 옮겨야 할지 한참 결정을 내리지 못했다. 대원들이 운반 카트처럼 생긴 이송용 들것을 가져와 아버지를 들것에 단단히 동여맸다. 층계 마지막 모퉁이가 난관이었다. 드디어 아버지를 바닥에 내려놓으며 대원들은 환호성이라도 지르고 싶은 표정이었다.

구급차가 떠나고 난 뒤 집이 텅 비어 쓸쓸하게 느껴졌다. 밤비가 부슬부슬 창문을 적셨다. 병원 응급실 어느 칸에서 꼼짝 못하고 있을 아버지와 스테판의 모습을 떠올려보았다. 동생이 적어도 새벽 두세 시까지는 자리를 지킬 것이다. 그사이 간호사들이 들락날락하며 검사를 하고 질문을 하겠지.

나는 거실 한구석에 치워놓은 아버지의 안락의자를 가만히 바라보았다. 오래 앉아 방석은 움푹 꺼져 있고, 큼지막한 고양이처럼 몸을 둥그렇게 말고 낮잠 잘 때 아버지가 머리를 기대는 팔걸이 부분은 너덜너덜 해져 있다. 의자 옆에 서 있는 나무 장식장에는 아버지가 놓아둔 굵은 검정 테 독서용 안경, 신문 할인 쿠폰들, 아버지의 성경책, 할 일과 기억할 사항을 적어둔 메모, 아버지의 수첩이 놓여 있었다. 나는 아버지의 수첩을 집어 맨 앞장을 펼쳐보았다. 모든 수첩에 실려 있지만 굳이 사람들이 쓰지 않는 메모 칸이 나왔다. 비상시 연락할 사람. 아마도 이 칸을 채워두는 사람들은 삶의 미세한 균열을, 그 균열의 위협을 아는 취약한 사람들일 것이다. 이 칸에 적힌 내 이름과 전화번호를 보고 마음이 뭉클해졌다. 그리고 이내 두려움이 그림자처럼 따라붙었다. 욕실에 갇힌 아버지가 떠오르고, 만약 내가 없었다면 무슨 일이 벌어졌을지 상상이 되었다.

이리저리 서성이다 보니 손님용 침실이었다. 예전에 엄마가 쓰던 방이다. 그곳에는 엄마의 존재가 주름마다 그늘마다 자리를 지키고 있다. 책장 안쪽 화장품 바구니에는 먼지가 두껍게 내려앉았고, 문 뒤에는 호피 무늬가 그려진 엄마의 긴 실내복이 걸려 있다. 책꽂이에는 책등이 갈라진 엄마가 아끼던 책들이 나란히 꽂혀 있다. 『반지의 제왕』 3부작, 프로이트 심리학 교재, 헤르만 헤세의 『싯다르타』. 오늘은 2월 19일—아버지가 욕실에 갇혀 있던 이날이—엄마의 생일이었다. 살아 있었다면 엄마는 일흔 살이 되었을 것이다.

나는 이 집에서 자랐다. 서리Surrey의 조용한 동네, 골목 끝 단정한 연립주택, 여기서 대학 시절까지 살았다. 그때는 엄마가 건강하고, 아버지—아버지도 아직까지 안정적이었다. 졸업 이후 나는 북부로 옮겨갔다. 맨체스터와 리버풀 중간의 애플리 브리지라는 작은 도시에 방을 구하고 글을 썼다.

삼십 대 후반이 되면 나도 어느 날 갑자기 분별 있는 사람으로 탈바꿈해서 한곳에 터를 잡고 집을 장만하고 싶어지지 않을까 내심 기대했었다. 그런 일은 일어나지 않았다. 나는 여전히 은행 잔고가 간당간당한 비임금 노동 작가이며, 가정을 꾸리지 않았고, 엄마가 되고 싶은지도 확신이 없었다. 그렇긴 해도 오랫동안 사귄 사람은 있었다. 나보다 여덟 살 연하인 남자친구 톰은 서평을 쓰는 사람이고, 나처럼 책을 사랑하는 동지였다. 우리는 중고책방을 돌아다니며 숨은 보석이 있는지 책꽂이를 뒤지다가 먼지 쌓인 구석에서 몰래 입을 맞추는 데이트를 즐겼다. 톰 역시 북부 지역에 살고 있었다. 이전 여자친구 사이에서 태어난 어린 딸이 있어 그곳에 정착했다.

연초에는 톰이 서리로 내려와 우리 집에서 함께 새해를 맞았다. 식탁을 한쪽으로 밀어놓고 다이닝룸에서 파티를 벌였다. 둘이 번갈아 가며 유튜브에서 음악을 골랐다. 톰의 춤이 한자리에서 몸을 흔드는 스타일인 데 반해, 내 춤은 광란의 토끼뜀에 가까웠다. 톰이 머무는 손님방에서 우리는 십 대들처럼 주위를 의식하며 조심조심 사랑을 나눴다. 밤참을 먹으러 층계를 내려오는 아버지의 육중한 발걸음이 들리면, 키득거리며 하던 것을 멈추기도 했다. 톰은 이 집에 활력을 불어넣었다. 그가 떠나면서 집은 다시 납작하게 가라앉았다.

2015년 9월 이후로 나는 줄곧 떠돌이로 살았다. 북부와 남부, 남자친구와 아버지, 행복과 의무, 쾌락과 희생 사이를 오락가락하며 지냈다. 언젠가부터 더 이상 옷가지를 옷걸이에 걸어두지 않게 되었다. 옷을 세탁하면, 개서 다시 여행 가방 안에 넣어두었다. 가방이 임시 서랍장 역할을 했다. 밸런타인데이 때마다 톰과 나는 맨체스터에서 기념 외식을 하곤 했다. 톰이 살고 있는 벅스턴, 푸르게 펼쳐진 언덕, 고대 건축물, 얼음같이 차가운 바람, 맑은 샘물이 있는 그 도시를 다시 방문할 기회도 손꼽아 기다렸다. 이제는 취소해야 할 일들이다.

톰은 이해해주겠지, 스스로를 안심시켰다. 하지만 걱정이 마음을 찔렀다. 갈수록 그와 만나는 횟수가 줄어들고 있었다. 지난 9월, 아버지가 쓰러지고 그 기이한 긴장증 증상이 처음 형체를 드러냈던 시기부터 지금까지 얼마나 힘든 시간이었는지 떠올랐다. 아버지는 세인트헬리어병원 응급센터에 실려 갔다가 다시 톨워스병원 노인 병동으로 옮겨졌다. 아버지가 입원한 지난가을 수개월 동안 내 삶은 유예되었다. 마치 숨을 들이마시고서 다시 그 숨을 내쉬지 못한 채 기다리는 심정이었다. 내가 보내는 거의 모든 이메일이 '답장이 늦어 죄송합니다'라는 말로 시작한다는 것을, 원고 마감을 다다음 주로 미뤄달라고 사정한다는 것을 알게 되었다. 내 꿈은 삶이 다시 정상으로 되돌아갈 미래의 어느 시점으로 유보되었다. 그날 밤 엄마의 생일에 푸르스름하던 하늘이 검게 변하는 모습을 우두커니 앉아 지켜보면서 처음으로 의문이 들었다. 과연 그런 날이 오기는 할까.

2

　내가 가진 첫 번째 기억. 나는 네 살이고, 우리 집 아늑한 거
실에 부모님, 오빠 존과 함께 앉아 있다. 〈레지널드 페린의 몰락
과 부상The Fall and Rise of Reginald Perrin〉1976년부터 1979년까지 방
영된 영국 시트콤, 원작 소설과 각색 모두 데이비드 놉David Nobbs의 작품을
시청하는 우리 얼굴이 TV에 반사돼 화면 속 이미지와 겹쳐 보인
다. 교외에 사는 일가족이 또 다른 교외의 삶을 구경하는 광경이
다. 도시 외곽은 한때 가난한 사람들, 붐비는 도시 밖으로 밀려
난 사람들이 거주하는 지역이었다. 그런데 지방 빈민층이 산업
도시로 이주하면서 부유한 중산층이 서서히 변두리로 빠져나갔
다. 차츰 잘 손질한 정원, 창에 커튼을 닫는 이웃, 평균 자녀 2. 4

명, 정시 근무 직장 등으로 연상되는 교외의 생활 방식이 정착되어 갔다. 1970년대 말 교외 생활의 따분함을 풍자한 코미디가 <레지널드 페린의 몰락과 부상>이다. 주인공 레지널드는 옷가지와 소지품을 파도에 휩쓸리도록 해변에 남겨두고 자살을 위장함으로써 이 생활에서 탈출을 시도한다.

부모님이 탈출해서 가려던 곳은 바로 이런 교외의 삶이다. 어머니 글레스니는 런던 남쪽 엘리펀트앤드캐슬 지역의 공영주택단지에서 성장기를 보냈고, 아버지 에드워드는 뉴몰든의 식구 많은 노동계급 가정에서 자랐다. 엄마는 여자에게 대학 교육이 시간 낭비라고 말하는 보수주의적 아버지로 인해 좋은 교육의 기회를 얻지 못했다. 아버지도 이렇다 할 교육을 받지는 못했지만 인근 공장에 번듯한 일자리를 구했다.

이 연립주택을 구매하던 당시 부동산 중개인은 영문을 모르겠다는 표정으로 물었단다. '정말로 이 집을 사고 싶어요?' 좋은 골목에 위치해 있지만, 집 내부는 늘어진 전선과 부서진 벽돌로 엉망인 데다 벽은 알 수 없는 이유로 60년대 유행했던 아보카도 그린과 밝은 주황색으로 요란하게 칠해져 있었다. 이 집의 마지막 소유주이던 노인은 괴벽이 갈수록 심해져 실성에 이르렀다고 한다. 아직도 벽마다 노인의 지문이 남아 있었다. 주름진 손가락의 시커먼 자국들은 노인 것과 아이 것이 뒤죽박죽 섞여 섬뜩해 보이기까지 했다. 이제 와 생각하면 뭔가를 예언하는 것인가 싶기도 하다. 그러거나 말거나 부모님은 가슴이 벅찼단다. 계층 상승을 거의 이뤄낸 것이나 다름없었다. 우리가 함께 TV에서 본 장면이 부모님에게는 동경의 대상이었다. 페린 일가가 살던 주택은 우리 집이 바깥에 비춰질 모습이었고, 주인공이 느끼던 중산층 권태는 우리 부모님이 갈망하는 호사였다.

이번에는 다른 기억. 창밖을 내다보는 내 눈앞에 벌거벗은 남자 하나가 왔다 갔다 하고 있다. 해변에 버려둔 페린의 옷처럼 남자의 옷가지도 지나온 통로를 따라 팽개쳐져 있다. (어쩌면 두 이미지가 내 머릿속에서 뒤섞였을지도?) 엄마가 나와 오빠와 갓난쟁이 동생을 데리고 아버지를 만나러 간다. 아버지가 머무는 장소는 커다랗고 하얀 건물인데, 라디에이터가 괴상하게 그르렁거린다. 어떤 상상의 미로 안에서 어디가 중심인지 찾아다니는 것처럼 사람들이 이리저리 배회한다. 어떤 여자는 동화 속 마녀처럼 킬킬거리는 웃음소리를 낸다. 내가 아는 아버지는 언제나 장난스럽게 잘 놀아주고 좋아하는 놀이를 해달라고 조를 때마다 응석을 받아주었다. 아버지가 발목을 꽉 붙들고 '똑, 딱, 똑, 딱' 소리를 내며 시계추처럼 나를 좌우로 흔들면 내 긴 머리카락이 아버지 신발을 스치던 그 놀이를 가장 좋아했다. 지금 눈앞에 보이는 새로운 아버지는 녹색 실내복을 입고 의자에 가만히 앉아 있다. 한참 만에 아버지가 눈을 들어 우리를 바라보는데, 아버지 눈동자에 화석처럼 굳어진 슬픔이 보인다.

아버지가 없어졌으니 우리가 계획하던 집의 변신은 수포로 돌아갔다. 집은 한숨을 내쉬며 어깨가 내려앉았고, 페인트칠이 벗겨지는데 벽에 지문은 그대로 남았다. 아버지에게 무슨 일이 일어났는지 나는 한 번도 엄마에게 묻지 않았다. 너무 두려웠다. 아마 엄마도 그 이야기에 어떤 틀을 씌우게 될까 두려웠지 싶다. 엄마는 지쳐 보였고, 손톱 흰 부분을 남김없이 물어뜯는 버릇이 생겼다. 엄마는 잡다한 청소 허드렛일을 하러 다녔다. 한번은 현관에 배달된 편지 한 통에 엄마가 눈물을 지었다. 담당 세무 조사원이 우리가 그토록 적은 소득으로 생활한다는 사실을 믿지 못하겠다며 면담을 요청한 것이다. 엄마는 오빠와 나를 대동하고 조사원을 만나러 갔다. 조사원은 친절했는데, '외식은 전혀 안 하십니까?'라는 질문에 엄마가 안 한다고 대답했을 때는 상당히 충격받은 표정이었다.

몇 개월 뒤 아버지가 집으로 돌아왔다. 하지만 다시 일을 하러 가지는 않았고, 일 년 뒤 또 모습을 감추었다. 이번에도 아버지는 누구인지 알 수 없는 인물이 되었다. 아버지가 실내복 차림으로 지내는 그 이상한 백색 시설이 내 눈에는 괴로워하는 사람들을 위한 학교와 병원의 중간 같은 장소로 보였다.

그 무렵 나는 초등학교에 다니기 시작했고 내가 다른 아이들과 다르다는 사실을 확실히 깨달았다. 다른 아이들은 부모들이 멋진 승용차에 태워 학교 앞에 내려주었고, 안락한 집에 살았고, 주름 없이 빳빳한 의복을 입고 반짝반짝 윤이 나는 신발을 신었다. 나는 구멍이 뚫린 신발을 신었고, 교복을 벗고 일상복으로 갈아입을 때면 옷에서 이상한 냄새가 풍겼다. 왜 자선바자에 나온 옷을 입고 다니느냐고 누군가 물어보았다. 보라와 연노랑 주름을 층층이 덧댄 다 해진 치마에 전혀 어울리지 않는 희누런 미키마우스 티셔츠를 입은 채로 나는 뭐라고 대답해야 할지 난감한 기분이었다.

해답은 책과 함께 찾아왔다. 엄마는 아주 적은 돈으로 생계를 유지하는 기술을 차츰 터득했다. 자선바자에서 돌아오는 엄마의 가방 안에는 한 권당 일 페니에 파는, 이리저리 접히고 너덜너덜해진 소설책이 한가득 들어 있었다. 나는 밤마다 침대에 누워서 책을 읽었고, 여름날이면 무성하게 자란 풀들 사이에 삐죽삐죽 데이지 꽃이 올라온 마당 풀밭이나 라일락 덤불 그늘에 누워서 책을 읽었고, 아침을 먹기 전이나 학교 쉬는 시간에도 책을 읽었다. 이론상으로는 무엇 하나 제대로 된 것이 없었다. 그러나 실제 현실에서 나는 행복했다. 내게는 에니드 블라이튼Enid Blyton과 앤 딕비Anne Digby와 에디스 네스빗Edith Nesbitt과 로알드 달Roald Dahl이 있었다. 『마틸다』에서 로알드 달은 어떻게 동네 도서관에 발을 들이면서 주인공 마틸다가 불행한 어린 시절로부터 도망치는지 들려준다.

책은 마틸다를 새로운 세상으로 데려다주고 흥미진진한 삶을 살아가는 놀라운 인물들을 소개해주었다. 마틸다는 조지프

콘래드와 함께 그 옛날 범선을 타고 항해에 오르고, 어니스트 헤밍웨이와 함께 아프리카로 떠났다가 러디어드 키플링을 따라 인도로 갔다. 영국 어느 마을에 있는 자기 작은 방에 앉아 세계 곳곳을 여행한 것이다.

아무래도 나는 더 이상 부모님에게 지혜를 구할 수 있는 형편이 아니었다. 아버지는 어딘가로 숨어버렸고, 어머니는 다정하지만 우리를 굶기지 않고 길에 나앉지 않도록 하는 일 외에 다른 곳에 신경 쓸 여력이 없었다. 형제들도 도움이 되지 않았다. 오빠와는 거리감이 있었고, 동생은 놀리기에는 재미있었지만 아직도 애기 같았다.

책이 나의 훌륭한 탈출구가 돼주었다. 책이 지어낸 내러티브는 일관성이 있어서 세세한 플롯 조각 하나하나가 모여 전체를 이루고, 필연적인 해피엔딩 안에서 모든 게 납득이 되었다. 그에 반해 현실 세계는 뒤죽박죽이고 종잡을 수가 없었다. 스토리가 어떻게 만들어지는지는 이해의 실마리가 잡혔지만, 내 가족의 내러티브는 논리가 성립하지 않는 이야기처럼 여전히 나를 혼란스럽게 만들었다.

"너희 아빠는 어떻게 됐어?"

학교 놀이터에서 누군가 물었다. 뭐라고 대답해야 할지 모르겠어서 스토리를 지어냈다. 나는 좋아하는 작가들로부터 이야기를 짓는 기술, 기대감을 쌓아가다가 손에 땀을 쥐는 장면으로 끝내는 기술을 배우고 있었다. 디킨스가 조언해준 대로 '사람들을 웃게 만들고 울게 만들고 기다리게 만들어'보리라. 아버지의 스토리는 내가 매일 살을 붙여가는 연재물이었다. 살짝 섬뜩하게 비튼 워즐 거미지Worzel Gummidge 말하는 허수아비가 주인공으로 등장하는 모험담. 바버라 유판 토드Barbara Euphan Todd의 원작 소설을 바탕으로 여러 차례 TV 시리즈물로 제작되었다 스토리라고 할까. 아버지는 정원에 침입한 사나운 부랑자 무리에게 불의의 습격을 받고 납치되었다. 납치극에 이어 위험한 인질극이 전개되었다. 아버지는 정원 헛간에 붙잡혀 있는데, 과연 돌아올 수 있을까? 어느 순간 나는 내 스토리에 지나치게 몰입한 나머지 이게 진짜가 아니라는 사실을 깜박하게 됐다. 엉엉 울다가 보건실에 보내졌다. 보건실 간호사에게 지어낸 이야기를 하는데, 간호사가 애써 웃음을 참는 것이 보였다. 그분은 비스킷을 주면서 내 머리를 쓰다듬고 그대로 나를 돌려보냈다.

설령 내가 아버지의 병명을 알았다 해도 그 용어는 나에게 아무런 의미가 없었을 것이다. 아이들은 과학 없이도 살아남는다. 고대 사회에서 하던 방식대로—어째서 어느 때는 비가 내리고 어느 때는 가뭄이 드는지, 별은 어디에서 생겨나고 인간이 왜 이 땅에 살게 됐는지, 설명하는 스토리를 만들어낸다. 아이일 때는 부모가 신처럼 보이게 마련이고, 따라서 웅장한 내러티브가 필요해진다. 그저 우리 아버지가 '미쳤다'고 말하는 것은 지나치게 단순하게 들리고, 아버지를 너무 허약하고 너무 인간적인 인물로 보이게 만든다. 아버지는 비극의 영웅이 되어야만 했다. 특히나 아버지를 쥐고 흔드는 힘은 내적 힘이 아니라 외부 힘이어야만 했다.

학교 놀이터에서 나는 관찰자가 되었다. 학급 친구들과 나 사이에 존재하는 교실 안 차이가 아이들과 나 사이를 갈라놓았다. 에너지를 내면으로 삼키는 습관이 생기기 시작했다. 쉬는 시간마다 나는 책을 읽거나 다른 아이들이 노는 모습을 지켜봤다. 놀이 테마는 대개가 사랑과 전쟁이었다. '잡히면 뽀뽀하기' 아니면 '카우보이와 인디언' 유의 놀이들. 그 밖에는 병원놀이나 스파이놀이처럼 직업과 관련된 놀이를 하기도 했다. 아이들은 아이들 그대로인 놀이를 하지 않고 어른이 되는 놀이를 한다. 놀이터에서 미래를 위한 무대 연습이 열린다. 나는 부러운 눈으로 아이들을 바라봤다. 『제임스와 슈퍼 복숭아』, 『모래요정과 다섯 아이들』, 『시크릿 세븐The Secret Seven』 에니드 블라이튼의 시리즈물을 읽으면서 등장인물들을 책 밖으로 불러내 현실 친구들로 만들 수 있다면 좋겠다고 생각했다.

그러던 어느 날, 갑자기 아버지가 다시 집으로 돌아왔다.

이것은 내가 메꿀 수 없는 플롯의 구멍이었다. 아버지가 돌아올 때마다 나는 아버지가 집에 온 것이 그저 기뻤다. '왜'에 관해서는 크게 염려하지 않았다. 왜 아버지가 집을 떠나 있었는지,

왜 밤마다 약을 먹는지, 왜 아버지 작업복이 먼지가 앉도록 옷장에 걸려만 있는지 신경 쓰지 않았다. 여덟 살 무렵, 차를 타고 온 가족이 나들이 가던 날을 기억한다. 형제들과 내가 뒷좌석에 앉았고, 나는 로알드 달의 『우리의 챔피언 대니』를 읽었다. 아버지가 운전을 했다. 자동차 뒷거울로 아버지 얼굴이 보였는데, 아버지가 다른 목소리와 대화하는 것처럼 혼자 중얼거렸다. 나는 거울에 비친 아버지 모습에 투영된 자신을 알아보고 빙긋 웃음을 지었다. 내 머릿속에도 로알드 달의 목소리, 재치와 건방과 조소와 연민이 모두 담긴 그 목소리가 흘러나왔으니까.

우리는 소설 덕분에 때로는 풍요로워지고 충만한 감정이 들기도 하지만, 그에 못지않게 좋은 책을 읽고 나서 결핍감과 애석한 마음이 남기도 한다. 『우리의 챔피언 대니』의 주인공에게는 엄마가 없지만 멋있는 아빠가 있다. 대니의 아빠는 아들에게 낚시하는 법을 가르쳐주고 아들을 데리고 한밤중 밀렵을 하러 가기도 한다. 책은 끄트머리에 이런 마무리 메시지를 전한다. '앞뒤가 꽉 막힌 아빠는 하나도 재미가 없다! 아이는 재치 있고 톡톡 튀는 아빠를 원하고 그런 아빠를 마땅히 만나야 한다.' 책 뒤표지에는 버킹엄셔 자택 정원에 앉은 로알드 달 사진이 실려 있다. 큰 키에 반짝이는 눈을 가진 그의 모습을 유심히 뜯어보며 이 사람이야말로 완벽한 부성의 화신이라고 상상하지 않을 수 없었다.

집으로 돌아와서 아빠의 특이함을 설명할 단어를 발견할 수 있을까 기대하며 낡디낡은 사전을 뒤적거렸다. 그런 단어를 찾을 수만 있다면, 열쇠가 돌아가듯 자물쇠가 열릴 것 같았다. 발음이 마음에 드는 새로운 단어들을 (짜증스러운peevish, 일탈 행위 aberration, 모음 축합crasis) 발견하기는 했지만, 어느 것도 내 머리를 밝혀주지 못했다. 맞는 열쇠가 아니었다.

3

쾅! 쾅! 쾅!

세인트헬리어병원에 도착해서 종횡으로 교차하는 흰 복도들을 지나 5층으로 올라갔다. 어제 아버지가 구급차로 이곳으로 이송되었다. 병동에 가까워질수록 들려오는 소음에 두려움이 차올랐다.

쾅! 쾅! 쾅!

병상은 모두 여덟 개였다. 다른 환자들은 모두 노인이고 아프긴 해도 '정상'으로 보였다. 저마다 신문을 읽거나 TV를 보거나 침대 가까이 플라스틱 의자에 앉은 방문객과 담소를 나누었다. 아버지는 노인이면서 동시에 어린아이처럼 보였다. 두 주먹을 높이 쳐들어 침대를 격렬하게 쾅쾅 내리치는 모습이 마치 아기침대에 누운 백발의 거인 아기 같았다. 내가 인사를 건네니 아버지 입가에 희미한 미소가 어른거리고, 몇 초 동안 주먹이 멈췄다가 다시 정해진 동작으로 되돌아갔다. 간호사가 다가와 아마 이날 오후쯤 아버지가 퇴원하게 될 거라고 말했다.

"저런 상태로요?"

깜짝 놀라 가슴이 덜컥 내려앉았다.

"항상 저렇지 않아요?"

나는 보통 때 아버지가 어떤 사람인지 열심히 설명했다. 매일 아침 기상해서 손수 아침 식사를 준비하고 그날 필요한 물품을 사오고 점심 식사로 수란을 만드는 사람임을, 게다가 수란 만들기는 간단하면서도 달걀이 터져서 걸쭉하게 뭉개지지 않도록 제법 섬세한 기술을 요하는 조리법임을. 간호사는 딱하다는 표정이었지만, 이 두 가지 버전의 아버지를 동일 인물로 여기기 힘들다는 듯 쉽게 믿지 못하는 눈치였다. 만약 아버지가 팔다리 골절로 실려 온 환자였다면, 아버지의 두 모습을 합체하기 어렵지 않았을 텐데. 하지만 정신이상은 한 사람의 인격을 정신이 온전한 자아와 온전하지 않은 자아, 둘로 찢어놓는다. 그래서 이 둘을 합쳐 하나로 인식하기가 힘들다. 여기 병원 의료진은 질병을 검사하고 규명하고 점검해 예후를 명확히 설명하는 일에 익숙한 사람들이다. 아버지도 이전 해에 대장암 수술을 받은 이력이 있고, 당시 받은 소책자에는 5~7일간의 회복기 그리고 각각 3개월 후, 6개월 후의 예후가 이해하기 쉽게 설명되어 있었다. 그러나 지금 아버지의 상태는 수수께끼였다. 향후 어느 시점에 치료가 될지 안 될지 확실히 알 수 없는 어떤 증상에 시달리는 어떤 사람일 뿐이다.

지난 9월 아버지가 동일 증상—영문을 알 수 없는 긴장증—으로 실려 왔을 때도 병원 측은 처음에 얼마간 의심과 당혹감을 내보였다. 정부 지원이 삭감된 탓이었겠지. 병상이 부족한 상황에서 혹시 우리가 아버지를 의료 시스템에 떠넘기고 있지 않은지, 그렇게 해서 장기 입원 환자가 한 사람 더 늘어나지 않을지 필시 우려했을 것이다.

"이대로 퇴원시키다니요. 집에서 어떻게 보살펴야 하는지 아무것도 모르는걸요." 내가 간호사에게 말했다.

"음식이나 물을 드시는지도 걱정이에요." 간호사의 태도가 좀 누그러졌다. 정신과 전문의에게 소견을 구하겠다고 하고, 음식물을 드시도록 해보겠다는 말도 덧붙였다. 나는 아버지 곁에 걸터앉았다. 오렌지주스 병을 열고 빨대를 꽂아 아버지 입 가까이 가져갔다. 아버지 입술이 바싹 말라 갈라져 있었다. 아버지가 숨이 차도록 쭉쭉 주스를 빨아 마셨다. 아버지 얼굴에 안도감이 퍼졌다. 하지만 쾅! 쾅! 쾅! 끈질긴 두드림은 멈추지 않았다. 나는 아버지가 애독하는 〈데일리 텔레그래프〉를 펼치고 아버지에게 기사를 읽어주려고 시도했다. 우리를 짜증스럽게 쏘아보는 다른 환자들과 방문객의 시선을 피해 얼굴을 숨기려고 신문을 높이 세워 들었다.

병원에는 코스타커피가 입점해 있었다. 나는 핫초콜릿을 주문하고 창가 자리에 앉았다. 아버지의 끈질긴 망치질을 여태 진정시키지 못한 채로 잠시 쉬러 나왔다. 가방에서 『댈러웨이 부인』을 꺼냈다.

버지니아 울프의 작품인 이 소설은 1923년 6월의 단 하루를 배경으로 1차 세계대전을 치르고 난 한 나라의 정신적 풍경을 그려낸다. 여러 등장인물의 의식 안으로 뛰어들어 한 단락 안에서도 이 인물에서 저 인물의 의식으로 옮겨 다닌다. 내가 이 소설을 다시 읽고 싶어진 이유는 정신이상이라는 작품의 주제 때문일 것이다. 작품 초기 구상 단계에서는 클라리사 댈러웨이와 셉티머스 스미스라는 두 중심인물이 한 사람이었다. 그러다가 작가가 이 상상의 알을 둘로 쪼갰다. 클라리사는 디너파티를 준비 중인 상류층 여성이고, 셉티머스는 서부전선 전투에 참전했다가 휴전이 선언되기 직전 전장에서 친구를 잃은 군인이다. 울프는 일기에 '정신이 온전한 사람과 온전하지 않은 사람의 눈에 비친 세계'를 그려내서 이 둘 사이에 얼마나 얇은 가림막이 놓여 있는지 보여주고 싶었다고 적었다. 클라리사는 신경증을 앓고 셉티머스는 정신병을 앓는다. 클라리사는 조증에 가깝고 셉티머스는 울증이 심하다. 클라리사가 표상하는 지배계급―그들의 '교양 있는 삶'―은 전쟁으로 크게 훼손되지 않은 반면, 셉티머스 같은 군인들은 트라우마와 절망의 상태에 던져진다.

셉티머스와 그의 아내 레치아의 관계에서 우리 부모님 결혼 생활이 연상돼 마음이 뭉클해졌다. 두 사람은 리전트파크에 나란히 앉아 나무와 하늘을 바라본다. 레치아는 의사가 안심하라며 해준 말, '남편이 어딘가 심각하게 잘못되었다기보다는 그저 좀 심기가 불편한 것뿐'이라던 말을 곱씹으며 애써 기운을 차려 본다. 셉티머스의 시점으로 내러티브가 전환되면 독자는 그가 얼마나 정신적으로 불안정한지 알게 된다. 셉티머스에게는 새들이 그리스말로 노래하는 소리가 들리고 상상 속에서 공원 철책 너머로 죽은 친구 에반스의 모습이 보인다. 이 장면은 정신 질환의 외로운 아픔을 환기한다. 외로움은 두 사람 모두의 몫이다. 셉티머스의 아내는 남편이 처한 절망의 깊이를 가늠하지 못하고, 그저 '사랑은 사람을 고독하게 만든다'고 혼잣말한다. 남편은 자신의 내면을 아내와 공유하지 못한다. 두 사람은 남편과 아내로 앉아 있지만 서로에게 낯선 사람이다. 셉티머스는 끝내 창문에서 뛰어내려 스스로 목숨을 끊는다. 그를 진료하던 정신과 의사가 클라리사의 디너파티에 참석하면서 클라리사는 환자의 죽음을 알게 된다.

이 작품은 정신 건강과 젠더에 대한 태도가 변화하던 역사의 한 시기를 정확히 짚어낸다. 빅토리아시대에는 정신 건강에 문제가 있는 여성을 흔히 히스테리아hysteria로 진단했다. 전장에서 돌아온 남성들을 전쟁 영웅으로 여기는 낭만적 사고에 젖은 사회는 전쟁신경증을 곤혹스러워했다. 후에 외상후 스트레스 장애PTSD라고 불리게 된 증상들—현기증, 우울감, 발기 부전, 악몽, 발작적 떨림증, 마비 등—이 군인들에게 처음 나타나기 시작했을 때, 의사들은 우선 증상을 부인하는 반응을 보였다. 군대에서는 이런 증상을 비겁한 태도로 여기고 당장 이를 '중단'하거나 억제하지 않으면 군법회의에 회부하겠다며 참전 군인들을 겁박했다. 하지만 이미 1922년 무렵, 도움이 필요한 참전 군인들을 위해 건립된 특별 진료센터 숫자가 백 개를 넘어섰다. 처음에 '남성 히스테리아male hysteria'로 불리던 이 질환은 '신경쇠약 neurasthenia'이라는 명칭을 거쳐 최종적으로 '전쟁신경증'으로 불렸다. 의사들은 이 질환이 신체의 병이 아니라 마음의 병일 가능성을 인정하지 않을 수 없었다. 그 덕분에 정신의학의 권위와 명성이 높아졌다.

언젠가 친구가 레너드 울프 같은 남편이 있었으면 좋겠다고 말한 적이 있다. 레너드는 버지니아가 글을 쓰도록 뒷바라지하고 병마가 휘몰아치는 동안에도 아내에게 버팀목이 되었다. 그는 버지니아의 실질적인 간병인이었다.

간병인carer, 또 이 말이다. 갈수록 사람들이 나에게 이 이름표를 붙이려 하는데 나는 여전히 이렇게 불리는 게 이상했다. 간병인이라고 하면 청색 가운을 입고 고무장갑을 끼고 침대 시트를 교체하는 사람이 연상됐다. 한없는 인내와 에너지와 사랑을 품은 플로렌스 나이팅게일 같은 사람. 구글에서 이 말의 동사형인 'to care(돌보다, 간병하다)'를 검색해보니, 이 말은 독일어에 어원을 두고 있으며 비탄과 슬픔을 뜻하는 고지 독일어오늘날의 표준 독일어의 'chara'와 관련이 있다. '돌본다는 것'은 괴로움을 수반하는 일이었다. 세월을 거치며 의미가 유연해져 **누군가를 부양하고 보살피는** 것까지 뜻하게 되었다.

엄마가 수년간 아버지를 보살폈지만, 내 기억에 엄마는 한 번도 간병인이라고 불리지 않았다. 확실히 요즘은 이 용어가 여기저기서 통용되었다. 최근 들어 사회적 돌봄 위기라는 말이 언론에서 쉬지 않고 흘러나와 자세한 사정을 잘 모르는 내 귀에도 들릴 정도였다. 물론 생각해보면, 내 주위에도 비슷한 상황을 겪는 친구들이 있었다. 한 친구는 양친 중 한 분이 알츠하이머를 앓았다. 자다가 한밤중에 느닷없이 어머니가 외투도 입지 않고 거리를 배회한다는 이웃의 전화를 받으면, 정신없이 차에 올라 밤길을 달려 출동해야 했다. 또 다른 친구에게는 다운증후군을 가지고 태어난 형제가 있었다. 아이에게 안정되고 따스한 환경을 제공했던 부모님이 연로해지며 피로를 감당하기 힘든 지경이 되었고, 결국 평생을 헌신하고도 어쩔 수 없이 돌봄을 포기하고 성인이 된 아들을 보호시설에 보내야 했다.

간병인. 이른바 현대사회—대처리즘 이후 극도로 개인주의화된 사회, 트위터와 리얼리티 TV쇼를 통해 증폭된 사회, 열망과자립과 출세를 우선시하는 사회—에서는 이 용어가 이례적인 것처럼 보였다. 그러나 임금이 하락하고 물가 상승률은 높아지며일상의 속도가 걷잡을 수 없이 빨라지는 사회에서는 더 이상 이례적이지 않다. 나로서도 간병인이 된다는 것이 시간을 뭉텅이로 잃고 뒤로 밀리고 아무리 해도 할 일이 줄지 않고 늘어나기만 하는 상태와 결부되기 시작했으니까. 어쩌면 바로 그런 이유에서 간병인이라는 분류가 생겨났는지 모른다. 의무를 규정하고 테두리를 지어 이 의무가 삶의 압력에 눌리지 않게끔 만드는 방법일 테니 말이다.

나는 자리에서 일어나 아버지 곁으로 돌아가든지 아니면 집으로 가야 한다고 자신을 채근했다. 울프를 읽는 시간이 지나치게 사치스럽게 느껴졌다. 아버지와 함께 있지 않을 때는 아버지를 방치하는 것 같아 조마조마하고, 아버지와 함께 있을 때는 나의 다른 책임을 소홀히 하는 것 같아 조바심이 일었다. 나는 성실한 타입이었다. 마감을 지키지 못할까 불안해하고, 남들을 실망시키는 기분이 들까 봐 질색했다. 해야 할 일이 너무 많았다. 이메일도 보내야 하고, 프리랜서 편집 작업도 해야 하고, 내 원고도 써야 하고, 원고 수정도 해야 하고, 자료 조사도 해야 하고, 세탁도 해야 하고, 집안일도 해야 했다. 플로렌스 나이팅게일의 모습을 한 나의 또 다른 자아라면 지금쯤 아버지 곁으로 돌아갔겠지, 위로의 말을 건네겠지, 아버지의 손 망치질을 진정시킬 방법을 알겠지. 이런 상상을 하면서 자리에서 일어나지 않고 책을 읽으며 죄책감을 곱씹었다.

4

그날 밤을 기억한다. 아버지에게 무슨 문제가 있는지 혹은 최소한 아버지의 병이 어떤 이름으로 불리는지 알게 된 그날 밤.

그때 나는 열네 살이었다. 아버지가 점원으로─몇 년 만에 처음 얻은 직장에서─근무하고 엄마가 병원의 파트타임 사무직원으로 일하면서 우리 집은 쓰레기 소굴에서 조금 탈피해 군데군데 벽지를 바른 공간이 생겨났다. 내 방은 위층 모퉁이 골방이었다. 밤이면 집 측면을 두들기는 바람 소리, 환풍구의 말벌집이 튕기듯 팅팅 울리는 소리가 들려왔다. 그래도 방에 있는 것이 좋았다. 내 은신처, 내 동굴이었으니까. 사실 잠자는 방이라기보다는 공부방에 가까웠다. 책 더미 그리고 내 글을 모아놓은 두꺼운 서류철 더미가 곳곳에 쌓여 있어서 거기 부딪치지 않고는 세 걸음 이상 떼기 힘들었다. 당시 나는 이미 간절하게 출판 작가가 되고 싶었다. 내가 쓰던 이야기 태반이 읽은 연애소설들을 차용한 아류작이었고, 그런 연애소설들이 얼마나 허무맹랑한 이야기인지도 알지 못했지만. 남자가 항상 해피엔딩을 가져다주지 않는다는 사실을 알아차릴 만한 인생 경험도 못 해본 나이였다.

그렇지만 항상 숙제가 우선이었다. 좋은 교육을 못 받으면 인생에 미래가 없다는 말을 엄마는 거듭 강조하고 또 강조했다. 중등학교 입학시험을 통과하고도 나는 근처의 일반 학교로 진학이 결정돼 있었다. 그런데 엄마가 나서서 대학 진학을 목표로 하는 지역의 중등 여학교에 나를 보내야 한다고 교육심의회에 격렬하게 항의했다. 당시에는 그 생각이 못마땅했다. 엄마는 여학생 남학생이 한 교실에 있으면 서로에게 잘 보일 궁리만 하느라 공부를 잘하지 못한다고 이유를 설명했다. 교실에 남자애들이 없으면 무슨 재미람, 하고 나는 생각했다.

언제나 그렇듯 이번에도 엄마가 옳았다. 등교 첫날 나는 학교와 사랑에 빠졌다. 드넓은 공원 부지에 세워진 학교였고, 운동장에 서 있으면 인근 고급 저택에서 키우는 공작새 울음소리가 들려왔다. 지역의 지리적 특성상 계급 분화가 두드러졌다. 부유한 가정 아이들은 학교 근방의 흰 생일 케이크처럼 생긴 저택에 살았고, 우리처럼 가난한 계층 아이들은 멀리 떨어진 집까지 버스를 타고 다녔다. 하지만 초등학교와 달리 이 학교에서는 계급 자체가 그렇게 중요해 보이지 않았다. 등교 첫날, 루시라는 이름의 중국 아이와 서리 교구 목사의 딸인 헨리에타 사이에 앉았고, 집에 올 때는 스리랑카 출신의 새 친구 이샤니와 함께 버스를 탔다. 수년 만에 처음으로 좋은 친구들을 만나는 행운이 찾아왔다. 나한테는 이 친구들이 보물처럼 소중했다.

그날 저녁 숙제—맥베스 부인에 관한 에세이 쓰기—를 마치고 나니 일곱 시가 가까웠다. 배가 고파 저녁을 먹으러 아래층으로 내려갔다. 얼마 전 오빠가 집을 떠나 독립한 터라 식탁에 놓인 접시는 넉 장뿐이었다. 옆방에서 들리는 왁자지껄한 TV 소리로 미뤄 동생이 〈그레인지 힐Grange Hill〉1978년부터 2008년까지 BBC에서 방영된 어린이 TV 시리즈을 시청하는 모양이었다. 주방에서는 아버지가 감자튀김이 담긴 팬을 오븐에서 꺼내고 있었다. 아버지는 조리대 위에 팬을 내려놓고 심각하게 뚫어져라 노려봤다.

"감자가 좀 탔네요, 아빠."

내가 별생각 없이 지적했다. 불평할 생각은 조금도 없었다. 나는 그렇게 씹을 때 바삭바삭한 감자튀김을 좋아했다. 아버지가 오븐용 장갑을 벗는가 싶더니 곧이어 쿵쿵 계단을 오르는 발소리가 들렸다. 나는 감자튀김이 차게 식어 시커멓고 길쭉한 토막으로 변할 때까지 물끄러미 바라봤다. 조심조심 위층에 올라갔는데, 흐느껴 우는 소리가 들렸다. 알게 되느니 차라리 모르는 편이 더 나을지 모른다, 다시 내려가는 게 더 안전할지 모른다는 생각이 들면서 심장이 쿵쾅댔다.

침실 문은 약간 열려 있었다. 살금살금 가까이 가보았다. 침대에 걸터앉아 '내가 감자튀김을 태웠어, 내가 감자튀김을 태웠어'라고 되풀이하는 아버지의 말을 엄마가 옆에서 들어주고 있었다. 아버지는 마치 창자를 쥐어짜 눈물을 쏟은 사람처럼 얼굴이 빨갰다. 엄마는 자식에게 하듯 쉬쉬 소리로 아버지를 달랬다. 나는 다시 살금살금 아래층으로 내려왔다. 주방을 빙글빙글 몇 바퀴 돌면서 초조하게 사과 한 알을 씹어 먹었다. 한참 만에 엄마가 내려왔다. 엄마는 아버지가 '조현병'을 앓고 있고 때때로 약물 치료가 잘 듣지 않는다고 설명했다. 눈이 휘둥그레지는 나를 보고 엄마도 깜짝 놀랐다.

"아버지가 그렇게 약을 먹는 걸 몰랐었니?" 엄마가 물었다.

"아버지가 옷을 다 벗고서 집 앞에 나갔던 일 기억 안 나? 그래서 다른 애들 집에서 한동안 우리 집에 놀러 오지 못하게 했잖아……?"

엄마가 묘하게 무심한 말투로 이야기했다. 마치 다른 집 얘기를 하는 것처럼. 우리의 대화는 짧게 끝났다. 아버지 병에 대해 무슨 질문이든 입 밖에 내기에는 내가 받은 충격이 너무 컸다.

나중에 부모님이 주무시러 가고 난 뒤에 욕조에 앉아 이토록 느닷없이 이상하게 고쳐 써진 우리 가족의 삶을 생각하며 울었다. 틀어진 욕실 창유리 너머로 옆집 노란 불빛이 보였다. 저녁 식탁에 함께 둘러앉은 가족의 희미한 웃음소리를 상상해봤다. 우리 집도 그들과 다름없다고 스스로를 속여 왔던 그런 평범한 가족. 학교에서 친구들에게 내가 쓴 엉터리 시를 읽어주면, 친구들은 나더러 '미쳤다'고 놀리곤 했다. 혹시 아버지 병이 내 말과 글에까지 비집고 들어왔다는 뜻이었을까?

그날 밤 나는 마침내 용기를 내어 정확한 단어를 사전에서 찾아보았다. '조현병schizophrenia'은 그리스어에 어원을 두며 'skhizein'은 분열 또는 찢김을, 'phren'은 정신을 의미한다고 사전이 알려주었다. 찰칵, 열쇠가 돌아갔다.

다음 날 저녁, 다시 아버지가 식사를 준비했다. 아버지, 나, 남동생, 이렇게 셋이 식탁에 앉았다. 우리는 말없이 밥을 먹었다. 화요일, 그러니까 엄마가 A레벨 심리학 야간 강좌를 들으러 가는 날이었다. 엄마가 없으면 집이 텅 빈 것 같고 스산했다. 엄마는 항상 생생한 기운과 따뜻한 에너지와 사랑으로 집 안에 은은한 불빛을 피워냈다.

저녁을 먹고 난 뒤, 나는 복도에 서서 문틈으로 아버지를 지켜봤다. 수염을 기르고 있어서 아버지의 여윈 광대뼈가 더 두드러져 보였다. 아버지는 안락의자에 앉아 성경을 읽었다. 아버지가 새롭게 집착하는 일과였다. 이 세상에서 가라앉지 않도록 지켜주기라도 하듯 아버지는 이 일과에 매달렸다. 돌이켜보면, 아버지는 신성한 가르침을 주는 하나님의 음성을 들은 인간들에 관한 말씀을 읽음으로써 아버지가 듣는 목소리들과 싸웠던 게 아닐까. 아버지에게는 미친 사람이라는 표식이 붙었지만 그들은 선지자로 추앙받았으니까.

나는 위층 내 방에 올라가 작업에 착수했다. 배낭에서 친구 아닐의 여권 사진이 담긴 봉투를 꺼냈다. 배경에 대학 로고 워터 마크가 찍힌 네모난 카드에 딱풀로 조심조심 사진을 붙였다. 다음 단계는 조금 더 까다로웠다. 지우개에 글자를 판 다음 만년필 잉크를 글자에 칠하고 사진 위에 도장을 찍었다. 마지막 마무리 로 〈블루 피터Blue Peter〉1958년부터 현재까지 방영 중인 영국 BBC의 어린 이 예능프로그램, 시청자가 만든 공예품과 다양한 문화를 소개한다에서 하듯 투명 비닐 스티커를 씌웠다. 그러면 가짜 신분증 완성이다. 아닐 이 벌써 오십 펜스의 값을 지불했다. 다른 친구들에 비해 일주일 용돈이 훨씬 적었던 나로서는 일종의 용돈벌이였다. 이것으로 이 제 우리도 18세 이상임을 '증명'하고 나이트클럽에 입장할 수 있 다. 나이트클럽에는 술, 담배, 남자애들이 있었다. 모든 학생이 품행이 바르고 정확히 색조가 같은 감색 외투를 입고 무릎 위 치 맛단이 금지된 중등 여학교에서 우리가 놓치는 모든 것이랄까.

가짜 신분증을 다시 봉투에 넣으며 로라 팔머를 떠올리는 자 신을 발견했다. 당시 우리 학교에는 〈트윈 픽스Twin Peaks〉 광풍 이 불고 있었다. 로라는 이중생활을 했다. 앞에서는 학교에서 인 기 많은 금발의 착한 여고생이고, 뒤로는 양다리를 걸친 문란하 고 음침한 약물 중독자였다. (사람들이 보통의 자아와 도플갱어, 이 렇게 둘로 분열되는 것이 시리즈 전체를 관통하는 특징이었던 듯하다.) 내가 동질감을 느낀 부분이 바로 그런 분열이었다. 절반의 나는 숙제를 성실히 하고, A학점을 받고, 온순하고 순진해 보이는 인상에 학급 대표로 뽑혀 매일 아침 고분고분 선생님 대신 출석을 체크했다. 그리고 다른 절반의 나는 하굣길에 공원에서 불법 담배를 피우고, 가짜 신분증을 만들고, 댄스플로어에서 남자애들을 유혹하고, 침침한 클럽 구석에서 남자애들과 어설픈 밀회를 나눴다. 이 둘이 한데 뒤섞이도록 허용하기는 어려워 보였다. 아마 남성한테는 그런 일이, 그렇게 둘이 통합된 하나로 존재하기가 더 쉬우리라고 나는 생각했다.

신분증을 완성해놓고 글쓰기에 돌입했다. 글쓰기가 나의 중독이 돼가고 있었다. 문을 두드리는 소리에 화들짝 놀랐다. 근엄한 실루엣 하나가 문 앞에 나타났다.

"결혼하기 전에는 성관계를 가지면 안 된다. 성경에 그렇게 쓰여 있다."

아버지가 로봇 같은 말투로 읊조렸다. 나는 화가 나서 눈을 부라렸다. 아버지가 기분이 상한 얼굴을 보이더니 가버렸다. 다음 날 간밤의 사건을 떠올리는데 뭐가 뭔지 알 수가 없었다. 아버지의 어긋난 말다툼이 나와는 아무 상관없는 일처럼 느껴졌다. 내 이야기를 들은 엄마는 그저 웃으며 아버지에게 신경 쓰지 말라고 했다. 그렇게 생각하니 기분이 나아졌다. 이것이 내가 아버지와 한집에서 성장기를 견뎌내는 방식이었다. 동생에게도 똑같은 과정이 일어났다. 거리두기. 잘 모르는 불운한 친척이 집에 머무르듯, 가족 모두가 참아줘야 하는 존재처럼 아버지를 대했다.

대부분의 시간 동안 아버지는 너무나 조용해서 유령 같았다. 물론 이따금 아버지가 설거지를 하면서 **'닥쳐! 닥쳐!'**라고 외치는 소리가 들리기도 했다. 그럴 때는 마치 사나운 바람처럼 아버지 주위를 맴도는 목소리들을 물리치려는 것 같았다. 언젠가 아버지의 안락의자 옆 책장에서 아버지가 자신을 괴롭히는 것들을 질타하며 적어놓은 말을 발견했다.

> *나는 가택 연금에 처하지 않았다*
> *나는 이슬람교도가 아니다*
> *나는 기독교인이다*

모두 아버지가 아끼는 파커 볼펜으로 조그맣게 대문자로 들쭉날쭉 적혀 있었다. 이날 이후 이런 기이한 질타의 말이 더 있을까 싶어 아버지의 책장을 수시로 확인했는데, 쇼핑 리스트나 성서 강독에 관한 메모들뿐이었다.

성인이 된 뒤로 내가 부모님을 만나러 집에 올 때마다 아버지는 말없이 뒤로 물러나 서성이곤 했다. 우리 집에서 며칠 함께 지냈던 친구가 후에 이런 기억을 털어놓았다. '내 기억으로 너희 아버지는 나에게 단 한마디도 하지 않으셨어. 그곳에 계시지 않은 것 같았어.' 지금은 안다. 이런 무관심, 무엇에도 관여하지 않는 덧없는 부재가 조현병 증상임을. 그러나 당시에 내가 아는 것이라곤 엄마와 내가 가장 가까운 친구라면 아버지와는 사실상 관계라고 할 만한 것이 거의 없다는 정도였다.

어느 해인가 크리스마스 다음 날, 온 가족이 극장에 가서 〈오스트레일리아Australia〉를 관람했다. 영화의 엔딩 자막이 올라가면서 어둠 속에서 각자 모습을 드러낼 때, 아버지 얼굴에 떠오른 생기 있는 표정을 보고 나는 깜짝 놀랐다. 아버지에게 영화가 재미있었는지 물었더니, 아버지가 이제껏 본 영화 중에 최고였다고 대답했다. 나중에 엄마에게 연유를 들었다. 아버지에게 말하는 그 목소리가 갑자기 멈췄다고, 그래서 아버지가 두 시간의 자유를 누렸다고 했다. 자유, 이 단어에 나는 정신이 번쩍 들었다. 아버지가 자신이 치르는 싸움을 더 이상 말로 표현하지 않는다는 이유로 아버지가 그 감방 안에 갇혀 있다는 사실을, 그 안에서 적대적인 누군가가 온종일 말을 건다는 사실을 나는 자주 잊었다. 아버지의 내면에서 말의 주도권을 놓고 어떤 다툼이 벌어지건 그것은 당사자만 아는 고통이었다.

거실 벽난로 선반 위에는 엄마의 사진을 넣은 세 폭 액자가 놓여 있다. 하나는 수줍은 얼굴, 하나는 웃는 얼굴, 다른 하나는 수심에 잠긴 얼굴이다. 세인트헬리어병원에 입원한 아버지를 만나고 돌아와서 나도 모르게 사진 속에 동결된 엄마 얼굴을 뚫어져라 바라봤다. 엄마에게 조언을 구할 수 있다면 얼마나 좋을까? 엄마는 아버지가 긴장증에 빠지는 모습을 본 적 있었을까? 엄마라면 어떻게 대처했을까?

엄마를 떠나보낸 지 갓 네 해가 지났다. 엄마가 세상을 떠난 뒤로 아버지가 우는 걸 한 번도 보지 못했다. 형제들과 나는 혹시 발작 조짐이 보일세라 긴장하며 아버지를 살피고 시중을 들었다. 그런데 아버지는 그저 정해진 일과를 수행할 뿐이었다. 지난 세월 동안 아버지의 주의와 관심사가 미치는 범위는 점점 좁아졌다. 아버지에게는 친구가 아무도 없고 오로지 가족뿐이었다. 아버지는 포부도 없었다. 모르는 어딘가로 여행을 가면 불안감에 양손을 부들부들 떨었다. 규칙적인 일상이 아버지를 지탱했다. 아버지는 거의 고양이만큼 잠을 많이 잤다. 밤이면 열두 시간씩 침대에 누워 지냈고, 낮에도 종종 낮잠을 잤다. 아버지의 하루는 약 복용으로 시작해서 약 복용으로 끝났다. 아침에 맨 먼저 란소프라졸과 락툴로오스, 밤에 맨 마지막으로 아미설프라이드와 클로자핀을 복용했다. 체형 역시 약물의 영향을 받았다. 복용하는 약의 부작용으로 아버지는 엄청나게 체중이 늘었다. 아버지는 하루에 몇 차례씩 동네 슈퍼마켓에 다녔지만, 병원 진료 외에 동네를 벗어나는 일은 좀처럼 없었다. 아버지의 생활 반경은 수백 년 전 옛사람의 생활 반경에 더 가까웠다. 엄마가 돌아가신 뒤 유일하게 나타난 급격한 변화는 아버지가 〈이스트엔더스 EastEnders〉1985년부터 방영된 BBC 드라마 시청을 중단한 일이다. (아버지와 엄마는 항상 이 드라마를 같이 시청했다.) 이것이 아버지의 정신 건강이 호전되는 신호인지 아닌지를 두고 우리 세 형제는 의견이 엇갈렸다.

애플리 브릿지에 떨어져 살 때 매일 밤 아버지에게 전화를 걸었다. 통화는 10분 정도 이어졌다. 언제나 똑같이 가볍고 쾌활한 대화가 오고 갔다. 나는 아버지에게 날씨가 어떠냐고 물었고, 아버지는 해가 났다거나 비가 왔다거나 흐렸다고 대답했다. 아버지에게 식사를 했는지, 고양이 밥을 줬는지, 외출을 했는지 물으면 아버지는 했다, 줬다, 했다고 대답했다. 그러고는 안녕히 주무시라고 인사했다. 아버지는 언제나 내 전화를 반기는 것 같았다. 다시 집으로 돌아와 아버지와 함께 살기 시작하면서 가끔씩 아버지에게 음식을 해드리기도 했다. 한집에 살면서 말을 많이 하지 않아도 아버지와 나 사이에는 다정한 온기가 흘렀다. 삼 년 반 동안 이런 상태가 유지됐다. 갑자기 상황이 급격히 나빠지기 전까지는.

2015년 9월, 문제의 첫 조짐이 나타났다. 아버지는 일주일에 한 번씩 주치의GP, 영국 의료 체계에서는 모든 국민이 거주 지역 내 1차 진료를 담당하는 일반의를 자신의 주치의로 등록한다를 찾아가 티눈, 목 간지럼, 현기증, 손의 작은 발진을 치료받았다. 처음에는 나도 불안했다. 아주 작은 증상 뒤에 몸을 초토화하는 질병이 숨어 있을 수 있음을, 사랑하는 이를 잃고서 알게 됐기 때문이다. 그러다가 내 걱정에 면역이 생기기 시작했다. 소소한 질환이 일종의 취미처럼 아버지가 수집하고 신경 쓰고 이리저리 살펴 표식을 달아두는 소일거리가 되는가 보다 생각했다. 그런데 아버지의 건강염려증 성향이 걷잡을 수 없이 심해졌다. 규정하기 힘든 어떤 증상으로 스테판이 아버지를 주치의에게 모시고 갔던 날, 나오는 길에 아버지가 흐느껴 울기 시작했다. 아버지는 그 길로 병원에 실려 가서 이삼일 뒤에 퇴원했다. 아버지는 이상해 보였다. 기억이 흐릿하고 움직임이 둔해져서 평소 하던 일들도 두 배의 시간이 걸렸다. 나는 아버지에게 음식을 해드리면 도움이 되지 않을까 싶었다. 휴식이 해답이라고 생각했다.

9월의 그날, 처음 그 상황이 벌어졌을 때 점심 준비로 식탁을 차리고 있던 기억이 난다. 양탄자에 남은 얼룩에 눈길이 갔다. 엄마가 마지막 며칠을 이 방에서 보냈으니 우유가 엎질러진 얼룩인가? 아니면 소변이 튀었을까? 이제는 자국이 희미하게 남아 있었다. 나는 복도로 나가 위층에 대고 크게 말했다.

"아버지, 식사하세요!"

식탁에는 두 사람분의 식사가 놓였다. 식탁 맨 위쪽 엄마가 앉던 자리는 비워두었다. 나는 늘 식욕이 왕성했다. 여전히 선 채로 참지 못하고 감자를 한 조각 찍어 급히 씹었다. 다시 아버지를 불렀다. 그래도 대답이 없어서 서둘러 위층에 올라갔다. "들어와." 문을 두드렸더니 아버지의 떨리는 음성이 응답했다. 아버지는 침대에 앉아 옆에 가지런히 놓인 옷가지들, 바지와 멜빵과 셔츠를 내려다보고 있었다. 스크래블 게임알파벳 철자를 조합해 단어를 만드는 놀이에서 자기 차례에 안 좋은 철자들이 뽑혀 단어를 만들지 못하는 사람의 얼굴이었다.

무릎을 꿇고 앉아 부지런히 아버지의 양말을 벗기고 탄탄한 새 양말로 갈아 신겼다. 그런데 아버지의 파자마 윗도리를 벗기려다가 손이 멈칫했다. 아주 어릴 때 이후로 아버지의 벗은 몸을 본 적이 없었다. 그래서 이렇게 말했다.

"파자마 차림으로 점심을 먹어볼까요?"

아버지가 느릿느릿 층계를 내려오는데, '잠깐만, 아침 약을 드시긴 한 건가?' 하는 생각이 들었다. 우리는 주방 찬장 한 칸을 약품 수납함으로 사용했다. 나는 어려운 이름과 복용 방법이 표시된 라벨을 매달고 뒤죽박죽 섞인 흰 상자들을 뒤적였다. 식탁에 가보니 아버지는 차게 식어가는 닭과 채소 요리가 담긴 접시를 앞에 두고 앉아 있었다. 아버지에게 약을 건넸다. 정적. 무반응. 나는 컵에 물을 따르고 알약들을 숟가락에 얹었다. 숟가락을 아버지 입으로 가져갔다. 아버지가 입을 벌렸다. 알약들을 재빨리 아버지 입에 넣고 물을 건넸다. 그러고는 아버지 접시에 놓인 음식을 잘게 자르기 시작했다. 닭 요리 한 조각을 포크에 찍어 아버지의 다문 입술에 가져갔다.

"아버지, 맛이 괜찮아요. 먹고 기운차려야지요."

아버지는 내 말이 들리지 않는 것처럼 나를 빤히 쳐다봤다. 비현실적인 그 잠깐의 순간, 나는 내가 아버지가 믿지 않는 어떤 환영이 된 느낌이 들었다. 999에 전화를 걸었다. 그쪽에서 아버지가 숨을 쉬는지, 아파하는지를 물어보는데, 나는 아버지의 상태를 설명하기가 난감했다. 아버지는 혼수상태인 것처럼 보이기는 해도 깨어 있었다. 전화를 끊고 아버지의 숨소리로 위안을 삼아보았지만, 아버지와 눈을 맞추려는 시도는 실패했다. 아버지의 눈에서 사그라드는 빛을 보며 섬광처럼 스치는 비탄에 간담이 서늘했다. 이 방에서, 간이 병원 침대에 누운 엄마의 몸에서 생명이 빠져나갔었지. 아버지는 몸은 반쯤 죽고 정신은 연옥에 들어선 경계 상태에 놓인 것 같았다.

아버지가 회복되기까지 여덟 주가 걸렸다. 투팅 지역 정신병원에 병상이 부족해서 아버지는 세인트헬리어병원에서 톨워스병원으로 이송되어 치매를 앓는 노인 환자들과 병실을 함께 썼다. 그곳에서 약물과 영양분을 투여해 다시 걷고 말할 정도로 건강을 회복하고 크리스마스에 맞춰 퇴원했다. 당시 나는 아버지의 긴장증을 한 번 앓고 지나가는 일시적인 문제로 여겼다. 아마도 아버지가 단순히 피로해서, 기운이 떨어져서, 휴식이 부족해서 생긴 일이려니 했다. 하지만 이런 상황이 다시금 벌어지는 지금은 더 이상 일시적인 이상 증세로 치부할 수 없었다. 이것은 뭔가 새로운 것, 내가 이름을 댈 수도 설명할 수도 없는 어떤 패턴의 시작이었다. 엄마가 아버지를 돌보았던 기나긴 세월을 떠올려보았다. 어째서, 수십 년 동안 안정적이던 아버지가 다시 쓰러지게 된 걸까? 그리고 어째서 그렇게 기이한 상태에 빠지게 되었을까?

5

커플마다 만남의 스토리가 있다. 파티에서 '어떻게 만났어요?' 질문을 받으면 답으로 즐겨 말하는 사연 말이다. 시간이 지날수록 사연은 세세하게 좁혀지고 확고해져 매끈한 허구를 덧입는다. 복잡다단한 연애사의 내러티브 속에서 우리가 반복적으로 이야기하는 무엇. 그 스토리가 일종의 기원 신화가 된다.

2012년 나는 『윌 셀프의 본질The Quiddity of Will Self』월 셀프, 1961년 런던에서 태어난 소설가, 평론가 겸 저널리스트. 풍자적이고 환상적인 작품을 주로 쓴다이라는 책을 출간했다. 윌 셀프를 매혹의 초점에 둔, 영화 〈존 말코비치 되기〉의 소설판이라 하겠다. 인터뷰를 하면서 나는 이 작품이 조현병 환자의 머릿속 청사진이기도 하다고 사람들에게 말하고 있었다. 약간 허세나 가식이 섞인 말로 들렸을지도 모른다. 하지만 작품 안에서 아버지의 정신이상이라는 유령을 몰아내는 의식을 치르는 내 느낌은 진심이었다.

톰이 내 책에 대해 인터넷에 올린 반긍정적인 서평을 ('그럭저럭 약물을 대체할 만한 독서') 보고 그가 처음 눈에 들어왔다고 친구들에게 농담처럼 말하곤 했다. 내가 그에게 부루퉁한 이모티콘을 쐈더니, 그는 양해를 구하듯 멋쩍게 웃는 얼굴로 응답했다. 첫 데이트 날, 우리는 맨체스터의 예술영화관 코너하우스로 〈아무르Amour〉를 보러 갔다. 우리 둘 다 미카엘 하네케 감독의 팬이었다. 엄마의 죽음을 애도하던 첫해에 보기에 이상적인 영화는 아니었다. 영화는 아내에게 뇌졸중이 생기면서부터 남편이 아내의 간병인이 되는 노부부의 생활을 그린다. 아내를 돌보다 지치고 절망에 빠진 남편은 결국 사랑하는 아내를 베개로 질식시키기에 이른다. 격분한 몇몇 평론가는 '안락사 광고' 같은 영화라고 비난하기도 했다. 이날 일도 우리 사이에 한 가지 일화를 남겼다. 첫 데이트의 대부분을 내가 화장실에서 흐느껴 울며 보낸 일을 두고 톰은 '여자들이 보통 나를 만나면 그렇게 되지'라며 두고두고 이야기했다.

처음에는 내 안의 무언가가 저항심을 자극했다. 내가 과연 일부일처제를 신봉하는지 스스로도 알 수 없었다. 톰과 사귀기 시작한 처음 몇 주 동안 악몽을 꾸다 잠에서 깨곤 했는데 그때마다 지금 누구 옆에 누워 있는지 혼란스러웠다(그만큼 혼자 자는 데 익숙한 사람이었으니까). 주로 톰이 목줄이나 올가미를 내 목에 씌우고 바짝 잡아당기는 꿈이었다. 나는 우리 관계가 잘 풀리지 않을 이유를 찾아내려고 애썼다. 내 과거 관계들은 하나같이 수명이 짧았다. 남자든 여자든 내가 데이트한 상대들은 대개 책을 향한 관심이 뜨뜻미지근하거나 아니면 공상과 기행을 즐기고 자료 조사에 몰두하는 내 행동에 짜증 내며 내가 글 쓰는 것을 질투했다. 나는 나대로 독립성을 중시하는 태도가 몸에 배었다. 그런데 톰은 책이 빼곡히 들어찬 아파트에 살았고, 내 글쓰기 아이디어에 대해 듣기를 좋아했다. 나는 내가 길들여져 가는 것이 무서웠다. 개별성을 잃는 것이 두려웠다. 서로의 문장을 대신 끝맺어주면서 둘이 하나로 뭉뚱그려지기 시작하는 커플 대열에 들어가게 될까 겁이 났다. 뚜렷하게 그어놓은 자신의 테두리를 유지하고 싶었다.

삼 년째 진행형이다. 떨어져 있을 때, 우리는 두어 시간에 한 번씩 서로에게 문자메시지를 보낸다. 웃기는 사진, 인용구, 정치, 농담, 때로는 그저 아침으로는 뭘 먹고 점심에는 뭘 먹었는지 하는 시시콜콜한 일까지도. 서로에게 붙여준 애칭도 있다. 톰은 미스터 로즈Mr Rose, 나는 미스 로제티Miss Rossetti. 그의 침대에 잠든 나를 두고 톰이 은행으로 출근하는 날, 나는 그의 아파트를 표류하며 곡을 짓는 사람이 된다. 그를 노래한 러브송을 만들었다고 그에게 말해준다. 그가 있을 때 그 노래를 불러주는 일은 없겠지만, 그가 집에 돌아오면 언제나 벽을 울리는 노래의 메아리가 들릴 것이다. 이렇게 말하는 나를 그는 꽈악 끌어안는다.

사랑을 나누고 어둠 속에 나란히 누워 있으면, 꿈같기도 하고 아이 같기도 한 진지한 대화가 우리 사이에 피어오른다. 나는 그의 영혼이 무슨 색깔이냐 묻고, 그는 암적색이라고 말한다. 그러면 나는 내 영혼은 바다의 푸른색이라고 말한다. 굿나잇 인사를 하느라 우리는 서로 코를 찧는다. 나는 항상 그의 서랍에서 어느 무명 밴드의 저속한 로고가 찍힌 티셔츠와 추리닝 바지를 꺼내 입는다. 바지는 너무 커서 내 발목에 치렁치렁하다. 옷에 스민 그의 냄새를 맡으면 개박하를 만난 고양이처럼 기분이 좋아진다. 우리는 장난처럼 함께 도도새를 키우며 번갈아 이 새를 돌본다는 얘기를 지어낸다. 나는 톰이 케이퍼를 싫어하고 바질을 좋아한다는 것, 아침에 맥을 못 추는 올빼미형 인간이라는 것, 예전에 '빌리루피안'이라는 밴드에서 기타를 연주한 적이 있다는 것, 늑대를 기르는 게 어릴 적 소원이었다는 것을 알게 된다. 하루는 그가 골짜기에 있는 꿈을 꾼다. 늑대 울음소리가 산등성이를 따라 메아리치고, 그는 그 소리를 들으며 기쁘게 웃는다.

아버지를 만나러 병원에 가는 길에 톰에게 문자메시지를 보냈다. '『댈러웨이 부인』을 읽으려고 가져감. 보고 싶어 xx.' 버스에 앉아 책 표지를 쓰다듬다가 문득 이 책을 톰이 사줬다는 사실이 기억났다. 우리는 자주 서로에게 깜짝 선물을 안겼다. 주로 책이나 달달한 간식, 내게는 초콜릿, 톰에게는 너드 캔디 같은.

쾅! 쾅! 쾅!

아버지가 구급차로 세인트헬리어병원에 실려 온 지 이틀째 되는 날이었다. 침대를 내리치는 아버지의 손 망치질이 이전보다 더 격렬해진 것 같았다. 간호사가 아버지의 팔을 내리려고 애쓰는 모습을 지켜보았다. 간호사는 상냥한 사람 같았지만, 아버지가 내는 소음에 좀 짜증이 난 듯했다. 아버지의 양팔은 간호사를 피해 완강하게 휘둘리며 맹렬한 결의로 쾅쾅 망치질을 되풀이했다. 나는 침상 옆에 앉아 아버지 얼굴을 바라보았다. 두 눈을 꼭 감은 얼굴은 아무런 표정이 없었다.

어린 시절 기억 하나. 예닐곱 살 때다. 스테판이 아버지의 바짓가랑이 한쪽을 붙잡고 내가 다른 한쪽을 끌어안고 있다. 우리 둘이서 아버지를 거실 바닥에 붙들고 있다. "아빠, 가지 마, 가지 마!" 우리의 외침으로 봐서는 아버지가 골목 끝 슈퍼마켓이 아니라 어디 대항해라도 떠나기 일보 직전이다. 아마 우리는 아버지가 곧장 돌아오지 않고 결국은 흰 침대들이 놓인 장소로 가게 될까 봐, 그래서 면회 시간 외에는 아버지를 만나지 못하게 될까 봐 무서운 모양이다. 아버지는 선한 미소를 짓는다.

아버지가 병이 들어 조각나버렸을지라도, 놀이와 신체 접촉이 아버지와 우리 사이를 이어줄 수 있었다. 아버지와 우리 사이에 틈이 훌쩍 벌어진 것은 우리가 청소년기에 접어들면서, 신체 놀이 대신 교양을 원하게 되면서부터다. 우리는 세상이 돌아가는 방식과 사람들에 관한 물음에 대답을 원했고, 아버지는 우리에게 그런 대답을 제시해주지 못했다.

쾅! 쾅! 쾅!

결국 이렇게 되는 것이 아버지의 운명이었을까? 아버지는 아이가 넷인 가정의 셋째로 태어났다. 아버지가 아주 어렸을 때 가족은 요크셔에서 뉴몰든으로 터전을 옮겼다. 그로부터 두 해 뒤 2차 세계대전이 종식되었다. 아버지의 어머니는 두뇌가 명석하고 스크래블 게임을 사랑하는 똑똑한 여성이었고, 아버지의 아버지는 낮에는 사무원으로 일하고 밤에는 재능 있는 음악인으로 활동하며 재즈밴드에서 피아노를 연주했다. 색소폰도 시도해 보았는데, '그걸 불기에는 숨이 약했다.' 어릴 때 〈피터와 늑대 Peter and the Wolf〉라는 앨범을 누군가 나에게 건네준 기억이 난다. 동네 극장에 올릴 공연을 위해 할아버지가 작곡한 음악이 녹음돼 있었다.

쾅! 쾅! 쾅!

아버지도 예술적 재능이 있었다. 각양각색의 직업을 순회하다가 한번은 샘플 상자 만드는 일을 하기도 했다. 아버지는 여러 가지 창의적인 모양으로 부활절 달걀 상자를 디자인했다. 우리가 함께 특별한 선물 상자를 만들던 일도 기억한다. 아버지가 식탁 위에 두꺼운 종이를 한 장 펼쳐놓고, 자를 대고 연필로 도안을 그렸다. 양 끝에 타원형 덮개가 달린 초소형 베개 모양 상자들이었다. 내가 그 옆면에 해변의 저녁노을이라든지 용이나 하트 따위를 그려 넣었다. 상자에는 종이 집게, 장신구, 초콜릿 같은 잡동사니를 담을 수 있었다. 나중에는 상자를 그림으로 꾸며 학교 친구들에게 종종 선물하기도 했다.

쾅! 쾅! 쾅!

그 상자들에 얽힌 기묘한 일화 하나. 아버지가 입원하기 얼마 전쯤 점심을 같이 먹다가 아버지에게 예술적 감각이 있다는 말을 꺼냈다. 아버지는 얼굴을 붉히며 대뜸 반박했다. "아니야, 나는 그림 못 그려." 아버지는 언제나 단호하게 자기 자신을 깎아내렸다. 우리는 삼 남매 모두 성적이 우수했다(이상하게도 양친 중 어느 한쪽이 정신병을 앓는 가정들이 흔히 그렇다). 그런데 지난번 스크래블 게임에서 아버지가 놀라운 점수를 냈을 때처럼 내가 아버지더러 똑똑하다고 말하면, 아버지는 고개를 저으며 단호하게 부정했다. "나는 똑똑하지 않아, 나는 재능이 없어." 그러고는 그 말을 입증하려고 본인은 학교 성적이 좋지 않아서 상위 중등학교에 떨어졌다고 덧붙였다. 하지만 그런 일에는 재능 못지 않게 운이 작용했다. 어쩌면 시험 당일 운이 나빴을 수도 있고, 운명이 아버지에게 시비를 걸었을지도 모른다. 중등학교 입학이 내게는 자신감을 높여준 사건인 반면 아버지에게는 '형제들만큼 똑똑하지 않음'이라고 쓴 상자 안에 자신을 가둬버리는 비극이 되었다.

아버지의 자기 비하가 그것 때문이었을까? 항상 손위 형제들과 자신을 비교했기 때문에? 사회적 지위에 있어서도 마찬가지였다. "아버지는 어느 계층에 속해요?" 내가 물어본 적이 있다. 아버지는 본인은 (거의) 노동 계층이지만 자식들은 (확실히) 중간 계층이라고 대답했다. 아버지의 목소리에는 부모로서의 자부심이 실린 한편, 아버지가 가진 질환의 성격과 무관하지 않은 일종의 결의가 담겨 있었다. 스스로 아무것도 되지 않겠다는 결의, 무엇으로도 자신을 규정하지 않겠다는 결의였다. 마치 아버지 눈에는 주위 모든 이들이 영예, 지성, 성공의 총천연색 삶을 사는 것처럼 보이고, 본인의 삶은 변변한 플롯도 없는 흑백 무성영화인 것처럼.

아버지의 병은 미스터리였다. 아버지도 미스터리였다.

쾅! 쾅! 쾅!

한 가지 아이디어가 떠올랐다. 이전 해 아버지가 대장암 수술을 받았을 때, 나는 아버지에게 종종 신문 기사를 읽어드렸다. 아버지가 평소의 단답형 대답을 뛰어넘어 활기와 열의를 띠고 대화에 응하는 몇 안 되는 경우 중 하나가 바로 정치 얘기를 할 때였다. 대부분 사람들이 그렇듯 아버지의 견해도 좌우 어느 한쪽에 꼭 부합한다기보다는 모순의 메들리에 가까웠다. 아버지는 브렉시트에 찬성하면서 자유민주당을 찍고, 무상교육을 지지하고 이민자들을 환영해야 한다고 믿었다.

혼수상태에 빠진 사람에게 가족의 목소리가 치유와 자극이 되기를 소망하며 글을 읽어주듯, 세인트헬리어병원에서도 신문을 읽어드리면 일종의 삼투현상처럼 서서히 영향을 미치지 않을까 나는 기대를 품었다. 그러나 내가 읽는 기사는 아버지 귀에 들리지 않았다. 아버지 스스로도 어쩌지 못하는 콩! 콩! 콩! 소리 때문에. 아버지 눈에서 눈물이 흘러나왔다.

"괜찮아요, 아버지?"

"그냥 감기에 걸린 거야." 아버지가 이렇게 제대로 문장을 갖춰 말하기는 한참 만이었다. 감기라고? 아버지가 우는 걸까? 이것도 일종의 증상 발현인지 의문이 들었다.

"무슨 슬픈 생각이 들어요?"

내가 물었지만 아버지는 다시 긴장증의 컴컴한 수면 아래로 실려 가버린 뒤였다. 의자에서 일어나 침대 위로 몸을 기울이고 아버지의 양팔을 붙들었다. 그리고 천천히 아버지의 팔을 침대로 내리기 시작했다. 아버지의 신체가 저항하는 힘이 전해졌다.

아버지와 나의 몸부림이 이어졌다. 몸을 바짝 기울인 탓에 내 얼굴이 아버지 얼굴에 닿을락 말락 했다. 우리 눈동자에 서로의 모습이 비쳤다. 나는 눈빛으로 아버지에게 말했다. '아버지 괜찮아요. 제가 여기 있어요. 제가 항상 아버지를 돌볼게요.' 아버지의 주먹이 움직임을 멈추는 것이 느껴졌다. 그러더니 아버지의 얼굴이 바뀌었다. 긴장이 풀리면서 아버지의 표정은 순수한 상냥함으로 온화해졌다. 아버지와 나 사이에 애정이 아른아른했다. 아버지의 눈이 서서히 감겼다. 아버지의 손은 충동의 기억으로 움찔거렸지만 침대에 그대로 놓여 있었다. 서서히 잠에 빠져드는 아버지를 보며 나는 아버지가 얼마나 탈진했는지, 이렇게 풀려나기를 얼마나 갈망했는지—신체의 기이한 도착 증상이 어떻게 아버지 자신의 욕구를 좌절시켰는지—비로소 실감했다.

6

이 사진의 주인공은 내가 아주 많이 존경하는 간병인이다. 레너드 울프Leonard Woolf, 천재의 남편.

레너드는 키가 크고 마른 체격에 기세가 당당했지만, 부계 유전으로 신경성 수전증을 앓았다. 경우에 따라서는, 가령 만찬 석상 같은 자리에서 손에 쥔 식기가 달가닥거릴 만큼 증세가 심해지기도 했다. 그는 총명하면서 친절한 사람이었다. 동물을 사랑하고 여러 동물을 데리고 살았다. 실론에서 지내던 시절에는 표범을 집에 들였고, 영국에 와서는 개를 여러 마리 키웠다. 집에서 키우던 밋지라는 명주원숭이를 어깨에 앉힌 채로 무개차를 운전해 휴가를 떠난 적도 있었다.

그는 약자의 권익을 옹호했다. 그가 사회주의자가 된 데에는 유대인으로서 본인이 겪은 편견도 어느 정도 영향을 미쳤다. (결혼 전 그의 청혼을 받고 고심하던 버지니아도 이 점을 거절 사유의 하나로 꼽았다.) 블룸즈버리그룹에 합류한 뒤로도 그는 리턴 스트레이치Lytton Strachey나 스티븐 형제들 같은 상류층과 달리 '이 계급에 속하지 않은 주변인이고, 나와 내 아버지가 비록 전문직 중간계급에 속해 있지만 유대인 장사꾼 계층에서 가까스로 신분 상승을 이뤄낸 것이 불과 얼마 전이며 우리는 그들과 뿌리가 다르다'고 이야기했다. 나름대로 성격적인 결함도 없지 않았다. 관리업무야말로 문명사회에서 '가장 귀중한 꽃이자 열매'라는 생각으로 이런 업무에 집착하다시피 하며 아주 즐거이 회계를 보았다. 다소 주위를 통제하기 좋아하는 성향이 있어서 키우는 개들이 항상 복종하도록 훈련했다. 지적인 우월 의식도 있긴 했다. 그래도 사회적 지위를 따지는 속물은 아니어서 이를테면 국제연맹에 대해 우편배달부와 신나게 수다를 떨었다.

가끔 그를 거만하고 귀족적인 인물로 희화화하는 이들도 있는데, 이런 취급은 부당하다. 그가 재기 발랄한 유머 감각으로 식후 연설을 하면 존 베처먼John Betjeman 영국 시인이자 극작가 같은 사람들이 듣다가 배꼽을 잡을 정도였다. 여성협동조합Women's Co-Operative Guild에 발을 들이고부터는 페미니스트가 되어서 여성이 '남성보다 더 감정적이고 변덕스럽다'라는 '가장 상습적이고 저열한 오류'에 공공연히 반대했다. 이러니 레너드 울프를 좋아하지 않을 수가 없다.

레너드와 버지니아는 1912년에 결혼했다. 버지니아의 삶을 중심으로 레너드가 자기 삶을 맞춰간 결혼 생활이었다. 수십 년에 걸쳐 레너드가 버지니아의 문학적 천재성을 북돋우고, 버지니아는 『댈러웨이 부인』, 『등대로』, 『올랜도』를 비롯한 걸작을 저술했다.

아버지를 걱정하며 암울한 나날을 보내던 나에게 레너드는 영감을 주는 존재였다. 버지니아가 신경쇠약을 앓고 자살을 기도하던 시기에도 그는 내내 엄청난 극기심과 애정과 의리로 버지니아를 간호했다. 간병인의 역할은 고독한 의무 같기도 하다. 주위 모든 사람이 나비처럼 자유로이 사는데 이 세상에서 나 혼자만 간병이라는 제약에 시달린다는 느낌이 들 수 있다. 나는 레너드를 우러러보게 되었다. 버지니아의 끼니를 챙겨야 했고, 때로는 발버둥 치기도 했으며, 의사들을 신뢰하지 못했고, 아내의 건강을 보살피느라 자기 건강을 해치기도 했다는 사실을 알고 나니 그가 깊숙이 인간적으로 느껴졌다.

나는 레너드에 관해 찾아낼 수 있는 자료를 샅샅이 찾아 읽었다. 그를 더 잘 이해하고 싶기도 했지만, 동시에 내 뇌리를 떠나지 않는 질문의 해답을 간절하게 찾고 싶었다. 결혼 전에 레너드는 버지니아가 정신 질환을 앓는다는 사실을 알았을까? 아니면 결혼한 이후에 깨닫게 되었을까? 그랬다면 그 사실이 그에게는 충격이었을까? 우리 부모님이 그랬듯, 두 사람 관계의 어느 시점에서인가 남편과 아내에서 간병인과 환자로, 이 두 가지 경계가 흐트러지는 미묘한 변화의 순간이 분명 있었을 것이다. 두 사람 모두 이 새로운 역할을 수용하기가 힘들지 않았을까?

1911년 청년 레너드의 모습을 상상한다. 여름밤, 그는 블룸즈버리의 고든스퀘어를 가로질러 걷고 있다. 저녁 식사에 초대받아서 얼마 전 예술비평가 클라이브 벨Clive Bell과 결혼한 바네사 스티븐의 집으로 가는 길이다. 스티븐 자매와의 첫 만남은 1900년으로 거슬러 올라간다. 형제 토비를 만나러 자매가 케임브리지 트리니티대학을 방문했을 때다. 백색 드레스와 커다란 모자 차림의 자매는 눈부시도록 아름다웠다. 레너드는 회고록 『씨뿌리기 Sowing』에서 '미술관에서 갑자기 렘브란트나 벨라스케스의 작품을 맞닥뜨리는 순간처럼 그렇게' 두 사람의 아름다움이 모두를 일시에 숨죽이게 만들었다고 이날의 기억을 서술했다. 그는 자매에게서 '대단한 지성과 신랄한 비평, 냉소와 풍자가 담긴' 눈빛을 읽고 두 사람의 예리함도 놓치지 않고 알아보았다.

레너드는 실론에서 식민지 관리직으로 공무를 수행하며 지난 7년을 지냈다. 영국을 떠날 당시의 그가 '순진한 제국주의자'에 가까웠다면, 돌아올 때의 그는 반제국주의자에 가까웠다. 1909년 리턴 스트레이치는 레너드에게 보낸 편지에서 레너드가 당연히 버지니아에게 청혼해야 한다고 단언한다. '그녀처럼 지성이 풍부한 여성은 이 세상에 하나뿐'이라며. 리턴이 씨를 뿌려놓은 셈이다.

레너드는 바네사 클라이브 부부와 저녁을 먹는다. 그리고 이후에 버지니아와 예술가 던컨 그랜트Duncan Grant가 합석한다. 바네사는 예술가로 활동하고, 버지니아는 아직 결혼을 하지 않고 소설을 집필 중이다. 타지로 떠나 있는 동안 영국 사회가 이렇게 달라졌다는 사실에 레너드는 고무된다. 그가 마지막으로 고든스퀘어 46번지를 방문한 시기는 1904년이었다. 당시에는 바네사나 버지니아를 성이 아닌 이름으로 부르는 것은 꿈도 꾸지 못할 일이었다. 두 자매 역시 젊은 여성으로서 이토록 자유롭게 의견을 말하고 번뜩이는 아이디어를 논하며 공유할 만큼 자신감을 품기 어려웠을 것이다. 이제야 그 고루하고 억압적인 빅토리아시대의 분위기가 서서히 사회에서 빠져나가고 있었다.

아스파샤Aspasia. 레너드가 일기에서 버지니아에게 붙인 이름이다. 아스파샤, 페리클레스의 정부였던 이지적이고 세련된 여성. 레너드는 지금 그녀와 한집에 살고 있다. 비록 1911년 12월 브런즈윅 스퀘어에 입주한 하숙인에 불과하지만. 던컨 그랜트와 경제학자 메이너드 케인즈Maynard Keynes가 지층을 함께 쓰고,

버지니아의 동생 에이드리언이 일층을, 버지니아가 이층을, 그리고 레너드가 꼭대기층을 쓴다. 버지니아는 하숙집 살림을 관리하는 몇 사람 중 하나이다(그녀가 독신 남성들과 한집에 산다는 사실을 상류사회는 충격으로 받아들인다).

지난 몇 달 동안 레너드는 버지니아와 자주 만남을 가졌다. 서섹스의 퍼렐에서 주말을 함께 보내기도 하고, 런던의 광장에서 데이트를 즐기기도 했다. 블룸즈버리그룹도 서서히 형태를 갖춰가고 있다. 얼마 전 고든스퀘어에서 버지니아가 에이드리언과 얘기 도중에 마치 놀리거나 도발하듯 태연하게 '교미와 성교'를 입에 올리더라는 말을 듣고 (나중에 에이드리언에게 들었다) 레너드는 한껏 신이 났다. 버지니아는 상스러울 수도, 이지적일 수도 있는 여성이다. 그녀와 대화하다 보면 이따금 그녀가 '현실에서 벗어나 어떤 사건이나 장소나 인물에 대해 기막히게 황홀하고 재미있고 몽환적이며 한 편의 시 같은 묘사를 들려주는' 근사한 순간들이 있다. 버지니아가 집필 중인 '멜림브로시아'Melymbrosia 후에 『출항』이라는 제목으로 출간된다 원고 일부를 읽어주기도 했는데, 레너드는 비범한 글이라고 생각한다. 그녀의 음성은 그 자체로 그에게 물리적인 파장을 일으킨다. 이 느낌을 정확한 언어로 포착해보려고 레너드는 이렇게 적는다. '마치 지구 안쪽 태고의 장소에 오래 잠들어 있던 암석의 중심, 깊은 수맥에서 사물을 길어 올리는 듯한' 음성이라고.

그러나 그의 청혼을 받고도 그녀의 마음은 불확실하다. 그녀는 고민할 시간을 원하고 그 시간에는 기한이 없다. 그는 그녀에게 편지를 써서 자신의 결점을 낱낱이 고한다.

누군가와 결혼한다는 것, 특히나 나와 결혼하는 것의 위험성을 나도 잘 압니다. 나는 이기적이고 질투심이 많고 몰인정하고 색을 밝히는 거짓말쟁이이고 어쩌면 그보다 더 형편없는 인간일지도 모릅니다. 누구와도 절대로 결혼하지 않겠다고 스스로 몇 번이고 다짐했던 것도 이런 이유 때문이었습니다. 특히나 내가 나보다 못한 여성, 그리하여 서서히 열등함과 복종하는 태도로 나를 분노하게 만들 여성 앞에서 나의 이런 면면을 제어하지 못할 것 같아서입니다.

두 사람은 함께 연극과 러시아 발레 공연을 관람한다. 서섹스 다운스 같은 전원지대를 애호하는 것도 두 사람의 공통점이다. 독서라는 열렬한 취미도 공유한다. 둘 다 글을 쓰고 만나는 친구들도 동일하다. 그는 이런 친밀감이 작용해서 청혼의 수락으로 이어지기를 감히 바라고 있다.

버지니아는 지난 수년간 몇 차례의 청혼을 거절했다. '종교적 서약'처럼 느껴지는 결혼은 하고 싶지 않다. 갈수록 걱정이 엄습하면서 사나운 꿈과 두통과 불면에 시달린다. 로맨틱한 구혼자는 이런 증상을 사랑의 고뇌로 오해했을지도 모른다. 그러나 버지니아는 '머릿속에 늘 도사린 내 질병의 기운'과 싸우는 중이며, 이런 정신적 고뇌를 '질병이라는 어두운 벽장의 온갖 공포'로 묘사한다. 버지니아가 트윅커넘에 있는 벌리파크 요양원에 입원할 때, 바네사는 레너드에게 보내는 편지에서 버지니아와 거리를 유지하도록 당부한다. 벌리파크에서 버지니아가 그에게 보낸 편지에도 불편한 내용이 적혀 있다.

미치광이들에 관한 기막힌 이야기들을 해줄게요. 그런데 말이에요, 그들의 왕으로 뽑힌 사람이 바로 나예요.

레너드는 단념하지 않는다. 휴가 요청이 받아들여지지 않자 그는 공무직을 사임한다. 버지니아가 그의 구애를 받아주는 날이 오기는 할지, 앞으로 어떻게 생계를 꾸려갈지, 무엇도 확실하지 않은데도 말이다. 그녀를 몹시 그리워하던 레너드는 정신과 의사 새비지 박사를 만나 치료에 도움을 요청하는 자리에 동행해 달라는 바네사의 부탁이 오히려 고맙다.

회고록 『다시 시작Beginning Again』에서 레너드는 버지니아가 '가장 섬세하고 정교한 정신'의 소유자이며 그리스인들은 천재성과 광기의 연관성을 인지했다고 진술한다. 그리고 두 가지 문구를 떠올린다. '광기가 섞이지 않은 위대한 천재성은 이제껏 존재한 바 없다Nullum magnum ingenium sine mixtura dementiae fuit'라는 세네카의 명언과 '훌륭한 재치는 분명 광기와 친연하고/얇은 가림막이 이 둘의 경계를 나눈다'라는 드라이든의 시구이다. 하지만 아직 두 사람의 관계는 그가 버지니아의 예민함은 이해할지라도 그녀의 정신 건강에 얼마만큼 심각한 문제가 있는지는 충분히 인식하지 못하는 단계다. 새비지 박사와 바네사도 버지니아가 이전에 신경쇠약을 겪은 전말을 레너드에게 말하지 않는다. 바네사는 두 사람의 결혼이 이뤄지길 간절히 바란다. 오랫동안 동생을 돌보는 역할을 해왔지만, 이제는 결혼한 몸이고 아이와 애인이 있고 화가라는 직업도 가지고 있다. 아마도 바네사로서는 지금이 다른 누군가에게 버지니아를 맡길 기회인 것 같다.

버지니아에게 벌리파크 입원은 이번이 처음이 아니다. 1910년에도 요양차 그곳에 머물렀다. 버지니아는 과거에도 정신 건강에 문제가 생긴 이력이 있다. **1895년 어머니의 죽음 이후 처음으로 신경쇠약을 앓았다.** 버지니아의 생애를 조사하면서 자주 이 문장과 마주쳤다. 사실에 입각한 냉정한 서술이다. 그녀의 어린 시절에 얽힌 세세한 이야기를 읽으면 읽을수록 나는 점점 그녀에게 감정이입이 되었다. 그녀가 겪은 트라우마를 생각해보면 신경쇠약을 일으킨 것이 놀랍지 않다.

처음 신경쇠약 증상이 나타났을 때 그녀는 겨우 열세 살이었다. 어머니 줄리아 덕워스는 13년 연상의 홀아비 레슬리 스티븐과 재혼했다. 바네사, 토비, 버지니아, 에이드리언, 이 네 형제 외에도 부모가 이전 결혼에서 얻은 로라, 스텔라, 제럴드, 조지까지 한 가족을 이뤘다. 성인이 되어도 부모를 잃는다는 것은 크나큰 상심이며 결코 온전히 치유되지 않는 상처를 남길 수 있다. 하물며 그렇게 어린 나이에 부모를 잃었으니 오죽 힘들었을까. 더욱이 버지니아는 육체적으로 어머니를 잃은 경험에 더해 정신적으로 아버지의 상실까지 겪어야 했다. 아버지 레슬리 스티븐은 귀가 어둡고 노쇠해져 보살핌이 많이 필요했다. 비탄과 우울감에 사로잡힌 노인은 식사 자리에서 자녀들 앞에서 울음을 터뜨리며 그대로 죽어버리고 싶다고 생각했다. 자녀들이 어느새 부모처럼 아버지를 보살피는 입장이 되었다. 특히 맏딸인 스텔라는 사실상 아내의 자리를 대신했다.

버지니아는 어머니의 죽음을 두고 '일어날 수 있는 재앙 중에 가장 엄청난 재앙'이라고 말했다. 그리고 자신이 조증에서 우울증으로, 고통스러운 흥분 상태에서 깊은 우울로 어떻게 요동치는지 기록해두었다. 1904년 아버지가 사망했을 때─십 년이 채 못 되는 사이 세 번째 가족의 죽음이었다─뒤에 이어진 버지니아의 신경쇠약은 이전보다 훨씬 더 심각했다. 아버지의 죽음 이후 석 달 만에 버지니아는 조증 상태에 빠졌고, 자신에게 굶으라 명령하는 목소리를 들었다. 가족들은 버지니아를 웰윈의 버넘우드로 보내 가족의 지인인 바이올렛 디킨슨 집에 머물도록 했다. 간호사 세 명의 도움을 받아 바네사가 동생을 보살폈다. 침대에 누워 지내는 동안 버지니아는 국왕 에드워드 7세가 철쭉 덤불에 숨어 욕설을 하는 소리라든지 『댈러웨이 부인』의 셉티머스 스미스처럼 새들이 그리스말로 노래하는 소리가 들린다고 생각했다.

이층 창문에서 뛰어내리는 첫 번째 자살 시도를 했으나 심각한 부상은 입지 않았다. 그러나 신경쇠약에서 회복한 뒤로 그녀는 특유의 열정과 헌신으로 다시 글쓰기에 매진했다. 그리고 그해 말 무렵에는 〈가디언〉에 논평과 에세이를 기고하면서 저널리즘 분야의 왕성한 글쓰기 경력에 첫걸음을 내디뎠다.

1912년 이 무렵에도 버지니아는 다시 건강을 회복해 브런즈 윅 스퀘어의 집으로 돌아온다. 버지니아와 레너드는 서로의 문학적 야심으로 공감대를 쌓으며 더욱 가까워지고, 마침내 5월 29일 점심 식사 자리에서 버지니아가 레너드에게 사랑한다고, 그와 결혼하고 싶다고 이야기한다. 그 이후 두 사람은 메이든헤드에서 보트를 타고 말로우까지 강을 거슬러 여행한다. 두 사람 주위를 일렁이는 여름 햇빛 속에 미끄러지듯 강물을 가르던 그때가 '아름답고 생생한 꿈을 표류하는' 것 같았다고 후에 레너드는 추억했다.

버지니아의 간병인으로서 레너드 울프에 관해 글을 쓴다고 말하면, 친구들은 '하지만 그 사람은 그녀의 남편이었잖아'라며 이내 이의를 제기한다. 마치 두 역할이 전혀 별개인 것처럼. 물론 돌봄의 역할은 친밀감을 생성하는 동시에 관계의 분열을 가져오기도 한다. 어쩔 수 없이 한쪽이 한 걸음 물러나 상대에게 무엇이 최선인지를 고려해야 하니 말이다. 우리 부모님도 처음 결혼할 당시에는 중요한 결정을 함께 의논하는 대등한 사이였다. 하지만 아버지가 발병한 이후로는 힘의 균형이 서서히 바뀌었다. 나는 엄마가―처음에는 마지못해 겨우―책임을 떠맡다가 나중에는 아버지 몫까지 거의 모든 결정을 혼자 내리는 모습을 지켜보며 자랐다. 엄마가 공과금을 내고, 돈을 관리하고, 아이들이 진학할 학교를 결정했다. 간병인이 되어갈수록 아버지의 로맨틱한 동반자로서 엄마의 역할은 더 작아지는 것 같았다.

1913년 당시, 레너드는 버지니아의 남편이라는 **자리에 있다.** 이 점은 의심할 여지가 없다. 두 사람은 행복한 신혼부부다. 서머셋으로 신혼여행을 다녀오고 프랑스, 스페인, 이탈리아로 유럽 각지를 여행했다. 육체적 관계는 불안정하지만, 그렇다고 해서 서로에 대한 애정의 깊이와 열정이 줄어들지는 않는다. 그들은 서로에게 달콤한 애칭을 붙여주었다. 그녀의 애칭은 맨드릴이고 그의 애칭은 몽구스다. 두 사람은 각자 집필 생활을 활발히 이어가면서 언어와 독서에 대한 애착을 중심으로 하루 일과를 구성한다. 보통 오전에는 750 단어 길이의 글을 쓰고 오후에는 정원을 돌본 다음 다시 티타임과 저녁 식사 사이에 500 단어 정도의 글을 더 쓴다. 저녁에는 나란히 앉아 독서를 즐긴다. 버지니아는 일기에 'L은 자기 지정석에, 나는 내 의자에' 앉는 시간이라고 이 일과를 적고 있다. 그들의 생활은 런던과 전원 지역, 파티와 고요한 일상, 챈서리레인 근처의 클리포드 인과 서섹스 전원 마을의 농가 애쉬엄 하우스 사이를 춤추듯 오간다.

그러나 결혼 생활 초기에도 레너드는 언뜻언뜻 간병인 역할에 발을 들이기 시작한다. 1913년 1월, 그는 벌리파크를 방문한다. 겨울 추위에 앙상한 나무들과 서리가 내려앉아 바작바작한 진입로를 지나 경내를 가로질러 빅토리아시대 저택을 향해 걷는다. 벌리파크는 '신경성 질환'이 있는 여성들을 위한 사설 요양원이다. 결혼 전 버지니아도 신경쇠약으로 고생할 때 이곳에 머물렀다. 이것은 과연 선천적인 문제일까, 후천적인 문제일까? 버지니아의 가계에 얽힌 정신 질환 가족력에 대해서는 레너드도 알고 있다. 부친이 간헐적인 우울감과 '공포 발작'을 종종 일으키고 이로 인한 두통과 불면에 시달리며, 버지니아의 배다른 언니 로라는 현재 정신병원에 있다. 레너드는 과거 버지니아를 보살피고 치료한 의사들을 만나 조언을 구하는 중이다. 버지니아와 레너드는 중요한 결정을 앞두고 있다.

벌리파크의 운영자인 진 토머스가 그를 맞이한다. 두 사람이 자리를 잡고 앉아 논의한 사안은 이런 것이다. 레너드와 버지니아가 과연 아이를 갖는 게 맞을까? 버지니아가 감당할 수 있을까? 아니면 혹시 이 결정이 그녀의 정신 건강을 해치고 두 사람의 결혼 생활을 무너뜨리지는 않을까? 바로 전날 레너드는 크레이그 박사라는 또 다른 의사를 찾아가 견해를 물었는데, 위험성이 상당히 높다는 경고를 듣고 왔다. 레너드는 진 토머스가 버지니아에게 강한 호감을 가지고 있다는 점을 알고 있다. 어쩌면 더 나은 판단을 내려줄지도 모른다. 하지만 진 토머스도 긍정적인 입장이 아니다. 위험 부담이 크다고 단호하게 말한다.

무엇이 옳은 결정인지 불안한 마음에 레너드는 다양한 견해를 들을 수 있기를 간절히 바란다. 진 토머스와 크레이그 박사만 만난 게 아니다. 그다음 한 주에 걸쳐 부지런히 이 의사 저 의사를 만나 다양한 의견을 수집한다. 새비지 박사는 긍정적이다. 아기가 세상의 모든 선한 영향을 버지니아에게 주리라고 그는 단언한다. 더 젊은 의사인 모리스 라이트 박사도 같은 의견으로 아이 갖기를 축복해준다. 히슬롭 박사는 8개월 정도 기다린 후에 결정을 내리기를 권유한다. 이로써 찬성 두 표 대 반대 두 표 그리고 유보적인 입장 한 표를 얻었다. 레너드는 의사들 외에 가족의 의견도 구하기 위해 처형인 바네사에게 편지를 쓴다. 그런데 바네사는 아기를 가지는 건 잘못된 판단인 것 같다고 답한다. '아기가 생기면 전혀 새로운 미지의 상황으로 뛰어드는 것이나 마찬가지고, 일단 시작하면 되돌리기가 불가능하니까요.'

이리저리 바삐 오가는 사이 레너드의 머릿속에서 예전 버지니아의 편지 구절이 메아리쳤으리라고 나는 상상한다. 결혼 직전에 그녀는 열정적으로 그에게 이렇게 적어 보낸다. '나는 전부를 원해요, 사랑, 아이, 모험, 친밀한 관계, 일까지.' 하지만 의사들과 상담을 하고 난 뒤에도 두 사람은 여전히 확신이 서지 않는다. 처음에 레너드는 의사들의 우려에 충분히 수긍하지 못한다. 버지니아도 희망적인 태도를 잃지 않고, 시골에서 6개월을 지내며 기다려봐야 한다고 바이올렛에게 편지를 쓰기도 한다. 그런데 이후 몇 개월 버지니아를 지켜보면서 레너드는 그녀의 몸

상태가 갈수록 악화되고 흥분, 두통을 비롯해 이전에 그녀를 괴롭히던 모든 증상에 시달리는 모습을 확인한다. 그래서 그는 자신이 통제력을 쥐고 최종 결정을 내린다. 부부는 아이를 갖지 않기로 한다.

버지니아는 성숙하고 품위 있게 이 결정에 동의하지만, 그렇다고 해서 가슴앓이가 없을 수는 없다. 버지니아는 모성 본능이 강한 여성이고 조카들 보살펴주기를 기꺼워한다. 세월이 흐른 뒤 버지니아는 친구에게 보내는 편지에 사무치는 후회의 심경을 털어놓는다. '나 자신을 조금만 더 자제할 수 있었다면, 지금쯤 우리한테도 열두 살 난 아들과 열 살 난 딸이 있었을지도 모르지.'

'자제self-control'라는 표현은 병 때문에 무력한 상황에 놓이곤 했으면서도 그녀가 때로는 부당할 정도로 병을 본인 탓으로 돌렸다는 사실을 말해준다. 그녀가 어떻게 '자신의 정신 상태가 자기 잘못─게으름, 영양 결핍, 폭식─때문이라고' 생각했는지는 레너드의 글에도 적혀 있다. 부분적으로는 빅토리아시대가 남긴 문화적 후유증이기도 했다. 정신병원에서 이성적 사고 통제력을 교육으로 길러줄 수 있다고 믿으며 환자들에게 도덕적 관리 감독을 시행했던 시대이니 말이다. 물론 사회적으로 정신 질환에 관한 보편적 지식이 부족했음을 말해주는 징후이기도 했다.

어쩌면 버지니아는 이 비난을 스스로 감수하기를 원했는지도 모른다. 병이 깊어질수록 의사와 가족의 결정에 자신을 내맡기게 되는 상황에서 이런 행동은 자기 자율성을 잃지 않았다는 의

미이기도 했으니까. 그녀는 탁월한 지적 능력을 갖춘 여성이었고, 타인에게 굴복해야 한다는 점이 그녀를 분노하게 만들었다. 몇 년 후『댈러웨이 부인』을 집필할 때, 그녀는 '강요받는' 느낌이 줄어서 삶을 더 즐겁게 누리고 있다고 일기에 적어두었다.

나는 우리 아버지에게서도 비슷한 면을 보았다. 자신을 피해자로 보지 않으려는 저항 같은 것. 한번은 아버지가 쓰러져 긴장증 상태에 빠지기 직전에 이런 일이 있었다. 내가 증상을 막아보려고 아버지에게 의자에 가만히 앉아 계시라고 말했지만, 아버지는 쉬어야 할 필요가 없다며 반항하듯 몸을 일으키려고 했다. 아버지는 본인이 능동적으로 상황을 주관하며 자신의 병을 이겨내는 사람임을 확인하고 싶었을 것이다. 다음 순간 아버지는 암흑 속으로 빨려 들어갔다.

레너드의 결정은 옳았을까? 아마 그의 결정은 책임감 있는 행동이었을 것이다. 이 선택으로 나아진 것도 있지만 악화된 것도 있었다. 부모 될 기회를 거부당한 슬픔은 이후 버지니아가 겪은 증상과 두 사람에게 닥친 '악몽'의 한 가지 요인이 되었을지도 모른다.

7

맨체스터는 내가 세상에서 가장 좋아하는 도시다. 아버지가 아프기 전까지 하루 종일 이 도시의 도서관과 카페를 돌아다니며 카페인을 문장으로 변환해서 글을 쓰던 나는 맨체스터를 내 뮤즈라고 부르곤 했다. 지치고 피로한 기색 없이 수도의 열기를 간직하는 도시의 느낌이랄까.

북부로 돌아오던 날, 날씨가 매섭게 추웠다. 맨체스터 빅토리아역에 내리니 한쪽 귀 뒤에 담배를 꽂은 톰이 기다렸다. 우리는 서로 안고 입을 맞췄다. 얼굴에서 미소가 사라지지 않았다. 이 시간이 얼마나 소중한지 우리는 잘 알았다. 아직 아버지의 의식이 또렷하게 돌아오지 않은 채로 세인트헬리어병원에서 판결을 기다리고 있었다.

우리는 북부 지구까지 걸었다. 이곳 식당들은 화려한 이름의 버거와 비싼 감자튀김에 밀크셰이크를 파는 멋부린 맥도널드 같은 곳들 일색이었다. 가끔은 이 동네가 너무 유행을 좇는다고 느껴졌다. 일종의 패러디 같다고 할까. 언젠가 들어간 카페에서는 원하는 음반을 골라 축음기로 틀기도 하고 잼 병에 차를 담아내고 머리를 벌집 모양으로 올린 종업원이 커다란 칠판에 계산서를 분필로 쓰고 있었다.

몸의 긴장이 이완되는 느낌이었다. 간호사들과 병원 침상이 보이는 광경에 익숙해져 있다가 재즈와 즐거운 수다가 배경 소음으로 깔리는 장소에 앉아 있자니 신기할 정도였다. **정상적인 삶**이군, 싶었다. 오아시스 같았다. 톰이 내 팔을 토닥이고는 내 긴 머리카락 몇 올을 자기 검지에 돌돌 감았다.

"도도는 잘 지내?" 내가 물었다.

"말썽을 부리진 않고?"

"말도 말아. 간밤에 한숨도 못 잤어. 녀석이 침대 밖으로 밀어내는 바람에 결국 내가 녀석 둥지에 누워 있었어."

도도는 『월 셀프의 본질』을 출간할 당시 월 셀프 컬트의 마스코트로 내가 만들어낸 캐릭터였다. 발끈하는 성미에 아편을 피우고 압생트를 벌컥대는 소호의 짐승. 마치 우리의 상상 속 아이처럼 도도는 내 집과 톰의 집에서 번갈아 지내는데, 약물 소지로 체포된다든지 담배를 피우다 건물에 불을 낼 뻔하며 쉴 새 없이 애를 먹인다.

점심을 먹은 뒤 우리는 팔짱을 끼고 걸었다. 거리에서 노래하고 춤추는 이들을 지나 형형색색 가발이 진열된 상점 앞도 지나쳤다. 저렇게 진열하려고 얼마나 많은 사람의 목을 벴겠냐는 내 말에 톰도 나도 웃음을 터뜨렸다. 거리 연주자의 요란한 트럼펫 소리에 심장이 쿵쿵 울려대고, 우리는 행복했다. 벅스턴에 위치한 톰의 작은 아파트에 돌아와서 함께 책장의 책들을 색깔별로 정리했다. 오후 늦게 톰의 딸이 놀러 왔다. 아홉 살 나이에 벌써 작가 지망생인 아이는 종이를 여러 장 묶어 초소형 책자를 만들었다. 아이를 격려하는 톰의 모습에서 나의 창의력을 키워주던 엄마가 떠올라 가슴이 뭉클해졌다. 톰이 저녁을 준비하는 사이 아이와 놀아주다가 예전에 아버지가 해줬듯 선물 상자 만드는 법을 아이에게 가르쳐주었다.

하루가 빠르게 지나가고 있었다. 주방에 들어갔을 때 톰이 내 손을 붙잡고 물었다.

"언제 다시 올라올 거야?"

뭐라고 대답할 수 있었을까? 아버지의 의식이 돌아오지 않은 지금, 나는 내 앞날이 내 손을 벗어나버린 것처럼, 누군가 내 앞날을 대신 쓰고 있는 것처럼 느꼈다.

"이메일 좀 확인해도 되지?"

내가 화제를 돌렸다. 나는 스마트폰을 사용하지 않았다. 밀레니얼세대인 톰은 나더러 빅토리아시대에 머물러 있다고 곧잘

놀렸다. 그의 노트북 컴퓨터를 켜는데 톰이 말했다.

"**다른** 애인한테 연락하려는 거지, 뻔해."

그에게 눈을 부라려 보이면서도 내심 당황했다. 수신 메일함에 정말로 Z의 이메일이 와 있었다. 톰과 나는 서로의 옛 애인이나 지나간 연애사를 종종 질투하기도 했다. 내가 Z라고 지칭하는 예전 남자친구는 수상 경력이 있는 작가였다. 나는 그에게 거의 매일 이메일을 보냈다. 엄마는 그를 남자친구가 아니라 '사기꾼'에 바람둥이 같은 작자로 보았다. 지금은 그저 가까운 친구 이상은 아니었다.

그날 밤 우리는 톰의 더블베드에 나란히 누웠다. 벅스턴의 바깥바람은 온순한 남부와 다르게 울부짖는 유령 소리를 냈다. 돌풍에 가만히 귀를 기울이다가 톰이 물었다.

"저기 말이야, 아버지 회복하시면, 여기서 나랑 같이 살까?"
나는 그의 손을 토닥였다. 침묵이 길게 이어졌다.

집에서 만든 음식, DVD, 아침에 먹는 크루아상, 산책, 서점 나들이, 그렇게 주말이 끝났다. 작별 키스를 하고 나는 다시 기차에 올랐다. 지나가는 풍경 위로, 푸른 언덕과 소들과 자동차 위로, 내 유령이 두 겹으로 얼룩져 보였다. 톰의 '본질quiddity' 이 곁에 맴돌았다. 내 외투와 머리카락에서 그의 냄새가 났다. 주고받은 농담과 달콤한 순간들이 떠올라 배시시 웃음이 나왔다. 머리로 소리 없이 그에게 계속 말을 걸고, 그 생각을 문자로 옮겨

보냈다.

　새로운 책을 펼쳤다. 어째서 이제껏 조현병에 관한 정보를 찾아 읽지 않았을까? 나는 지금까지 살아오면서 몰랐던 사실을 학습하기를 좋아하고, 신선한 아이디어들이 머릿속에 일으키는 청량감을 즐기며 논픽션을 탐닉했다. 그런데 아버지의 병을 부정하기라도 하듯 이 주제에 관해서는 딱히 소설 속에 언급된 경우가 아니고는 따로 공부하기를 회피해 왔다. 그러다 최근에서야 전문서적 몇 권을 붙잡고 읽기 시작했다. 배우자가 알츠하이머병 진단을 받은 한 친구가 생각났다. 불과 몇 주 만에 친구는 권위 있는 전문가처럼 알츠하이머병에 관해 설명하는 수준이 되었다. 이제 나도 전문가가 되어 이런 무기력감과 혼란의 감정을 물리치고 싶었다. 간극을 메우려면 정확한 수치와 사실이 필요했다. 내 아버지의 불가사의한 인격 부재라는 이 막연함에 윤곽을 부여할 개념 정의가 필요했다. 최근 몇 주 동안 읽은 전문서적들은 대부분 건조하게 비슷한 이야기를 되풀이했다.

　조현병은 전체 인구의 1퍼센트에 영향을 미치는 질환이다. 그것과 별개로 우리 중에서 약 20퍼센트는 정신병과 건강한 정신 상태 사이의 경계 지대에 속해 있다. 조현병을 다중 인격 장애와 혼동하기도 한다.

　『지킬 박사와 하이드 씨』에 나오는 극적인 자아 변신을 생각해보면 알 것이다. 이것은 전혀 종류가 다른 질환이다.

최초로 이 병을 분류한 인물은 독일의 정신의학자 에밀 크레펠린Emil Kraepelin이었다. 프로이트와 동시대 인물인 크레펠린은 이 병을 앓는 많은 이들이 '부랑자의 삶'으로 침잠하는 점에 주목하고 1899년 이 질환을 조발성 치매증dementia praecox이라 명명했다.

이 접근은 오류로 판명되었다. 조현병은 알츠하이머병(노인성 치매)과는 상당히 다르다. 정신이 고통을 받지만 퇴화하지는 않는다.

스위스의 정신의학자 오이겐 브로일러Eugen Bleuler는 조발성 치매라는 개념에 이의를 제기했다. 실제로 이 질환이 '기억과 경험에 대한 의식의 고조'로 이어진다고 판단하고, 1911년 이 질환에 조현병schizophrenia이라는 새로운 이름을 붙였다. 이것은 생물학적 질환이지만 발병 요인이 스트레스와 무관하지는 않다. 청소년기 후기/성인기 초기에 가장 발생 빈도가 높다. 이혼, 실직 등 불행한 사건이 유전적 잠재력에 불을 붙여 질환을 활활 타오르게 만들 수 있다.
나타나는 증상은 다음과 같다.

음성적 증상	양성적 증상
집중력 상실	환각
사회성 위축	망상, 가령 다른 누군가에
무감정, 무표현	의해 사고가 통제되거나
의욕 상실	머릿속에 이식되었다는 믿음
	예측 불가능한 행동

내 생각에는 '음성적 증상'과 '더 강한 음성적 증상' 정도로 부르는 편이 더 적합할 것 같다. 어떤 책들은 '비조직적 증상 disorganised symptoms'을—횡설수설하는 말과 혼란스러운 사고가 여기 포함된다—별개 항목으로 다룬다. 아버지한테서도 이 중 몇 가지 증상을 확인할 수 있었다—낯선 목소리, 우울감, 내부로 틀어박히려는 충동. 내 눈에 아버지는 세상을 무서운 곳으로 느끼는 사람 같았다. 아버지는 세상으로부터 숨어버림으로써 부서지지 않고 자신의 일체성을 유지해 왔다. 그래도 나는 아버지를 나약한 사람이라고 말하지 않으련다. 아버지의 푸른 눈은 항상 온유함이 가득하고 소년의 눈망울처럼 다정하다. 자라면서 아버지의 기이한 행동을 목격하기는 했지만, 아버지가 일부러 나를

잔인하게 대한 적은 한 번도 없었다. 아버지가 누군가에 대해 한 마디라도 험한 소리 하는 것을 들어보지 못했다.

로널드 랭은 『분열된 자기』에서 조현병 환자가 어떻게 느끼는지를 이렇게 설명한다.

조현병 환자는 우리가 느끼는 것보다 더 타인에게 노출되어 있고 더 상처받기 쉬운 동시에 더 고립되어 있다고 느낀다. 그래서 자신이 유리로 만들어져 있다고, 유리처럼 투명하고 부서지기 쉬워서 자기에게 쏠린 시선 하나가 자신을 정통으로 꿰뚫어 산산조각 낸다고 말할지 모른다. 조현병 환자가 자기 자신을 경험하는 방식이 정확히 이러하리라고 우리는 추측해봄 직하다. 비현실적인 인물이 그토록 자기 은폐에 능숙해진 것은 바로 이렇게 정교한 취약성을 토대로 한 것이라고 짐작된다.

다른 전문서적들에 비해 로널드 랭의 글이 더 풍부한 통찰을 제공해준 것은 사실이다. 하지만 나는 여전히 그 낯선 목소리들이 어디에서 오는지, 정신이 어떻게 분열되는지 더 깊이 이해하게 해주는, 내 마음과 공명하는 한 권의 책을 찾지 못해 조바심이 났다. 그날 오후 기차가 덜컹거리며 크루와 버밍엄을 지날 때, 나는 정신분석학자 크리스토퍼 볼라스Christopher Bollas의 『태양이 폭발할 때When the Sun Bursts』를 펼쳤다. 도입부부터 마음이

들썩이기 시작했다.

내가 아는 이들 중에 조현병 환자들과 이야기를 나눠본 사람들은 대부분 그들과의 대화가 증상적 집착이나 성격유형의 둔감한 반복으로 인한 혼란에 시달리는 사람과의 대화라기보다는 흡사 인간 인식의 가장자리에 서 있는 사람과 대화하는 느낌임을 알아차린다. LSD를 투여하면 정상적으로는 결코 지각하지 못하는 것들이 눈에 보인다. 조현병을 앓으면 약물의 도움 없이도 이런 것들이 눈에 보인다.

내가 찾던 책이 바로 이거다 싶었다. 과학의 언어로만 설명하기에는 조현병이라는 질병은 너무나 특이하다. 그래서 시와 상상력이 필요하다.

볼라스는 조현병이 서서히 시작되면서 신체와 자아가 바뀌고 변화하는 과정을 흥미롭게 풀어갔다. '조현병이 나타나기 직전의 사람들은 보고 듣고 생각하는 방식에서 극심한 변화를 경험할 것이다. 초기에 경험하는 충격으로는 특정 색상이 직관적인 느낌이나 꿈결처럼 기이할 만큼 강렬하고 생생하게 보이는 증상을 들 수 있다. 유별나게 소리에 민감해지는 증상도 나타날 수 있다.'

나는 미국 소설가 젤다 피츠제럴드Zelda Fitzgerald가 떠올랐다. 1930년에 조현병 진단을 받은 그녀는 어떻게 자기 눈에 '모든 사물의 새로운 의미'가 보이는지 세세히 서술했다.

'색상이 공기의 일부처럼 무한하고 그것을 둘러싼 선 안에 갇히지 않으며, 선은 제 안에 담고 있는 덩어리로부터 자유로웠다.'

볼라스는 이런 이상한 변형과 함께 찾아오는 방향성 상실과 고독감을 설명하면서, 환자들이 가장 도움이 필요한 순간에 가족과 친구에게 털어놓기를 얼마나 두려워하는지 들려준다. 그리고 이렇게 관계가 멀어지는 데서 오는 슬픔을 아름답게 포착해낸다. '환자는 마치 우리가 속한 세상에서 서서히 떠나가는 것 같다. 비록 아직 이곳에 있지만, 보이지 않는 어떤 선 너머로 자신을 이동시키고, 자기의 주의를 통째로 빨아들이는 또 다른 현실로 건너가고 있다.'

조현병 환자에게 발작은 고통스러운 자기 붕괴, 즉 일상의 내러티브를 떠받치고 우리의 과거 현재 미래라는 가상 스토리를 만들어내는 핵심적인 '나'의 붕괴를 수반할 수 있다. 자기가 사라지고 여러 목소리로 분열되면서 이렇게 조각난 자기의 파편이 심지어 환자의 바깥으로, 사물(예컨대 녹음기나 진공청소기)이나 풍경(예컨대 나무) 속에 놓이기도 한다. 이런 상황은 조현병 환자의 시공간 감각에 심각한 변위를 일으킨다. 그래서 환자들이 잃어버린 '현실' 세계를 절박하게 대체하기 위해 근거 없는 믿음을 (예컨대 '외계인이 나에게 지령을 내린다' 같은) 지어낼 수도 있다. 목표 추구의 욕망을 상실하는 것도 같은 이유에서다. 뭔가를 성취하려는 '나'가 사라지고 나를 둘러싼 세계가 더 이상 말이 되지 않는다면 전처럼 목표를 추구할 가치가 없을 것이다. 그렇게 보면 이 병은 사라짐을 시연하는 마술 트릭이다. 남아 있는 가족, 친구, 연인은 비탄에 잠긴다. '우리의 애도는 유형이 독특하다. 그 사람의 예전 존재의 자투리 조각을 여전히 우리 손에 붙든 채 남겨지기 때문이다.'

나는 엄마에게 이 상황이 어떠했을지 생각해보았다. 친절하고 세심한 성격에 안정된 직장을 가진 남자와 결혼했는데, 그가 아내의 바람, 걱정, 욕망에는 아무 관심도 없는, 치렁치렁 수염을 기른 유령이 돼버린 것이다. 병원 침대에 몸을 수그려 아버지의 눈을 들여다보던 순간이 떠올랐다. 그때 아버지 눈에서 나는 사랑을 보았다. 마치 나의 맹렬한 간절함이 아버지에게 이 병에 맞서도록, 당신의 잃어버린 자아를 나에게 번쩍하고 보여주도록 힘을 불어넣기라도 한 것처럼. 그러나 그것은 찰나에 불과했다. 과연 아버지가 온전히 나에게 돌아오는 날이 찾아올까?

기차가 유스턴역에 가까워질 무렵, 나는 읽던 책을 무릎에 내려놓고 창밖으로 런던의 우중충한 빛깔을 한참 내다보았다. 나는 여러 사람을 통해 그들이 아는 조현병 환자들, 그들의 연인, 친척, 친구의 이야기를 들었다. 하나같이 은둔, 혼돈, 환각, 파괴, 자살 시도라는 가장 증상이 극심한 사례들이었다. 그들이 유독 이런 사례를 강조해 이야기한 것은 나에게 공감하는 심정에서 '네가 어떤 일을 겪는지 우리도 잘 안다'고 말해주려는 것임을 모르지 않으면서도, 한편으로는 슬펐다. 조현병 환자가 치유되

고 분열된 조각들이 다시 합쳐졌다는 이야기, 그래서 나아졌다
는 이야기는 아무도 해주지 않았다.

8

서머필드에 도착했을 때는 이미 날이 어두웠다. 형광등이 비추는 입구 지도에 건물 블록들이 펼쳐진 드넓은 단지가 안내되어 있었다. 머리카락을 연신 얼굴에 휘감는 매서운 바람을 맞으며 어둠 속을 이리저리 헤맸다. 표지판을 따라가 봐도 확실한 길이 아니어서 갔던 길을 수차례 되돌아오다 미로에서 길을 잃었다. 밤하늘 구름을 등지고 나무들이 바람에 흔들흔들 넘실거렸다. 커다란 형체를 드러낸 건물들 안에서 음산하고 낯선 불빛이 새어 나왔다. 전화가 한 통 걸려 왔다. 아버지가 이곳으로 이송되었으며, 의료법에 따라 28일간 입원 치료 조치가 내려졌다고 들었다. 나는 다른 안내도를 확인했다. 목적지에 점점 가까워지고 있었다.

서머필드정신병원은 1841년에 문을 열었다. 개원 오 년 만에 미어터질 만큼 환자들로 가득 차 시설을 증축해야 했다. 국립 정신병원이 세워지기 이전까지 정신 질환을 앓는 사람들은 정신이상자 수용시설로 보내졌다. 18세기에는 '광증lunacy'을 거래하는 신종 사업이 생겨났다. 성장하던 중간계급은 미친 친족을 따로 가둬둠으로써 사회적 오명을 피해 갈 수 있겠다고 생각했고, 사업가들과 의료인들은 이것을 이용해 돈을 벌 수 있음을 깨달았다. 다른 한편에서는 노동계급이 돌봄의 부담으로 휘청거렸다. 노동자들 다수가 도시로 이주해 온 상황에서 가족 간 유대는 약해지고 임금노동이 증가하는 추세였다. 자연히 돌봄에 쏟을 시간과 여력은 갈수록 줄어들었다. 보살필 가족이 없는 '광인'은 지역 행정 당국의 권한으로 수용시설에 보냈다.

이런 시설을 운영하는 의사들은 의료 훈련 경험이 거의 없다시피 한 경우가 많았다. 그런 곳에서는 환자들을 보살피지 않았다. 만약 아버지가 그 당시에 살았더라면 아버지에게 무슨 일이 일어났을지 생각만 해도 몸서리가 쳐진다. 수용시설 안에서 사슬에 묶이거나 구속복을 입혀 감금됐을 것이다. 벼룩에 물어뜯기고 쥐들의 습격을 받았을 것이고, 벽에 문지른 배설물 냄새를 맡으며 지내야 했을 테고, 여성 환자들이 간수에게 유린당하는 순간을 목격하고 간수에게 구타도 당했을 것이다. 괴저가 생겼을지도 모르고, 춥고 습한 환경에서 폐결핵에 걸렸을 가능성도 크다. 어쩌면 공포심을 유발하려는 목적으로 뚜껑에 작은 구멍을 뚫은 관에 집어넣고 물속에 담가 거의 익사 직전까지 몰고 가는 일을 당했을 수도 있다. 당시 막강한 영향력을 행사하던 의사 토머스 윌리스Thomas Willis는 미친 자들에게 충격을 가해 현실로 돌아오게 하려면 '공포의 감정'을 겪게 만들어야 한다고 공언하며 이런 발언까지 했다. '미치광이들은 약제로 다루기보다는 우리 안에 넣고 고문과 고통을 처방할 때 훨씬 회복이 빠른 경우가 많다.'

사설 수용시설의 '정신이상자' 학대에 대한 빅토리아시대 사람들의 인식이 높아짐에 따라 마침내 전문의가 운영하고 적절한 규제가 이뤄지는 국가 소유 정신병원을 건립하기로 의견이 모아졌다. 질병이 악령의 작용이 아니라 신체 질환이라는 인식도 점차 확대되어 정신적으로 아픈 이들을 대하는 태도 역시 더 호의적으로 돌아섰다. 1845년—행정구역별 정신병원 건립이 의무화된 해—부터 19세기 말까지가 정신병원 건립이 활황을 맞은 시대였다. 1851년에는 큰 마을 하나 크기에 맞먹는 대형 시설 콜니 해치Colney Hatch가 정식으로 문을 열었다. 런던 북부 행정구 프라이언 바네트에 지어진 이 시설은 유럽에서 가장 큰 정신병원인 동시에 지금까지도 가장 많은 비용이 투입된 시설로 꼽힌다.

빅토리아시대 사람들에게 정신병원은 과학 발전과 인간 진보의 상징으로 비춰졌다. 빅토리아 여왕의 주치의 제임스 패짓 경은 근대식 정신병원을 '세계가 내놓을 수 있는 진정한 문명의 가장 복된 발현'이라고 칭했다. 작가 일레인 쇼월터Elaine Showalter 가 지적한 대로, 콜니 해치 건립을 언짢게 보던 일부 시각에도 불구하고 많은 이의 가슴에 국민적 자부심이 차올랐다. 예술, 문학, 과학기술, 무역에서 탁월한 영국이 정신이상 분야에서도 세계를 선도했다. 세계에서 가장 부유하고 가장 발전한 사회로서 필연적으로 영국의 정신이상 발병률이 가장 높을 수밖에 없다는 점은 자국민과 타국민 모두가 인정하는 바였다. 자본주의 사회가 기어를 바꾸고 시곗바늘 속도를 높여가면서 정신 건강 문제들이 불가피한 부작용으로 발생하리라는 것이 차츰 일반적인 인식으로 받아들여졌다.

서머필드에는 수십 개 병동이 있고 대개 병동마다 나무나 화초 이름을 붙여 놓았다. 마침내 내가 찾던 건물에 들어서니, 쾌활해 보이는 직원이 나를 맞았다. 환자 데이터베이스에서 아버지 이름을 검색하다가 "아, 새로 오신 미스터리한 환자분!"이라며 직원이 목소리를 높였다. "가족이 있는 줄 몰랐어요. 환자분에 대해 아무런 정보도 없었거든요." 직원은 아버지가 집중치료실에서 크로커스 병동으로 옮겨졌다고 말했다.

이번에는 다른 지도를 보며 아버지가 새로 옮겨간 장소를 찾아 다시 매섭게 차가운 밤공기 속으로 나섰다. 건물 현관에 들어가려면 버저를 눌러야 했다. 정문을 통과하기 전에 소지품 검사가 이뤄졌다. 아마도 비닐봉지나 펜 등의 반입이 허용되지 않아서, 그러니까 혹시 내가 소지한 물건 중에 환자가 무기로 삼을 만한 것이 없는지 확인하는 절차이겠거니 생각했다. 이것이 **나의** 화기 소지에 대비한 점검이라는 사실은 몇 주가 지나고서야 알았다. 듣기론 어느 방문객이 들어와 친척 머리에 총을 쏴서 살해한 사건이 있었나 보다(구글에서 검색해봤지만 자세한 이야기는 찾을 수 없었다).

내가 들어간 넓고 긴 방은 탁자와 의자가 놓인 식사 공간과 TV가 놓인 옆쪽 거실 공간으로 나뉘어 있었다. 방 안에는 대여섯 명 정도의 간호사들이 보였다. 몇 달 전쯤 좋아하던 TV 시리즈 〈더 폴The Fall〉의 시즌3을 볼 때였다. 나를 불신의 유예에서 화들짝 깨어나게 만든 장면을 기억한다. '저렇진 않지.' 살인범을 정신과 병동에 수용하는데 병동 간호사들 몇이 의자에 앉아 무표정하게 쳐다만 본다. 내가 경험한 간호사들은 언제나 서 있는 사람들이라 도저히 이러고 있을 겨를이 없다. 관찰자가 되는 호사를 누리기에는 눈앞에서 벌어지는 너무나 많은 일이 끊임없이 그들의 개입을 요구했다.

크로커스 병동은 맹렬한 소음으로 가득 찬 공간이었다. 어떤 환자는 의자에 앉아 혼잣말을 하고, 어떤 환자는 흥분한 상태로 서성거리며 잠긴 문을 쾅쾅 두들기거나 덜커덕덜커덕 잡아 흔들었다. 우는 환자도 있고, 금방이라도 싸움을 벌일 것 같은 환자도 있었다. 머리 위에 원색적인 형광등이 내리비치는 이 방은 일종의 끔찍한 시뮬라크르simulacre 복제물의 복제 같기도 했다. TV

진행자의 수다스러운 말소리가 흐르는 어느 교외 주택 응접실을 멀뚱히 쳐다보는 환자들의 눈에 비친 풍경처럼. 나는 누구와도 시선을 마주치기가 두려웠다. 내 눈동자가 좌우를 훑으며 무언가를 찾아 바삐 움직였다ー그러다 멈췄다. 거기, 소파에, 아버지가 있었다.

아버지는 누워서 여전히 주먹을 쾅쾅 내리치며 주황색 소파 가죽을 두들겼다. 꼭 감긴 두 눈은 곁에 앉아 인사를 건넬 때도 떠지지 않았다. 아버지는 아무 말도 하지 못했다. 내가 말을 건 분홍색 머리의 간호사는 지쳐 보였다.

"에드워드가 떨어졌었어요." 간호사가 말했다.

간호사들이 아버지를 의자에 앉혔는데 아버지가 미끄러지면서 바닥에 세게 부딪쳤다고 했다. 의사가 살펴보았고, 두어 군데 타박상을 입은 것 외에는 괜찮다고 했다.

"아무런 통고도 없이 우리 병동으로 이송돼 왔어요." 간호사가 덧붙였다.

"우리도 환자에 대해서 전혀 아는 바가 없어요." 마치 아버지가 조현병 환자들의 상류클럽에 입회를 거부당하기라도 한 듯한 말투였다.

나중에는 이때를 기억하며 웃음이 나왔지만, 당시에는 아버지가 그곳에 속하지 않는다는 말을 듣자니 어린 시절 어디에도 어울리지 못했던 우리 가족 처지 같아서 왈칵 눈물을 쏟을 뻔했다. 마음 같아선 손가락 욕을 날리고 우리도 거기 있기 싫다고 말하고 싶었다. 하지만 나는 아버지 손을 붙잡고 데리고 나올 수가 없었다. 대신 신중한 목소리로 아버지가 식사를 했는지 물었다. 간호사는 저녁 식사가 다섯 시 반에 제공되는데 아버지가 병동에 너무 늦게 도착했다고 대답했다.

나는 아버지가 탈수 증세를 보이지 않을까 걱정스러웠다. 오는 길에 사 온 주스 병을 열고 빨대를 꽂아 아버지 가까이 가져갔다. 아버지가 두들기던 움직임을 멈추고 열심히 음료를 마셨다. 등 뒤에서 여성 환자 한 사람의 말소리가 들렸다.

"네가 나 쳐다보는 거 알아."

나한테 하는 말이었을까? 간신히 흘끔 돌아봤는데 딱히 누구를 겨냥해서 하는 말 같지는 않았다. 아무도 그 사람을 보고 있지 않았다. 다른 환자들의 시선은 TV를 향해 있었다. 나는 다시 아버지 쪽으로 돌아앉아 나지막하게 수다를 떨었다. 상황이 더 나아질 때에 관해, 아버지는 곧 퇴원을 할 테고 그럼 같이 외식을 하러 가서 아버지가 좋아하는 피시앤칩스도 먹고 체리파이도 먹자고 했다. 곧 있으면 오빠가 결혼식을 올릴 테니 아버지도 새 양복을 입고 늠름한 모습으로 참석할 거라고—그리고 조금만 있으면 다 괜찮아질 거라고, 나는 아버지에게 약속했다.

스카이프 알림음이 울렸다. 나는 집에 돌아와 내 방에 있었다. 컴퓨터 화면에 상자 두 개가 깜박거렸다. 상자 하나에는 톰이 보이고, 다른 하나에는 톰에게 보일 내 모습, 고양이를 무릎에 앉히고 바닥에 앉은 내 모습이 보였다. 톰이 열 손가락을 얼굴에 대고 촉수처럼 움직였다. 그의 바다 괴물 흉내에 기분이 밝아져 웃음이 나왔다.

"아버지는 어떠셔?"

"글쎄, 조금 묘한 상황이야. 거기 의사 말로는 아버지에 관해서 제대로 된 기록이 없다고 해. 아버지가 마지막으로 심각한 발작을 겪은 게 수십 년 전이라 치료 기록에 공백이 크겠지."

마치 아버지에 관한 모든 것이 손에 잡히지 않는 미스터리인 것처럼.

"그래서 어떻게 해야 좋아지실지 의사들도 모르는 건가?"

"약물을 투여하고는 있어, 서서히 의식을 되찾게 해줄 거라는데…… 기대해봐야지. 두 가지 의견이 있어. 하나는 아버지가 복용하던 약을 줄이지 말았어야 한다는 것이고, 다른 하나는 변비가 원인이었을 거라고 해."

"그건 좀 이상하다."

"그렇지."

두 번째 의견은 다시 생각해도 황당하게 들렸다. 물론 구글에서 찾아보니 노인들에게 드물지 않은 일이라고는 한다. 극심한 변비가 섬망을 일으킬 수 있고 생명을 위협하는 경우도 있다.

"스테판은 변비가 원인이라고 철석같이 믿고 있어. 하지만 내 생각엔 약 때문인 것 같아."

나는 문득 너무 내 문제를 쏟아낸다는 생각에 말을 멈췄다.

톰이 이해해주는 것을 알지만, 요즘 온통 아버지 생각만 하고 아버지 이야기만 하는 느낌이 들었다. 그래서 우리가 새롭게 좋아하게 된 작가 레이첼 잉걸스Rachel Ingalls의 『캘리번 부인Mrs Caliban』으로 화제를 돌렸다. 무료한 일상을 보내던 주부가 어느 날 집에 등장한 2미터 길이의 바다 괴물에게 빠져드는 이야기다.

우리는 책과 일에 관해 수다를 떨었다. 그러다 잘잘 시간이 가까워졌을 때, 나는 화면에 잡힐락 말락 하게 옷을 벗으며 몇 달 만에 처음으로 톰을 자극해 보았다. 최근 들어 우리 관계는 성적 민감함이 사라지고 거의 가족처럼 편한 사이가 되어 갔다. 톰이 스크린샷을 찍는다고 장난을 쳤다. 잘 자라는 인사와 함께 서로 키스와 허그의 몸짓을 보냈다. 직접 만나기 어려워진 지금은 마임으로 만족할 수밖에.

다음 날 아침, 나는 다시 서머필드를 방문했다. 햇빛 아래에서 보니 병원이 완전히 다르게 보였다. 나무가 줄지어 늘어선 진입로에서 바라보는 우아하고 웅장한 건축은 흡사 내셔널트러스트National Trust 문화유산국민신탁에 등재된 건물에 온 듯한 착각을 일으켰다. 건물 단지마다 넓은 잔디밭으로 구획이 정리돼 있고, 잔디밭 가장자리를 따라 노란색과 연한 미색 수선화가 심겨 있었다. 전체적으로 고상한 분위기였다.

이날은 스크래블 게임을 들고 갔다. 아버지가 이 게임을 좋아하셨다. 지난번 톨워스병원에 격리됐을 당시에도 긴장증으로 말을 잃은 아버지 앞에 내가 스크래블 판을 펼쳤더니 아버지가 게임을 하기 시작했다. 그 손놀림이 얼마나 재빠르던지 깜짝 놀랐던 기억이 있다. 아버지가 만든 단어들은 주로 철자 세 개의 단순한 조합이었지만—hat, cat, dog 등—아버지의 생기 있는 모습을 볼 수 있어서 정말 기뻤다. 하지만 이번에는 너무 낙관적이었나 보다. 아버지는 TV가 놓인 거실 공간의 주황색 가죽 의자에 꼿꼿하게 앉아 있었다. 두 눈을 감은 채로 의자 나무 팔걸이를 내리치고 또 내리쳤다. 아버지의 옷차림이 조금 이상했다. 회색 운동복 바지에 줄무늬 셔츠를 입고 있다니. 분홍 머리 간호사가 내게 빙긋이 미소를 지었다. 어제보다 한결 태도가 다정해서 내 마음도 누그러졌다.

"왜 저런 옷을 입고 계시죠?" 내가 물었다. 끔찍한 대답이 돌아왔다.

긴장증 때문에 화장실 사용조차 힘들어서 아버지가 주기적으로 옷에 용변을 보고 간호사들이 아버지 몸을 계속 닦아준다고 간호사는 설명했다. 지금 아버지가 입은 옷은 병원에 마련된 여벌 옷이었다. 간호사는 아버지가 액체 흡입을 거부하고 음식물 섭취도 아주 소량에 그치고 있다고 덧붙였다. 나는 가방에서 어제 것과는 다르게 크랜베리와 기타 이국의 베리류를 혼합한 비싼 주스를 꺼냈다. 빨대를 꽂아 아버지에게 내밀었는데, 아버지가 아주 조금 빨아들이고는 곧이어 내 간담이 서늘해지는 소리를 냈다. 그토록 지친 한숨 소리는 들어본 적이 없었다. 충격을 받은 나에게 간호사가 말했다.

"어려운 일이에요. 지금 환자분은 정말로 살아 있는 걸 원치 않아요."

이 말에 나는 한 대 세게 얻어맞은 것 같았다. 아버지의 우울증은 언제나 내 눈에 보이지 않게 가려져 있었다. 약물이 강도를 누그러뜨려 늘 몽롱하고 조용하게 가라앉은 모습이었다. 이토록 노골적인 자포자기 상태의 아버지를 처음 보았다. 가슴이 무너져 내렸다. 나는 아버지가 살아 있기를 바랐다. 아버지가 살고 싶어 하기를, 우리 세 남매 곁에 있고 싶어 하기를 바랐다. 조심스럽게 아버지의 손을 붙잡았다. 어떤 긍정의 불꽃이 나에게서 아버지에게로 흘러 전해질 수만 있다면. 아마도 나는 병원에서 경험했던 그 순간, 계속 손 망치질을 하던 아버지의 눈을 들여다보며 아버지를 달래던 그 순간이 되풀이되기를 간절히 바랐을 것이다. 그러나 모든 자연스러운 행위가 그렇듯 그 순간을 되살리려고 시도한들 허사였다. 아버지의 두 눈은 여전히 감겼고, 아버지의 주먹은 아무런 의식 없이 완강하게 두들기는 동작만을 반복했다.

그만 돌아가려고 일어났다. 기운이 없었다. 간호사가 나에게 아버지의 빨랫감을 가져가 세탁해 올지 아니면 병원 측에 맡길지 물었다. 나는 산더미처럼 쌓인 업무를 떠올리며—이 질문이 간병인으로서 나의 헌신을 시험하는 함정인 것처럼 묘하게 겸연쩍은 기분이 들었지만—병원에 맡기겠다고 부탁했다.

집에 돌아온 뒤 세인트헬리어병원에서 걸려 온 전화를 받았다. 아버지의 대동맥류 수술 일정이 잡혀 있었다. 지금으로서는 수술을 취소해야 했다. 전화를 건 여성은 지금 아버지의 상태가 수술에 적합하지 않다는 데에 동의하면서도 우려하는 목소리로 덧붙였다.

"회복하시는 대로 곧장 저희에게 연락하셔야 합니다. 시급한 일이에요."

나는 더 기분이 침울해져 위층 아버지 방으로 올라갔다. 동맥류는 혈관 내에 풍선처럼 위험하게 부풀어서 언제 파열될지 모른다. 아버지 방은 언제나 근엄한 인상을 풍겼다. 우리가 깔끔하게 정돈을 해서 주인의 성격적 특징을 드러내는 물건이 아무것도 남아 있지 않은데도 말이다. 방에는 책도 없고 아버지가 직접 고른 그림도 없고 귀중품이나 장식품도 없고 메모판도 없었다. 옷장을 열어보고 불현듯 아버지의 의복조차 부재를 암시한다는 생각이 들었다. 아버지는 습관처럼 매일 양복을 입고 셔츠에 넥타이를 맸다. 날씨가 어떻든, 어떤 자리에 가든, 심지어 한여름 뜨거운 해변에서도 양복 차림이었다. 사람들은 아버지 옆에 있으면 아버지가 너무 말쑥해 본인들이 추레해 보인다고 말하곤 했다. 오히려 아버지는 의사와 낯선 이들이 함부로 재단하지 않도록 자신을 방어하기 위해 점잖게 보이기로 작정했겠구나 싶었다. 아버지의 의복은 개성의 표출이라기보다는 자신을 감추는 장치였다.

아버지의 의복을 접어 가방에 담고 옷 사이에 아버지의 검은

색 양말을 끼워 넣고 아버지의 넥타이를 돌돌 말다가 문득 우리가 해마다 아버지의 생일 기념으로 함께 떠나는 바닷가 여행이 생각나 서글퍼졌다. 여름까지는 아버지가 서머필드에서 퇴원할 수 있을까? 아버지가 다시 정상으로—아니면 적어도 모두가 정해놓은 정상의 범위로라도—돌아가는 날이 과연 올까?

9

1913년 봄. 레너드 울프는 일기에 이렇게 적는다.

V. n. v. w. b. n. (버지니아 상태 좋지 않음 힘든 밤.) 버지니아가 걱정될 때 일기 수첩에 암호로 메모를 남기는 것이 레너드의 습관이었다. 지금 그는 위험신호를 감지하기 시작했다. '후두부 아래쪽에 기분 나쁜 두통, 불면, 생각이 마구 내달리는 경향.'

식사 시간마다 레너드는 버지니아가 음식을 먹게끔 달래야 한다. 그녀가 음식에 대해 '이상한 죄책감'에 시달리는 것을 그는 알아차린다. 레너드의 추측으로는 첫 장편소설을 완성하며 겪는 혼란 때문이 아닐까 싶다. 애초 '멜림브로시아'였다가 이후 '출항'으로 제목이 바뀐 이 소설은 버지니아가 지난 칠 년 동안 공들인 작품이다. 1912년 12월부터 1913년 3월까지 버지니아는 고통에 가까운 집중과 맹렬한 속도로 전체 원고를 다시 수정하며 600쪽을 새로 타이핑했다. 글을 쓸 때 그녀의 '예술가적 진실성과 냉혹함'이 완벽을 향해 가차 없이 자기를 몰아붙인다고 레너드는 말한다. 소설을 탈고하고 작품에서 손을 떼는 행위가— '말하자면 정신적 탯줄을 자르는 것 같은 충격이'—언제나 버지니아를 힘들게 한다.

아내의 탁월한 문학성을 알아본 레너드는 이 작품을 칭찬하며 조지 덕워스에게 넘긴다. 조지 덕워스는 덕워스프레스라는 출판사를 운영한다. 하지만 이러는 동안에도 버지니아의 걱정은 커지기만 한다. 이 책을 출간하겠다고 나서는 사람이 과연 있을까? 버지니아의 걱정에 공감하려면, 그녀의 대단한 명성을 잠시 잊고 시간을 되감아 이때는 단지 저널리스트로서 역량을 입증해 보인 단계였음을 기억할 필요가 있다. 버지니아는 성공을 갈망하는 동시에 출판하는 글이 조롱거리가 되지 않을까 두려워한다. 레너드의 첫 소설 『정글 속 마을A Village in the Jungle』은 이미 출판이 결정되었다. 버지니아는 자기 이름으로 출판 작가가 되지 못하고 소설가의 아내 자리에 머물게 되면 어쩌나 불안했을 것이다.

덕워스가 이 소설의 출간을 수락한 뒤로도 그녀는 안심하지 못한다. 앞으로 수개월에 걸친 교정 작업이 기다리고, 그녀에게는 이것이 뼈를 깎는 고통의 시간이기 때문이다. 덕워스는 레너드의 (아울러 다른 친구들과 가족의) 우려에 부응해 소설 출간 일자를 두 해 뒤인 1915년 3월로 옮기기로 합의한다. 레너드의 전기작가 빅토리아 글렌디닝Victoria Glendinning은 이 상황에 잠재된 비극적 요소를 읽어낸다.

인생이 그의 앞에 넓게 펼쳐지기 시작하는 이때 다른 한편에서는 버지니아의 질병이 점점 두 사람을 죄어들어 갔다.

나는 이 대목에서 부모님의 결혼 생활이 상기돼 가슴이 저렸다. 복층 다가구주택을 떠나 서리의 단독주택으로 이사했을 때, 꿈꾸던 교외 생활의 상징이던 이 집에서 어린 아들과 갓난아기(나)를 데리고 맞이할 앞날에 대한 기대감에 두 분의 가슴은 한껏 부풀었다. 엄마의 친구에게 듣기로는, 커튼부터 아기침대까지 새집의 작은 것 하나하나가 엄마에게는 큰 기쁨이었단다. 엄마는 아이를 넷까지 낳아 행복한 대가족을 꾸리고 싶어 했다. 하지만 단 두어 달 사이에 모든 게 뒤집혔다.

신혼여행에서 돌아올 당시 레너드 역시 사랑으로 충만했다. 소설 데뷔작이 출간돼 호평을 받았고, 저널리스트로서도 두각을 나타냈으며(〈뉴스테이츠먼〉에 기고를 시작했다), 정치적 관심은 이미 사회주의로 방향을 잡았다. 포근한 애정이 싹트고 각자의 문학적 야망이 실현되기 시작하는 지금이야말로 레너드와 버지니아 부부에게는 낙관주의가 자연스러운 정서로 느껴졌을 시기이다. 그러니 자기가 흠모하는 아내가 자살 위기에 놓여 있음을 갑자기 알게 된 남편의 충격은 어마어마했다. 나는 그가 느꼈을 혼란도 상상이 된다. 정신 질환에 대해 아무런 사전 경험이 없던 그는 이때부터 가파른 속도로 배워 나가야 하는 처지였을 것이다. 『다시 시작』에서 그는 수개월간의 악몽이 시작되었다고 당시 경험을 서술한다.

이 처참한 악몽은 현실 세계에 속해 있으면서도 비현실성이 중첩되어 보이고, 그런 까닭에 일상생활의 붕괴와 동시에 가장 기이하고 참담한 꿈에 갇히는 이중의 공포를 불러일으킨다.

간혹 부당할 정도로 레너드 울프를 비방하는 비평가들이 있다. 이들은 버지니아의 일거수일투족을 검열하고 통제하는 남편으로 레너드를 묘사한다. (심지어 아이린 코츠Irene Coates라는 수정주의 전기 작가는 레너드가 버지니아의 유서 내용을 받아 적게 했다고까지 말했다.) 이런 비난의 상당수는 내가 직면한 간병인 역할의 주된 문제점과 딜레마를 생생하게 보여준다. 사랑하는 사람에게 얼마나 자유를 허용하는가, 그리고 나는 얼마나 통제력을 행사하는가? 레너드가 결혼 생활 초기부터 고심한 과제도 이것이다.

1913년 7월 25일 아침, 레너드는 일기에 이렇게 적는다. '아침에 V와 새비지 방문, 진에게 돌아가야 한다고 말함.' 새비지 박사는 버지니아에게 벌리파크로 돌아가 다시 진 토머스에게 치료받기를 권유했다. 버지니아는 마음이 내키지 않는다. 그녀는 잔인하다며 레너드를 몰아세운다.

버지니아도 '어느 시점까지는 그녀를(진을) 좋아했지만', 종교가 두 사람의 우정을 흔들어놓았다. 바네사에게 보낸 편지에서 버지니아는 진이 자기에게 톨스토이의 『나는 무엇을 믿는가 What I Believe』를 보냈다며 이렇게 말한다. '심각한 장문의 편지를 동봉해서 나에게 기독교를 강권하며 기독교야말로 나를 정신이상에서 구해준다는군. 우리가 얼마나 박해를 받는 건지! 기독교인들의 자기기만은 정말 참아주기 힘들어.' 버지니아의 영혼을 구원하려는 진의 갈망은 중세 수도사들의 주장을 불편하게 환기한다. 정신이상자들이 악령에 홀린 것이고 그러니 그들의 회개와 치유를 위해 사제의 도움이 필요하다던 그런 말들. 빅토리아시대 정신병원에서 정신병 의사가 alienists 치료보다는 주로 법률적 증거 제공이 전문인 정신병 의사 그랬듯, 이런 말에는 가르치려 들고 통제하고 우위를 점하려는 욕망이 투영되어 있다.

결국 버지니아는 두 주 동안 벌리파크에 들어가기로 동의한다. 레너드로서는 끝까지 기다리면서 치료가 효과를 거두기를 기대하는 수밖에 없다. 그는 부부의 런던 숙소인 클리포드 인에 머문다. 오전에는 작업을 하고 오후와 저녁에는 버지니아를 만나러 간다.

복용 가능한 항정신성 약물이 전혀 없던 시절이라 버지니아의 치료는 휴식과 식이 조절을 통한 치유를 중심으로 짜였다. 신경과 의사 사일러스 웨어 미첼Silas Weir Mitchell이 미국에서 개발한 이 치료법은 주로 신경쇠약증을 앓는 환자들에게 (버지니아도 동일한 진단을 받았다) 처방되었다. 레너드의 표현을 빌자면, '별별 고충, 증상, 통증', 만성피로와 불면, 짜증, 두통까지를 두루 포괄하는 질환이었다. 많은 이들이 신경쇠약증을 전화, 전보, 자동차, 비행기 등으로 표상되는 근대적 삶의 중압감과 속도에 대한 반응으로 받아들였다.

남성과 여성이 받는 치료는 각각 달랐다. 남자들은 지극히 '남성적인masculine' 활동을 하며 야외에서 더 많은 시간을 보내다 보면 균형감이 회복되리라고들 생각했다. 미국 의사들은 종종 남자들을 서부로 보내 말을 타고 밧줄로 소를 잡는 활동을 하게 했다. 테디 루스벨트 대통령이 되기 전에 이런 치료를 받았다. 반면 여자들은 집 바깥에서 너무 많은 시간을 보냈기 때문에 신경쇠약을 앓게 된다고들 생각했다. 따라서 여자들을 치료하려면 반드시 실내에 붙잡아 둬야 했다. 여성 환자들은 독서를 비롯한 지적인 활동을 피하고, 우유를 대량으로 (하루에 4~5파인트, 2~2.5리터씩) 섭취해야 하며, 가족과 모든 연락을 금하도록 권고받았다.

버지니아가 벌리파크에서 지내는 동안 레너드는 매일 다정한 편지를 쓴다. 지면 위에 사랑과 헌신을 쏟아놓으며, 자신은 그녀를 위해 '복무하는' 사람이라고 선언한다.

높으신 당신, 당신의 몽구스를…… 일 년 더…… 곁에 두기를 원한다고 나는 믿어요. 그저 당신 앞에 엎드려 당신 발에 입 맞출 수 있다면, 당신의 몽구스는 행복할 겁니다.

감동적이게도 버지니아가 병을 앓아도 아내를 흠모하는 레너드의 마음은 조금도 약해지지 않는다. 레너드는 끝까지 곁을 지키겠다는 결심이 확고하다. 계속 앞날을 내다보며 버지니아를 안심시킨다.

그저 평온하게 쉬면서 세상일은 아무 걱정하지 말아요. 조만간 우리도 여느 커플들이 누리는 최상의 삶을 다시 살게 될 테니까.

병원으로 아버지를 만나러 갈 때 나도 이런 태도를 자주 취했다. 다가올 앞날, 바닷가 여행, 가족 행사에 대해 아버지에게 되풀이해 이야기하곤 했다. 레너드가 이렇게 안심시키는 말을 거듭한 것은 버지니아의 기운을 북돋우기 위해서였겠지만, 자기 마음을 달래려는 의도도 있었지 싶다. 곧 있으면 이 시간도 두 사람이 함께 뒤돌아볼 과거의 경험이 되리라는 믿음에 기대어 현재를 견뎌보려 했겠지.

레너드는 버지니아의 답장을 받는다. 종이 한쪽 면에 연필로 떨리는 글씨가 적혀 있다.

나도 보고 싶어요, 하지만 이게 최선이에요, 내가 이토록 끔찍하게 어리석은 맨드릴만 아니라면.

모두 내 잘못이에요, 내가 창피해요, 당신 보기에.

이런 온순한 어투에서 나는 아버지가 연상된다. 정신병동 안에서 긴장한 아버지, 직원이나 의사에게 고마움을 표현하기 위해 매번 신경 쓰는 아버지가 떠오른다. 틀림없이 통제력을 상실하는 데 대한 두려움과 언제쯤 격리에서 풀려나게 될지에 대한 불안감이 작용했겠지.

레너드의 답장은 한결같이 상냥하다. 그는 버지니아가 스스로를 탓하도록 내버려두지 않는다. 그를 불행하게 만들고 그에게 짐이 될까 염려하는 버지니아에게 그는 이렇게 답한다.

더할 나위 없는 행복 외에 그 무엇도 당신 때문이라고 다시는 말하지 말아요, 왜냐하면 말 그대로, 솔직하게, 나는 그저 당신 곁에 조용히 앉아 책을 읽으면서도 그런 행복을 느끼니까요.

버지니아와 레너드가 패딩턴역 승강장에 서 있다. 이날은 1913년 8월 23일이다. 벌리파크에서 퇴원했지만 버지니아의 상태는 입원 전보다 별로 나아진 것이 없다. 쾌활하게 잘 가라고 손을 흔들어주는 바네사도 나중에 남편에게 이렇게 말한다. '레너드 혼자서는 오래 버티기 힘들 거예요, 버지니아를 보살핀다는

건 엄청난 부담이라서.'

　나는 그날 기차에 두 사람이 『댈러웨이 부인』의 레치아와 셉티머스처럼, 그리고 우리 부모님처럼 앉은 모습을 머릿속에 그려본다. 그들을 하나로 묶기도 하고 갈라놓기도 하는 질병과 싸우는 부부의 모습을. 레너드인들 짐가방을 다시 승강장으로 끌어내리고 객차 문을 쾅 닫아버리고 여행을 취소하고픈 유혹이 들지 않았을까.

　울프 부부는 지금 서머셋의 홀포드로 가는 길이다. 버지니아는 여전히 음식을 거부하고 잠을 자지 못하며 '망상에 휘둘린다.' 그래도 새비지 박사는 여행을 가라고 권유했다. 벌리파크에 가는 보상으로 버지니아에게 휴가를 약속해두었고, 약속이 깨지면 버지니아가 정신을 놓아버릴지 모른다고 새비지 박사는 우려했다. 새비지 박사는 자기가 무슨 말을 하는지 아는 걸까? 레너드는 의사로서 그 사람에 대한 신뢰를 잃어가고 있다. 새비지 박사는 케케묵은 국수주의를 옹호하는 고루한 빅토리아시대 사람이다. '절망적인 진퇴양난'에 빠졌다고 느낀 레너드는 헨리 헤드 박사라는 다른 의사를 만나고 왔다. 이 의사도 여행이 좋지 않다고 생각은 하면서도 새비지 박사처럼 여행을 못 하게 하면 버지니아가 자살할지도 모른다고 걱정한다.

　레너드는 의심이 들기 시작한다. 흰 가운과 권위를 몸에 두르고 있지만 의사들 누구도 실제로 내 아내의 병증을 어떻게 규정하고 예견해야 할지 전혀 모르는 게 아닐까. 그럼에도 불구하고 일단은 계획대로 따르기로 한다. 우선 홀포드에 머물면서 버지니아가 음식을 섭취하고 충분히 쉬도록 애쓰고, 혹시 상태가 악화되면 헤드 박사에게 버지니아를 데려가기로 하고, 편지로 박사에게 그녀의 상태를 수시로 보고할 것이다. 그나마 다행인 것은 아내를 보살피는 부담을 고스란히 혼자 짊어지지 않아도 된다는 점이다. 필요하면 합류할 수 있도록 가족의 지인인 카 콕스^{Ka} ^{Cox}가 대기하고 있다.

홀포드에 도착한 두 사람이 향한 곳은 플라우 인이라는 16세기에 지어진 여관이다. 튜더 양식 기둥과 아늑한 벽난로가 있는 이 여관은 콴토크 힐스 산자락에 자리 잡고 있다. 레너드는 자신도 모르게 과거와 현재를 비교하지 않았을까. 이 장소는 두 사람이 신혼여행을 와서 맛있는 음식과 간식을 즐긴 곳이고, 버터, 크림, 달걀, 베이컨으로 풍성한 아침 식사를 차려주던 곳이다. 행복에 겨운 일주일을 보냈던 당시에는 지금 같은 상태로 이곳을 다시 찾아오리라고는 상상도 하지 못했다.

이삼일이 지났다. 지금은 새벽 세 시 반, 레너드는 버지니아의 호흡이 잠잠해지면서 잠에 빠져드는 모습을 지켜본다. 기나긴 밤이었고, 불면증과 싸우는 버지니아에게 조금 전 물약 수면제인 트리피널 10그램을 마시게 했다. 레너드의 약상자에 진정제인 브롬화물과 베로날도 들어 있지만, 그는 신경 써서 상자를 잠가둔다. 만에 하나라도 버지니아가 그 약물에 손을 댈지 모르는 섬뜩한 가능성을 생각해서⋯⋯. 레너드는 아내의 간병인이라는 부담을 느낀다. 어떻게든 은밀하게 이 역할을 수행하면서도 겉으로는 단순히 남편 노릇만 하는 시늉을 해야 한다. '나는 밤이고 낮이고 한시도 경계를 늦출 수 없었다.'『다시 시작』에서 그는 말한다. '그렇지만 가능하면 그녀에게 감시당하는 느낌을 주지 않아야 했다.' 버지니아는 극심한 편집증과 사람들이 자신을 비웃는다는 망상에 시달리고 있다. 자신과 레너드가 분리된 느낌, 그가 의사 노릇을 하며 자신을 분석하고 평가한다는 느낌은 그녀에게 하등 도움이 되지 않는다.

두 사람의 휴가 여행에 카 콕스가 합류했다. 일주일 만에 결국 레너드가 전보를 쳤다. 그들은 독서와 산책을 하며 조용하고 소박한 시간을 가지려 해보지만, 버지니아가 잠이나 휴식에 저항한다. 그녀는 '자기 상태가 본인의 잘못 때문이며, 식사와 휴식이 상태를 더 악화시켰다'고 굳게 믿고 있다. 레너드는 아내를 살피며 어떻게 다음 과제를 수행할지, 다시 말해 어떻게 아내를 설득해서 런던으로 돌아갈지 생각한다.

버지니아와 이 문제를 논의할 때도 레너드는 신중하고 세심하게 그녀의 의견을 존중한다. 집으로 돌아가야 하지만 진료받을 의사를 그녀가 선택할 수 있고, '그녀가 직접 의사에게 본인 상태를 설명하고' 자신은 따로 의사를 만나겠다고 완곡하게 권해본다. 만약 의사가 그녀가 건강하다고 말한다면, 레너드도 의사의 소견을 받아들이고 식사나 휴식에 관해 더 이상 그녀를 염려하지 않겠다. 하지만 만약 의사가 생각하기에 버지니아가 건강하지 않은 상태라면, '어떤 치료가 되었든 의사의 처방대로' 받아야 한다. 버지니아는 싫다, 싫다, 싫다로 일관한다. 그러나 얼마쯤 시간이 흐른 뒤 마지못해 제안을 받아들인다. 레너드는 그녀에게 어느 의사를 택할지 묻는다. 헤드 박사라는 그녀의 대답에 레너드는 기뻐하며 마음을 놓는다. 레너드의 선택도 헤드 박사다.

그들은 기차에 앉아 있다. 레너드, 버지니아, 카 콕스까지 세 사람이다. 아내가 그야말로 지옥을 경험하고 있음이 레너드의 눈에는 보인다. 깊은 절망 속에서 지금 그녀는 실낱같은 목숨을 간신히 부지하고 있다. 기차에서 뛰어내릴 마음을 먹을지도 모르니 한순간도 그녀에게서 눈을 뗄 수 없다. 레너드로서는 '현실의 삶과 악몽, 이 두 가지의 가장 끔찍한 생생함을 동시에' 체감하는 여정이다.

브런즈윅 스퀘어 38번지의 문을 닫으며 레너드는 비로소 거기에서 놓여난다. 무사히 버지니아를 데리고 돌아왔다. 지금 그들은 버지니아의 남동생 에이드리언의 하숙집에 머물고 있다. 다음 날 아침, 레너드는 버지니아를 데리고 모리스 라이트 박사를 만나고 이어 오후에는 헤드 박사와 약속이 잡혀 있다. 두 사람 모두 버지니아가 현재 아픈 상태라고 이야기한다. 헤드 박사는 정신 질환의 오명을 덜어내려고 남들이 감기나 장티푸스에 걸리는 것이나 그녀가 아픈 것이나 다르지 않다고 강조한다. 그녀에게 필요한 것은 요양원에서 받는 휴식 치료이다. 이번에도 버지니아는 의사의 말에 설득되지 않고, 모든 게 자기 탓이라고 생각한다. 아마도 자신이 상황을 통제한다는 느낌을 잃지 않으려고 계속 이런 전략을 고수하지 않았을까.

그날 오후, 레너드와 바네사는 버지니아를 남겨두고 새비지 박사와 헤드 박사에게 공동 상담을 받으러 데본셔 플레이스로 향한다(레너드가 그간 더 젊은 새 의사를 만나 조언을 구했다는 사실을 새비지 박사가 모르고 있어서 다소 어색한 상황이다). 그때 전화가 걸려온다. 두 사람이 버지니아를 맡기고 온 카 콕스에게서 온 전화다. 버지니아가 깊은 잠에 빠져 일어나지 않는다고 카 콕스가 레너드에게 말한다. 레너드는 뛰쳐나가 택시를 잡아탄다.

그 얼음처럼 차가운 충격을 상상해본다. 레너드가 브런즈윅 스퀘어로 달려가 의식이 없는 버지니아를 발견한 순간, 끔찍한 자각이 그를 엄습한다. 의사 면담에 맞춰 급히 서둘러 나가느라 약품 보관 상자를 잠그지 않은 채로 두었던 것. 버지니아가 베로날 정제를 먹은 것이다. 백 개의 알약을.

브런즈윅 스퀘어 꼭대기층에는 다른 하숙인이 살고 있다. 메이너드 케인즈의 동생 제프리 케인즈다. 제프리도 외과 의사다. 레너드는 쿵쾅대며 층계를 올라가 도움을 청한다. 카에게 버지니아를 지켜보라 당부하고 레너드와 제프리는 차에 올라탄다. 이들의 심정 따위 아랑곳 아니라는 듯 하늘은 푸르고 구름은 뭉실거리는 아름답고 화창한 오후다. 두 사람은 세인트바톨로뮤병원까지 가서 위 세척기를 구해야 한다. 레너드는 여전히 충격이 가시지 않은 상태로 조수석에 앉아 있고, 제프리가 차량들 사이로 지나가기 위해 차창 밖으로 '응급상황! 의사입니다!' 라고 외치며 운전 중이다.

헤드 박사, 제프리 그리고 간호사 한 사람이 버지니아의 목숨을 구하기 위해 한밤중까지 힘을 기울인다. 레너드는 죄책감이 들지는 않는다. 자기 잘못이 아님을 알고 있다. 주어진 상황의 스트레스와 트라우마를 생각하면, 늦건 이르건 한 번쯤 실수가 나올 수밖에 없었다. '앞서 두 달 동안 나는 이런 변고를 막으려고 밤낮으로 긴장하며 경계해야 했다.' 레너드는 회고록에 이렇게 적는다. '어느 누구도 혼자서 이 일을 해낼 수는 없었다. 심지어 카가 와서 우리 둘이어도 역부족이었다.'

하지만 버지니아가 영영 깨어나지 않는다는 것은 생각만 해도 견디기 힘들다. 기진맥진한 채로 침대에 누운 레너드는 깊은 잠에 빠져…… 다음 날 새벽 여섯 시에 바네사가 깨우기 전까지 꿈쩍도 하지 못한다. 레너드가 깊이 두려워한 상황은 오지 않는다. 버지니아의 상태가 호전된다. 다음 날 위험한 고비를 넘기고 목요일 아침에는 의식을 회복한다. 그로부터 몇 개월 뒤, 여전히 충격의 여파가 가시지 않은 레너드는 버지니아에게 편지를 썼다.

당신은 모를 겁니다, 만약 당신의 그 수면제 복용이 성공했더라면 혹은 만약 당신이 언제라도 나를 내친다면, 그건 당신

손으로 내 숨통을 철저히 끊어놓는 것임을.

레너드는 그녀가 자살을 시도한 가장 큰 동기가 의사들에 대한 두려움이라고 판단했다. 이 판단은 후에 버지니아의 간병인으로서 그가 몇 가지 중요한 실수를 저지르는 결과를 초래한다. 1913년 그해 가을, 버지니아가 며칠의 회복기를 거쳐 몸의 기력을 되찾아가면서, 정신적인 문제들이 또다시 악화되었다. 이제 레너드는 새로운 난관에 직면했다. 과연 그가 계속해서 아내를 보살필 수 있을까? 아니면 버지니아를 정신병원에 영구 입원시켜야 할 때가 온 것일까?

10

집 여기저기 아슬아슬하게 쌓인 책 더미를 정리하던 중에 엽서 한 장이 팔랑팔랑 바닥으로 떨어졌다. 엽서 앞면은 존 워터하우스John William Waterhouse 작품 속의 사이렌, 님프를 닮은 그 부드럽고 고혹적인 얼굴이 그려져 있다. 뒷면에는 이렇게 적혀 있다. '친애하는 미스 로제티, 최상의 시간을 함께해주신 데 대해 감사 인사를 드립니다. 우리는 이탈리안 피자를 즐기고, 눈부신 헬렌 맥크로리Helen McCrory가 연기하는 메데아를 보러 가고, 도도가 템스강을 첨벙대다 백조를 모독하는 모습을 지켜보았지요…….' 가슴이 찌릿해졌다. 톰이 나를 만나러 런던에 다녀갈 때마다 작별을 앞둔 그 애절한 순간에 우리는 빅토리아역 카페에 앉아 함께 보낸 시간에 대한 단상을 엽서에 적었다. 공원 피크닉, 공연 관람, 서점 탐방, 달빛 산책을 노래하는 짧은 글이 되곤 했다. 엽서를 주고받은 뒤 작별 키스를 하고, 헤어지고 돌아와서 엽서를 읽었다.

지난번 만남 이후로 여러 주가 지났다. 요즘 우리의 접촉은 순전히 기계를 매개로 이뤄졌다. 문자메시지와 이메일과 스카이프로. 톰이 이메일을 보냈는지 노트북을 확인하다가 그가 오늘 저녁 여자 사람 친구와 콘서트를 보러 간다는 사실이 떠올랐다. 대신에 Z에게서 이메일이 와 있었다. 그는 내 기분을 띄워주려고 오행 희시戱詩를—내 이름 샘Sam에 클램clam, 댐damn으로 운율을 맞춰—보내고, '더 좋은 시간들이 앞으로 올 거야, 푸딩이 기다리고 있을걸' 이라는 말로 나를 위로했다. 기분이 밝아져 빙긋 웃다가 Z와 보낸 시간에 대한 향수에 잠겼다. 와인을 곁들인 근사한 식당에 나를 데려가고 단것을 좋아하는 내 욕구를 채워주고 우리의 확장된 동공 안에 촛불이 어른거리던 시간들. 톰을 배신하는 기분이 들어 Z의 메일을 수신함 안의 별도 폴더에 집어넣었다.

저녁이 찾아왔다. 아버지를 면회하러 서머필드까지 길을 나서다가 문득 억울한 마음이 들었다. 세탁한 의복이 담긴 무거운 가방을 들고 나르느라 양손에 빨갛게 자국이 그어졌다. (병원 측에 아버지의 세탁물을 맡기려던 계획은 잘 풀리지 않았다. 환자들의 세탁물이 뒤죽박죽 섞여 아버지 물건들이 사라져버렸다.) 버스 정거장을 향해 걷는데 갑자기 어린애 같은 심통이 치밀었다. 오후 내내 프리랜서 작업으로 힘들게 일하고 난 뒤였다. 그대로 몸을 돌려 집으로 돌아가다가 비싼 포장 음식을 주문하고 서머필드는 안중에 없는 척해볼까 머리를 굴렸다. 한 번 아버지를 만나고 올 때마다 족히 세 시간이 걸렸다. 가는 데 한 시간, 병원에서 한 시간, 돌아오는 데 한 시간. 나는 잠들기 전에 TV 시리즈물을 한 편 보거나 욕조에 몸을 담그고 책을 읽으며 긴장을 이완하던 시간이 아쉬웠다. 이기심과 의무감이 맞붙었다. 의무감이 이기긴 했지만, 여전히 짜증이 가라앉지 않았다.

겨울과 봄 사이, 아직 날이 일찍 어두워지고 공기의 냉기가 얼얼한 시기, 하루는 미래를 품은 새순이 고개를 내밀었다가 다음 날 서리를 맞고 다시 움츠러드는 그런 즈음이었다. 버스 정거장에서 주머니에 깊숙이 찔러 넣은 손끝에 북부에 있는 내 셋집 열쇠의 우툴두툴한 테두리가 만져졌다. 톰이 나를 만나러 왔을 때 함께한 기억 한 자락이 떠올랐다. 햄프턴 코트로 나들이 갔던 날이다. 나무 아래 긴 의자에 앉은 우리, 머리 위로 어른어른 쏟아지던 햇살, 같이 읽던 책, 나란히 있을 때 우리가 즐겨하던 것들이 기억났다.

버스에 올라 톰이 선물한 『메데아Medea』를 조금 읽었다. 장난꾸러기 아이를 진정시키려고 애쓰는 어느 엄마가 눈에 들어왔다. 아이는 정거장마다 네댓 번씩 벨을 누르려고 고집을 피웠다. 아이들이 있어서 아주 고마운 점은 줄곧 자기 생각을 하고 있지 않아도 된다는 것이라고 언젠가 엄마가 말했었다. 희생이라는 행위에서 자아는 사라져야 한다. 부모를 보살피면서 동시에 자녀가 넘어지지 않도록 잡아줘야 하는 사람들이 있다. 그러니 그들과 비교해서 나는 편한 신세라고 자신을 따끔하게 타일렀다. 그뿐인가, 간병인으로 살아가는 아이들도 있다. 학교에서 돌아오면 가족 중 누군가를 보살피고 식사를 챙기느라 아동기와 청소년기의 자유를 잃은 아이들, 현재 이런 역할을 맡아 하는 아이들이 다섯 명 중 한 명이다.

나는 서머필드 병원으로 이어지는 길을 터덜터덜 걸었다. 컴컴한 길을 걷는 내내 강도가 덮치기 딱 좋은 장소라는 불안감에 오들오들 떨다가 마침내 크로커스 병동에 도착해서 간호사에게 세탁 의류가 담긴 가방을 건네는 그때—그때 아버지가 보였고, 아버지가 "안녕"이라고 인사를 했다. 아버지가 다시 말을 하고 있었다. 나는 환호를 지르고 싶었다. 하마터면 오지 않을 뻔했다, 이 경이로운 순간을 놓칠 뻔했다는 죄책감이 스쳐 갔다. 우리의 역할이 얼마나 확실하게 뒤바뀌었는지 새삼 실감했다. 아기가 말을 하기 시작해서 흥분한 부모처럼 그 순간이 내 기억에 또렷이 박혔다.

아버지는 TV 근처 주황색 안락의자에 앉아 있었다. 식사 시간에 이용하는 탁자들이 바로 지척에 놓여 있고, 그쪽이 더 조용하고 호젓했다. 내가 아버지를 탁자로 안내하고 함께 앉았다. 우리는 간단한 말을 주고받았다. 직접적인 질문은 무의미했다. 왜냐하면 아버지는 실제 기분이 어떻든 간에 언제나 행복하고 좋다고 말하기 때문이다. 나는 아마추어 정신과 의사가 되어 아버지의 말을 해독하고, 내 본능이 이끄는 대로 아버지의 대답들이 만든 미로를 더듬어 들어가 핵심을 찾아내야 했다. 그래서 아버지의 일과와 음식과 수면에 관해 물어보았다. 아버지는 저녁 식사로 얼마나 맛있는 셰퍼드파이가 나왔는지 열심히 설명했다. 잠은 잘 잔다고 대답했다. 이렇게 수다를 떨고 있으니 기분이 이상했다. 사방에서 환자들이 서성거리거나 울어 간병인들은 이들을 도우려고 안절부절못하는데, 그 사이에서 마치 아버지가 좋은 호텔에 온 듯이 말을 하니 말이다. 나는 아버지가 어떻게 이 상황을 견디는지 의아했지만, 아버지의 표정은 평온했다. 간호사들도 놀란 기색이 역력했다.

"아버지가 아주 좋아지셨어요."

분홍 머리 간호사가 말했다. 간호사들은 번데기의 허물을 벗고 뛰어나온 사람을 보듯 아버지를 쳐다봤다. 병이라는 모호한 안개가 걷히고 났을 때 아버지가 어떤 사람일지 얼핏 짐작하는 모양이었다. 간호사들은 아버지가 썩 마음에 들어 본인들도 놀라는 눈치였다. 상태가 좋을 때의 아버지는 카리스마 있고 정중하고 신사다운 매력이 있었다.

나는 〈데일리 텔레그래프〉 한 부를 건넸다. 이 안에서 아버지가 너무 바깥세상과 고립되어 있다는 생각이 들었다. 사회적 접촉이 부족한 까닭에 아버지는 때때로 뉴스를 보며 당황하기도 했다. 건강한 상태일 때도 언젠가 나에게 전화를 걸어 신문이 거짓

말을 찍어내서 걱정이라고 말했다. 중동 지역 사람들이 종교적 신념 때문에 박해받는다는 기사를 읽었는데, 사실일 리가 없다고 말이다. 무슨 이유에선지 이런 생각이 아버지의 심기를 거슬러 아버지에게 혼란을 주었다. 나는 아버지에게 기사 내용이 사실이라고, 십자군과 종교재판 이후로도 종교적 박해가 사라지지 않았다고 설명해드렸다. 친구도 없고 같이 정치 얘기를 나눌 사람도 없고 인터넷도 사용할 줄 모르니 아버지가 이따금 신문을 불신하는 것도 무리는 아니다. 세상 돌아가는 일에 대해 아버지가 규칙적으로 정보를 얻고 연결되는 유일한 창구가 신문이니까. 아버지의 간병인으로서 내가 아버지를 대신해 무엇이 진짜고 무엇이 가짜인지 확인해야 했다.

내가 꺼낸 스크래블 게임판을 보고 아버지의 얼굴이 밝아졌다. 게임을 시작했지만 집중하기가 힘들었다. 환자 둘이 말다툼을 벌였다. 내가 보기에 조현병은 사람의 내향성과 외향성을 더 극대화하는 것 같다. 환자들은 조용하고 우울해 보이거나 아니면 화가 나서 대결 욕구가 끓어오르는 것처럼 보였다. 숱이 적은 금발에 사십 대로 보이는 한 여성이 유독 흥분해 있었다. 안절부절 들뜬 기세로 병동을 돌아다니면서 다른 환자들 어깨를 두드리거나 몰래 물건을 가져가거나 하며 성가시게 했다. 잠긴 문으로 막아놓은 취침실에 들여보내달라고 했다가 다시 거실 구역으로 내보내달라고 요란하게 문을 두들겨대기도 했다. 아버지와 내가 스크래블 게임에서 고작 서너 줄 정도 단어를 만들었을 때, 이 여성 환자가 아버지의 신문을 집어 들고 냅다 달아났다.

아버지는 괴로워 보였다. 신문이자 선물이자 정상 세계와의 연결 창구인 물건을 도난당한 게 아닌가! 나는 재빨리 뒤쫓아가서 신문의 한쪽 끄트머리를 붙잡았다.

"이거 돌려줄래요?" 내가 초조하게 물었다.

"내 옷이야." 환자가 우기며 돌아보지만 나와 눈을 맞추지는 않았다. 나는 간호사에게 도움을 청했다. 간호사가 끼어들어 신문을 돌려주라고 환자를 설득했다. 아버지와 내가 단어를 두어 개 더 놓았을 때, 이 환자가 다시 기습을 했다. 이번에는 스크래블 상자를 집어 들었고, 또다시 추적과 회수의 게임이 한바탕 벌어졌다. 어떻게 이런 생활을 견딜 수 있는지 존경과 찬탄의 눈으로 간호사들을 쳐다봤다. 개입을 하고 또 하고 또 해야 하는 상황에서도 간호사들은 너무나 침착하고 진득했다. 내가 보기엔 세상에 이보다 더 진 빠지는 일이 없을 것 같았다. 나는 아버지에게 작별 인사를 하며 아버지가 신문을 충분히 읽을 때까지 잘 지킬 수 있기를 바랐다.

집에 왔다. 고양이 라이라가 가르랑가르랑 발목을 문지르며 맞아주었다. 잠자리에 들기 전에 혼자라는 사실에 마음이 움츠러들어 집 안의 모든 문과 창이 잘 잠겼는지 세 번씩 확인했다. 나는 아버지 소리가 들리지 않을까, 아버지가 설거지할 때 접시 부딪치는 소리가 들리지 않을까, 콧노래로 흥얼거리는 찬송가

소절이 들리지 않을까 자꾸만 기대했다. 쓸쓸한 마음에 그만 트위터를 들여다보는 실수를 저질렀다. 트윗 타래는 빠져 읽는 재미와 위안을 주기도 하지만, 다른 이들의 재치 있는 문장을 스크롤해 내려가다 보면 소외감이 들기도 한다. 모두들 부러운 출판 계약을 따내는 것 같고 가장 흥미진진한 책을 읽는 것 같고 황홀한 외식을 하는 것처럼 보였다. 나는 아버지에 대해 트윗을 한 줄 쓰기 시작했다. 그러다 곧 그만두었다. 기분이 처지고 공감을 받고 싶은 심정인데, 어쩌면 위로는커녕 악플이 달릴지도 몰랐다. 백사십 글자는 상황의 복잡성을 요약해서 전달하기에 충분하지 않았다. 게다가 가까운 친구들은 아버지의 병에 대해 알고 있더라도, 나와 친분이 애매하고 이 상황을 전혀 모르는 팔로워들도 꽤 많았다. 이런 식으로 이 사실을 알게 하는 건 이상하다고 느껴졌다.

트위터 대신 나는 『메데아』의 책갈피를 넘겼다. 눈부신 백색 드레스를 입고 무대 위에 서 있던 헬렌 맥크로리와 그녀 뒤에서 으스스한 웅성거림을 내던 코러스의 소리를 기억에서 불러냈다. 트위터는 옛날 그 코러스에 상응하는 현대식 문물이다. 사람들은 자기 생활을 시시콜콜히 들려주고, 대중은 그것을 판단하고 논평하고 리트윗한다. 혹시 그들이 유난히 '사악한' 생각이나 행동을 하면, 의로운 대중의 격분을 불러일으키고 이들이 분노의 여신처럼 강림한다.

위층에 올라가 거울로 양치하는 내 모습을 바라보다가 병동 내 야간 통행금지인 아버지의 처지를 생각했다. 거기에 비하면 내가 누리는 선택의 자유가 호사스럽게 느껴졌다. 정신적으로 아픈 사람들은 자기 삶의 통제권을 잃어버리는 경우가 얼마나 많은가. 그들에게 일어나는 많은 일을 좌지우지하는 건 운명이다. 다시 말해 사회, 의학적 소견, 대중적 인식, 가족의 이해심, 돈 등등을 뭉뚱그린 그 모호한 단어 말이다. 나는 레너드와 버지니아가 떠올랐다. 1차 세계대전이 발발하고 레너드가 징집될지도 모를 상황에서, 버지니아의 한 친구는 버지니아가 '자신의 운명에' 내맡겨지게 될까 걱정했다. 레너드가 곁에 없으면 그녀의 죽음—자살—을 피할 수 없을까 봐 두려워한 것이다. 조현병 환자의 평균수명은 전체 국민 평균수명보다 십~십오 년 더 낮다. 정신적으로 아픈 사람을 돌보는 것은 운명과 싸우는 일이다. 운명에 개입하는 것—혹은 개입하려고 시도하는 것이다.

옛날에는 간병인이 되느냐 마느냐는 자유로운 선택의 문제가 아니었다. 그리스와 로마 시대에는 가족이 제 구성원을 보살피고 책임지는 것을 당연히 여겼다. 플라톤은 『법률』에서 이렇게 말한다. '남자가 미치면 마음대로 도시를 활보해서는 안 될 것이며, 그의 가족이 할 수 있는 방법으로 그를 지킬 것이다.' 고령자의 경우, 아테네에서는 자녀가 부모를 돌보도록 법으로 정했다. 이 의무를 다하지 않으면 시민권을 박탈하는 처벌을 내렸다. 우리가 사는 현대에는 부모를 돌볼지 아닐지에 대해 우리에게 의식적인 선택의 자유가 주어진 것처럼 보인다. 비록 성별, 계급, 재산이라는 요건과 개인의 양심 그리고 부모와 맺은 관계의 역사가 중요한 배경으로 작용하겠지만 말이다. 이를테면 아이였을 때 부모가 우리를 사랑했는지, 우리가 희생을 감수할 만큼 지금 부모를 충분히 사랑하는지 등등도 영향을 미친다.

그렇다면 나는 과연 의식적인 선택을 내린 것일까? 나는 돌봄이 그저 나에게 닥친 일처럼 느껴졌다. 마치 아버지의 질병이 용암처럼 분출해서 내 삶을 덮친 것 같았다. 처음 아버지의 간병인이 될 수밖에 없겠구나 하고 깨달은 그 순간을—그 충격을—되짚어보았다. 그즈음 자꾸만 내가 그렇게 불리고 있었다. '당신이 에드워드의 간병인인가요?' '당신이 그의 주돌봄자primary carer 인가요?' 이렇게 채워야 하는 어떤 틀을 내밀 듯 누군가 호칭을 부여함으로써 역할을 규정하는 경우가 달리 또 있는지 아무리 생각해봐도 모르겠다. 예전에는 간병인이란 호칭을 주로 이 일을 전문으로 하는 사람들에게 사용했는데, 지금은 갈수록 개인적인 칭호로 쓰인다. 누군가를 간병인으로 규정함으로써 '이제 당신은 이런 사람이니 이것이 당신의 할 일입니다'라는 말로 국가가 교묘하게 가족들에게 책임과 비용을 전가한다. 결국 당신 손에 얇은 책자가—틀림없이 너무 피곤해서 읽기조차 힘들겠지만—쥐어진다. 이 책자는 당신의 역할에 공식적인 의미를 부여하고, 지자체로부터 도움받을 방안을 제시하면서 당신의 새로운 지위를 더한층 공고히 한다.

당장 일어나 이 자리를 박차고 나간들, 그들이 나를 추적하거나 질책했을 것 같지는 않다. 서머필드 병원은 대신 내 형제들에게 전화를 걸었을 테고, 누가 됐든 먼저 전화를 받은 사람이 '주 돌봄자' 배턴을 이어받았겠지. 간병인 역할을 하면 할수록 나는 내가 이 자리에 닻을 내린 것 같고, 다시 밧줄을 풀고 이전으로 돌아가기가 갈수록 어렵게 느껴졌다. 그래도 여전히 희미한 불신감은 남아 있었다. 어울리지 않는 역할을 하는 자신을 지켜볼 때처럼, 누군가 '샘이 이런 역할을 할 수 있다고 생각한 게 누구야? 오디션도 안 했어?'라며 당장 나를 자를 것도 같다. 죄책감, 양심, 중압감, 애정으로 뒤범벅된 감정이 나를 몰아갔다. 마음 한편에서는 기꺼이 감당하려 하고 다른 한편에서는 저항했다. 나는 달라지고 있었지만, 급격한 변신의 과정에서 자주 그렇듯 현재가 불명확하고 흐릿했다. 시간이 지나 돌이켜 생각할 때라야 비로소 예전 자신의 모습을 돌아볼 수 있는 법이다.

11

　아버지가 다시 말을 하고 식사를 하게 되면서 나는 아버지가 지내기에 가장 좋은 장소가 어디일까를 고심하기 시작했다. 조기 퇴원해서 집으로 돌아가는 게 나을까—비록 언제라도 재발과 재입원의 위험이 도사리고 있더라도? 아니면 병동이야말로 아버지가 회복하기에 가장 안전한 장소일까?

　1913년 레너드 울프를 번민하게 만든 것도 같은 질문이었다. 버지니아가 자살 시도의 후유증에서 회복된 이후 레너드는 그녀가 정신병원에 들어가야 하는가 아닌가를 두고 진지하게 고민하지 않을 수 없었다. 비평가이자 화가이고 블룸즈버리그룹의 일원인 그의 절친 로저 프라이Roger Fry는 (버지니아의 언니 바네사의 외도 상대이기도 했다) 1910년 예술가인 아내 헬렌 쿰^{Helen Coombe}을 정신병원에 입원시켰다. 헬렌은 남은 평생을 거기서 보냈다. (수십 년 뒤 T. S. 엘리엇도 별거 중인 아내 비비언이 자신을 스토킹하자 아내를 정신병원에 격리시켰다<small>실제로 비비언을 입원시킨 사람은 엘리엇이 아니라 비비언의 남동생 모리스로 밝혀졌다</small>—비비언이 정말로 정신이상이었는지는 의문의 여지가 있는데, 골칫거리 같은 아내를 떼어내기에 편리한 방법으로 보이기는 한다.) 레너드는 자신이 간병인 역할을 계속 감당할 수 있을지, 버지니아를 시설로 보내는 것이 선택의 문제인지 필요의 문제인지가 의문이었다.

집이냐 정신병원이냐. 정신 질환을 앓는 이들에게 무엇이 최선인지 고민할 때 사회와 가족들이 변함없이 곱씹는 질문이다. 수용시설이 지어지기 전에도 가족 중에 정신이상자가 있을 경우 가족이 직접 돌보기를 기대하지 않았다. '광인들'은 주로 집 내부 지하실이나 다락방 같은 경계 공간 혹은 바깥 마구간이나 돼지우리 같은 곳에 갇혀 지냈다. 문학에서 발견되는 대표적인 사례로 『제인 에어』가 있다. 로체스터는 아내 버사 메이슨을 (항상 결혼 전 성姓으로 그녀를 지칭한다) 손필드 저택 다락방에 감금해둔다. 그녀는 작품 속에서 아무 목소리를 내지 않는다. 제인에게 그녀는 고딕 멜로드라마 속 유령처럼 무섭게 등장하는 미스터리한 환영이다.

정신이상자가 무해한 수준이면, 돌아다니며 구걸을 하도록 밖에 내보내기도 했다. 도시보다는 시골이 이렇게 떠돌아다니는 정신이상자들을 조금 더 용인하는 분위기였다. 당시 미치광이들은 동물, 집에서 키우기 힘든 '애완동물' 취급을 받았다. 행동이 사납지 않으면 뛰어다니도록 내버려뒀지만, '사나운 맹수' 같다면 사슬에 묶어뒀을 것이다.

과학과 의학의 발전으로 정신 건강에 대한 이해의 폭이 넓어지면서, 돌봄을 향한 우리의 연민과 책임감의 수준도 높아졌다. 오늘날 알츠하이머병을 대하는 태도가 빅토리아시대에 비해 얼마나 달라졌는지 생각해보자. 당시에는 이 병 자체를 제대로 이해하지 못했다. 지금 시대에는 무의탁 장기 입원이 알츠하이머 환자들과 관련한 심각한 문제가 되고 있다. 연간 5만 명의 알츠하이머 환자들이 국민보건의료서비스NHS에 몸을 의탁하는데, 현재의 빈약한 사회복지 시스템 안에서는 이 환자들의 음식과 수분 섭취조차 제대로 이뤄지지 않아 탈수증이나 요로감염이 빈번하게 발생한다. 내가 읽은 기사 속 어느 여성은 알츠하이머 환자인 어머니가 혹시라도 요양원에서 형편없는 처우를 받을까 두려워서 결국 어머니를 집에 모시고 개인 간호사를 고용하느라 주당 천 파운드라는 비용을 부담했다. 그렇지만 만약 초기 빅토리아시대로 돌아가 부모가 지금 우리가 알츠하이머병으로 아는 증상을 앓고 우리가 하층계급 가정이라면, 아마 부모는 베들럼으로 보내졌을 것이다.

13세기 런던 비숍스 게이트 인근에 베슬럼병원이라는 이름으로 세워진 이 수용시설은 17세기 무렵에는 관광 명소로 인기를 끌었고, 공개 처형에 맞먹는 구경거리를 제공한다고 안내책자에 까지 소개되었다. 관광객들이 광기의 현장을 관람하며 수용자들을 조롱하는 한편에서는 애틋한 마음으로 음식을 싸서 찾아오는 수용자 가족들의 방문도 이뤄졌다.

지역 행정 당국의 정신병원 건립을 의무화한 빅토리아인들의 결정은 현저한 인식 변화를 알리는 신호이고, 개인보다 국가가 더 돌봄에 적합하다는 선포였다. 오늘날 근대 정신의학의 아버지라 일컫는 프랑스 정신과 의사 필리프 피넬Philippe Pinel은 일찍이 19세기에 '정신에 이상이 있는 환자들이 가족의 품 안에서 치료되기란 거의 불가능하다'라고 말했다. 사회는 더 이상 정신이상을 쉬쉬하고 가두고 감춰둘 수 없는 시점에 다다랐다. 이제는 정신이상자들에게 필요한 최선의 조치를 국가가 책임지고 지시하게 되었다.

"이봐요!"

서머필드에서 아버지와 스크래블 게임을 하는데, 그 금발 환자가 또 상자를 훔쳐 갔다. 나는 그녀를 뒤쫓아갔다. 그녀가 파란 눈동자로 내 눈을 압박하며 자기 속마음을 말했다.

"정말로 난 지금 누군가한테 칼을 쑤셔 박아주고 싶어."

나는 마른침을 꿀꺽 삼키고 아버지와 스크래블 게임을 하던 자리로 돌아왔지만, 단어를 조합하기가 힘들었다. 충격을 받아서인지 알파벳 철자들이 그저 제각각으로 보였다. 이론상으로는 서머필드 내에 무기가 없음을 알았지만, 여전히 안심이 되지 않았다. 그 금발 환자가 어떻게든 뭔가—하다못해 포크라도—손에 쥐고 나에게 달려들지 않을까 조마조마했다. 이 세계 안에서는 내가 타자이고 낯선 외부인이다. 어쩌면 그래서 내가 들어설 때마다 그 환자가 매번 나를 향해 돌진했는지도 모른다. 아니면 혹시 아버지를 노린 것일까? 아버지는 이 안에서 정말 안전할까?

날이 갈수록 점점 아버지는 크로커스 병동에 맞지 않아 보였다. 가장 쇠약하고 가장 고통이 극심하던 환자에서 가장 교양 있고 차분한 환자로 바뀌어 있었다. 내가 면회를 가면, 아버지는 평온한 모습으로 앉아 그곳에서 행복하게 잘 지낸다고 말하곤 했다. 그렇게 말하는 동안에도 아버지 주위는 아수라장이었다. 거칠게 말싸움을 하는 피해망상 환자, 내놓고 자위를 하는 환자, 거기다 칼로 사람을 찌르는 공상으로 위협하는 환자까지.

다음 날 나는 그 금발 환자가 방문객들로 둘러싸인 탁자에 앉아 있는 모습을 보았다. 그녀의 가족들이었다. 병동에서 가장 상냥한 간호사인 모지즈라는 이름의 아프리카 출신 간호사가 우리 탁자에 와서 말해주기론, 그 금발 환자가 예전에 대단한 스누커 snooker 포켓당구의 일종 선수였고 선수권대회에서도 상위에 오르며 활약했단다. 갑자기 질병의 베일에 가려져 있던 그녀라는 사람이 내 눈앞에 언뜻 모습을 드러냈다. 시간이 지날수록 이런 경험은 되풀이되었다. 만신창이처럼 보이는 환자인데 사연을 들어보면, 어느 날 닥친 비극으로 인생이 산산조각 나기 전까지 행복한 삶, 창의적인 삶, 성공적인 삶, 경영자의 삶을 살았던 사람들임을 알게 되곤 했다.

환자들을 관찰하다 보니 이런 생각이 들었다. 저들이 앓는 신경증을 우리도 매일 경험한다. 다만 음량의 강도가 다를 뿐이다. 피해망상이 지나쳐 자기를 쳐다보는 사람마다 덤벼들던 여성─우리를 좋아하지 않고 우리를 멋대로 재단하는 아무개 때문에 마음이 어지러운 그런 불안을 모두 경험하지 않나? 정신 질환에 그토록 심한 오명이 따라다니는 한 가지 이유가 여기에 있다. 제정신이 아닌 사람을 보면서 수치심이 드는 건 그들에게서 자신의 모습이 보이기 때문이다. 이른바 미친 자와 정신이 온전한 자의 차이는 여러 가지 면에서 검열의 문제라고 할 수 있다. 정신이 온전한 자가 하는 말에는 언외의 의미가 있지만, 미친 자는 거르지 않고 말을 한다. 우리가 성장 과정에서 참으라고, 속에만 담아두라고 배우는 모든 자잘한 생각들을 미친 자는 남김없이 쏟아낸다. 우리는 자라면서 거짓말하는 법, 아부하는 법, 싫어하는 상사에게 웃으며 인사하는 법, 연인과 밀당하는 법을 배운다. 그러나 솔직하기 때문에, 미친 자들은 이런 사회적 관례를 모두 깨뜨린다.

'미친' 자들을 사회의 희생양으로 보는 입장도─가장 잘 알려진 푸코를 비롯해서─있다. 나병과의 싸움에서 성공을 거둔 뒤, 사회는 새로운 '타자'를 만들어내야 했고 이른바 제정신이 아닌 자들을 가두기 시작했다. 하지만 한때 이성과 광기는 서로 대립하는 개념이 아니었다. '현명한' 바보들을 칭송하던 시절이 있었으나, 정신이상자 수용소와 정신병원이 생겨나면서 구별이 뚜렷해졌다. 그날 저녁, 나는 정신병동 안에 있는 사람들에게도 이런 구별이 작용한다는 생각이 들었다. 모두가 다른 이들을 타자화하고 있었다. 정신 질환이 있는 사람의 개인사를 안다면 질환은 그의 캐릭터에 생긴 일시적 변화려니 하지만, 개인사를 모르면 질환 **자체**가 그의 캐릭터가 된다. 아마 금발 환자의 가족들은 나와 아버지를 보고 미치광이라고 생각했겠지. 그들은 병동 바깥의 아버지를 한 번도 보지 못했다. 그들 눈에 아버지는 그저 스크래블 게임을 좋아하는 조용하고 이상한 남자였을 뿐이다. 아버지도 마찬가지로 마치 본인이 환자가 아니라 의사인 것처럼 나에게 이야기할 때가 있었다. 난폭하게 부딪치는 두 환자가 있어서 아버지가 간호사에게 말해 두 사람을 떼놓았다고 말하기도 했다. 아버지의 말투에는 떨떠름하게 관망하는 자의 무심함이 담겨 있었다.

트윅커넘에 격리됐을 당시 버지니아 울프 역시 비슷한 경향을 보였다. 1910년 바네사에게 보낸 편지에서 울프는 진 토머스가 '연애 문제로 시름하는 무수히 많은 젊은 여성을' 새로운 환자로 받는데 '그 여성들이 미친 것인지 내가 질문하면 미스 T가 낯을 붉힌다'라며 자기 주변에서 벌어지는 사건의 목격자처럼 이야기를 전한다. 레너드와 함께 템스강 예선로를 따라 산책하다가 '길게 줄을 선 천치들'을 본 날을 기록한 글도 있다. 자신이 그들과 같은 범주에 속할지도 모른다는 점을 전혀 인식 못하고, '그런 사람들은 죽어 마땅하다'라고 단정해버린다. 당시로선 드물지 않았겠지만 섬뜩한 사고방식이다. 정신병자 수용시설이 실패작으로 평가되면서, 우생학의 인기가 높아졌다. 심지어 윈스터 처칠조차 '정신박약자들'의 단종에 찬성하는 발언을 하기도 했다. 아마도 그 '천치들'이 울프에게 혐오감을 준 이유는 그녀가 그들에게서 자기 질병과 자기 자신이 투영된 모습을 눈으로 확인하고 그 사실에 격렬히 저항했기 때문일 것이다. 성인기 초부터 시설에 격리돼 있던 이복 언니 로라 스티븐에 대해서도 울프는 언제나 친족 관계를 말하지 않고 '백치'라거나 '새커리의 손녀'(새커리의 딸인 애니 새커리와 돈독한 사이라 울프도 그녀를 애니 이모라고 불렀다)라고 지칭했다.

집이냐 정신병동이냐? 다 따져 보면, 아버지에게는 확실히 정신병동이 가장 나은 곳이었다. 매일 조금씩 회복하는 아버지를 보면서, 나라면 지쳐 나가떨어졌을 일을 감당하는 서머필드의 간병인들에게 감사했다. 한 친구는 나에게 아버지를 그곳에 보내고 '간병의 의무'를 그들에게 넘겼으니 한시름 놓이겠다고 말했다. 그런데 나는 한 번도 그렇게 느낀 적이 없었다. 아버지는 내 하루 일상의 배경이었고, 밤마다 내 꿈에 나타났으며, 한시도 걱정을 멈출 수 없는 존재였다. 내가 아버지를 내려놨다는 생각은 전혀 들지 않았다. 버지니아의 보살핌에 도움 줄 간호사들을 고용했을 때 레너드가 느꼈을 심정과 내 심정이 별반 다르지 않았다.

아버지의 치유에 휴식이 필수라는 점은 분명했다. 긴장증 상태에 빠지기 전에 아버지가 몹시 지쳐 있다는 것을 나도 느꼈다. 소소한 일상도 영혼의 에너지를 끌어모아야 할 만큼 힘든 과업이 되게 만드는 깊은 피로감이 아버지를 괴롭혔다. 모든 책임에서 벗어나 하루 세 끼 식사와 일정한 취침 시간이 주어진 규칙적인 일과 안에서 안전하게 지내는 생활이 아버지의 기력을 회복시킨다는 걸 내 눈으로 확인할 수 있었다. 생활의 세세한 부분에 신경 쓰지 않고 주위 사람들의 계획에 맡겨두기에 비로소 아버지에게 치유의 여유가 생긴 것이다.

어느 환자의 생일 축하 행사가 있던 날, 아버지의 표정이 환하게 빛났다. 면회 온 나에게 아버지는 어떻게 간호사가 케이크를 들고 들어왔으며 모두가 생일 축하 노래를 불렀는지 들뜬 말투로 이야기했다. 나는 아버지에게 서머필드에서 지내는 생활이 더 행복한지 물었다. 사람들과 어울릴 기회가 아버지에게 더 필요한 것일까 궁금했다. 그런데 아버지는 아니라고, 다시 자유를 되찾고 싶고 집에 돌아가고 싶다고 대답했다. 거실에 들어서니 아버지의 빈 의자가 눈에 들어왔다. 의자는 마치 아버지의 따뜻한 몸이 돌아오기를 기다리듯 적적해 보였다.

12

Z의 이메일이 머리에 맴돌았다. 전날 밤늦게 그가 메일을 보냈다. 나에게 '아름다운' 사람, '네가 키우는 고양이가 나라면 좋을 텐데'라며 추파를 던져온다. Z는 작가이고, 실제 이름이 Z로 시작하지는 않는다. 내가 그의 이니셜을 Z로 삼은 건 그가 문학계의 기라성 같은 작가 중 한 사람이라서, 삶에 대한 열정과 비상한 두뇌와 날카로운 위트의 소유자라서다. 그를 처음 만난 것은 십 년쯤 전이다. 파버 출판사에 보낸 내 원고가 산더미 같은 투고 더미 중에 뽑혀 출판 제안을 받았다. 설레는 긴장감을 안고 문인들의 여름 파티에 참석한 나를 Z가 친절하게 챙겨주었다. 그는 젠체하는 유명 작가들에 대해 소곤소곤 우스운 농담을 들려주

었다. 내 빨간 드레스가 예쁘다고 했지. 내 뺨에 입 맞춰도 되는지 몇 번을 물었고. 다음 날 그에게 연락하면서 나는 길지도 않은 이메일을 보내기 전에 대여섯 번을 고쳤다. 우리의 연애는 석 달 동안 불타오르고 꺼졌다.

그래도 이메일 교환은 계속되었다. 이제는 매일의 습관이 되었다. 2016년까지 꼬박 십일 년 동안 주고받은 이메일이 삼천 개가 넘는다. 우리는 가벼운 밀당과 열정, 우정과 수다 사이를 주기적으로 오락가락했다. 내게는 이런 로맨스가 이상적이었다ㅡ독점적이지 않고, 친밀하고, 자유롭고, 따뜻하고, 섹시하고, 무겁지 않은 관계. 이십 대 초반에 사귀던 남자는 당시 내가 작업 중이던 『월 셀프의 본질』에 담긴 무질서한 에너지를 언짢아하면서 그런 작품 말고 달달한 어린이용 동화를 쓰기를 원했다. 그 뒤로 관계 맺기를 경계하게 됐지만, 혼자가 되는 건 쓸쓸했다. Z와의 관계는 완벽한 중간지대처럼 보였다. 계속 사귀었더라도 그는 절대로 내 글을 검열하지 않았겠지. 하지만 나는 창작자가 되기보다 뮤즈로 남아 결국 명망 있는 남성 작가를 보조하는 역할에 그쳤을지도 모른다.

그러다가 톰을 만났다ㅡ내 글을 좋아하고, 내 소설 포스터를 자기 방 벽에 붙여두고, 내가 지금 붙잡고 씨름하는 내용이 뭐가 됐든 자기에게도 수시로 알려달라고 말하는 사람. 한번은 이런 말도 했다. '나는 당신 머리와 사랑에 빠졌어.'(그래서 '그럼 내가 못생겼다는 말'이냐고 되받아줬지.) 속으로 이 칭찬이 좋았다. 나를 통제하거나 억누르거나 억지로 나를 자기에게 맞추고 싶어 하지 않는 남자가 나타난 것이다. 이 말은 Z와 내가 길들여진 관계의 순환을 이제 우정에서 멈춰 세워야 한다는 의미였다.

어색한 과도기가 이어졌다. Z와 나는 한 번도 서로에게 **다른 사람을 만나고 있다**고 선언하지 못했다. 그건 너무 괴로울 테니까, 우리는 언제나 말하지 않고 보여주는 방식을 택했다. 가벼운 밀당에서 좀 더 감정을 자제한 논의로, 이를테면 책, 글의 자수, 알코올이 문장을 강화하는지 저해하는지 등에 관한 이야기로 그저 이메일 내용이 옮겨갔을 뿐이다. Z는 내가 남자친구에게 진심임을 알면서도 이따금 나를 시험하고 싶어 했다. 지난번 이메일에서는 서로 어린 시절 사진을 교환했다. 부드러운 눈매, 순수한 얼굴에 감동하며 우리는 미묘한 친밀감을 나눴다.

Z의 추파에 응하는 답장을 써볼까, 유혹이 고개를 들었다. 최근 들어 톰은 새로 사귄 여자 사람 친구를 칭찬하느라 여념이 없었다. 나에게 맨 처음 해준 말이 그 친구가 '고분고분하다'는 칭찬이었다. 질투와 의심이 스멀스멀 우리 관계에 균열을 내고 있었다. 2월에 아버지가 쓰러진 이후로 두 달 동안 고작 세 번 만났다. 내가 아버지에게 더 좋은 간병인이 될수록 톰에게는 더 나쁜 여자친구가 되어 갔다. 시소를 타듯 균형이 잡히지 않았다. **아버지의 퇴원이 언제쯤일까?** 모든 대화 뒤에는 이런 무언의 질문이 놓여 있었다. 얼마나 기다려야 우리가 다시 커플답게 지낼 수 있을까, 정작 그때가 되면 너무 늦지 않을까?

나는 동네 도서관으로 도피하기로 했다. 가서 걱정은 모두 잊고 글만 쓰다 오리라 마음먹었다. 지금까지 생활비를 벌기 위해 일주일에 최소 사십 시간씩 소설과 대본과 기사 쓰기를 꼬박꼬박 해왔는데, 최근 아버지 면회에 쏟는 시간이 늘어나 수입이 불안정했다. 도서관 카페에서 차를 주문하고 다급하게 돈을 꺼냈다. 당연히 내 뒤로 초조하게 기다리는 사람들이 있으리라 생각했다. 막상 고개를 돌려보니 아무도 없었다. 마음속 초조한 불안감이 상상의 압력이라는 형태로 표출된 것이다.

찻잔, 공책, 기우뚱한 탁자, 삐걱대는 의자. 펜이 바들바들 떨리고, 머리가 녹슨 것 같고, 표면만 빙빙 맴돌았다. 한참 그러다 글이 써지기 시작했다. 간병인 페르소나의 답답한 흰색 외투에서 꿈틀꿈틀 빠져나와 다시 나 자신으로 돌아가는 기분이 들었다. 아버지, 수입, 톰, Z에 대한 모든 걱정이 희미해지고, 펜이 제 나름의 의지를 가진 것처럼 사각사각 움직이면서 상상이 날갯짓을 시작하는 그때, 휴대폰이 울렸다. 번호를 확인했다. 서머필드에서 걸려 온 전화다. 나는 기운이 꺾여 펜을 내려놓고 전화를 받았다. 전화를 건 사람은 아버지를 담당하는 정신과 의사였다. 그는 상냥하고 말씨가 점잖았다. 아버지에 관한 본인의 생각을 전하면서도 내 기분을 고려해 이렇게 덧붙였다.

"따님은 어떻게 생각하시는지 궁금합니다. 누구보다 아버지를 더 잘 아시니까요."

이 사람은 울프 부부가 만났을 의사들과 상당히 대조적이라는 생각이 들었다. 자신의 의학적 권위를 앞세우려 하기보다 보호자인 내 의견을 경청하고 기꺼이 합의를 도출하려는 의지가 엿보였다. 의사 경력 삼십 년 동안 긴장증 발작 사례는 이번 외에 한 번밖에 보지 못했다고 그는 말했다. 아버지의 상태는 좀처럼 볼 수 없는 수수께끼 같은 사례였다. 원인이 무엇인지 누구도 확실히 단언하기 어려웠다. 클로자핀 때문일 수도 있었다. 아버지가 복용한 다른 어떤 약물보다 안정을 유지하는 데는 효과적이었지만, 노인층에게는 장 활동에 문제를 일으킬 수도 있었다. 아니면 지난해 아버지의 복용량이 감소했던 점을 감안하면 약의 양을 늘려야 하는 문제일 수도 있었다. 그게 아니면 또는, 혹은…….

집에 돌아와 아버지의 옷가지를 세탁기에 집어넣고, 글쓰기와 편집 작업을 좀 더 하고 이메일을 작성했다. 하품을 해도 또 하품이 나왔다. 평소 나는 에너지 레벨이 일정한 편이었다. 하루 두 번의 명상으로 머리가 생생하게 잘 돌아갔다. 이렇게 눈이 따갑고 속이 쓰라린 피로감은 익숙하지 않았다. 시험공부를 하는데 시험을 과연 언제 치를지 모르는 그런 기분이었다.

레너드 울프의 1913년 회고를 읽어보면, 그도 이와 비슷한 느낌에 시달렸던 것 같다. 언제쯤 그 악몽이 끝나게 될지 묻고 있었을 것이다.

울프 부부의 숙소는 입주 간호사들을 들이기에 너무 비좁아서 조지 덕워스가 웨스트 서섹스에 있는 자신의 별장 달링리지 플레이스를 빌려주었다. 별장에는 요리사, 식사 시중을 드는 하녀, 집안일을 하는 하녀, 정원사까지 딸려 있었다. 하지만 넓은 공간과 버지니아를 보살필 일손이 있는 이곳에서도 '처참한 악몽'과 '일상생활의 붕괴'는 누그러질 기미가 보이지 않는다.

점심 식사 시간, 레너드와 버지니아가 식탁에 나란히 앉아 있다. 그들 앞에는 음식 접시가 놓여 있다. 레너드의 회고록에 적힌 대로 '달링리지에서 보낸 처음 몇 주 동안 가장 어려운 고충은 버지니아에게 음식을 먹이는 일이었다.' 버지니아는 우울감에 젖어 우두커니 몇 시간씩 앉아 있을 때가 많고, 뭐라 말을 건네도 아무 대꾸를 하지 않는다. 레너드가 그녀의 손을 잡아 포크를 쥐어준다. 그리고 부드럽게 달랜다. "제발 먹어요." 반응이 없다. 레너드가 그녀의 팔을 손으로 쓰다듬으면서, 아주 나지막하게 좀 더 잔소리를 한다. 이윽고 버지니아의 포크가 채소 한 조각을 찌른다. 그녀가 그것을 입으로 가져간다. 씹고 삼킨다. 레너드의 안도는 짧게 그친다. 그의 눈이 시계를 흘끔 살핀다. 한 입 먹는 데 5분이 걸렸다. 도와줄 사람을 부르거나 간호사들에게 거들어달라고 부탁할 수도 있다. 그러나 버지니아가 그들에게 자꾸만 불같이 화를 낸다. 버지니아는 여전히 피해망상에 시달린다. 의사들과 간호사들이 자기에 대해 음모를 꾸민다고 믿는다. 레너드의 눈이 그녀의 홀쭉한 체격으로 향한다. 살이 계속 빠지고 있다.

"딱 한 입만 더." 그가 그녀를 어른다. "이번에는 고기를 먹어볼까요?" 다시 한 입, 또 5분이 흐른다. 식사를 마치는 데 한 시간이 걸린다. 그날 밤 버지니아에게 수면제를 주고 나서 레너드는 자기 침실에 들어가 혼자 침대에 눕는다. 아내와 나란히 자던 때가 그립다. 크레이그 박사는 밤에 버지니아를 방에 혼자 두지 않아야 하며 남편보다 간호사가 있는 편이 낫다고 권유했다. 두 사람은 이후 결혼 생활 내내 침실을 따로 쓰는 습관을 유지한다.

이것은 레너드가 내린 결정이다. 그가 직접 버지니아를 보살필 것이다. 몇 군데 정신병원을 가보긴 했지만, '높은 담장과 음산한 나무들과 절망에 둘러싸인 끔찍하고 침울한 커다란 건물들'이라는 인상을 받았다. 훈련된 간호사의 보조를 받기만 한다면 레너드가 버지니아를 보살필 수 있다는 데에 의사들도 이견이 없었다. 결과적으로 버지니아의 질병은 신경쇠약증이라는 확실한 병명 외에 다른 설명이 추가되지 않았다. 레너드는 조울병 manic depression이 아닐까 의심이 들지만, 그래도 '조병manic'이라는 말은 위험한 단어다. 자살은 범죄인데 혹시 자살 시도 이후 그녀의 증상이 '조병'으로 간주되면, 정신병원에 강제 수용될지도 모르는 일이다. 차라리 신경쇠약증 환자인 편이 낫다. 어쨌든 본인이 직접 간병의 의무를 떠안음으로써 레너드는 아주 힘든 도전에 직면했다. 버지니아의 악령과 싸워야 하고, 하루하루 그 싸움에서 이기리라는 희망을 놓아서는 안 되는……

몇 주 뒤, 레너드는 드넓게 펼쳐진 달링리지의 잔디밭으로 버지니아를 데리고 나간다. 아름다운 가을 전야다. 멋진 풍광을 배경으로 두 사람은 '따뜻하고 평화롭고 온화하고 맑은 저녁에' 크로케를 한다. '아득히 이어지는 낮은 구릉과 루이스Lewes가 위치한 골짜기를 바라다보는' 두 사람 주위로 평온이 감돈다. 버지니아는 미약하나마 진전을 보인다. 다시 음식을 먹고 잠을 자기 시작했다. 여기서 두 달을 지낸 끝에 다시 그녀가 그에게 돌아오기 시작하고 있다.

그러나 이 모든 일의 어마어마한 부담이 레너드의 건강에 타격을 입혔다. 그는 정신적으로 소진된 상태이고, 심각하고 암울한 두통에 시달린다. 내가 십 대 후반이었을 때 엄마가 항시 '머리를 누르는 압박감'이 생겼다고 털어놓은 적이 있다. 다행히 혈액검사 결과 뇌종양은 아니었다. 이 증상은 나타났다 사라졌다 하는 두통보다 더 이물스러웠다. 엄마 머리 어딘가에 영구적으로 자리 잡은 통증에 가까웠다. 엄마와 내가 시작한 명상 수행으로 증상이 완화되다가 수면이 부족하면 다시 심해지곤 했다. 우리의 주치의는 '스트레스'가 원인이라고 했고, 나는 이 말을 '평생 간병인으로 살아가는 것'의 스트레스로 해석했다. 엄마의 '머리를 누르는 압박감'은 결코 사라지지 않고 수십 년간 지속되었다.

1914년 3월, 잠깐의 휴식이 절실해진 레너드가 윌트셔에 있는 리턴 스트레이치를 열흘간 방문한다. 그때도 레너드는 버지니아에게 규칙적으로 편지를 쓰고 그녀를 그리워하는 마음을 전한다. 레너드가 집을 비운 동안 바네사와 재닛 케이스, 카 콕스가 대신 간병인 자리를 맡는다. 수면과 휴식과 우정으로 레너드는 서서히 치유된다. 떨어져 있어도 아내만 생각하는 마음은 더욱 강해질 뿐이다. 가장 절친한 친구인 리턴과 지내면서도 레너드는 이런 사실을 깨닫는다. '다른 누구와도 단둘이 며칠을 지내노라면 어김없이 나도 상대를 짜증 나게 하고 상대로 인해 나도 짜증이 치밀고 맙니다.' 그러나 버지니아와 있을 때는 다르다. '당신은 매일매일 온종일 나에게 완벽한 행복을 줄 수 있습니다.'

1915년 1월, 버지니아와 레너드는 리치먼드의 셋집 침실에 있다. 요리 수업이 새로운 취미가 된 버지니아에게 레너드가 침대에서 아침을 요리하려 한다며 장난스럽게 나무란다. 버지니아는 일기에 이렇게 적는다.

그래도 나는 방법을 잘 알면 성공할 수 있다고 믿는다. 그러니까 내가 달걀 껍데기를 처리할 수만 있다면 말이지.

1914년 가을 이후로 버지니아는 비교적 안정을 유지한다. 1915년 1월 25일에는 부부가 함께 옥스퍼드 거리 버저드 티룸에서 버지니아의 서른세 번째 생일을 축하하며 하루를 마무리한다. 이날 그들은 세 가지를 결심한다. 불독을 한 마리 사서 존이라고 이름을 지을 것, 새집으로 점찍어둔 호가스 하우스로 이사

할 것 그리고 함께 인쇄기를 살 것. 얼마 동안 재미 삼아 생각해 온 아이디어인데, 이제 함께 출판사를 차린다는 생각에 두 사람 사이에 흥분이 반짝인다.

그런데 일이 벌어진다. 다시 삶이 무너진다. 1915년 2월, 레너드는 버지니아가 침대에 앉아서 맥락 없이 뒤섞인 말을 횡설수설하는 모습을 발견한다. 그녀는 죽은 어머니에게 말을 걸어보려는 것 같다. 레너드는 벌리파크에 버지니아를 단기간 입원시키고, 기회가 닿는 대로 최대한 빨리 호가스 하우스에 입주할 수 있도록 서둘러 짐을 싼다. 지금 세 들어 사는 리치먼드의 집주인도 좋은 사람이다. 하지만 당연히 '주인과 사는 집을 정신병원으로 만들 수는 없는' 노릇임을 레너드는 깨닫는다. 레너드와 버지니아는 집에서 일을 하고 글쓰기 일과를 즐기며 서로의 삶을 결합시켜 왔다. 그러나 집이 불안정과 소란의 장소로 변해버린 지금은 어쩔 수 없이 한곳에 뿌리내리지 못하고 새로운 곳을 찾아 이리저리 떠돌아다니는 형편이다. 그리고 이 모든 것의 배후에는 갈수록 불어나는 금전적인 어려움도 있다.

입주 간호사는 비용이 많이 든다. 버지니아의 패물을 일부라도 팔아야 한다. 레너드는 잭 힐스Jack Hills에게 백 파운드의 선금을 부탁하는 편지를 쓴다. (힐스와 버지니아의 이복 언니 스텔라의 결혼은 1897년 스텔라가 복막염으로 사망하면서 짧게 끝났다. 스텔라 사망 이후 그녀의 혼인 재산권 분할이 바네사와 버지니아에게 이양되었다.) 곧 4월이다. 레너드는 호가스 하우스가 버지니아에게 진정 효과를 발휘해주길 기대하고 있다. 호가스 하우스는 두 채로 나뉜 조지 왕조풍의 아름다운 저택으로, '우아함과 밝음과 아름다움을 갖춘 대단히 견고한' 공간이다. 레너드는 하녀 릴리와 요리사와 간호사 네 명을 고용한다. 그는 몹시 지쳐 있지만 여전히 헌신적이고, 여전히 버지니아의 건강을 되찾아줄 각오가 돼 있다.

그러나 정신 질환은 절대 예측을 허용하지 않는다. 그래서 참혹하다. 버지니아의 병증은 달링리지에서 그녀를 괴롭혔던 우울한 자포자기와 사뭇 다른 새로운 국면을 보인다. 이제 그녀는 격분해서 소리를 지르고 간호사를 공격한다. 손님이 찾아오면 악의에 찬 독설을 퍼붓는다. 언니인 바네사가 보기에 버지니아는 모든 남성에게 반감을 품고 있다. 더 심각한 것은 그녀가 레너드에게 등을 돌렸다는 사실이다. 이제 레너드는 그녀의 적이다. 레너드는 충격을 받은 상태다. 더 이상 그녀의 간병인 역할조차 할 수 없다. 버지니아는 그의 모습이 눈에 띄는 것조차 견디지 못한다. 두 달을 보내고 부부는 별거에 들어간다.

버지니아가 레너드에게 반감을 품는 이유가 무엇일까? 그녀는 이성애적 관계와 싸우는 것일까? 이건 어린 시절 트라우마에서 비롯됐을지 모른다. 과거 버지니아에게 일어난 일을 당시에 레너드가 알았는지 아닌지는 확실치 않다. 버지니아가 여섯 살 즈음의 일이다. 이부 오빠 제럴드가 버지니아를 선반 위에 세우고 몸을 더듬었다. 후에 이날을 떠올리며 버지니아는 말한다.

나는 기억한다, 그가 그만두길 내가 얼마나 바랐는지, 그의 손이 내 은밀한 부위에 다가올 때 내 몸이 얼마나 굳어졌는지, 내가 얼마나 버둥거렸는지. 그래도 그는 멈추지 않았다.

제럴드만 그녀를 학대한 것이 아니다. 열네 살 위 오빠 조지 덕워스는 어머니의 죽음을 핑계로 형제간 우애의 선을 넘는 '위로의 포옹'을 강요했다. 2년 뒤 스텔라가 스물여덟의 나이로 사망했을 때, 그들의 아버지는 비탄과 질환으로 시름시름 앓았다. 그래서 조지 덕워스가 사교계에 처음 등장하는 버지니아와 바네사의 비공식 후견인 역할을 자처했다. 사교계 행사에 참석하고 돌아오는 날이면 조지는 버지니아가 옷 갈아입는 것을 도와주겠다고 고집을 피우고, 그녀가 옷을 벗는 동안 침대에 누워 몸을 만지는 일이 잦았다. 아버지가 중병에 걸렸으니 그녀를 '위로하려고' 한다며 말이다.

레너드와 버지니아의 관계는 다정하고 열정적이지만, 성적인 관계는 아니다. 신혼여행에서 처음 성관계를 시도했다가 서둘러 중단한 것은 버지니아가 보이는 '과격한 흥분 상태'가 '정신이상의 발병을 알리는 전조임'을 알았기 때문이다. 나중에 버지니아는 비타 색빌웨스트Vita Sackvill-West와 바람이 났다. 레너드는 상처를 받지만 모르는 척 지나갔다. 수년 뒤 비타가 남긴 글에 따르면, 버지니아는 '남성들의 강한 소유욕과 지배욕을 싫어한다. 사실 그녀는 남성성이라는 속성 자체를 싫어한다.' 아이를 갖지 않기로 결정했을 때 레너드는 자신의 성적 욕구도 함께 내려놓았다. 임신을 택했다면 더 관능적인 관계를 탐색하고 만들어가야 했다. 물론 버지니아에게 그럴 의향이 있었다면. 레너드의 친구 제럴드 브래넌Gerald Brenan은 후에 이렇게 회상한다.

레너드는 성욕이 강한 남성이라고 할 수 있었으나 일체의 성적 만족을 얻는다는 생각 자체를 포기해야만 했다. 그는 "그녀가 천재이기 때문에" 기꺼이 그럴 각오가 돼 있다고 나에게 말했다.

실론에서 지내던 시절, 레너드는 일에 파묻혀 절망감을 이겨냈다. 이번에도 그렇게 한다. 그는 평론과 정치 활동으로 위안을 삼는다. (〈뉴스테이츠먼〉에 정기적으로 평론을 기고한다). 내 안에서도 비슷한 충동이 발견된다. 아버지가 쓰러진 이후로 남은 에너지가 더 적은데도 나는 작업 시간을 늘려갔다—비극이 아닌 다른 데로 주의를 돌리는 방법, 내 존재가 온통 돌봄으로 희석될 때 뭔가 나만의 것을 지키는 방법이었다. 나는 통제할 수 있는 무엇, 사랑하는 사람이 시들어가는 것처럼 보일 때 내가 키울 수 있는 프로젝트를 찾았다.

1915년 봄, 버지니아를 요양원에 보내자는 논의가 다시 나온다. 버지니아가 격렬한 분노를 쏟아내는 소리가 이웃에 방해될까 봐 레너드도 걱정이다. 하지만 요양원에 보내는 일에는 여전히 반대한다. 크레이그 박사는 버지니아의 노여움이 가라앉을 것이고 그래서 레너드를 더 이상 밀어내지 않으리라고 그를 안심시켰다. 실제로 버지니아의 태도가 달라진다. 서서히, 차츰차츰, 그녀가 다시 레너드를 받아들이기 시작한다. 8월쯤에는 그가 보트 여행에 그녀를 데려갈 만큼 나아진다. 위어 미첼 식이요법대로 상당량의 우유를 억지로 마신 덕분에 체중도 늘었다―무려 3스톤(19킬로그램)이나. 여전히 부서지기 쉬운 상태이지만 남편에 대한 애정은 되찾았다. 두 사람은 다시 울프 부부로 돌아갔다.

이 모든 스트레스에는 결과가 뒤따랐다. 레너드는 버지니아의 질병이라는 '미로'에서 길을 잃었다. 1차 세계대전의 사회적 정황에도 신경이 쓰이지만―실제로 전쟁의 원인과 방지책을 연구하고 있다―아내의 간병인이라는 '개인적 악몽'이 더 그를 지배한다. 그는 1914년과 1915년을 '우리 삶에서 우리가 그냥 잃어버린 시간들'이라고 기술한다.

1916년 5월, 레너드는 크레이그 박사의 서신으로 무장하고 법원으로 향한다. 징집영장을 피해야 한다. 이건 단지 양심적 병역 거부 문제가 아니라 간병인으로서 책임이 걸린 문제다. 자기 없이 버지니아가 버텨내지 못하리란 걸 그는 안다. 의사의 서신에는 레너드가 '신경 소진 증상'에 시달린다는 진술이 담겨 있다. (유전성) 수전증 외에 다른 몇 가지 증상도―수면 장애와 머리를 두들겨대는 극심한 두통 등―언급돼 있다. 체중도 많이 빠져서 걱정스러울 만큼 야위었다. 간병인이라는 무거운 짐을 지느라 상당한 내상을 입었다. 레너드는―빅토리아 글렌디닝이 판단한 대로― '이미 전쟁신경증을 앓고 있었다.'

13

아버지는 내 옆에서 아주 천천히 걷고 있었다. 양복을 입고 가장 좋은 파란색 실크 넥타이를 맨 차림이었다. 집 앞 도로 끝에 위치한 테스코 익스프레스 슈퍼마켓에 우리가 입장할 때 나는 트럼펫 팡파르라도 울려줘야 할 것 같았다. 아버지가 쇼핑리스트를 확인하며 내가 대신 들고 있던 바구니에 빵을 담는 순간, 바이올린과 첼로 소리가 점점 커져 맹렬한 크레센도를 터뜨려줬어야 하는 건데. 드디어 아버지가 퇴원했다! 풀려나 자유의 몸이 됐다. 서머필드는 지나갔다. 다시는 내 몸뚱이를 끌고 그 지긋지긋한 건물에 가서 금발 여자가 상자를 훔쳐 가고 사람들이 사방에서 끙끙 신음하는 한가운데서 스크래블 게임판을 펼쳐야 하는 상황이 부디 오지 않기를 나는 바랐다.

　쇼핑 순례를 마치고 집에 돌아와 아버지와 함께 식료품을 냉장고에 정리하는데, 전화가 울렸다. 아버지가 전화를 받으러 갔다. 나는 안절부절 아버지 옆을 서성거렸다. 아버지는 집으로 전화하는 영업 판매원들과 수다 나누기를 좋아했다. 마음이 곱고 순진해서 판매원들의 너스레를 진심 어린 호의로 착각했다. '노약자: 공략하기 쉬운 먹잇감' 정도로 분류된 모종의 리스트에 아버지의 이름이 올라 있는 게 틀림없었다. 전화를 걸어 우리 컴퓨터에 문제가 있으니 자기들이 바이러스 소프트웨어를 업로드해준다고 말하는 사기꾼들, 통신회사인 척 속임수를 쓰는 인간들, 텔레마케터들까지 다들 아버지의 주머니를 노렸다.

　때로는 내가 나서서 경위서를 쓰고 언성을 높여가며, 그쪽에서 아버지를 꼬드겨 황당무계한 조건으로 계약을 해놓고서 아버지가 가스·전기·전화 공급회사를 변경한다는 이유로 이백 파운드의 벌금을 부과하는 일은 졸렬한 행태이며 소비자단체와 언론에 알리겠다고 엄포를 놔야 할 경우도 있었다. 지난가을, 아버지가 톨워스병원에 있을 때의 일이다. 어떤 사내가 우리 집 현관에 나타나 자기가 '근처를 지나는 길인데' 지붕 수리가 필요해 보인다고 말했다. 사내의 명함에 찍힌 주소는 톨워스병원 바로 인근이고, 거기서 우리 집까지는 한참 돌아야 하는 거리였다. 아마 해킹을 했거나 아니면 병원 직원을 매수해서 환자 명단을 손에 넣고, 혹시나 자그마한 할머니가 집에 있으면 타일 교체 시공에 순진하게 동의하지 않을까 하고 와본 것 같았다. 심지어 자선 단체들도 데이터베이스에서 아버지 이름을 삭제해달라는 요청을 거부했다. 아버지가 분별 있는 결정을 내리기 힘든 상태인데 아버지 형편에는 부담스러운 금액을 후원한다고 오빠와 내가 전화로 아무리 설명해도 소용없었다. 모두가 아버지를 쉬운 먹잇감으로 여긴다는 사실이 분통 터졌다. 그래서 내가 항시 아버지 곁을 지키고 서서 파렴치한 인간들을 쫓아버렸다.

아버지는 벌써 몇 분째 무슨 '설문조사'에 응하느라 통화 중이다. 아마 수화기 너머 상대는 아버지에게 완벽한 세탁기를 팔고 싶어 하는 작자였겠지. "네, 저의 생년월일은……" 아버지가 이 말을 하려는 참이었다. 아버지가 개인정보를 알려주기 직전에 내가 전화선을 콘센트에서 홱 뽑아버렸다. 그래도 그날 밤 침대에 누워 옆방에서 드르렁드르렁 아버지 코 고는 소리를 듣고 있자니 어둠 속에서 배시시 웃음이 나왔다. 아버지가 집에 있어서 참 좋았다.

아버지의 심리적 부재에도 불구하고 아버지의 물리적 존재감은 강력하다. 자정쯤이면 아버지가 일어나 간식을 찾는 소리에 나도 잠이 깨곤 한다. 세 시에 한 번, 다섯 시에 또 한 번, 이때쯤 아버지는 우유를 마시거나 케이크 같은 군것질거리를 찾는다. 마치 칼로리 섭취량이 많은 몽유병 환자처럼 몽롱한 상태로 돌아다니느라 자신이 부스러기를 흘린다거나 고양이 변기에 너무 바짝 붙어 서 있는 걸 알아차리지 못했다. 그래서 아침에 내려와 보면 케이크와 고양이 배설물 흔적이 복도를 거쳐 아버지의 안락의자 옆을 지나 위층까지 길게 이어져 있었다. 새로 구입해서 복도에 깔아둔 양탄자가 몇 주 만에 십 년은 묵은 것처럼 보였다.

하지만 낮 동안의 아버지는 은퇴한 은행 CEO처럼 보였다. 말쑥하고 단정하게 양복에 넥타이를 갖춰 입고 시내 중심가를 종횡무진 누볐다. 아버지가 확실히 정신이 돌아왔다는 건 쇼핑하는 모습을 보면 알 수 있었다. 이삼일 사이에 아버지는 데번험스 백화점을 수시로 방문해 앞치마 하나, 새 양복 한 벌, 오븐 트레이를 사 왔다. 안정을 되찾기 위해 서머필드의 엄격함이 필요했던 아버지가 이제는 새로 찾은 자립을 만끽했다. 아버지는 스스로 결정할 수 있는 자유가 생겨서 너무나도 행복해 보였다. 아버지의 소비는 자율성의 상징이었다.

나는 아버지를 위해 매일 음식을 만들겠다고 새삼 다짐했다. 아버지의 요리는 몇 가지 레퍼토리로 한정돼 있었다. 게다가 정해진 일과에 대한 애착 때문에 결국은 날이면 날마다 똑같은 음식을 만들곤 했다. 아버지의 식단이 더 다양해지면 좋을 것 같았다. 영양 공급이 아버지의 정신 건강에 든든한 닻이 되어주기를 기대했다.

점심을 먹는 동안 아버지는 대개 말이 없었다. 내가 질문으로 아버지의 대답을 이끌어내야 할 때가 많았다. 그러지 않고 아버지가 먼저 대화를 시작하는 경우는 드물었다. 나이프와 포크를 쥔 아버지의 양손이 조금씩 떨리곤 했다. 약물 치료의 부작용이었다. 이것 외에도 파킨슨병 증상과 유사한 여러 가지 부작용이 나타났다. 밤에 잘 때 침을 많이 흘려서 주기적으로 침구를 교체해야 했고, 체중이 늘어 아버지를 속상하게 만드는 것 같고 (물론 한밤중에 먹는 케이크도 한몫했겠지만), 피부 발진이나 불수의적 머리 움직임도 당연히 있어서 이따금 느닷없이 머리가 획획 흔들리곤 했다. 아버지가 어째서 약의 복용량을 줄이고 싶었을지 이해가 갔다. 다시 복용량을 늘려야 퇴원할 수 있다니 너무 서글펐다. 아버지의 삶은 양극단의 상태를 오갔다. 약물 치료 전에는 병이 격렬한 분노를 불러일으켰고, 약물 치료를 하면서부터는 별다른 감정 없이 느릿느릿 지루한 삶을 버텼다. 이십 대 초반에 경계성 조현병 진단을 받은 윌 셀프의 이야기가 떠올랐다. 그는 항정신성 약물 치료가 마치 '허리께까지 올라오는 진흙에 몸이 파묻히고 뇌에는 모래가 가득한 상태로 걸어 다니는' 느낌을 준다고 묘사했다.

약물 치료로 부모님의 결혼 생활이 더 수월해졌지만, 한편으로는 약물 치료 때문에 두 분 사이의 거리가 좁혀지기 힘들었을 것이다. 병증이 심할 때의 아버지는 이상했지만, 약물을 복용할 때의 아버지는 우리가 모르는 낯선 사람이었으니까. 만약 버지니아 울프가 살던 시대에 항정신성 약품이 사용 가능했더라면, 버지니아와 레너드의 결혼 생활은 환자와 간병인의 관계에 더 가깝게 유지됐을지 모른다. 버지니아의 상태는 진정되었겠지만,

유쾌하고 기인다운 그녀의 특성은 무뎌졌을 것이다. 고통스러운 경험을 지나오면서도 레너드와 버지니아는 버지니아가 완전히 치유되기를 바란 적은 없었다. 프로이트의 치료 기법을 사사한 친구들에게도 레너드는 버지니아의 정신분석 치료를 맡기지 않았다. '버지니아의 상상력은 그녀의 예술적 창조성 이외에도 공상과—그리고 사실은 그녀의 광기와도—깊이 얽혀 있어서 만약 그 광기를 멈춰 세우면 창의력도 함께 멈출지 모른다.'

나와 점심을 먹다가 이따금 아버지가 아버지의 어린 시절에 얽힌 기억의 한 조각을 불쑥 꺼내서 깜짝 놀라게 할 때가 있다. 퇴원해서 집으로 돌아온 지 이삼일쯤이던 그날도 그랬다. 둘이 식탁에 앉아 내가 만든 치킨파이를 먹을 때, 아버지가 느닷없이 고백을 했다. "나 학교 다닐 때, 낭송대회에서 상 받았다."

"뭐라고요?"

아버지는 이웃들에게 '안녕하세요'보다 길게 말을 거는 일에도 긴장을 했다. 아버지가 그런 대회에 참가하다니 신기했다. 아버지가 씽긋 웃고 닭고기 조각을 삼켰다.

"열두 살 때였어, 셰익스피어의 한 구절을 읽어야 했다."

아버지의 아잇적 사진을 본 적이 있다. 상큼한 활기와 광채로 얼굴이 환하게 빛나는 천사 같은 모습이었다. 교탁 앞에 서서 천천히 열정적으로 낭독하는 소년을 상상해보았다.

"공부도 잘했겠네요" 하는 내 말에 아버지는 고개를 내젓고

평소의 후렴구를 되풀이했다. "공부 잘 못했다, O레벨ordinary
level 영국에서 16세 학생들이 치던 과목별 보통과정 시험 몇 개만 땄지."

"재능이 있었던 것 같아요." 내가 우겨보지만, 아버지는 서
글프게 고개를 젓고 닭고기가 담긴 접시를 빤히 내려다보며 자
기 내면으로 움츠러들었다. 몇 분이 흘렀다. 아버지가 집에 돌아
온 뒤로 내가 자꾸 묻게 되는 질문을 조심스럽게 던졌다. "요즘
기분은 괜찮아요, 아버지?" 아버지가 자동적으로 "응"이라고 대
답하리라는 걸 알기에 이렇게 덧붙였다. "지금 어떤 기분이 들어
요?"

"나는 기분이란 게 없어." 아버지가 어색하게 웃으며 대답했
다. 나는 얼굴을 찌푸렸다가 대꾸할 말을 잃고 그저 식사를 이어
갔다. 아버지의 말은 나에게 큰 충격을 주었고, 이후 몇 주 동안
내 안에 파문을 일으켰다. 나는 이것이 클로자핀을 복용하는 삶
의 정직한 표현인지, 그래서 자연스러운 삶의 기복이 단조로운
일직선으로 평평해지는 것인지, 아니면 혹시 '미친 사람'으로
분류될까 봐 아버지가 자신의 감정을 설명하기 두려운 것인지 알
수 없었다. 병원에 격리되는 위협은 평생 아버지를 따라다니는
그림자였다.

나, 맨드릴 사르코파구스 펠리시시마 바르. 라리시마지엄하고
행복한 라리시마 아종의 맨드릴라는 생명체(일명 버지니아 울프)는 6
월 16일, 17일, 18일에 다음과 같이 할 것을 맹세한다.

1. 점심 식사 후 30분씩 쿠션에 머리를 대고 누워 휴식을 취한다. 2. 다른 사람이 곁에 있을 때처럼 똑같은 식사량을 지킨다. 3. 매일 밤 열 시 25분에는 침대에 눕고 곧바로 취침한다. 4. 침대에서 아침을 먹는다. 5. 오전에 한 컵 가득 우유를 마신다. 6. 만일의 사태에는 소파에서 휴식을 취하고, 일루드 미세리시무스, 몽구스 코뮤니스일개 처량하고 비천한 몽구스가 돌아올 때까지 집 안이나 바깥을 돌아다니지 않는다. 7. 지혜롭게 생각한다. 8. 행복하게 지낸다.

서명: 맨드릴 사르코파구스 펠리시시무스 바르. 라리시마, r. n. s. V. W. 1914년 6월 16일. 한 치의 다름도 없이 위의 조항대로 하였음을 맹세한다.

서명: 맨드릴 사르코파구스 F. V. R. R. N. S. V. W.

1914년 6월 19일.

레너드는 며칠 집을 비우게 되어 불안하다. 버지니아의 회복 상태가 아직은 불안정해 보인다. 그래서 그는 계약서를 내밀어―단호하지만 다정하게―그녀에게 서명하기를 요청한다. 간병인으로서 그는 이전보다 자신감이 커졌다. 버지니아의 발병 초기에는 갈팡질팡하며 이 의사 저 의사 찾아다녔지만, 차츰 이런 깨달음에 이르렀다. '의사들은 사실상 아는 게 아무것도 없었다. 버지니아의 정신 상태에서 무엇이 본질이고 원인인지 의사들은 전혀 파악하지 못했다. 무엇으로 인해 때로는 갑자기, 때로는 서서히 현실 세계와 접촉이 끊어지는지…… 어떤 이유와 경로로 그녀에게 이런 일이 일어났는지 모르니, 자연히 그녀의 치료 방법에 대해서도 실질적인 지식이든 과학적 지식이든 아는 바가 없었다.' 규칙적인 일과를 지키라는 조언은 얼마간 도움이 됐다. 예를 들어 벨프리지 박사는 버지니아가 스물네 시간 중 적어도 열 시간은 잠을 자기를 권유했다. 레너드는 무엇이 버지니아의 안정을 유지시키는지 민감하게 안테나를 세우고 파악했다. 버지니아가 잘 먹고 일찍 자고 정신적으로나 육체적으로나 무리하지 않으면서 조용히 식물처럼 생활하면, 좋은 상태를 유지한다. 조금 지루할지 몰라도 효과가 있다.

레너드가 간간이 버지니아를 지나치게 통제했다는 악평에 대해 나는 동의하지 않는다. 그가 이따금 그녀의 사교 일정을 단축한 것은 사실이다. 1916년 봄, 로버트 세실 경의 부인에게 보내는 서신에서 그는 버지니아의 두통을 이유로 부인과의 만남을 취소하면서 분명하게 의사를 전한다. '이런 두통이 재발하면 의사들이 버지니아에게 일체의 활동을 금지합니다. (비록 버지니아는 오늘도 부인을 뵙기 위해 의사들의 명령쯤 보란 듯이 거슬렀겠지만) 제가 나서서 아내가 집 안에서 꼼짝하지 못하도록 말렸습니다.' 친구들 중에도 이런 상황에 대해 노발대발하는 이들이 있었다. 오톨린 모렐 부인은 레너드를 버지니아의 '후견인' 정도로 여기고, 버지니아에게 규칙을 정해놓는 레너드의 방식에 대해 짜증을 숨기지 않았다.

'버지니아 울프를 둘러싸고 전해지는 이야기 속에서 레너드는 쉴 새 없이 아내의 증상을 판단하고 아내와 손님들의 대화 시간을 조금씩만 허용하는 엄숙한 수간호사 같은 남편으로 등장한다'라고 대프니 머킨은 〈뉴욕타임스〉에 소개한다. 그러나 나는 이 점에 관해서 레너드를 옹호할 작정이다. 왜냐하면 그의 행동이 분명히 효과를 거뒀기 때문이다. 버지니아는 이후 그들의 결혼 생활 내내 비교적 안정된 상태를 유지했다─1941년 그 마지막 비극이 있기 전까지는.

아내의 생활을 통제하려 한 레너드의 행동을 어떻게 바라볼지는 버지니아가 겪은 시간을 어떻게 볼지와 어느 정도 관련이 있다. 일부 평론가들은 버지니아의 광기에 초점을 맞추는 시도에 반대한다. 그런 시도가 은연중에 여성의 천재성을 정신이상의 렌즈를 통해서 바라보고 일종의 일탈로 여기게 한다고 그들은 비판한다. 따지고 보면, 어떻게 버지니아를 기억할지는 우리가 선택할 수 있다. 간호사를 공격하거나 맥락 없는 단어를 횡설수설하는 버지니아를 기억할 수도 있고, 다작을 남긴 독창적인 작가로, 다시 말해 재능이 있을─사실상 천재일─뿐 아니라 하루에 1,250단어씩 규칙적으로 써내려간 근면한 작가로 기억할 수도 있다. 혹은 가짜 수염을 달고 친구들과 함께 아비시니아 황제 일행을 연기해 영국 해군을 감쪽같이 속이고 함대 내부를 구경한, 그 유명한 드레드노트 속임수 사건의 일원으로 그녀를 기억할 수도 있다.

어쩌면 우리는 버지니아 울프가 부러워서 그녀의 정신이상에 초점을 맞추는 것인지도 모른다. 우리는 작가들이 창의성에 대한 속죄로, 우리가 탐내는 재능을 타고난 대가로 정신이상에 시달린다는 이야기를 듣고 싶어 한다. 어쩌면 우리는 **정말로** 버지니아 울프를, 그녀의 천재성을 얼마쯤 두려워하는지도. 쉰아홉의 나이로 그녀가 자살한 직후에, 여론은 삶을 이겨낼 수 없었던 약하고 부서지기 쉬운 여성으로 그녀를 평가했다. 그러다가 20세기 후반에 이르러 그녀는 시대를 앞서간 페미니스트 아이콘으로 추앙받는다. 이제 사람들은 그녀의 광기에 관해 글을 쓸 때 조심스럽고 심지어 불안감을 느끼기도 한다. 예를 들어 어느 전기 작가의 이런 진술은 다소 거북하게 들린다.

버지니아 울프는 질환을 앓는, 정신이 온전한 여성이었다. 자주 환자의 처지가 됐지만 피해자는 아니었다. 그녀는 약하지도 히스테리를 부리지도 않았고, 자기기만이나 죄의식이나 압박감에 시달리지도 않았다.

그녀의 사후 명성을 깎아내린 보수주의에 맞서 그녀의 강인함과 천재성을 칭송하고 싶은 비평가들의 마음은 당연히 이해할 만하다. 그러나 그녀의 정신이상을 가볍게 취급하는 태도도 위험하다. 버지니아는 실제로 정신이상 발작을 겪었고 때로는 히스테리와 자기기만과 죄의식에 시달리기도 했으나, 정신이상이 그녀의 글쓰기를 향상시켰는가 지연시켰는가 하는 문제를 놓고 그녀 자신도 평생을 고심했다. 울프 본인이 대담하게 밝힌 대로, '하나의 경험으로서 정신이상이 굉장하다는 건 제가 장담할 수 있어요, 가소롭게 여길 일이 아닙니다.' 버지니아는 정신이 온전하기도 하고 이상하기도 했으며, 현명하기도 하고 기이하기도 했고, 연약하기도 하고 강인하기도 했다.

만약 우리가 버지니아의 정신이상을 가볍게 취급하면, 레너드는 간병인이라기보다 악당에 가까워 보인다. 반대로 우리가 그녀의 정신이상을 인정한다면, 다시 말해 그녀가 취약해서 정말로 도움이 필요한 시기가 있었다는 사실을 인정한다면, 레너드의 행동은 이성적인 행동일 뿐 아니라 책임감 있는 행동으로 이해할 수 있다. 많은 논평가들, 심지어 레너드에게 우호적인 이들조차도 레너드가 버지니아에게 강요한 규칙과 일과에 대해 비판적인 입장이고, 때로는 그가 의사들과 한통속이 되어 버지니아를 억압했다고 생각한다. 버지니아 울프의 웅장한 전기를 집필한 허마이어니 리Hermione Lee는 두 사람의 결혼 생활에 얽힌 복잡한 특징들을 훌륭하게 포착해내고, 레너드의 인물 묘사에서도 관대한 입장을 보인다. 그러나 리 역시 '그녀의 자살 시도 이후에 그가 재발을 방지하기 위해 "그녀를 병자로 만들었다"는 점은 의심의 여지가 없다'고 (1912년 바이올렛 디킨슨에게 보낸 편지에서 버지니아 본인이 '레너드가 나를 혼수상태의 병자로 만들었다'고 말한 것을 그대로 따라서) 주장한다.

내 생각은 다르다. 정신병을 앓는 이들에게 규칙적인 일과가 얼마나 안정적인 효과를 발휘하는지, 나는 서머필드에서 겪은 경험으로 확인했다. 적당한 수면과 건강한 식단은 신체적 정신적 건강에 결정적인 요소들이다. 시계처럼 정확한 서머필드의 일과가 아버지에게 체계를 잡아주고 아버지 둘레에 비계를 세워준 덕분에 아버지는 자질구레한 일들을 걱정하거나 계획할 필요 없이 한가하게 평화로운 시간을 가질 수 있었다.

정신 질환 치료시설들은 환자를 어린아이 취급한다는 비난을 받아왔다. 이 말도 아주 틀리진 않겠지만, 환자들을 어린아이 취급하는 것은 그들의 질환 자체라는 점도 나는 말해두고 싶다. 어린아이처럼 다뤄지는 것이 우리 아버지에게는 혜택이었다. 왜냐하면 아버지의 병이 아버지를 어린아이만큼 무력하게 만들었기 때문이다. 아버지가 다시 독립적인 어른으로 강해지기 위해서는 먼저 보살핌을 받아야만 했다. 규칙적인 일과의 자동 작용은 그 자체로 심신을 달래주는 자장가다. 건강한 사람은 다양성을 수용할 능력과 에너지가 있으니 이것이 지루하고 유치해 보이겠지만, 취약한 상태에 놓인—식단 짜기 같은 그날그날의 할 일이 엄청나게 크고 피곤한 일일 수 있는—사람에게는 이롭고 도움이 된다.

나도 레너드를 신격화할 마음은 없다. 그가 지나치게 세심한 관리자 성향을 지닌 것은 (가령 그는 자동차 주행거리와 경비를 일일이 기록하는 일에도 강박적이었다) 분명한 사실이다. 하지만 연민에 흔들릴지언정 이런 세심한 관리자야말로 어쩌면 버지니아에게 꼭 필요한 존재가 아니었을까. 두 사람 사이에는 이런 공동 의존 관계co-dependent relationship 한쪽은 상대방에게 기대고 다른 한쪽은 이 사람에게 내가 없으면 안 된다고 생각하면서 헌신하는, 과도한 의존 관계가 작동했다.

레너드의 간섭에 대해 가끔 불평하기는 해도 자신의 정신 건강을 안정시킨 사람이 레너드임을 버지니아도 인정했다. 1935년 바네사에게 털어놓기를, 그녀는 '레너드가 절대적으로 신뢰할 수 있고 자신이 간절히 원하던 바위 같은 사람임을 알게 되었다. 혼자서는 도저히 결정하기가 힘들고 누군가 대신해줄 사람이 있어야 하며—L이 그 역할을 해주는 것은 물론—그는 자기 욕심을 차리지 않고 그녀가 제안하는 일은 언제든 무엇이든 뛰어들 준비가 돼 있는 사람이라고 했다.' 버지니아는 자신의 병을 묘사할 때 '진동vibrations'이라는 말을 자주 사용했다. 언젠가 레너드와의 결혼 생활을 돌아보며 '그가 옆에서 나의 모든 진동을 둘러 감싸지 않을 때에는 나라는 인물의 성질이 우주 멀리까지 울려 퍼지는 것 같다'고 반추하기도 했다. 이 말은 마치 버지니아를 둘러 감쌈으로써—테두리를 세움으로써—그가 위로와 평온까지 이뤄냈다는 의미로 들린다.

세월이 흐르면서 간병인 역할과 남편 역할의 구분이 흐릿해질 때까지 레너드는 어떻게든 두 역할을 결합시켜 갔다. 필요할 때는 아내를 보살폈지만, 나는 그가 아내를 가르치려 들거나 자기 뜻대로 조종했다고 생각하지 않는다. 불가피한 상황에서 돕기 위한 개입이었다. 대체로 두 사람이 함께한 삶은 행복했다. 버지니아가 레너드에게 남긴 마지막 말은 이러했다. '우리보다 더 행복했던 두 사람은 없었을 거예요.' 우리 부모님의 경우와 다르게 질병이 두 사람 사이에 유리판을 끼워 영영 갈라놓진 못했다. 레너드와 버지니아는 부부로서의 삶을 누렸다.

2부

그녀는 그분의 요구에 맞춰 올랐고—떨어졌다
노리개 같은 그녀의 목숨
고결한 일을 감당하기에
여자로 그리고 아내로—

에밀리 디킨슨

14

마당 가장 안쪽에 야생능금나무가 한 그루 서 있다. 어머니 글레스니를 추모하며 내가 심었다. 엄마 살아생전에 마당은 식물이 무성하게 우거져 울타리를 뒤덮는 작은 오아시스였다. 비탄에 잠긴 어느 친척이 엄마의 죽음에 대한 반발심에 마당에 자라던 초목을 모조리 베어냈다. 엄마가 죽은 뒤로 마당은 황량하게 방치되었다. 그저 길쭉한 풀밭에 줄기 몇 대가 삐죽이 올라온 채로. 앙갚음하는 심정으로 나는 야생능금나무를 심었다. 처음 실려 왔을 때는 내 키만 한 높이에 여린 나뭇가지가 살랑거렸다. 이제는 30센티미터쯤 키가 자라 제법 위엄 있는 기색을 갖춰가며, 구불구불 예상치 못한 방식으로 가지들을 아름답게 뻗어냈다. 나무 곁을 걸으며 가지 끝이 내 몸에 닿는 떨림을 느끼길 좋아했다. 엄마가 가까이 있는 느낌을 주었다.

어렸을 적에 엄마는 아기를 낳을 때 불의 세례가 따라온다는 이야기를 종종 해주었다. 엄마의 첫아기가 태어난 뒤, 병원으로 엄마를 만나러 온 엄마의 엄마는 이렇게 경고했단다. '지금부터 네 인생은 절대 이전과 똑같지 않을 거다. 더 이상 너 자신만 생각할 수 없을 거야―아이가 가장 우선이어야 해.' 출산과 돌봄은 비슷한 영역을 공유하는 것처럼 보일지 모른다. 양쪽 모두 사랑과 인내와 희생을 요구하니까. 그러나 아이 키우기는 보통 상향 궤도를 따른다. '키운다'는 말 자체가 아이를 먹이고 발육을 도우며 아이를 위로, 위로, 자라게 한다는 뜻이다. 하지만 부모를 돌보는 일은 부모가 아래로, 아래로, 미끄러져 떨어지지 않도록 막아내는 노력이다. 그 불가피함을 늦추려고, 죽음의 사신에 맞서보려고. 출산은 내 몸에 새로운 호르몬을 꽃피운다. 돌봄에는 그런 생물학적 이점이 수반되지 않는다. 양육은 일반적으로 하나의 선택이지만, 돌봄에선 돌봄이 나를 선택한다.

나는 내가 아버지에게 좋은 간병인이 되었다고 생각한다(그러길 바란다). 그러나 2010년을 되돌아보면, 엄마가 아팠던 그해, 내가 엄마에게 나쁜 간병인이었다는 걱정을 여전히 떨쳐내기 힘들다. 물론 '좋다', '나쁘다'라는 말에 대한 내 감정은 양가적이다. 엄마는 모든 것을 희생하기로 각오했다는 점에서 '좋은' 간병인이었지만, 결국에는 그것이 엄마를 무너뜨렸다고 나

는 믿는다. 머릿속에서 이 질문을 계속 뒤집어본다. 엄마는 옳은
일을 한 것일까, 아니면 엄마가 더 이기적으로 행동해야 했을까?

신들은…… 우리를 진지하게 대하고 있었다.

엄마를 떠올릴 때마다 십 대의 자신에게 닥친 모든 비극과 죽
음 앞에서 버지니아 울프가 남긴 이 말이 떠오른다. 나에게 삼십
대 중반의 엄마 사진이 한 장 있다. 엄마는 검은 머리를 곱게 기
른 아름다운 여성이었는데, 이 사진 속 얼굴은 수심이 가득하다.
모터바이크에 올라탄 이십 대 초반 사진으로 기억을 되감아본
다. 거기에선 앞날에 대한 기대감과 모험을 즐기는 취향이 또렷
이 보인다. 그 나이의 글레스니는 자기 인생의 상당 부분을 간병
인 역할에 쏟으리라고는 생각조차 못 했겠지.

엄마가 어린 시절 런던 남부에서 자라던 50년대 이야기를 들
려준 적이 있다. 엄마는 동네 아이들과 엘리펀트앤드캐슬의 공
터에서 놀곤 했단다. 2차 세계대전의 공습으로 파괴된 건물 잔
해가 공터에 쌓여 있었고, 분명 그 속에 불발탄이 남아 있었을
텐데, 누구 하나 법석을 떨지 않았다. 엄마는 외동이었다. 엄마
의 아버지는 (신문사가 밀집한) 플리트 거리에서 인쇄공으로 일했
고, 전쟁 중에는 이집트에서 헌병으로 복무했다. 전장으로 떠나
기 전에는 쾌활하고 태평한 사람이었는데, 돌아온 뒤로 아버지
는 좀처럼 웃지 않았다. 엄마의 엄마는 웨일스의 농장에서 자랐

다. 여름 휴가철이면 함께 고향을 찾곤 했단다. 엄마가 아침마다 암소 옆에 앉아 소젖에서 따뜻한 우유를 짜는 모습이 눈앞에 그려진다. 엄마는 학교 다닐 때 똑똑했다. 하지만 엄마의 자녀인 우리들과 달리 엄마는 좋은 성적을 뽐낼 수료증 묶음을 가지고 있지 않았다. '역사는 내가 반에서 제일 잘했지'라거나 '영어 선생님이 나더러 정말로 똑똑하다고 하셨는데'라고 나에게 말하곤 했다. 증명할 방법이 본인의 말뿐임을 아는 긴장된 말투였다. 엄마의 목소리에는 상처도 서려 있었다. 엄마는 대학에 가고 싶었다. 그러나 당시는 1960년대였고, 여성이 있을 곳은 가정이라는 인식이 여전히 남아 있었다. 엄마의 아버지는 여성에게 고등교육이 시간 낭비라는 생각이 확고했다. 어차피 결혼하면 끝인데 뭐 하러 그렇게까지 하느냐고. 그래서 엄마를 닦아세워 진학을 포기하게 만들었다.

스물두 살. 결혼할 당시 엄마의 나이다. 내가 보기엔 너무 어린 나이인데, 엄마 말로는 그때는 그게 일반적이었단다. 남자와 여자가 요즘처럼 친구로 지내지 않았다고도 했다. 남자와 외출하면, 그게 곧 데이트였다. 엄마와 아버지는 청년 보수당원들의 모임에서 처음 만났다. 엄마도 아버지도 토리당 지지자는 아니었는데 친구들을 따라서 모임에 갔다. 내심 결혼 상대를 찾을 좋은 기회라고 생각하지 않았을까?

엄마는 매력이 흘러넘쳤다. 플리트 거리에서 안내 직원으로 일하며 런던의 최신 유행이란 유행은 하나도 놓치지 않았다. 검은 단발머리에 새빨간 립스틱을 바르고, 강렬하고 현란한 60년대 색상의 미니스커트를 입고 다녔다. 그날 밤 엄마에게 말을 걸어보려던 남자가 아버지 한 명은 아니었다. 엄마를 집에 데려다주겠다고 나선 남자들이 한 무더기였다. 어째서 아버지가 눈에 띄었냐고? 잘생기고 다정한 미소에 직업도 번듯했으니까. '성품이 참 진실하고 반듯했지' 하던 엄마의 말은 좀 구식일지 몰라도 감탄의 표현으로 들린다. 두 사람은 교회에서 전통적인 순백의 결혼식을 올렸다. 아버지는 엄마를 쟁취한 자신감으로 의기양양한 모습이었다.

모든에 위치한 다세대주택에 신접살림을 차렸을 때, 부부는 가난했다. 일 년이 지나고서야 제대로 된 가구를 구입할 여유가 생겼다. 그래도 글레스니와 에드워드는 대가족을 꿈꾸며 미래에 대한 기대와 행복감으로 반짝반짝 빛이 났다. 그 시대 다른 남편들은 양육이 아내가 할 일이라며 남편과 아내의 역할에 선을 그었지만, 아버지는 그러지 않았다고 엄마는 종종 말해주었다. 아버지는 기저귀를 갈고 우리를 공원에 데려가고 목말을 태워주고 장보기를 도와주곤 했다. 아프기 전까지는 열성적인 아버지였다.

2010년 여름, 엄마가 전화를 걸어 같이 터키로 두 주간 여행을 갈 마음이 있느냐고 물었다. 엄마와 나는 자주 휴가를 함께 보냈다. 엄마의 목소리에는 내가 즉각 그러자고 답하리라는 기대가 담겨 있었다. 그래서 "글쎄, 별로"라고 대답하면서도 의리를 저버리는 기분이 들었다. 나는 책 상자들에 둘러싸여 보유한 장서 규모를 줄여보려던 참이었다. 북부에 나와 지낸 십 년 동안 모은 책이 2천 권을 넘어섰다. 살던 집 월세가 너무 올라서 이제는 집을 옮겨야 했다.

"돈은 안 들어." 엄마가 강조했다.

"노아가 비용을 모두 댔어. 그런데 같이 갈 수 없게 돼서."

"엄마, 나 이사 가야 해요, 계약이 끝났어." 내가 대답했다.

"이사 갈 집도 아직 못 구했고." 여기서 잠시 말을 멈췄다.

"여행이 언제인데?"

"7월 1일부터 15일까지야." 엄마가 간절하게 대답했다.

"그럼 여행에서 돌아온 다음 날 나는 이사를 해야 돼요." 내가 반대 의사를 전했다.

나는 엄마가 포기할 줄 알았다. 마음을 바꿔 직장 친구를 데려가겠거니 생각했다. 엄마가 나를 회유하고 협박하기 시작했을 때 나는 깜짝 놀랐다. 우리 집은 감정적 협박이나 윽박지르기를 금기시해 왔다―할아버지식의 지배에 대한 반발이었다. 엄마는 선택을 강요하지 않고 자식들에게 선택을 맡긴다는 사실에 자부심을 가졌다. 결국에는 노아가, 노아는, 노아를 거듭 언급하는 엄마에게 내가 뜻을 꺾었다. 노아, 한 번도 만난 적 없고 실체를 알 수 없는 인물이면서 너무 많은 이야기의 주인공인 남자.

비행기에 올라서도 나는 사춘기 아이처럼 부루퉁했다. 옆자리에 앉은 엄마는 기침을 했다. 노아에 관한 비보를 들은 뒤부터 두 달째 기침이 계속되었다.

이스탄불에 도착한 첫날 밤, 우리는 저녁 식사를 마치고 별이 총총한 밤거리를 돌아다녔다. 거리에는 활기찬 에너지가 흘렀다. 상점 주인들이(모두 남자들인 듯했다) 지나가는 관광객들에게 안으로 들어와 구경하라고 손짓했다. 우리는 자갈이 깔린 골목 길을 어슬렁거리다가 장식 술을 매단 이국적인 기하무늬의 대형 양탄자들이 가득한 어느 상점에 이끌리듯 들어갔다. 주인이 감상이라도 하는 눈으로 처음에는 나를, 이어서 엄마를 쳐다보았다. 엄마는 육십 대지만 사십 대 중반으로 통하기에도 무리가 없었다. 흰 머리가 드문드문 섞인 검은 머리는 찰랑이는 단발로 자르고 다녔다.

"저한테 따님 파실래요?" 주인이 엄마에게 물었다. 엄마가 실랑이를 하는 척하다가 셋이 한바탕 웃음을 터뜨리고 나서 주인이 작은 크리스털 잔에 사과 향이 가미된 달콤한 차를 내왔다. 나는 문득 겸연쩍어졌다. 여행 온 내내 얼마나 쌀쌀맞게 굴고 있는지, 얼마나 철없이 불퉁대고 있는지 깨달았다. 엄마는 단지 딸로서만이 아니라 좋은 친구로도 내가 필요했을 텐데. 집 걱정을 잠시 잊고 여행을 즐기기로 마음먹었다.

이스탄불은 사람 구경하기에 좋은 장소였다. 엄마와 나는 카페에 앉아 지나가는 세상을 구경했다. 사람 구경은 어릴 때 우리가 즐겨하던 놀이다. 예닐곱 살 무렵, 공원 벤치에 엄마와 앉아 있던 기억이 난다. "사람들에 대해 배워둘 게 뭐냐면" 엄마가 나에게 일러주었다. "보이는 모습과 속에 담긴 것 사이에 차이가 있다는 거야, 그리고 이 두 가지가 정반대일 때가 많아." 엄마가 한 본보기로 시장 가판대에서 과일을 사는 노인을 가리켰다. 세월이 만든 주름과 반점으로 얼굴은 쭈글쭈글한 썩은 사과처럼 괴팍해 보이지만, 당근을 사면서 값을 치를 때 노인이 짓는 눈웃음은 부드러운 마음씨가 있음을 말해줬다. 나는 이 놀이에 마음을 홀딱 빼앗겼다. 거의 한 시간 동안 사람들을 꼼꼼히 뜯어보면서 머리 모양과 웃음과 화장 너머로 그들의 내적 자아가 반짝 떠오르는 순간을 찾아내려 했다. 사람들은 과일 같구나, 겉껍질로 속에 담긴 것을 감추고 있구나, 그때 나는 그런 결론을 얻었다.

엄마 방 선반 위에는 심리학 교재들이 한 줄로 꽂혀 있었다. 엄마는 심리치료사가 되어 엄마의 아버지가 엄마의 인생에 입힌 손상을 복구하겠다는 의지가 확고했다. 나는 엄마의 교재에서 신체 언어를 설명하는 대목을 읽으면서, 손목 노출이나 다리 꼬기가 유혹의 신호를 발산한다는 것 따위를 배우곤 했다. 엄마가 못마땅해 할 유형의 남자애들 관심을 끄는 데 모두 쓸모가 있었다.

십 대 시절 가끔 남자친구를 집에 데려오면, 엄마는 그 애들이 있는 동안에는 기분 좋게 대하더라도 일단 가고 나면 슬며시 경멸을 드러냈다. "너는 곱상한 남자애들을 좋아하는구나, 영화배우처럼 생긴 애들 말이야." 엄마는 이렇게 투덜대곤 했다. 엄마는 내가 반지르르한 겉모습 너머를 보기 위해 더 노력해야 한다고, 인격의 깊이를 연애의 바탕으로 삼아야 한다고 생각했다. 하지만 엄마의 지혜를 고맙게 받아들이기엔 너무 어렸고, 나는 계속해서 큰 키, 짙은 눈동자, 매력적인 미소에 쉽게 넘어갔다. 사람들의 겉모습에 관해 엄마가 해준 조언은 이후에 이런 의미로 발전했다. '누군가와 수년간 함께 살면서도 실은 그 사람을 잘 모를 수 있다. 사람이란 참 교묘하다.'

여행 둘째 주에 우리는 작은 섬으로 이동해 수영과 독서와 낮잠으로 평화로운 시간을 보냈다. 테라스에서 식사를 할 때면, 소화불량으로 트림을 꺽꺽대듯 개구리들이 요란하게 울어댔다. 엄마의 기침이 여전하다는 건 알았다. 혹시 신경성인가 싶어 걱정스러웠다. 얼마 전 엄마가 주치의를 찾아갔지만, 의사는 '자기도 기침을 한다'면서 엄마를 건강염려증 환자 취급하며 그냥 돌려보냈다.

우리가 머무는 숙소에는 손때 묻은 페이퍼백들이 꽂힌 작은 책장이 있었다. 여행객들이 휴가 중에 읽은 책을 책장에 남겨두고 대신 다른 책으로 바꿔갔다. 나는 책장에서 에밀리 디킨슨의 얇은 시집을 발견하고 「내가 죽음을 위해 멈출 수 없어서Because I could not stop for Death」를 음미했다. 엄마를 힐끗 돌아보니 엄마도 책에 몰두하고 있었다. 엄마와 함께 있어서 좋은 점 중의 하나가 이것이었다. 둘이 각자 책을 한 권 들고 몇 시간씩 함께 앉아 있을 수 있다는 것. 고독한 행위로 마음이 통하는 것, 책장 넘기는 소리에 서로의 존재를 조용히 의식하게 되는 것. 엄마는 가장 좋아하는 장르인 판타지소설을 골랐다. 엄마는 다른 곳으로 데려다주는 이야기를 사랑했다. 자신의 삶이 너무 옥죄여서 마법이 가능한 세계를 갈망했다.

그날, 미풍이 불어와 커튼과 숨바꼭질을 하고 머리카락을 어루만지며 방 안에서 춤을 추는 사이, 우리는 함께 침대에 누워 책을 읽었고 태양의 빛줄기가 서서히 바닥을 따라 움직였다. 더없이 평화로웠다.

내가 다섯 살 때의 기억 하나. 거실 창문에서 잽싸게 몸을 떼며 내가 외친다. "엄마, 문 앞에 누가 있어!" 엄마가 빨개진 눈으로 소파에서 몸을 일으켰다. 복도를 걸어가는 엄마의 발소리, 문의 삐걱거림, 되돌아오는 엄마의 느린 발소리가 들렸다. 나는 엄마가 내 장난에 웃을 줄 알았다. 그것으로 엄마의 울음이 멎지 않을까 기대했다. 그런데 엄마가 다시 소파에 앉아 계속 흐느껴 울어서 몹시 실망했다. 할머니가 돌아가셨다고 엄마가 나지막하게 말했다.

모든 게 한꺼번에 엄마를 덮쳤다. 삼십 대 초반에 엄마는 죽음과 재앙과 비극을 맞닥뜨렸다. 엄마의 인생은 동화 같은 스토리가 될 줄 알았다. 사회는 엄마에게 좋은 남자와 결혼해서 가정을 꾸리고 자녀를 낳으면 행복해질 거라고 말했었다. 엄마의 아버지가 영원히 물려준 신화였다. 엄마는 기꺼운 마음으로 그 역할을 받아들이고 주부와 엄마의 자리에 안착했다. 그랬는데 남편이 직장을 잃고 쓰러지고 조현병이 생겼고, 아버지가 65세의 나이에 폐암으로 사망하고, 어머니도 남편 없이 견디지 못하다가 치매가 생겨 요양시설에(아이러니하게도 하필 서머필드에) 들어가 거기서 사망했다. 엄마의 편안한 삶이 무너져 내린 자리에는 가난이 남았다. 보살필 아이 셋, 낯선 사람이 되어버린 남편, 놓을 수 없는 일자리 사이에서 엄마는 몸이 남아나지 않았다. 자신을 챙길 겨를이 없었다. 자신을 맨 마지막에 두는 게 엄마의 습관이 됐다. 이런 태도에는 돌봄이 순교로 흘러갈 위험이 도사린다. 엄마는 인생이 엄마에게 불운을 가져오고 신들은 그 불운에 환호를 보내리라는 믿음에 익숙해져 갔다.

아버지와 엄마는 침대를 따로 쓰다가 결국에는 레너드 울프와 버지니아 울프처럼 각방을 썼다. 내가 철이 들면서 엄마와 나는 사이가 더 가까워지고 종종 함께 휴가를 보냈다. 엄마는 '직장 친구'와 해외여행을 떠나기도 했다. 이 친구를 상상할 때면, 나는 큼지막한 귀걸이와 모피코트를 걸친 아주 용모가 화려한 여성이 엄마를 살살 꾀어 칵테일을 마시게 하는 그림이 떠올랐다. 이런 휴가 여행은 엄마의 칙칙한 잿빛 삶에 금실 한 땀처럼 새겨졌다. 모로코, 비엔나, 캐나다—여행지에서 돌아오는 엄마는 초콜릿, 엽서, 사진 등을 가지고 왔지만, 이상하게 동행인의 얼굴이 찍힌 사진은 한 장도 없었다.

그러던 어느 날, 여행지 켄트의 숲을 산책하다가 엄마는 이 친구가 여성이 아니라 남성이라는 말을 꺼냈다. 그의 이름은 노아라고 했다. 그리고 이 사람이 엄마의 남자친구라고 조심스럽게 덧붙였다. 마치 내가 부모이고 엄마가 첫사랑을 고백하는 십 대인 것처럼.

세월이 흐르면서 나는 엄마가 어떤 상황에 발목이 붙들려 있는지 이해했다. 혼외 관계야말로 결혼 생활이 깨지지 않도록 지켜주는 유일한 힘인 그런 상황. 이 관계는 엄마에게 해방과 안도와 도피처를 제공했다. 그것이 없었다면, 꾹꾹 누른 압력이 결국 터져버리고 말았을 것이다. 엄마는 자신의 삶을 둘로 쪼개 그중 작은 조각에 행복과 재미를 허용했다. 엄마가 단순히 내연녀가 아니라는 건 분명했다. 엄마와 노아는 서로에게 가장 가까운 친구였다.

2008년, 우리는 스위스로 휴가를 떠나 추크호Lake Zug가 내려다보이는 호텔에 묵고 있었다. 무슨 일이 있느냐고 엄마에게 몇 번을 물어보았다. 한참 만에 엄마는 노아가 느닷없이 엄마를 차버렸다고 털어놓았다. 십 년간 불륜을 저지르다 갑자기 양심의 가책이 들어 노아가 아내와 가족에게 전부 고백했다는 것이다. 그러고는 모든 연락을 끊은 상태였다. 엄마는 노아의 진실한 반듯함을 흠모한다고 당당한 미소를 지으며 말했다. 하지만 엄마가 실의에 빠져 있음을 알 수 있었다.

두 해가 흘렀다. 노아는 여전히 연락이 되지 않았고, 엄마는 미망인처럼 그의 상실을 애도했다. 그런데 어느 날 난데없이 엄마의 자동응답기에 노아가 엄마에게 유언으로 뭔가를 남겨주고 싶다는 메시지를 남겼다. 노아가 불륜을 털어놓았을 때 노아의 아내는 남편을 집 밖으로 쫓아냈다. 스트레스와 충격에 잠겨 지내는 사이, 그는 암 진단을 받았다. 지금은 엡섬 인근 아파트에서 혼자 살고 있고, 여명이 몇 달 남지 않았다. 터키 여행은 두 사람이 함께하는 마지막 여행으로 서로를 위해 준비한 선물이었다. 그런데 여행을 앞두고 노아의 병세가 악화되고 쇠약해져 거동이 어려웠다. 그의 부재가 여행의 모든 순간에 그림자처럼 드리워졌다.

터키 여행 마지막 날, 우리는 카누를 빌려 먼바다와 부딪쳐보러 나섰다. 엄마는 경계심이 높았고, 나는 모험심이 차올랐다. 폭풍우 기색이 꿈틀대는 하늘 아래 엄마는 해안에서 멀어지면 안 된다고 연신 소리를 질렀지만, 나는 더 깊은 파도에 들어가 흰 포말이 주는 아슬아슬한 흥분을 만끽하고 싶었다. 엄마의 외침에 짜증이 치밀어 오를수록 여행 내내 내가 겪은 일들이 섬광처럼 되살아났다. 마치 내가 다시 십 대로 돌아간 것처럼 엄마는 보호자 노릇을 하며 요만큼도 재미있는 경험을 하지 못하게 감싸고 돌았다. 이것은 우리 관계의 밀접함이 가진 유일한 약점이었다. 아버지가 병을 앓는 바람에 엄마에게는 내가 친구이자 동생이자 심복이자 전부가 되었다. 하지만 엄마의 사랑이 때로는 숨 막히

기도 했다. 그럴 때면 나는 배부른 투정이라고 자신을 토닥였다.

　토요일 아침, 여행에서 돌아온 다음 날이었다. 나는 아직 시차의 피로감을 느끼며 마멀레이드를 바른 토스트를 오물거렸다. 이른 시각이었는데 엄마는 일어나 옷을 갈아입고 외출 준비를 마쳤다.

　"가서 노아를 보고 와야겠어." 엄마가 말했다. "말벗이 필요할 거야."

　노아에게 필요한 것은 단지 말벗이 아니었다. 그에게는 간병인이 필요했다. 야간에 돌봐줄 간호사는 이미 고용했다. 밤중에 그는 악몽과 간질 발작에 시달리다가 결국 비명을 지르며 침대에서 떨어지는 일이 잦았다. 요즘 엄마는 주중에 아버지를 돌보고 주말에 노아를 보살폈다. 노아의 아파트에서 청소기를 밀고 설거지를 하고 그를 위해 요리를 했다. 휴가를 다녀왔어도 그렇게 볼이 핼쑥하고 피곤해 보이는 이유가 있었다. 나는 엄마가 무리하지 않기를 바랐다. 엄마가 좀 더 이기적이어야 하지 않을까 생각했다.

　돌봄의 역할이 엄마의 운명이라고―어쩌면 불운한 숙명이라고―느낀 적이 있다. 엄마는 언제나 상냥하고 인정이 많은 여성이었고, 자신에게 닥친 운명을 억울해하는 모습을 한 번도 보이지 않았다. 남의 얘기를 잘 들어주는 사람이라서 엄마의 친구들은 엄마를 아주 좋아했다. 엄마에게는 무슨 문제든 이야기할 수 있었다. 엄마는 공감하며 들어주고, 편견에 치우치지 않은 간명하고 지혜로운 상식으로 조언해주었으니까. 엄마는 인간의 본성에 대해 너그러웠다. 남들 판단하기를 좋아하지 않았다. 무례하거나 불친절한 사람이 있으면, 그렇게 행동하는 이유가 분명히 있을 거라고 생각하고 도울 일이 있는지 사정을 알고 싶어 했다.

엄마와 명상 수행을 갔을 때 나는 엄마의 이런 성향을 눈으로 확인했다. 거기 온 사람들은 대부분 중산층에 좋은 직업을 가진 엇비슷한 인물들이었다. 하지만 으레 한두 명 정도는 남들과의 차이점이나 취약함이 유독 두드러졌다. 가령 만성피로증후군을 앓는다던 남자는 예민한 눈을 보호한다며 선글라스를 벗지 않았고, 빛이 밝다거나 보온병이 샌다거나 글루텐 프리 식단을 엄격하게 고수하는 문제로 수선을 피우곤 했다. 대체로 사람들은 그에게 친절했지만, 몇몇은 그를 피하기도 했고 몇몇은 자기 건강 외에 다른 화제에는 도통 무관심한 이 남자와의 대화를 피곤해했다. 엄마는 바로 이런 사람에게 마음이 끌렸다. 엄마는 온화한 태도로 이 남자를 진정시키고 그가 소외감을 느끼지 않도록 신경 써주었다. 엄마의 내면에는 주변부에 있는 이들을 중심으로 데려오고 싶은 강한 욕구가 있었다.

15

터키 여행에서 돌아온 다다음 날, 엄마가 기침이 심해지는 증상을 문의하기 위해 주치의와 진료 예약을 잡았다. 그사이 나는 『윌 셀프의 본질』 앞부분 원고 100페이지가 담긴 A4 사이즈 갈색 봉투를 하나 들고 블룸즈버리를 가로질렀다. 내가 아홉 해를 쏟아부은 소설이었고, 에이전트에서 한창 출간 계약에 공을 들이는 중이었다.

나는 작품의 표제 인물 당사자에게 이 책에 관해 한 번도 언급하지 않았다는 사실이 줄곧 좀 찜찜했다. 그에게 이실직고를 해야 하는지 말아야 하는지, 후에 고소를 당하게 될는지 아닐는지, 주변 지인들마다 의견이 제각각이었다. 마지막으로 엄마가 그 사람에게 알리는 것이 정중하고 옳은 일이라고 말했고, 엄마는 현명한 사람이므로 엄마의 조언을 따르기로 했다.

여행 도중에 셀프 씨로부터 이메일을 받았다. 일단 그에게 '샘플 원고를—한 장이든 뭐가 됐든—보내면 그다음에 생각해보겠다'는 분부가 떨어졌다. 지금 내가 그에게 보내려는 원고에는 자신의 몸에 들어온 유령이 문장을 불러주면 셀프가 올리베티 타자기를 두들겨 받아쓰는 장면, 셀프를 숭배하는 종교 집단이 광란의 컬트 의례를 올리는 장면, 어느 수집가의 손을 거쳐 포름알데히드에 보존되었던 셀프의 시신이 토막으로 팬들에게 판매되는, 2046년 배경의 살인 미스터리 장면이 들어 있었다. 소송을 피할 길이 막막해 보였다.

나는 소위 여성이 쓸 글이 아니라고들 하는 그런 종류의 책을 쓰고 있었다. 서점을 둘러볼 때마다 컬트소설 섹션의 9할 내지 10할은 남성작가들 차지였다. 버로스Burroughs, 부코스키Bukowski, 폴 오스터Paul Auster, 헌터 S. 톰슨Hunter S. Thompson, J. G. 발라드J. G. Ballard—그리고 윌 셀프까지. 아방가르드라는 용어 자체가 프랑스어로 전위부대를 뜻하는 군사 용어에서 파생된 단어이고, 소설의 관습적 경계를 깨부수기 위해 전진하는 남성적인 힘과 권력을 암시한다. 컬트소설 진열대는 마치 남자는 자기 글을 들고 세상에 나가 싸워야 하고 여자는 집 안에서 가사에 전념해야 한다는 메시지를 시사하는 듯했다. 나는 이 모든 것에 손가락 욕을 날려주고 싶었다.

윌 셀프에게 쓴 편지에서 내가 인정하지 않은 한 가지 사실은 이 책이 윌 셀프에 관한 이야기인 것 못지않게 내 아버지에 관한 이야기라는 점이었다. 책의 첫 부분은 윌 셀프의 소설을 강박적으로 탐독하다가 급기야 셀프의 목소리가 머릿속에서 끝없이 재생되는 인물의 내레이션으로 진행된다. 나는 조현병적 행위로서 책 읽기라는 아이디어를 다뤄보고 싶었다. 내 아버지의 질병이 책의 모든 페이지마다 투명무늬로 찍혀 있었다.

아버지의 상태를 정확히 담아낸 소설을 찾으려 해봤지만 발견하기가 쉽지 않았다. 조현병 환자의 관점에서 쓴 소설로 크게 호평받은 작품도 읽어봤는데, 내가 보기에는 설득력이 없었다. 조현병이 자아를 분열시켜 여러 목소리와 환각을 만들어낸다는 점을 고려할 때, 일관된 일인칭 화자의 목소리로 시작-중간-끝으로 이어지는 고전적 구조의 이야기를 들려준다는 게 어떻게 말이 될 수 있을까? 윌 셀프는 달랐다. 그는 정신이상에 관한 글을 어떻게 써야 하는지 알았다. 그리고 제대로 짚었다. 셀프의 스토리들은 정신이상의 초현실적이고 악몽 같은 느낌을 포착해냈다.

가령 사회적으로 정상성의 비율이 고정돼 있다는 가설을 다룬 『정신이상 수량설The Quantity Theory of Insanity』에 보면, 런던의 조현병자 정신병원 하나를 치유하면, 뉴욕에 사는 이성적인 정상인 집단 하나가 정신이상을 일으킨다. 조현병은 정신 질환 가운데서도 가장 초현실적이다. 예전에 만난 어느 조현병자에게 이런 얘기를 들었다. 증상 발현기에 병원 침대에 누워 지내는 동안 그는 방문객을 맞이할 때 말을 하지 않고 그저 만면에 행복에 겨운 미소를 지었는데, 그때 그는 스타워즈 영화 속 현실에서 살며 자신을 찾아온 사람이 모두 영화 속 등장인물의 환영으로 보였단다.

조현병을 지나치게 단순화한 이야기들에 나는 별로 감응되지 않는다. 산산조각 난 초현실적인 정신세계를 포착한 예술 작품을 접할 때라야 '그래, 맞아! 바로 이거지!' 하는 직관적인 느낌을 받는다. 『이상한 나라의 앨리스』, 시공간과 장소의 기이한 변위가 일어나는 세계—그것이 내 아버지의 정신병이다. T. S. 엘리엇의 「황무지」가 표현하는 그 모더니즘적 파편들—'이 파편들로 나는 내 잔해를 떠받치고 있다These fragments I have shored against my ruins'—그것이 내 아버지의 정신병이다. 런던 전역의 화장실 낙서에서 의미의 패턴을 찾으려고 하는 한 남자에 관한 셀프의 스토리—그것이 내 아버지의 정신병이다. 십 대 때 TV 앞에 앉아 〈몬티 파이튼Monty Python〉을 보던 날을 기억한다. 엄마와 내가 웃을 때, 아버지는 침묵했다. 황당무계한 장면의 전환, 죽은 앵무새를 든 남자가 나오다가 '럼버잭 송'의 합창이 나오고, 또다시 아무 연관 없이 넘어가는 터무니없는 전개—그것이 내 아버지의 정신병이다.

틀림없이 자녀인 우리보다 엄마는 훨씬 더 적나라하고 충격적인 아버지의 병증을 목격했을 것이다. 엄마는 적절한 약물 치료를 받기 이전 아버지를 수년간 지켜봤고, 약물 치료에 저항하는 모습도 목격했다. 이따금 엄마가 들려준 스토리의 조각들이 있다. 이를테면 아버지가 옷을 벗고 나체로 돌아다녔던 이야기라든지, '미친 수도승'이 될 때면 일종의 참회 행위로 음식을 엄격히 절제하느라 토마토 외엔 아무것도 먹지 않았다는 이야기라든지. 급기야 엄마가 아버지에게 통보하는 지경에 이르렀다. 약을 먹지 않으면 당신을 떠나겠다고. 아버지는 엄마를 사랑해서 혹은 엄마가 너무 필요해서 엄마에게 항복하고 약을 삼켰고, 증상이 가라앉으면서 슬프고 조용한 존재가 됐다. 엄마는 통제가 심한 사람이 아니었다. 그러니 엄마가 최후통첩을 할 만큼 아버지의 증상이 심각했으리란 걸 나는 안다. 엄마가 아버지의 몬티 파이튼 시절을 겪은 데 반해, 우리는 주로 안락의자에 앉아서 성경에 강박적인 애착을 보이는 말 없는 남자의 모습을 보았다. 『윌 셀프의 본질』을 쓰는 작업은 아버지의 조현병에 수반된 그 말도 안 되는 사건들을 이해해보기 위한, 소설의 형태를 빌어 기록해두기 위한 방법이었다.

윌 셀프의 에이전트 사무실에 내 원고 뭉치를 전달하고 난 뒤 런던을 이리저리 쏘다녔다. 걸으면서 Z와 문자메시지를 주고받았다. 우리가 가깝게 지낸 지 오 년이었다. 오 년 동안 매일 이메일을 보내면서 만남은 일 년에 딱 한 번, 불같은 하룻밤에 그친 것은 우리 사이의 화학반응이 흩어져버리지 않도록, 길들여진 일상이 되지 않도록 하기 위해서였다. 서로 끝없이 구애를 보내고, 결코 오지 않는 절정의 언저리를 늘 맴돌았다. 언젠가 그가 약속했다. 생애의 곡선이 이어지는 내내 나를 쫓아다니겠다고.

집에 돌아오니 식탁 위에 입사 지원 서류가 놓여 있었다. 엄마가 이름과 기타 사항들을 기입해 두었다. 엄마는 소녀 적 품었던 꿈을 아직까지 실현하지 못했다. 엄마의 바람대로 심리치료사가 됐더라면, 다른 유형의 간병인으로―더 많은 수입과 명망이 따라오는 일종의 중산층 돌봄 제공자로―살았을 텐데. 대신 삼십 대, 사십 대, 오십 대, 육십 대까지 엄마는 날마다 비서로 직장에 출근했다. 확실히 엄마에게는 맞지 않는 일이었다. 엄마는 일이 지루하고 피곤했다. 좌절당한 재능이 엄마의 내면에서 썩어갔다. 저녁마다 엄마는 사회학과 심리학 A레벨 과정을 공부했다. 그러던 어느 날 내가 학교에서 돌아와 보니 엄마가 앓아누워 있었다.

"아버지가 직장을 그만뒀어." 우악스럽게 오렌지 껍질을 벗기며 엄마가 말했다. 아버지가 직장에 나간다는 것 자체가 드문 일이기는 했다. 지난 6개월 동안 아버지는 점원으로 일했다. 발병 이전에 아버지가 하던 관리직보다 한 계단 아래일지라도 최소한 생활비에 보탬이 됐다.

"아버지가 회사에 급료 인상을 요구했는데 들어주지 않아서 그만뒀대. 하지만 실제로는 그것 때문이 아니야. 일을 감당할 수가 없는 거지, 그럴 만큼 강하지 못한 사람이야."

아무리 아버지가 약물 치료를 받은들 정말로 좋아지지는 않은 것 같았다. 극심한 초현실적인 증상은 약물로 억제될지언정 여전히 병은 예상치 못한 방식으로 꼬이고 엉켜 있었다. 당시에는 알아차리지 못했지만 지금은 이해할 수 있다. 그때 엄마가 자포자기의 상태였음을. 단지 돈 걱정만은 아니었다. 엄마가 현재를 견딘 건 앞날에 대한 꿈이 있었기 때문인데, 이제 그 꿈이 바람에 매달린 구름처럼 멀어져 갔다. 엄마는 근무 시간을 더 늘려야 했다. 어떤 면에서 엄마와 나는 평행선을 그리고 있었다. 둘 다 A레벨을 공부하는데, 나는 낮 동안 수업의 혜택을 누리고, 엄마는 잠들기 전 자투리 시간에 공부하다가 녹초가 되어 교재에 엎드린 채 잠들었다.

엄마는 자주 새 직장을 알아봤지만, 서류 발송을 못 하거나 아니면 그저 시간이 없고 에너지가 바닥나 막판에 지원을 포기하곤 했다. 결국 순간적인 도피에 불과하리란 걸 엄마도 알았겠지. 이 회사에서 저 회사로 비서직을 옮긴들, 바뀐 상사와 사무실의 참신함이 사라지고 나면 엄마의 생활에서 달라지는 건 거의 없었을 테니까. 2010년이 된 지금, 엄마는 은퇴할 날을 손꼽아 기다렸다. 앞으로 몇 년 남지 않았다.

엄마가 그 말을 듣던 날 나는 집에 있었다. 주말에 부모님을 뵈러 집에 내려왔는데 몸이 좋지 않았다. 어려서부터 자랄 때까지 쓰던 방에 누워 있었다. 벽지가 벗겨지는 벽 위로 햇살이 춤을 추었다. 아래층에서 쾅, 현관문 닫히는 소리, 곧이어 엄마 소리 그리고 그 기침 소리가 들렸다. 마침내 주치의가 마지못해 엄마에게 몇 가지 검사를 받게 했었다. 나는 불안해서 속이 울렁거리고, 엄마의 손길을 느끼고 싶었다. 엄마를 보러 아래층으로 내려갔다.

몸에 종양이 있대, 엄마가 말했다. 엄마는 소파에 앉아 있고, 아버지는 주위를 서성였다. 엄마는 신장에 종양이 있다고 우리에게 말했다. 암종이라 했다. 나는 양팔로 엄마를 감싸고 아이를 안듯 끌어안았다. 아버지는 아무 말도 하지 않았다.

저녁에 내가 엄마를 위해 식사를 준비했다. 울어서 빨갛게 부은 눈을 하고 엄마가 아래층으로 내려왔다. 나도 한참을 울었다. 하지만 아직 충격에서 헤어나지 못한 상태라 그 소식을 완전히 소화하기 힘들었다. 이제껏 엄마의 죽음을 까마득히 먼일, 내가 할머니가 되어서나 닥칠 비극쯤으로 여기며 살아왔으니까. 아버지가 음식을 앞에 두고 깨작깨작하고 있으니, 바로 이 식탁에서 숙제를 하던 십 대 때 기억 하나가 되살아났다. 주방으로 통하는 창구멍으로 잼 타르트를 만드는 엄마 모습이 보였다. 갑자기 아버지가 들어오더니 흑백영화의 주인공처럼 엄마에게 키스하고는 "당신은 세상에서 제일 멋진 아내야, 사랑해"라고 고백했다. 엄마는 조금 쑥스러운 미소를 지었고, 아버지는 주방에서 나갔다. 5분 뒤, 아버지가 다시 들어왔다. 또 한 번 엄마에게 키스하고 똑같은 말을 한 다음 주방에서 나갔다. 그러고는 또 그러길, 끝내 엄마가 웃으며 "바보 같으니 이제 그만"이라며 아버지를 밀어냈다. 나는 눈이 휘둥그레져 지켜보면서 아버지가 압도된 감정이 무엇인지―사랑인지 아니면 광기인지―답을 알아내려고 고심했다.

두어 주 뒤, 나는 애플리 브리지에 돌아와서 짐을 싸느라 여전히 동동거리고 있었다. 부모님 집으로 다시 들어가기로 이미 동의했고, 내 반려묘는 친구 차 뒷좌석에 태워 나보다 먼저 보내뒀다. 내 인생에 처음으로 간병인이 되어보기로 했다. 책들을 추리다가 에밀리 디킨슨 시모음집을 발견했다. 엄마와 갔던 여행지에서 죽음에 관한 이 시를 읽은 일을 회상하면서 몸이 후들후들 떨렸다.

내가 죽음을 위해 멈출 수 없어서
그가 친절히도 나를 위해 멈추었네―
마차가 태운 건 오로지 우리 자신뿐―
그리고 불멸이었지.

그 시간 내내 엄마의 신장 안에서 종양이 자랐다고 생각하니 괴로웠다. 시는 내가 자각한 것보다 더 큰 울림을 담고 있었다. 죽음의 마차가 밖에서 채찍을 세우고 매 순간 기다리고 있었음을. 그런데 우리는 속 편하게 웃고 읽으며 멋모르는 시간을 보냈지……. 그렇게 기침이 그치지 않았는데도. 그 성가신 마른기침이 엄마의 신장에서 으르렁대는 암의 증상이었음을 이제야 알게 되다니. 단순히 가벼운 바이러스성 기침이 아니라는 걸 기침 소리로 얼마쯤 감지했었는데.

시 안에서 마차는 서서히 이동한다. 당신 몸에 슬금슬금 느릿느릿 은밀하게 다가오는 질병을 암시하듯. 첫머리에 적힌 시어들은 전한다. 우리는 스스로 우리 삶을 지배하고 있다고, 우리가 죽음을 위해 멈출 수 있다고 생각하고 싶어 하지만, 사실은 죽음이 우리를 멈춰 세우는 것임을.

오빠 존의 전화를 받았다. 오빠가 나에게 전화를 걸기는 몇 년 만에 처음이었다.

"엄마가…… 암에 걸렸어." 존이 말했다. 너무 높아서 쾌활하게 들릴 지경인 그의 목소리는 고통을 감추려는 위장이었다.

"알아."

나도 최근에야 사실을 알게 된 척했다. 엄마는 얼마 전 온 가족이 모인 생일 식사 자리를 망치고 싶지 않아서 아들들에게 말하기를 미뤄왔다. 밥을 먹으면서 내가 연신 엄마에게 불안한 눈길을 쏘아 보낸 것도, 엄마가 내게 걱정 말라는 미소로 응답한 것도, 나는 줄곧 의식하고 있었다. 균열이 느껴지는 저녁 식사였다. 오빠와 남동생은 내가 엄마의 총애를 받는다고 생각했다. 우리 가족은 세 부류로 나뉘었다. 나와 엄마, 오빠와 남동생 그리고 자기 안의 고립에 갇힌 아버지. 내키지 않지만 이제 우리는 다시 하나로 묶였다. 친구가 경고한 대로, 가족 중에 한 사람이 암에 걸리면 모두가 암에 걸리게 된다.

"그래서 엄마에게 유기농 식품을 드시게 해야 할 것 같아." 내가 존에게 말했다. 그는 해답을 원했고, 대대적인 구글 검색 끝에 내가 찾아낸 답이라곤 이것뿐이었다. "유기농 곡물에는 보통 곡물보다 60퍼센트 더 많은 항산화물질이 들어 있어." 내가 앵무새처럼 되풀이했다.

"그래, 좋은 생각이다." 존이 숨도 쉬지 않고 대답했다. "유기농 식품. 알겠어."

곧이어 엄마에게서 전화가 오고, 소식을 들은 스테판이 새 휴렛팩커드 프린터와 커다란 초콜릿 상자를 들고 엄마네 집 앞에 나타났다는 얘기를 들었다. 그새 존은 벌써 셀프 집수리와 마당 정리를 하기 시작했단다. 우리는 감정 표현을 잘하는 가족이 아니었다. 그러니 지금 저마다 헌신적인 행동으로, 나는 나대로 건강에 좋은 슈퍼푸드로, 오빠는 페인트칠로, 남동생은 신용카드로 모두들 엄마에게 사랑한다는 말을 전하려 악을 쓰고 있었다.

하루는 유기농 콜리플라워를 찾아 몇 시간 동안 런던을 헤매고 다녔다. 유기농 콜리플라워가 어떤 식으로든 엄마를 고쳐주리라는 망상 따위는 없었다. 그저 나는 무력감이 들었고, 엄마가 내 건강식을 좋아하는 걸 알았기 때문이다. 인터넷이 나를 잘못 안내했다. 런던 서부에 플래닛오가닉 지점이 문을 열었다 하기에 가봤지만, 이미 폐점했는지 그 자리에 컴퓨터 판매점이 서 있었다. 그래서 멀리 굿지 스트리트 지점까지 찾아갔다. 이때쯤엔 앞서 쇼핑한 다른 유기농 식품 꾸러미를 들고 다니느라 꽤 지쳐 있었는데, 흐늘거리는 초록 잎사귀가 하얀 꽃봉오리 둘레를 펄럭펄럭 감싼 그 채소를 집어 드는 순간, 승리의 환희가 가슴에 차올랐다. 이 신성하고 맛있는 채소 안에 비타민C 일일권장량의 77퍼센트가 함유돼 있고 풍부한 섬유질과 항산화물질이 소용돌이치고 있었다. 내가 이러고 돌아다닌 날은 엄마가 새로운 진단, 그러니까 암이 엄마의 신장에서 폐로 전이됐다는 말을 들은 다음 날이었다. 한쪽 폐에만 침범했다면 수술로 제거가 가능하겠지만, 양쪽 폐에 전이된 것은 손을 쓸 수 없음을 의미했다.

16

엄마는 거실에서 공포영화를 보고 있었다. <드래그 미 투 헬 Drag Me to Hell>이라는 제목의 영화였는데, 소음만—드릴과 톱 소리를 닮은 절규와 비명만—들어도 내 몸이 움찔거렸다. 나는 보라색 일본 해초 가루를 컵에 한 숟가락 담고 물을 부었다. 듣기 론 이 안에 사람 몸에 필요한 비타민과 미네랄이 빠짐없이 들어 있다고 했다.

나는 공포영화를 싫어해서 누가 보자고 해도 거절한다. 이런 영화는 너무 극단적이고 강렬한 공포심을 불러일으켜 나를 어린 아이 상태로 환원시킨다. 내 생각에 공포영화는 제정신을 잃는 다는 게 어떤 느낌인지를 현대적으로 탐색해서 가장 충격적이고 선정적인 방식으로 극화한 결과물이다. 공포영화는 정신 건강에 대한 중세적 관념을 다시 끄집어낸다. 당시 기독교 중심의 유럽 사회는 정신이상자들에게 악령이 씌웠다고 여겼고, 혼령이 정신 이상자들 몸에서 자기 몸으로 날아올지 모른다는 생각에 사람들은 그들과의 접촉에 대해서도 미신적이었다. 공포영화들이 기발한 상상력으로 다양한 비유를 동원해 탐색하는 감정적 경험도 역시나 신경쇠약이다.

집에 들어온 커플이 삐걱거리는 문소리에 불안감을 느끼고, 목소리가 들리고, 인형에게 불길한 의미를 불어넣는다. 이 모든 게 편집적 조현병에 서서히 빠져드는 인물을 표상하고, 현실에 대한 제어력을 잃으면 어떤 느낌일지 우리 자신의 두려움을 형상화하는 것 같다. 이런 영화에 거의 빠지지 않고 등장하는 핵심적인 공포 장면이 있다. 다락방이나 지하실, 곤란한 가족들이 주로 미치광이를 가둬두었던 바로 그 장소에서 마지막에 벌어진다. 갈등의 해결은 대개 모종의 퇴마의식으로 진행된다―최종 3막에서 등장인물이 클로르프로마진Chlorpromazine 조현병 치료에 최초로 쓰인 정신안정제을 입에 털어 넣는 것보다야 이편이 더 드라마틱한 마무리겠지.

그게 아니라면? 어쩌면 엄마가 공포물을 좋아한 이유는 그것이 무엇의 반향인지 이해하고 거기서 카타르시스를 발견했기 때문인지도 모른다. 아무튼 내가 보라색 음료를 들고 갔을 때 엄마는 활짝 웃었고, 나는 불로장생의 영약처럼 음료를 내밀었다.

엄마는 한 모금 마시고 인상을 쓰고 조금 더 마시고는, 마실수록 맛이 더 나아진다며 적어도 이 음료 덕분에 머리에 윤기가 돈다고 말했다. 요즘 엄마는 에베로리무스Everolimus라는 항암제를 복용했다. 모든 폐암 환자들이 화학요법을 받지 않는다는 사실에 엄마는 한시름 놓은 것 같다. 머리털과 기력을 잃는다는 건 생각하기도 싫었을 테니까. 슈퍼푸드 위주의 새로운 건강식으로 컨디션이 한결 좋아졌다고 말하지만, 고양이 털을 쓰다듬는 엄마의 손은 앙상하고 연약해 보였다. 폐암 진단을 받은 환자들의 기대수명은 일 년에서 오 년 사이다. 인터넷에서 그렇게 읽었다.

일전에 아버지의 돌봄 코디네이터 중 한 사람이 나에게 간병인의 역할에 관한 소책자를 건네주었다. 책자에 설명된 돌봄의 방식은 정서적 지지에서부터 식사 보조 그리고 단순히 '계속 지켜보는 일'에 이르기까지 다양했다. 이 마지막 예시가 내 자신감을 엄청나게 북돋워주었다. 나는 줄곧 돌봄을 스물네 시간 쉬지 않고 돌아가는 극한의 간호 업무로 생각했다. 매일의 소소한 행동들에도 돌봄이 뿌리내릴 수 있고 이것이 차곡차곡 쌓여 결국에는 큰 도움이 된다는 사실을 그때 확실히 알았다.

엄마 집으로 다시 들어갔을 때 이런 지식이 있었더라면 좋았을 텐데. 처음 몇 달 동안 나는 좀 불만스러웠다. 북부의 친구들이 보고 싶고 나만의 공간에 있는 자유가 그리웠다. 어릴 때부터 쓰던 내 방은 좁고 답답했다. 침대 밑에 쌓인 고릿적 『나니아 연대기』는 세월의 얼룩으로 책장이 누렇게 변색돼 있었다. 이따금 나도 옷장 뒷면을 밀고 나가 눈과 마법과 아름다움과 위험이 가득한 평행 세계로 들어갈 수 있다면 좋겠다는 아이 같은 바람을 품기도 했다.

나는 목표 세우기를 즐기는 사람이었다. 활동적인 걸 좋아했다. 그런데 내가 맡은 돌봄의 임무는 막연해 보였다. 물론 할 수 있는 일들이 없진 않았다. 갈수록 엄마의 팔 힘이 약해지니 쇼핑한 물건을 들어준다든지, 엄마에게 점심을 만들어준다든지. 하지만 주로 내가 할 일은 그저 엄마 곁에 있어주는 것이었다. 그래서 어떨 땐 좀 쓸모없는 사람처럼, 마치 할 일을 충분히 하고 있지 않은 것처럼 느껴졌다. 그도 그럴 것이 정서적 지지는 실질적 도움에 비해 뭐라 단정하기가 어렵다. 정서적 지지도 실질적 도움과 똑같이, 어쩌면 그보다 더, 중요할 수 있을 텐데.

여러 달을 지내면서 돌봄의 역할에 갇힌 느낌이 들기 시작했다. 그것도 아주 교묘하게, 마치 복잡한 실험실 미로 안에 갇힌 설치류처럼 이리저리 종종거리다 용케 빠져나가는가 싶으면 벽이나 문에 탁 하고 부딪치는 느낌. 나는 자유를 잃는 것이 가장 두려웠다. 엄마는 엄마의 직장이 싫었어도 직장을 통해 엄마가 간절히 원하는 안정을 제공받았다. 엄마와 다르게 나는 취업을 할 때마다 몇 달을 못 채우고 잘렸다. 업무 대신 내 원고를 쓰다가 잘리고, 지시받는 일에 저항이 너무 심해서 잘렸다. 글을 쓸 수 있는 평화 혹은 공간이 없다는 게 가장 힘들었다. 나에게 글쓰기는 단지 밥벌이 수단이 아니었다. 글쓰기는 내 일용할 약물이었다. 열한 살 이후로 하루도 거르지 않고 글을 써왔으니, 이번이 실제로 나의 첫 휴지기라 할 수 있었다. 그러나 글쓰기는 돌봄과 썩 양립 가능한 직업이 아니다. 세상과 차단이 필요한 작업인 탓이다. 작가들은 가족에게 소홀하기로 악명이 자자하지 않은가.

가만히 앉아서 생각의 흐름을 타기 시작할 때면 엄마가 불쑥 끼어들었고, 그럼 반쯤은 엄마와 수다를 떨고 내 남은 절반은 상상의 세계에 남겨두곤 했다. 엄마는 내가 엄마 옆에, 눈에 보이는 곳에 있어주기를 원했고, 나날이 쇠퇴하는 엄마의 소소한 일상에 관여하고 공감해주기를 원했다. 나는 엄마를 실망시킬 수 없었다. 하지만 점점 폐소 공포의 음울한 안개가 집을 질게 에워쌌고, 나의 일부는 탈출구를 찾느라 이리저리 허둥댔다.

Z가 내 탈출구였다. 나는 이메일로 그에게 희소식을 알렸다. 마침내 『윌 셀프의 본질』 출간 계약이 성사됐고, 윌 셀프 본인으로부터 내 글이 마음이 들고 출간이 진행돼 기쁘다는 너그러운 편지를 받았다고 말이다. Z는 축하 인사와 함께 엄마를 향한 다정한 연민의 말을 보냈다. 나는 그 순간 우리 인연을 가슴에 소중히 품었다. 우리의 우정은 끝없는 밀당의 탱고를 넘어서서 진화하고 있었다.

며칠 뒤 아침, 계단을 내려오는 엄마의 얼굴이 슬퍼 보였다. 엄마는 방금 노아의 꿈을 꿨다고 했다. 함께 배를 타고 험난한 파도에 맞서고 있을 때, 노아가 엄마를 끌어안고 당분간 작별을 고해야 한다고 말했다. 전화기를 들고, 노아가 방금 세상을 떠났다는 그의 딸 메시지를 확인하기도 전에 이미 엄마는 이 소식을 직감하고 있었다.

연쇄적인 죽음의 도미노 같다고 생각했다. 물론 질병에는 온갖 원인이 있겠지만, 깊은 트라우마도 연관이 있다고 나는 믿는다. 노아는 가족의 가슴을 찢어놓고 암에 걸렸다. 엄마가 암에 걸린 건 노아의 암 발병과 아버지를 돌보는 중압감에 대한 반작용이었다고 나는 확신한다. 그러나 만약 불륜을 저지르지 않았더라도, 아마 노아는 어떻게든 아내와 헤어졌을 것이다. 그리고 아마 엄마는 아버지를 떠났을 것이고, 아버지는 죽었을 것이다. 아버지는 깨진 파편들로 존재하는 사람이었다. 엄마가 일을 하고 아버지와 한집에 살며 아버지가 준 반지를 손가락에 낀 하루하루가 아버지에게는 아버지의 조각들을 하나로 묶어주는 가느다란 끈이었다. 엄마가 없었다면 아버지는 산산이 부서졌을 것이고, 그것의 형태는 자살이었을 수도, 노숙자나 자포자기 상태혹은 죽음이었을 수도 있다. 기본적으로 이 상황의 과반수 지분은 죽음의 사신이 쥐고 있었다. 어느 쪽으로든 항상 승자는 그가되었을 것이다.

17

2016년 3월. 집에 들어서자마자 나는 아버지가 어디에 있는지부터 확인해야 했다. 서머필드에서 퇴원한 뒤로 일주일이 지났다. 나는 여덟 시에 기상해서 두 시간 동안 원고 작성과 편집 작업을 하러 도서관으로 향했다. 꿈결 같은 사색 안에서 머리가 빙글빙글 돌아가는 상태로 아이디어에 몰두했다. 지금은 다시 수면 위로 올라올 시간, 정신이 번쩍 들며 초조해졌다. 나는 아버지를 불러봤다. 위층으로 뛰어 올라갔다. 욕실 문이 잠겨 있었다. 콸콸 물 흐르는 소리가 들렸다.

나는 문을 쾅쾅 두들겼다. 대답이 없었다. 분명 아버지가 목욕을 하고 있을 텐데. 긴장증 상태에 빠진 게 틀림없다. 뻣뻣하게 누운 아버지의 모습이 눈앞에 그려졌다. 굳어버린 입속으로 찰랑찰랑 물이 밀려 들어오는데도 속수무책인 채로—

"아버지!" 다시 문을 두들겼다.

"목욕한다." 아버지가 대답했다.

아래층에 내려와서도 한동안 심장 박동이 진정되지 않았다. 삶이 일상의 패턴으로 되돌아가길 거부하고 있었다. 낙관과 두려움의 동시적 감각이 끊임없이 나를 괴롭혔다. 지난 여섯 달 새 아버지는 두 차례 긴장증 발작을 일으켰다. 어떻게 해야 세 번째, 네 번째, 다섯 번째 발작을 막을 수 있을까? 요전 날 아침은 주방에 들어갔더니 아버지가 아침을 먹고 있었다. 아버지는 전날 밤 아래층에 내려와서 우유를 데우다가 가운에 불이 붙은 과정을 명랑하게 이야기했다. 급히 수도꼭지 밑에 가운을 갖다 댔지만 그전에 이미 꺼멓게 눌은—불길에 타버린—진녹색 타월지 가운 귀퉁이를 나에게 보여주었다. 이제 나는 발작이 일어날 가능성이 있는 모든 시나리오를 상상했다. 혹시 한밤중에 연기 냄새를 맡고 일어났는데 주방에서 아버지가 꼿꼿한 좀비가 돼서 불길에 휩싸여 있으면 어쩌지?

레너드 울프의 글에도 모든 상황의 불확실성이 언급돼 있다. 버지니아의 병은 언제 갈라져 비를 뿌릴지 모르는 먹구름처럼 '항상 그녀의 머리 위에 드리운…… 위협적인 존재'였다. 1913년 그녀가 신경쇠약을 일으킨 뒤에 함께 떠난 콘월 여행에서 레너드는 이 질병의 내러티브가 안정과 건강이라는 마지막 장에 다

다르기를 기다리는 초조함이 '신경을 고문하는' 일임을 깨닫는다. 이런 상황에서 발생하는 스트레스다. 우리는 이야기의 마지막 장이 향상과 평화로 마무리될 거라 약속하는 동화와 영화의 스토리를 보며 자랐고, 그래서 갈등과 위기가 이런 스토리텔링을 따르리라고 생각하고 싶어 한다. 그러나 때로는 이야기의 끝이, 그 최종적인 해결이, 현재의 항시적 불안보다 훨씬 더 나쁠 수도 있다.

로드멜의 몽크스 하우스. 1941년 3월 28일 오후 한 시. 레너드는 정원에 있다. 요리사 루이가 점심 식사를 알리는 종을 울린다. 집 안으로 들어온 레너드는 거실에 들어서다가 그 소식을 듣고—그대로 멈춰 선다. 탁자 위에 편지 두 개가 놓여 있다. 하나는 레너드에게, 다른 하나는 바네사에게. 그에게 쓴 편지의 날짜는 화요일이다. 이렇게 적혀 있다.

사랑하는 레너드

내가 다시 미쳐가고 있다는 걸 확실히 느껴요. 그 끔찍한 시간을 우리가 또다시 겪지는 못할 것 같아요. 이번에는 회복이 힘들 거예요. 목소리들이 들리기 시작해서 집중을 할 수 없어요. 그래서 나는 지금 최선이라 생각되는 일을 하려고 합니다. 당신은 가능한 가장 큰 행복을 내게 주었어요. 당신은 모든 면에서 누군가가 될 수 있는 전부가 돼주었어요. 우리보다 더 행복했던 두 사람은 없었으리라 생각해요, 이 끔찍한 병이 찾아오기 전까지는. 나는 이제 더는 싸울 수가 없어요. 내가 당신 인생을 망치고 있다는 것을, 내가 없으면 당신이 일할 수 있다는 것을 알아요. 일하게 될 거예요, 내가 알아요. 이 편지조차 제대로 쓰지 못하는 게 보이지요. 글자를 읽을 수가 없어요. 내가 하고 싶은 말은 내 인생의 모든 행복이 당신 덕분이라는 것입니다. 당신은 온전히 나를 참아주고 믿을 수 없을 만큼 좋은 사람이었어요. 그 말을 해주고 싶어요. 모두가 잘 알아요. 누군가 나를 구하는 것이 가능했다면, 그건 당신이었을 거예요. 내게서 모든 것이 사라졌어도 당신의 선한 마음만은 확실히 남아 있습니다. 더 이상 내가 당신 인생을 망칠 수는 없어요.

우리보다 더 행복했던 두 사람은 없었을 거예요.

V.

우즈강을 수색하고, 목초지를 수색하고, 버지니아가 즐겨 머문 인근 유적지를 수색한다. 강둑에 남겨진 그녀의 지팡이 외에 아무것도 발견되지 않는다. 레너드는 그녀를 잃었음을 안다.

그다음 주, 레너드는 마음을 터놓는 친구 윌리 롭슨과 점심을 함께한다. 레너드의 눈이 '울음으로 붉게 충혈되어 있고 얼굴은 이루 말할 수 없을 만큼 초췌하다.' 레너드는 강바닥을 훑는 수색이 끝나기를 기다린다. 〈더 타임스〉에 사망 공지를 올린다. 조문 편지가 쇄도한다. 친구들은 지금까지 버지니아가 얼마나 행복했는지, 어떻게 그가 삼십 년 동안 그녀의 목숨을 지켜왔는지 그에게 거듭 말해준다. 레너드에게는 이런 확인이 절실하게 필요하다.

자살 이전의 몇 달 동안 버지니아에 대한 레너드의 주의력이 느슨해졌을까? 간병인 역할을 유지하는 어려움은 나도 경험으로 알고 있다. 보이지 않는 제복을 입고 클립보드를 들고 다니면서 가족의 증상을 주시한다는 느낌이 항상 따라다니니까. 시간이 경과할수록 자연히 가족의 역할로 되돌아가기 마련이다. 레너드는 〈폴리티컬 쿼터리〉의 편집자로 책임이 막중한 데다 노동당 활동과 호가스 출판사 운영까지 하느라 매우 바빠졌다. 세계대전의 발발과 나치즘 확산에 대한 고민도 뇌리를 떠나지 않았다. 전쟁은 두 사람 모두에게 그림자를 드리웠다. 식량 배급제는 혹독했고, 몽크스 하우스는 춥고 눅눅했다. 크리스탈나흐트 Kristallnacht 깨진 유리의 밤–1938년 11월 9일 나치 대원들이 독일 전역의 유대인 상점을 약탈하고 유대교 사원에 방화를 저지른 사건를 묘사한 그림, 할례 받았음을 확인하기 위해 바지 지퍼가 벌려진 채 나치 돌격대원들에게 상점 밖으로 질질 끌려 나온 한 유대인과 그를 에워싸고 비웃고 조롱하는 구경꾼들의 모습이 밤마다 레너드의 악몽 속에 나타났다. 레너드와 버지니아는 한 가지 협정을 맺었다. 만일 나치가 영국 땅에 발을 들인다면, 두 사람은 차고에 들어가 문을 잠그고 자동차 엔진을 가동시켜 독가스로 목숨을 끊기로 했다. 이들 두 사람 외에 다른 블룸즈버리 일원들도 독일군이 침공할 때 최선의 방어는 자살이라고 생각했다. 버지니아의 동생 에이드리언, 비타 색빌웨스트, 해럴드 니콜슨 같은 이들도 그렇게 각오하고 있었다.

회고록에서 레너드는 전쟁이 그들에게 끼친 영향이 역설적이었다고 말한다.

> 열대성 폭풍이나 회오리바람의 한복판에 있는 사람은 사방에서 휘몰아치는 바람과 물결의 소용돌이 가운데서도 죽음 같은 고요 속에 놓인 자기 자신을 발견한다. 로드멜에서 보낸 1940년의 그 마지막 몇 달 동안 우리는 소리도 움직임도 없는, 전쟁이라는 허리케인의 중심에 홀연히 진입한 것 같았다.

레너드에게는 버지니아의 우울증과 신경쇠약 재발이 갑작스러웠다. 그는 이 증상을 1915년의 조증 증세에 비유한다. 당시에도 어느 날 아침 잠에서 깬 버지니아가 영문 모를 말을 횡설수설하기 시작했었다. 1941년 1월 중반까지만 해도 그는 크게 불안감을 느끼지 않았다. '우울증이 난데없는 일격을 가하듯 그녀를 덮쳤다'고 그는 생각했다.

그러나 아마도 레너드가 신호를 놓쳤을 것이다. 버지니아의 일기는 1940년 말 즈음 우울증의 전조를 드러낸다. 전쟁은 그들의 생활 리듬을 바꿔놓았다. 레너드와 버지니아는 그동안 수도와 시골을 오가며 활기찬 사교 생활과 조용히 독서, 산책, 집필에 몰두하는 생활을 번갈아 해왔다. 조용한 생활이 버지니아의 병증에 종종 치료 요법 효과를 내기도 했지만, 지나친 정적은 로드멜 같은 시골에 고립됐다는 생각에 더 깊은 내향성으로 이어져 오히려 악영향을 주었다. 그들의 런던 집이 폭격 당했다. 런던에서 돌아온 버지니아는 우울감으로 낯빛이 어두웠다. 가서 보니 '내 오래된 광장이 황량한 폐허로, 깊이 베이고 해체되어 오래된 붉은 벽돌이 흰 가루에 뒤덮인, 흡사 건축업자의 작업장 같은 곳'이 되었다고 그녀는 일기에 적었다.

버지니아는 새 소설 『막간』을 집필하는 한편 회고록 원고도 조금씩 쓰고 있었다. 자료 조사를 위해 한동안 아버지와 어머니의 옛날 연애편지를 탐독했다. 과거의 트라우마가 현재로 스며들기 시작했다. 조지의 성적 학대, 어머니의 죽음, 군림하던 아버지의 기억들. 우울증이 찾아오면서 그녀는 시골 생활에 염증을 느끼고―'로드멜 생활은 정말 하잘것없다'―스스로 하찮다는 생각에 마음이 할퀴는 것 같았다. 하퍼스 출판사가 단편소설 한 편을 퇴짜 놓았다. 그녀는 당시 주치의인 옥타비아 윌버포스Octavia Wilberforce에게 『올랜도』와 로저 프라이Roger Fry 전기가 실패작이라고 털어놓았다. 그러다 3월 18일―유서를 남기기 열흘 전―흠뻑 젖은 몸으로 집에 돌아온 그녀는 당황한 얼굴로 수로에 빠졌다고 말했다. 비극적인 일이 생길까 겁이 난 레너드가 윌버포스 박사에게 그녀를 데려가 검진을 받았다. 버지니아는 안정요법rest-cure을 처방하지 말아달라고 의사에게 애원했다. 간호사들에 대한 거부반응이 격해져 자칫 정신이상 발작을 일으킬지 모른다는 두려움에 레너드는 간호사를 고용하기도 불안했다.

자서전에서 레너드가 이 진퇴양난의 상황을 어떻게 곱씹는지 읽어보면, 이것이 얼마나 힘든 결정이었는지 알 수 있다. 그는 몇 번씩 그 지독한 딜레마로 되돌아간다.

무엇보다 필요한 것은 그녀가 자신의 병을 인정하고, 이상 증세 차단에 효과적인 과감한 치료 요법을 받아들이는 일이었다. 하지만 그녀는 자포자기, 정신이상, 자살의 문턱에 서 있었다. 재앙을 모면할 길은 그녀가 그 고통스러운 상황을 수용하는 방법뿐이기에 나는 눈앞의 재앙을 직시하도록 그녀를 설득해야 했다. 그러면서도 한편으로는 잘못된 말 한마디, 일말의 압박, 심지어 진실을 언급하는 것조차 충분히 그녀를 자살의 궁지로 몰아갈 수 있음을 인지하고 있었다.

이삼일 내에 윌버포스 박사가 그들을 만나러 로드멜을 방문할 예정이었다. 그때까지는 버지니아의 상태가 나아지기를 희망하며 평소처럼 지내기로 했다. 그 시점에 그녀가 편지를 남겼다. 그리고 돌아오지 않았다.

4월 18일, 우즈 강가로 소풍 나온 청소년들이 강에 떠 있는 '통나무'를 향해 돌을 던졌다. 그렇게 버지니아의 시신이 발견됐다. 로드멜 집 뒤편에는 느릅나무 두 그루가 서 있었고, 부부는 이 나무를 레너드와 버지니아로 부르곤 했다. 레너드는 느릅나무 뿌리에 버지니아의 유해를 묻었다. 그는 이렇게 적는다.

버지니아가 집에서 나와 정원을 가로질러 오지 않을 것임을 알지만, 그래도 나는 그녀를 찾아 그쪽으로 눈길을 돌린다. 버지니아가 익사한 것임을 알지만, 그래도 나는 그녀가 문으로 들어오는 소리에 귀를 기울인다. 이것이 마지막 페이지임을 알지만, 그래도 나는 책장을 넘긴다.

레너드의 마지막 갈등은 사랑과 책임 사이에 끼인 간병인으로서의 갈등이었다. 마거릿 르웰린 데이비스에게 보낸 편지에서 그는 간호사를 부를 수도 있었다고 되새기며 덧붙인다.

그렇게 했어야 했는데, 아무래도 그렇게 하지 않은 건 제 잘못이겠지요. 제가 틀렸음이 증명되었지만, 다시 돌아가도 똑같이 하리라는 걸 저는 압니다. 어느 쪽이 더 큰 해를 입힐지 판단을 내려야 했습니다. 제 고집대로 할 것인지, 이럴 경우 즉시 발작과 자살 기도로 이어질 것을 알면서도 말이지요, 그게 아니면 위험을 감수하고 마지막 증상의 발현을 막기 위해 노력할 것인지.

아마 레너드는 수년간 통제력을 행사해야 했던 생활에 지치기도 했을 것이다. 마음 깊숙이 버지니아를 사랑하기에 환자로서가 아니라 아내로 그녀를 대하고 싶었을 것이다.

버지니아의 자살에 관해 읽다가 눈시울이 뜨거워졌다. 만약 긴장증으로 아버지를 잃었다면, 어떤 치명적인 순간에 그 증상이 찾아왔다면, 비록 아버지 힘으로 어쩌지 못하는 상황임을 알았더라도 여전히 내게는 얼마쯤은 사고로, 그리고 얼마쯤은 자살로 느껴졌을 것이다. 내 안에 슬프게 울리는 서머필드 간호사의 그 말. 지금 **환자분은 정말로 살아 있는 걸 원치 않아요.** 이건 의학적 소견이 아니라 간호사의 직관이었지만, 나는 이 말이 진실이라고 느꼈다. 아버지의 긴장증에 심리적 요인이 있다면—틀림없이 있다고 확신이 든다면—나로서는 아버지를 행복하게 해줄 필요가 있었다. 하지만 어떻게? '나는 기분이란 게 없어'라고 아버지는 내게 단호하게 말했었다. 마치 행복은 당치도 않다는 듯이.

흰 상자에 담긴 진공 포장된 알약들, 나는 이제 매일 약통을 점검해 새것 그대로인 동그라미들과 약을 눌러 빼서 쭈글쭈글해진 구멍들의 비율을 확인했다. 차츰 약 이름에 익숙해지고 있었다. 도합 열두 가지, 그중 상당수가 아버지의 항정신성 치료제의 부작용을 억제하는 약이었다.

나는 아버지의 식사를 챙기고, 아버지의 손가락 두들김이 빨라지고 느려지는 신호를 유심히 살폈다. 잘 주무셨는지 물어보고 아버지의 클래식음악 애호 취미를 키워가도록 격려했다. 십대 시절 내 기억 속 아버지는 수집한 클래식 테이프들을 검은색 서류가방에 보관했다. 이제 아버지는 보관함을 사고 손글씨로 본인이 소장한 곡의 목록을 만들었고, 그렇게 차곡차곡 50장이 넘는 CD를 모았다. 아버지가 가장 좋아하는 곡은 헨델의 〈메시아〉, 모차르트 교향곡들, 비발디의 〈사계〉였다. 저녁 무렵 아버지는 안락의자에 앉아 무릎에 CD플레이어를 올려놓고 음악에 도취된 표정을 지을 때가 많았다. 그 모습을 보면, 아잇적 책을 읽을 때 책이 나를 다른 나라, 다른 세상으로 데려다주던 기억이 떠올랐다. 어느 날인가 점심을 먹다가 아버지가 재미있는 이야기를 해줬다. 이십 대 때 흡연으로 아버지 머리가 꼭 담배 연기에 얼룩 든 것 마냥 이른 나이에 희끗희끗해졌다는 것이다. 내가 키들키들 웃고 아버지도 미소를 지었지만, 아버지의 믿음은 흔들리지 않았다. 그렇게 번득이는 아버지의 독특함이 참 좋았다.

아버지가 집에 돌아온 지 일주일 뒤, 우리는 정식 퇴원을 놓고 담당 의료진의 최종 승인을 받기 위해 다시 서머필드를 방문했다. 미팅은 따뜻하고 친절하고 긍정적이었다. 의료진은 아버지에게 하루 한 번 완하제를 (가루를 물에 풀면 거품이 일면서 과일향 음료가 된다) 꼭 드시게 하라고 말했다. 그들은 아버지의 섬망을 초래한 원인이 혹시 변비가 아니었을까 여전히 의심했다. 그 '혹시'라는 말이 자꾸 걸렸다. 아마 나도 레너드 울프처럼 내 힘으로 상황을 통제하고 싶었겠지. 과거가 되풀이되는 걸 견딜 수 없었지만, 내가 할 수 있는 일은 그저 매일 아버지 손에 완하제 한 봉을 쥐여드리는 것이 고작이었다. 특별히 강력한 무기라고 생각되진 않았다.

언젠가 런던에서 집으로 오는 기차 안에서 갑자기 오싹한 기분에 홱 고개를 돌려 낯선 사람을 노려보았다. 상대가 화들짝 놀랐고, 나는 고개를 저으며 사과했다. 그 사람이 자기 앞쪽 플라스틱 받침대를 손가락으로 두드리는 소음이 나의 패닉 반응을 끄집어낸 것이다. 지금은 아버지의 손가락이 잠잠하지만, 아버지 손가락이 떨린다는 생각만 해도 몸이 오싹해졌다. 집에 돌아와 보니, 지연됐던 아버지의 동맥류 수술 일자 안내장이 도착해 있었다.

몇 주 내내 다모클레스의 검Damoclean sword 말총 한 올에 매달린 칼 아래 앉아 있듯 절박하고 위태로운 상황에 대한 비유이 우리 머리 위에 매달린 것처럼 신경이 곤두섰다. 그러다 하루 스물네 시간 매일 같이 경계 태세를 유지할 수 없다는 사실을 받아들이면서 두려움이 서서히 물러갔다. 내가 할 수 있는 일은 많지 않았다. 그저 위험신호를 주의 깊게 살피면서 적시에 그곳에 있기만을 바랄 뿐—미지의 것으로 남겨둬야 하는 '만약'이라는 가정들이 너무 많았다.

18

2011년 5월. 엄마의 첫 진단으로부터 7개월이 흘렀을 즈음, 우리 관계에 전환점이 찾아왔다. 엄마가 주방으로 나를 부르더니, 사납게 인상을 찌푸린 채 조리대 상판을 가리키며 말했다.

"부스러기!"

빵을 자른 뒤에 부스러기 치우는 걸 깜박했다. 이게 내 평소 모습이었다. 나는 습관적으로 잘 어지르고, 우리 가족 중에서 가장 가정적이지 못한 인물로 꼽혔다. 평상시 엄마라면 애정을 담아 한마디 하고 말았을 텐데, 대수롭지 않은 일에 왜 그렇게 유난한 트집인지 이해가 되지 않았다. 머릿속에서 조그맣게 반박하는 소리가 들렸다. '그래도 내 생활을 희생해가며 아끼는 내 집,

정든 도시를 두고 여기까지 내려와 엄마를 위해 음식을 만들고 매일 엄마를 보살피는데, 지금 엄마가 나한테 잔소리를 한다 이거지.'

하지만 엄마의 신경질은 계속됐다. 엄마는 내가 마지막 남은 파스타를 다 써버리고 새로 사다두지 않았다고 화를 냈다. 진공청소기를 콘센트에 꽂아 옆방까지 끌고 가는 바람에 전깃줄이 팽팽해졌다고 화를 냈다. 그리고 하루 한 번 청소기를 돌려서는 고양이 털을 다 치우지 못한다며 필요하면 두 번, 세 번, 네 번씩 청소기를 돌려야 한다고 엄포를 놓았다. 엄마는 평생 고양이를 예뻐한 사람이고, 이전에는 한 번도 이런 일로 짜증 내지 않았다. 엄마의 짜증 폭발에 마음이 상해서 나는 대꾸할 엄두조차 나지 않았다. 마치 무엇에 홀린 사람을 보듯 당황스럽게 엄마를 노려보며 진짜 우리 엄마는 어디로 가버렸을까 의아해할 뿐이었다. 엄마 마음을 달래보려고 종종 작은 선물을 건네봐도, 엄마는 찌푸린 얼굴로 마뜩잖게 쳐다보기만 했다.

엄마의 친구들이 집에 찾아올 때면 내 속상함은 가중되었다. 그런 날은 엄마가 예전 모습으로 되돌아갔다. 거실에서 엄마와 손님들이 차를 마시며 나누는 수다가 들려오곤 했는데, 기분이 밝아진 엄마가 온화하게 웃으며 농담을 했다. 예전에 나는 엄마가 가장 예뻐하는 자식이었지만, 이제는 엄마의 심술과 변덕을 감내해야 하는 유일한 사람이었다. 이후에 아버지의 간병인이 됨으로써 아버지와 나 사이에 친밀감이 생겨났다면, 엄마의 간병인이 됨으로써 엄마와 나 사이는 거리가 벌어졌다.

어느 날 밤, 우리는 TV 앞에 앉아 〈리틀 브리튼Little Britain〉을 보고 있었다. 추레한 카디건 차림의 데이비드 월리엄스가 휠체어에 탄 매트 루카스를 밀어주면서 돌보는 사람과 돌봄 받는 사람으로 등장했다. 매트 루카스가 연기하는 앤디 핍킨이라는 인물은 간병인에게 황당무계한 요구와 요청을 (오페라 관람, 헬싱키 방문 등) 해놓고 막상 들어주면 따분하고 맥 빠진 반응을 보인다.

"별로네."

전에는 볼 때마다 이 코믹한 일상이 턱없이 웃기다고 생각했지만, 이제는 그 안에서 너무 많은 진실이 보여 입술을 꾹 깨물 수밖에 없었다. 간병인이 된다는 건 때로는 감정의 샌드백 신세가 된다는 뜻이기도 하다. 아픈 당사자가 아니라 그가 앓고 있는 병이 말을 할 때가 많다는 사실을 간병인 스스로 상기해야 한다.

사랑하는 사람이 병을 겪으며 달라지는 모습을, 육체의 훼손으로 성격이 뒤틀리는 과정을 지켜보기란 나처럼 육체를 등한시하고 정신에 집중하는 경향이 있는 사람으로서는 특히나 당혹스러운 일이다. 나는 요리를 할 때도 괜찮은 책 구상에 정신이 팔려 음식을 태우기 일쑤고, 종일 머리에 빗질도 하지 않았음을 뒤늦게 깨닫고 지나가는 날도 더러 있다. 내 작품의 등장인물을 구상할 때 실존 인물들의 특징을 뽑아와 거기에 결함, 바람, 두려움, 기호 등의 색조를 혼합하는데, 이때도 질병을 매개로 인물을 형상화하는 경우는 거의 없다. 1926년 에세이 「병듦에 관하여On

Being Ill」에서 버지니아 울프도 이 문제를 고찰하길, 질병이 사랑, 다툼, 질투와 나란히 주요 테마로 인정받아 마땅한데 '문학은 정신이 문학의 관심사이고 육체는 영혼이 명징하게 들여다보이는 판유리라는 주장에 온 힘을 쏟는다'고 말한다.

하지만 이건 단지 엄마의 병이 구사하는 복화술이 아니었다. 내 생각이 틀렸다. 분한 건 엄마 **자신**임을 나는 깨달았다. 엄마의 인정 많음, 친절함, 다정함—이런 자질들이 그저 번드르르한 겉모습은 아니었다. 엄마 본심의 진실한 투영이었다. 그러나 엄마가 욕망을 송두리째 밟아 누르며 좌절감을 속으로 삼켜야 했던 세월이 일 년씩, 십 년씩 겹겹이 쌓여갔다. 어렵게 몇 과목의 A 레벨을 통과하고도 학위 과정을 중도 포기해야 했던 건 일과 돌봄의 요구에 지쳐 끝까지 공부할 여력이 없었기 때문이다. 그래도 언젠가는 삶을 즐길 날이 찾아오려니 믿으며 기다렸는데 이제 너무 늦어버렸다. 은퇴도, 여행도, 학위도, 수십 년의 희생 끝에 누리는 휴식도 오지 않게 됐다. 인생은 정의의 저울이라는 원칙대로 작동하지 않았다. 엄마가 분개하는 것도 당연했다.

이러면 엄마가 행복해하겠지, 나는 생각했다. 엄마는 신장 제거 수술을 받느라 입원 중이었다. 암 병변으로 양쪽 폐가 이미 심하게 손상되어서 수술로도 치유가 힘들었다. 덩굴옻나무처럼 엄마의 장기에 매달리고 파고드는 암세포들이 눈앞에 그려졌다. 그렇더라도 수술로 조금 더 시간을 벌 수 있을 것이다. 아버지와 나는 엄마 방에서 물건을 전부 끄집어냈다. 책들도 밖으로 꺼냈다. 나사를 풀어 엄마 침대를 분해했다. 둘이 끙끙대며 매트리스를 간신히 문밖으로 밀고 나왔다. 엄마가 집에 돌아오면, 지금 바닥을 덮고 있는 낡은 양탄자 대신 새 양탄자가 깔린 개조된 방을 보게 되리라.

우리는 병원으로 엄마를 만나러 갔다. 그러자면 지하철을 타야 하는데, 이건 아버지가 지난 십 년 동안 대략 두 번 해본 일이었다. 승차권을 사면서 아버지는 불안해 보였다. 엄마의 투병 기간 내내 아버지는 늘 그렇듯 말이 없었다. 나는 내 참담함에 사로잡혀 아버지의 이런 반응이 무엇을 의미하는지 차분히 생각하지 못했다. 우리 등 뒤로 지하철 출입문이 휙 닫혔다. 사람들에게 떠밀려 객차 안쪽으로 움직일 수밖에 없었다.

"아얏!"

나이 지긋한 여성이 비명을 질렀다.

"아버지!"

나도 외쳤다. 잊어버리고 지하철 기둥을 붙잡지 않고 서 있던 아버지가 그만 은발을 곱게 매만진 모피코트 차림의 부인 위로 넘어지고 말았다. 부인은 폭행을 당했다고 생각하는 것 같았다. 잠깐 동안 아버지는 부인을 깔고 누워 팔다리를 허우적댔다. 내가 간신히 아버지의 몸을 다시 일으켜 세웠다.

"정말 죄송해요."

내가 부인에게 말했다.

"일부러 그런 게 아니고요, 아픈 분이라서요."

어색한 공기가 객차 안을 불편하게 떠다녔다. 고맙게도 누군가 일어서더니 아버지에게 자리를 양보했다. 자리에 앉은 아버지는 겁먹은 소년 같은 얼굴을 하고 있었다. 나는 거듭 미안하다고 말하고는—스트레스가 극심할 때 나타나는 고약한 습관대로—소리 내서 웃기 시작했다. 흉부에서 히스테리성 거품이 연신 뽀글뽀글 올라와 지하철을 타고 가는 동안 억지로 입을 일자로 붙이고 있어야만 했다. 지하철에서 내렸을 때에야 킥킥 웃음을 터뜨렸다. 우리는 다시 사회의 왕따였다. 어릴 때 병이 난 아버지가 알몸으로 돌아다니던 그 시절 우리가 그랬던 것처럼. 웃음은 방어이자 방패였고, '다들 우리가 미쳤다고 생각하지만 그러거나 말거나' 하는 표현이었다.

병원에서 돌아온 엄마는 훨씬 더 여위고 쇠약해져 있었다. 나는 엄마를 위층으로 모시고 올라가 새 양탄자를 보여드렸다. 아름다웠다. 반들반들한 감청색에 도톰해서 밟으면 폭신했다.

"괜찮네."

엄마가 애매한 어투로 말하고는 쉬려고 침대에 몸을 뉘었다.

19

그해 7월, 나는 휴가를 떠나기로 결심했다. 지금 돌아보면, 시간이 얼마 남지 않은 시점에 엄마와 일주일을 떨어져 지내다니 생각만 해도 마음이 불편하다. 크리스토퍼 볼라스의 『태양이 폭발할 때』에 소개된 일화가 내게 울림을 준다. 1960년대 후반 볼라스가 자폐증과 조현병을 앓는 어린이들을 보살필 때의 이야기다. 볼라스는 중대한 비극적 사건들—케네디와 마틴 루터 킹의 암살 같은—이 일어나면 아이들이 어떻게 그런 사건이 자기들 책임이라는 생각 때문에 불안에 시달리는지 들려준다(나는 이것이 아이들의 편집증 때문인지 아니면 사회가 이미 이 아이들을 희생양으로 교육하고 있었기 때문인지 궁금했다). 평소라면 현실을 견딜 만하게 해주는 환상으로 충격을 완화했을 텐데 아이들이 그렇게 하지 못했다는 사실에 볼라스는 주목한다. 아이들은 그런 비극이 일어난 이유가 무엇인지 교사에게 물었고, '우리는 담장 바깥에 놓인 이른바 정상 세계의 광기에 대해 합리적인 대답을 제시하지 못하는 무력감을 느낄 때가 많았다…….' 볼라스는 이렇게 결론짓는다. '정상적인 상태는 주로 부정否定을 수용하는 능력에 좌우된다. 이 세상에서 살아가기 위해 우리는 현실을 부정해야 한다.' 이 아이들과 함께 일하는 것이 힘들고 괴로워진 이유는 아이들의 상태 때문이 아니라 '우리가 자기 마음의 평화를 유지하는 데 꼭 필요한 방어막을 아이들이 해체해버리기 때문이었다.'

픽션이 논픽션보다 더 큰 진실을 말해주기도 하지만, 스토리텔링은 현실에 대항하는 무기로도 활용될 수 있다. 우리 내면에서 자동 생성되는 가짜뉴스들처럼. 그래서 지구 온난화라는 더디지만 무서운 사태를 피할 수 없는 것이다. 우리는 더 큰 그림을 보지 못하도록 설계되어 있고, 그게 우리가 하루하루 생존하는 방식이다. 온라인 검색 정보는 엄마의 여명이 일 년에서 오 년 사이라 했는데, 내 머리는 이것을 오 년으로 이해했고, 아마 오 년은 칠 년까지 연장될 테고, 게다가 엄마는 젊고 건강해 보이니까 틀림없이 십 년은 더 사시겠거니 생각했다. 최소한으로 잡아서. 나는 거의 매일 이 근거 없는 믿음이 옳다고 믿었다. 그러지 않고는 엄마 옆에서 음식을 하고 장을 보고 밥을 먹을 수 없었다. 그러나 이따금 잔인한 진실이 현실을 뚫고 들어왔다—아니면 잔인한 진실의 작은 조각을 내가 현실로 들여놓기도.

어디로 휴가를 갈지 조언을 구하려고 Z에게 이메일을 보냈다. 이국적인 장소들을 거론했지만, 마지막에는 스위스로 정할 수밖에 없었다. 거기서 호텔을 운영하는 친구들을 알았다. 다른 곳은 갈 형편이 아니고, 아무리 싸게 가는 여행이라도 좀 대책 없어 보이긴 했지만, 어쨌거나 예약을 했다.

스위스는 엄마와 여러 번 다녀온 여행지였다. 친절한 스태프, 정시 운행된 열차들, 양옆에 소나무가 늘어선 구불구불한 산길에서 자신 있게 커브를 돌던 버스에도 불구하고 이번 여정이 내 경험을 통틀어 가장 괴로웠다. 나 혼자라는 사실이 자꾸 머리를 강타했다. 비행기에서 낯선 사람 옆에 혼자 앉은 나, 옆에서 웃으며 열량이 높다고 투덜대는 엄마 없이 혼자서 크림 케이크를 고르는 나. 이런 생각이 들었다. **엄마가 떠나고 나면, 누가 엄마처럼 깊이 나를 사랑해줄까? 내가 만난 어떤 남자도, 어떤 친구도 그러지 못한다.**

친구들이 운영하는 호텔에서 추크호가 내려다보였다. 방의 전망이—파란 호수, 물 위로 부드럽게 드리운 안개, 산의 탄식과 그 비탈들—비현실적일 만큼 아름다웠다. 창밖으로 손을 뻗으면 유성물감과 캔버스가 만져질 거라고 반쯤 확신할 만큼. 낮잠을 자려고 누우니 근처를 어슬렁거리는 염소들 소리, 어린 시절 꿈에서 들어본 듯한 딸랑딸랑 방울 소리가 들려왔다. 간병의 무게에서 벗어나기를 무엇보다 간절히 원했었는데, 지금은 그저 집에 돌아가고 싶은 마음뿐이었다. 엄마와 문자를 주고받았다. 나는 엄마가 상상으로라도 이 여행을 함께 할 수 있도록 여행에 대해 시시콜콜 다 엄마에게 이야기했다. 역설적이었다. 엄마로부터, 엄마의 암과 그것이 부리는 변덕의 혼란으로부터 멀리 떠나온 지금, 다시 엄마와 가까워진 느낌이 들었다.

식사 시간에는 따뜻하게 나를 반겨준 친구들과 같이 어울렸다. 투숙객들의 국적이 놀랄 만큼 다양했고, 그래서 수많은 언어와 관습과 일화의 토막들을 들었다. 한 남자가 유독 눈에 띄었다. 키가 아주 크고 호리호리한 몸에, 검은 머리와 서글서글한 얼굴에서 대니얼 데이 루이스 같은 매력을 풍겼다. 이름은 안토니오이고 일주일 동안 머무른다고 했다. 어느 날 점심 식사 테이블에서 그가 맞은편에 앉았다. 우리는 대화를 많이 나누며 아주 천천히 음식을 먹었다. 그가 스페인 사람이고 사십 대라는 사실을 알게 됐다. 우리의 점심은 길게 이어졌다.

밖으로 나와 바라본 호수는 더없이 순수한 행복을 표현하는 빛깔을 띠고 있었다. 우리는 소나무 숲을 걸으며 서로에게 장난을 걸었다. 내가 그에게 스페인어를 가르쳐달라고 했더니, 그가 한숨을 내쉬고는 음절 하나하나 엄격하게 발음을 교정해주며 재미있어 했다. 우리는 산이 마주 보이는 빈터에 이르렀다. 멀찍이 줄지어 선 봉우리에 아직도 눈이 덮여 있었다. 친밀함을 뜻하는 스페인어는 '인티미다드intimidad'라는 말과 함께 그가 내 손목에 가만히 자기 손을 얹었다. 멀리 떨어진 산을 바라보며 나는 이 화창한 날에 산이 얼마나 으스스해 보이는지, 흡사 추위가 영원히 이어지는 나니아 같다고 생각했다. 상록수 밑에 산송장으로 얼어붙은 사람들의 동상이 동그랗게 입을 벌리고 소리 없는 비명을 지르는 모습이 눈앞에 그려졌다.

집에 오는 길. 자꾸 히죽히죽 웃음이 비어져 나왔다. 색상이 넘실대던 스위스를 본 뒤라 런던이 추해 보이고, 스위스의 청청한 하늘 뒤에 본 런던 하늘은 땟물의 소용돌이 같았다. 나는 돌아오게 돼서 너무나 기뻤다. 일주일의 휴가로 우리 관계는 리셋되었다. 우리는 다시 엄마와 딸로 돌아갔다.

엄마와 앉아 비스킷을 먹다가 나는 살짝 수줍게 엄마에게 말했다. 키 크고 피부색이 짙은 잘생긴 남자를 만났다고. 엄마가 눈살을 찌푸릴까 봐 걱정했는데, 엄마는 찬성의 미소를 지었다. 그에 관한 몇 가지 대략적인 정보를 엄마에게 알려주고, 나는 몽상에 잠겨 안토니오와 보낸 마지막 저녁, 그가 조용히 내 방에 찾아와 밤새 사랑을 나눈 순간들을 되새겼다. 격앙된 감정에 취해 평소 나답지 않게 무모했다. 그의 정자가 아직도 내 몸 안을 헤엄치고 있겠지. 이런 생각은 처음엔 희미한 공포감을, 그리고 나의 웃음 충동을, 그런 다음에는 다시 그의 입맞춤과 손길의 기억이 주는 쾌감을 불러일으켰다.

그때 불현듯 나에게 뭔가 말하려는 엄마의 목소리를 알아차렸다. 나는 자세를 고쳐 앉았다. 혹시 휴가를 망칠까 봐 내가 떠나 있는 동안 문자로 소식을 알리고 싶지는 않았다고 엄마가 말했다. 엄마가 복용 중인 에베로리무스 제제가 더는 듣지 않았다. 폐의 종양이 더 이상 줄어들지 않고 퍼지고 있었다. 꽃망울이 터지듯 머릿속에 만발하던 여행의 기억이 순식간에 시들어 오므라들었다. 여행은 끝이 났고, 나는 꾸던 꿈에서 깨어나 세상에서 가장 사랑하는 사람이 암으로 서서히 마멸되는 잔인한 현재로 돌아왔다.

다음 날 안토니오가 보낸 이메일을 확인했다. 우리의 로맨스가 그저 휴가지의 하룻밤에 불과했는지 나는 알고 싶었다. 영국으로 나를 만나러 올 수도 있다는 그의 제안에 가슴이 뛰었다.

엄마에게는 이제 미래가 없었고, 아무런 계획도 희망도 없었다. 엄마는 현재를 살며, 현재를 들쑤시고 후회하고 화를 내고 후회하며 지냈다. 생각해보니 나는 미래를 위해 사는 삶의 패턴을 가지고 있었다. 내가 하루를 기대하는 중심에는 언제나 내가 완성할 책과 내가 따낼 계약이 놓여 있었다. 글을 쓰지 않고 고정된 일자리가 없으니 수입은 줄어들고 내 야망은 보류되었다. 안토니오의 이메일로 내 삶은 다시 윤곽이 생겼다.

이상하게도 일보다는 사랑에 정신이 팔리는 편이 더 받아들이기 쉬웠다. 일은 자기 이익을 좇는 것이고, 사랑은 어쩌지 못하고 빠지는 탐닉이었다. 안토니오는 부족한 영어로 나에게 이메일을 쓰고, 나는 스페인어로 답장 쓰기에 도전하며 이제 내가 그의 모국어를 유창하게 구사한다고 우겼다(구글 번역기라니 그런 건 금시초문이라는 농담과 함께). 그는 깐깐할 때도 많고 나를 놀릴 때도 많았다. 이메일에 'xx'라고 쓰는 내 서명이 못 배운 사람처럼 들린다며 핀잔을 주고, 대신 '키스beso'라고 써야 한다고 주장했다. 그와 이메일을 주고받으면서 나는 한때 글쓰기를 통해 진입했던 세상으로 다시 도망치고 있다는 느낌이 들었다.

안토니오가 영국에 온 첫날 밤, 나는 기차역으로 그를 마중 나갔다. 그는 지치고 좀 얼떨떨해 보였다. 자신이 무슨 마법에 걸려서 돌집과 비탈진 들판뿐인 영국 북부의 이 조용한 마을까지 오게 됐는지 의아한 눈치였다. 나는 독채를 빌리지 않은 것이 마음에 걸렸다. 단둘만의 공간이 있으면 좋았을 텐데. 대신 친구 집의 방 하나를 어렵사리 빌려놓았고, 주말 동안 엄마 옆을 비우기로 했다. 내가 저녁을 만들어주려는데, 그가 자꾸 끼어들어 물이며 양념이며 조리 시간을 두고 잔소리를 했다. 배를 채우고 나서야 기분이 좀 나아진 듯했다. 사랑을 나눈 뒤에는 미소로 그의 눈매가 부드럽게 풀어졌다. 그가 나에게 사랑한다고 말했고, 나도 그를 사랑한다고 말했다.

다음 날에는 삼림욕을 하러 나섰다. 머리 위로 태양이 환히 빛나고 나무 위에서는 새들이 요란하게 울어댔다. 디딤대를 넘는 나를 도와주면서 그가 소리쳤다.

"당신이 지금 내 여자친구라서 너무 행복해."

나는 환상과 희열에 취해 있던 와중에도 '지금'이라는 말에 감정이 상했다. 그에게는 사귀던 여자친구가 있었다. 스위스에서 같이 보낸 첫날 밤 사랑을 나누고 나서 그가 여자친구 이야기를 꺼냈다. 엄마와 친구들에게 안토니오에 관해 얘기할 때 나는 이 사실은 슬쩍 빼놓았다. 스페인 남쪽 끄트머리 어느 외딴 시골에 그가 좀처럼 만나지도 않고 좋아하지도 않는 통통한 스페인 여성이 사는 그림을 혼자 상상했다. 내가 그의 '지금'이라면, 그 여자는 확실히 '과거'인 것이다. 함께 걷고 섹스하고 먹고 비밀을 털어놓고 각자의 과거, 예전 연애, 가족에 관한 이야기를 나누는 며칠을 보내고 휴일 마지막 날, 우리는 침대에 누워 각자 이메일을 확인하고 있었다. 뭔가 내 주의를 잡아끌었다. 내가 알아차린 것을 그도 알아차렸다. 그의 메일 수신함에 담긴 카를로타라는 여자가 보낸 메일 개수.

"아, 내 예전 여자친구야."

그가 말했다.

그 싸늘한 충격이라니. **카를로타는 거기에 있었다.** 스위스 호텔에서 그녀를 본 기억이 났다. 그녀는 호텔에서 일을 하고 있었다. 애초에 안토니오가 추크호에 간 것도 분명 그녀 때문이었을 것이다. 나는 우리가 만났던 기억을 되감아보고, 모든 장면에 그녀가 그림자처럼 서성이고 있었음을 깨달았다. 커플처럼 행동한 것은 우리 두 사람이었고, 그녀는 애매한 친구처럼 보였다.

그가 나에게 미소 짓고 내 이름을 부르고 추파를 던질 때, 그녀는 그와 함께 저녁 식사를 하고 있었다. 우리가 콘서트를 관람하던 그날 저녁 그녀는 우리 뒤편에 앉아 있었다. 문제의 마지막 밤, 내가 안토니오의 팔에 안겨 있는 동안 그녀는 내 방 바로 아래 자기 방에서 잠을 자고 있었다.

안토니오가 돌아간 뒤, 나는 집으로 돌아와 다시 엄마를 위해 음식을 만들고 엄마를 보살폈다. 우리는 극장에 자주 갔는데, 윔블던행 열차에 오를 때마다 승강장과 열차 사이 간격 때문에 진땀을 흘리는 우리를 다른 승객들이 놀란 눈으로 쳐다보곤 했다. 엄마가 출입구 손잡이를 꽉 붙들고 있는 사이 내가 엄마를 힘으로 끌어올려야 했다. 엄마의 다리는 근육이 빠져 점점 쇠약해지고, 딱 붙던 청바지가 이제는 헐렁헐렁했다. 엄마와 카페에 앉아 나는 안토니오와 행복한 시간을 보냈다고 엄마를 안심시켰지만, 다시금 카를로타의 기억과 아무것도 모르면서 눈앞에서 다른 사람의 남자친구를 훔쳐 그의 지금 여자친구가 되었다는 죄책감에 가슴이 따끔거렸다. 모두가 일련의 사건을 저마다 다르게 기억하고 그렇게 주관성의 편향을 드러내는 범죄 스토리의 한 장면 같았다.

엄마도 휴가 계획을 세우고 있었다. 나와 애플리 브리지에 가서 이삼 주 정도 지내기로 했다. 집에 오는 길에 내가 안토니오 이야기를 꺼냈다. 그가 영국에 다시 오고 싶어 하는데 그때 찾아오면 두 사람이 만날 수 있겠다고 내가 설명했다.

"그럼 좋겠네."

엄마는 이렇게 대답하고는 열차를 타고 오는 내내 침묵을 지켰다. 집에 돌아와 목욕물을 받고 거품과 수증기 속으로 도망치듯 들어가는 엄마의 얼굴에 실망이 가득해 보였다. 나는 당황해서 안절부절못하고 욕실 앞을 서성거렸다. 엄마가 나에게 버림받는다고 느꼈을까? 그렇게 보이리라곤 생각하지 못했다. 하지만 셋이 가는 여행이라면 간병인 겸 딸의 역할과 여자친구 역할 사이에서 결국 내 에너지가 분산되리라는 건 사실이었다.

문제는 내가 묵을 곳이 필요하다는 점이었다. 엄마는 숙소를 알아서 해결했지만, 나는 어디든 방을 잡을 돈이 없었다. 안토니오가 비용을 대겠다고 후하게 제안을 했다. 나로서는 낯선 시나리오였다. 나는 줄곧 독립적으로 지내왔고 한 번도 남자의 수입에 기대지 않았었다. 마음에 드는 결정인지 나도 자신이 없었다. 이제 와서 새삼 엄마에게 돈 문제를 상의한다는 건 너무 상스럽고 저열하게 느껴졌다─그다음엔 어쩌려고? 내가 돈을 벌기로 작정하면 엄마에게 소홀해질 테고, 그러면 엄마를 훨씬 더 속상하게 만들 뿐이다. 엄마가 아프지 않고 건강한 상태였다면 아마 대번에 내 문제를 간파했을 것이다. 지금 그걸 알아차리기에는 엄마는 너무 아프고 생존의 싸움에서 잃은 것이 너무 많았다.

엄마와 내가 애플리 브리지에 도착한 다음 날, 안토니오가 합류했다. 셋이 깍듯이 예의를 지켜가며 뻣뻣한 분위기에서 점심을 먹었다.

그의 컴퓨터에 이메일들이 와 있었다. 우리 연애가 하나의 내러티브라면 그의 메일 수신함에는 은밀한 서브플롯이 짜인 또 다른 내러티브가 담겨 있는 것 같았다. 노르웨이 여자가 보낸 이메일에 관해서 안토니오는 이미 해명했다. 일 년 전 잠깐 사귀다 헤어진 뒤 간간이 연락하는 사이라고. 그는 기꺼이 메일을 보여줬다. 밀당하는 척 실은 그가 그녀를 유혹하고 있다고 내가 지적했다. 그는 깜짝 놀라는 표정이었다. 마치 한 번도 이 관계를 돌아보지 않은 것처럼, 상대 여성의 관심을 즐기면서도 그녀의 기대에 관해선 생각해보지 않은 것처럼. 그의 '전 여친' 카를로타가 보낸 메일은 훨씬 더 많았다. 어느 날 안토니오가 조깅하러 나간 사이 나는 용서받지 못할 짓을 저질렀다. 그의 이메일을 읽은 것이다. 나는 구절들을 계속 복사하고 붙여가며 구글 번역기를 돌려야 했다. 그렇게 감춰진 진짜 내러티브의 조각이 맞춰질수록 점점 지독한 불쾌감이 엄습했다.

나는 짐짓 대담한 미소를 띠고 엄마를 보러 갔다. 엄마는 오랜만에 친구들을 만나느라 행복해 보였다. 나와 우연히 마주친 엄마 친구 한 분은 경탄을 감추지 못했다.

"너희 엄마는 너무 침착하구나, 그런 상황에 놓여 있는데도……."

나는 이런 태도를 어떻게 이해해야 할지, 침착함이 순전한 겉모습인지 아니면 마음 한편에서는 엄마가 수용에 도달한 것인지 확신이 서지 않았다. 어느 쪽이건 엄마는 더 이상 내 앞에서는 전혀 침착하지 않았다. 혹시 엄마가 침착했다면 오히려 불안했을지 모른다. 그건 너무 『스텝포드 와이프Stepford wife』아이라 레빈Ira Levin의 소설이자 영화로도 제작된 작품. 지고지순한 아내들이 알고 보니 맞춤형 로봇이었다는 설정이다 같을 테니까. 엄마는 화가 나 있었다. 오렌지주스를 샀는데 제조업자들이 뚜껑을 너무 단단히 잠가놨다는 이유였다. 엄마에게 병을 받아 쉽게 뚜껑을 열어주면서 좀 당황스러웠다. 엄마의 가늘디가는 손목에 눈길이 갔다. 엄마에게는 모든 게 힘들었다. 문은 무겁고 가방은 납덩어리 같고 병뚜껑은 말을 듣지 않았다. 세상이 커다란 장애물 코스로 변해가고 있었다. 나는 엄마에게 안토니오를 어떻게 생각하는지 물어봤다.

"썩 괜찮아 보인다."

엄마가 대답했다.

"그렇지, 썩 괜찮아."

나도 수긍했다.

그날 저녁, 나는 안토니오에게 정식으로 따졌다. 내 **직감으로는** 그의 스페인 여자친구가 과거형이 아니라 현재진행형인 것 같다고 말했다. 안토니오는 사실을 털어놓게 되어 후련해 보였다. 실은 그 여성과 깨끗이 헤어진 건 아니라고 고백했다. 두 사람에게 골치 아픈 연애사가 있는 것 같았다. 서로 만나는 동안에도 다른 사람들과 관계를 갖는 일이 잦았다. 그리고 가을에는 둘이 남미 여행을 떠날 계획이라고 털어놓았다.

"그러니까 여자친구가 둘인 거네."

내가 말했다.

"전에도 둘인 적 있었지."

그가 빙긋 웃으며 말했다.

"그때 보니까 꽤 잘 유지되던데."

20

우리는 프랑스에 와 있고, 안토니오는 저기압이었다. 발르레
아스 인근 마을의 자갈 깔린 예쁜 거리를 한참 걸어 다녔다. 안
토니오는 내가 먹고 난 배 쪼가리를 던져 넣은 쓰레기통을 들여
다보고 있었다. 그가 보기엔 배 꼭지에 붙은 과육을 그렇게 많이
남긴 것이 졸렬한 짓이고 자기는 꿈도 꾸지 못할 죄악이라서 나
를 용서하려면 시간이 좀 걸릴 모양이었다. 과육을 버린 죄목 외
에 그는 다른 불만도 늘어놓았다. 그의 또 다른 여자친구에 대해
내가 지나치게 구시렁댄다고, 내 긴 머리카락이 짜증 난다고 (침
대 시트며 욕조 안에서 머리카락이 자꾸 발견된다고), 내 가슴이 너무
작다고, 내가 그에게 키스를 너무 많이 한다고 불만이었다. 나는

다정하게 애정 어린 키스를 퍼붓다가 다음 순간 발끈해서 그의 여자친구가 **두 名**이라는 사실과 이게 얼마나 어처구니없는 상황인지에 관해 비아냥거리기를 반복했다. 내가 어떻게 하든 그의 태도는 더 잔인해지고 더 독해질 뿐이었다.

저 사람 지금 피곤하군, 나는 속으로 말했다. 그의 눈이 움푹 꺼지고 얼굴은 수척해 보였다. 그는 친구가 맡긴 업무차 이곳에 내려와 있었다. 마지막 날 밤 우리는 타닥거리는 벌레들 소리에 둘러싸여 별빛 아래 침낭에서 야영을 했다. 안토니오가 되풀이되는 악몽에 시달린다고 말해준 것이 떠올랐다. 다시 학생으로 돌아가 시험을 치느라 진땀을 흘리고 낙제할까 봐 벌벌 떨었다는 그 꿈. 그의 소년 시절을 상상하면, 내 파란 눈과 그의 검은 머리칼을 물려받은 둘의 아이가 미래의 한 장면으로 여전히 눈앞에 그려졌다. 우리가 여태 피임을 하지 않고 있었던 것도 어처구니없는 상상에 일조했다.

다음 날 우리는 발르레아스에서 마르세유까지 회사 물품을 운반하기 위해 밴을 대여해 출발했다. 작열하는 태양이 차창을 뚫고 들어와 내 관자놀이마저 뚫을 기세였다. 선글라스를 끼고 이마에 카디건을 둘러봐도 몸속이 표백되는 느낌이 진정되지 않았다. 도롯가에 차를 잠깐 세워달라고 부탁했지만 거부당했다. 결국 비닐봉지를 사용할 수밖에 없었다. 구토로 잠시 속이 가라앉나 싶더니 이내 다시 위장이 뒤틀렸다. 출발하기 직전에 그가 마시라고 건네준 라벤더 음료가 떠올랐지만, 그건 몸에 좋으라고 마시는 건강 음료였다. 아니면 이 멀미는 감정이 일으킨 반응이었을까? 우리 로맨스가 사랑의 맹세에서 다자연애의 지옥으로 추락한 데 따르는 지독한 고통과 충격의 표출이었을까? 집에서 내 빈자리를 그리워하는 엄마로부터 수백 마일이나 떨어진 곳에서 나를 적대시하는 남자와 이 덥고 숨 막히는 밴에 갇혀 있다니, 엄마와 마지막 일분일초를 함께 보낼 시간에 어떻게 여기 와 있을 수 있지?

나는 다시 구토를 했다. 하고 또 했다. 이제는 비닐봉지도 다 떨어졌다. 이미 쓴 비닐봉지들은 마치 도축해서 포장해 놓은 동물처럼 발치에 놓여 있었다. 안토니오가 도로변에 차를 세웠다. 나는 구토로 풀밭 벌레들을 익사시키고 꽃들을 망가뜨린 뒤 쓰레기통을 찾아 비닐봉지들을 버렸다. 그러는 동안 안토니오는 어지간히 혐오가 실린 눈으로 지켜보기만 했다. 호텔에 도착해 그에게 이토록 불쾌하게 행동하는 이유를 물었다. 그는 '복수'하는 거라고 대답했다. 과거 실패한 결혼까지 들먹이며 이제 모든 여자에게 분풀이라도 할 기세였다.

다음 날 우리 관계에서 처음으로 그가 물리적 폭력을 행사했다. 내가 범한 죄는 정확히 그가 원하는 위치에 앉기를 거부한 죄 그리고 이미 사용 중인 비누가 있는데 호텔 무료 비누를 하나 더 개봉한 죄였다. 호텔 방은 창들이 조그맣고 빛이 별로 들지 않았다. 폭행이 일어난 뒤 아무 말 없이 그 어둠침침한 감옥 안에 앉아 있었다. 그날 저녁, 런던 택시에서 내려 집 문지방을 넘어 엄마에게 선물을 건넬 수 있다는 게 얼마나 큰 위안이 되던지. 물결 속에서 춤추는 인어상이 딸린 큼직한 채색 조가비 포장을 푸르며 엄마는 알 듯 말 듯 미소를 지었다. 나는 엄마에게 차를 끓여주려고 주방으로 들어갔다. 다시는 안토니오를 만날 일 없다는 걸 알았다.

몇 주가 지나고서야 정신이 돌아왔다. **도대체 그 미친 짓이 다 뭐였을까?** 모든 게 제정신으로는 하지 못할 짓이었다. 상대보다 나 자신의 행동이 더 이해되지 않았다. 안토니오 같은 남자들은 살면서 많이 마주쳤다. 하지만 데이트를 한 적은 없었다. 마조히스트가 아니었으니까. 관심을 끌기 위해 일부러 못되게 굴거나 나를 컨트롤하려고 하거나 상처를 입히거나 분열시키려는 유형들은 항상 멀리하며 지내왔다. 나는 언제나 내가 제대로 대우받아 마땅하다고 생각했고 이런 생각에 동의하는 남자들을 선택했다.

이 만남은 내가 경험한 가장 허구적인 관계 중 하나였다. 이 연애에 내러티브를 덧씌워서, 환상과 현실이 갈라지며 벌어지는 간극을 무시하고 동화 같은 해피엔딩에 기를 쓰고 매달렸다. 길이 갑자기 울퉁불퉁 험해지면서 '길 없음'을 알리는 경고 표지판과 깎아지른 낭떠러지가 나타나는 영화의 단골 장면처럼 엄마의 죽음이 가까이 닥쳐오고 있었다. 나는 저 너머의 삶까지 이어줄 다리를 놓으려고 필사적이었다. 장례식 전야는 임신이 많이 이뤄지는 밤이다. 새로운 생명을 창조함으로써 죽음의 공포에 맞서려는 본능이랄까. 친구들이나 가족 중에도 그런 경우를 여럿 보았다. 부모가 돌아가시기 전까지 결혼과 아이에 대해 미적지근하다가 다음에 만나보면 그새 결혼을 하고 장기대출로 집을 사고 빽빽 우는 아기들에게 둘러싸여, 마냥 행복한 것까진 아니더라도 최소한 마음이 편안해 보이던 이들. 나도 따라 하려고 시도해봤는데, 아마 마음속으로는 굳이 이 길을 가고 싶다는 확신이 들지 않았던 모양이다. 그토록 그 역할에 가망이 없는 인물을 고른 걸 보면.

부모의 질병이나 죽음에 대한 반작용으로 자기 애정 생활에서 미친 짓을 저질렀다는 친구들 혹은 모르는 사람들의 스토리를 지난 수년간 직간접적으로 너무나 많이 들었다. 어머니가 불치병에 걸린 사실을 알게 된 어느 여자의 이야기를 친구가 해주었다. 여자는 사 년째 사귄 남자와 만족스러운 동거 생활을 하고 있었다―그러다 그만 끝내야겠다고 결심했다. 만약 둘이 함께 어머니를 보살피다가 어머니 죽음까지 같이 목격한다면, 이 경험으로 둘 사이에 너무나 강한 유대감이 형성될 테고 그렇게 둘의 관계가 영원히 달라질 것 같았다. 결국은 결혼까지 하게 되겠지. 그런데 여자는 이 남자가 운명의 상대라고 느껴지지 않았거나 혹은 그런 결론을 감당할 만큼 그를 깊게 사랑하지 않았다. 남자와 갈라선 여자는 어머니의 간병인이 되었고, 애정 생활이 헝클어지기 시작했다. 여자는 부적합한 남자들―중독자들, 외도 상대를 찾는 유부남들—과의 섹스를 위안으로 삼았다.

다른 친구 하나는 어머니가 돌아가신 지 보름 뒤에 런던발 노스캐롤라이나행 비행기를 예약했다. 어쩌다 온라인에서 연결된 남자와 채팅을 하다가 그 남자와 일주일을 지내기로 작정한 것이다. 이런 행동은 친구의 성격과 전혀 맞지 않았다. 본래는 엉뚱한 행동이나 모험보다는 분별 있는 결정을 선호하는 성향이었다. 이 친구에게는 견디기 힘든 슬픔의 무게를 피해 도망칠 곳이 절실히 필요했다. 만나고 보니 상대 남자는 그녀보다 훨씬 더 참담한 지경이었다. 상실의 슬픔을 겪진 않았지만 그는 사는 것 자체를 증오했다. 더 비참한 기분으로 집에 돌아올 수 있으리라곤 생각 못 했는데 실제로 그런 일이 벌어졌다고 친구는 털어놓았다. 취약해졌을 때 우리는 잘못된 선택을 하고 누군가의 먹잇감이 되기 쉽다.

어쩌면 내가 안토니오를 선택한 이유는 잘생긴 검은 머리 소년을 집에 데려와 꾸지람 듣기를 기대하던 내 십 대 시절의 성인 버전을 연기하느라 그런 것일지도 모른다. 꾸지람을 듣는다는 건 아직도 누군가 나를 보살펴준다는 의미일 테니까.

1915년 버지니아가 신경쇠약에 시달릴 당시 레너드 울프가 바람을 피웠을지 모른다고 빅토리아 글렌디닝은 추측한다. 혹시 그렇더라도 상대가 블룸즈버리그룹의 일원이었을 가능성은 매우 낮다. 버지니아가 사망할 때까지 레너드는 그룹 내에서 가장 순수한 인물이었던 것 같다. '만약 레너드가 누군가에게서 육체적 위안을 얻으려 했다면, 아마 그건 릴리_{호가스 하우스의 하녀} 같은 사람이었거나 아니면 여성협동조합의 영국 북부 순회에서 만난 여성 노동자 중 한 명이었을 것'이라고 글렌디닝은 말한다. 서섹스 출신 아가씨 릴리는 이 집에 오기 전에 사생아를 출산했고, 아기는 이후 수녀들 손에 맡겨졌다. 레너드가 회고록에서 예상보다 상당히 많은 분량을 릴리에게 할애하는 건 사실이다. 릴리를 '심리적으로 아주 흥미로운' 여성이라며 어떻게 '그녀가 누가 어떤 부탁을 하든 거절하기 힘들어 했'는지 상세히 설명한다. 어쩌면 레너드가 단지 자기 인생에서 어렵고 취약한 시기에 자기를 도와준 하녀에게 큰 애정을 느꼈을 수도 있다.

버지니아의 죽음 이후, 레너드는 트레키 파슨스Trekkie Parsons라는 화가와 다시 사랑에 빠졌다. 그녀는 샤토앤윈두스 출판사 임원인 이언 파슨스의 아내였다. 이들의 조합은 자못 흥미롭다. 레너드가 급기야 부부의 런던 집 바로 옆 주택을 구입하고, 나중에는 부부가 로드멜 가까이에 부동산을 매입하기까지 했다. 트레키는 남편과의 여행에서 돌아와 레너드와 다시 여행을 떠나곤 했다. 이언이 호가스 하우스의 동업자가 되면서 세 사람은 사업적으로도 얽히게 됐다. 그러나 치정 삼각관계는 아니었다. 그보다는 사랑과 애착과 동료애에 기반한 관계에 가까웠다. 레너드와 트레키는 연인 사이처럼 행동했지만 한 번도 잠자리를 같이 하지는 않았다. 레너드는 삶에 대한 열의와 여성을 향한 욕망이 분명한 남자였으나, 두루 이야기를 들어보면 인생에서 두 여성과 섹스 없는 일부일처 관계를 유지하며 살았다.

나는 엄마의 애인 노아 사진을 몇 장밖에 보지 못했다. 두 사람은 절대 함께 사진을 찍지 않는다는 원칙이 있어서 내가 찾은 건 똑같은 배경을 등지고 각자 서 있는 두 사람, 마치 한 장을 반으로 자른 듯한 두 장의 사진이다. 노아는 내가 기대하던 늠름한 구애자의 인상은 아니었다. 마음이 따뜻하고 점잖고 온유해 보였다. 엄마와 노아도 레너드와 트레키 같은 관계였으리라고 나는 생각했다—동료애와 정서적 다정함이 있는 그런 관계.

21

2016년 4월. 나는 식탁에 앉아 소설 작품에 편집자 주석을 달고 있었다. 그때 초인종이 울리고 타이핑하던 내 손가락이 느려졌다. 아버지가 걸어가는 소리, 현관문이 삐걱거리며 열리는 소리에 귀를 기울였다. 웅얼거리는 목소리들. 아버지가 남자와 여자에게 말하는 소리. 그들 중 한 사람이 말했다.

"지난번에 왔을 때, 선생님 사후에 일어날 일에 관해 말씀드렸죠. 다시 찾아뵙고 더 이야기 나누자고요."

(**지난번**이라고?)

"가까이에 성경을 가지고 계시는지요?"

아버지가 거실로 성경책과 돋보기를 가지러 가는 소리가 들렸다. 일요일 아침마다 동네 성당에 미사를 드리러 아홉 시에 집을 나서는 아버지 모습이 떠올랐다. 이 일과를 규칙적으로 지키셔서 다행이었다. 그나마 아버지가 단체 활동에 참여하는 드문 경우였으니까. 비록 좋아하는 자리를 잡으려고 미사가 시작되기 전에 일찍 서두르고 구석진 뒷자리에 수줍게 숨어 있는 정도이긴 하지만. 아버지는 더 이상 십 대 시절의 광신도가 아니었다. 지금은 신앙이 아버지를 안정시켜주었다.

"이제 '묵시록'을 펼치시면……."

남자 목소리가 말했다. 복도로 걸어 나가는 사이 머릿속으로 문장을 생각했다. '조현병 환자입니다…… 이런 분을 개종시키려 하는 건 적절하지 않은 것 같습니다…… 혼란을 줄 수 있어요…….' 그런데 그때 성경을 손에 들고 현관에 서서 관심과 주의를 기울여가며 낯선 사람들과 보기 드물게 접촉하는 아버지가 보였다. 미친 사람을 다락방에 가두듯 아버지에게 환자라는 꼬리표를 붙이고 문을 닫아버리는 건 잘못이라는 생각이 들었다. 그러는 한편 아버지가 여호와의 증인이 된다니, 그것도 걱정스러운 발상이었다. 문가에는 젊은 남녀가 서 있었다. 열성 전도자들이긴 해도 미소가 진실해 보이고 따뜻한 에너지가 느껴졌다.

"잠깐 아버지랑 얘기 좀 해도 될까요?"

내가 물었다.

"실은 제가 간병인이에요."

별안간 이 무서운 단어가 강한 효력을 발휘했다. 이 말은 아버지의 정체성을 한정하지 않고도 아버지가 취약한 상태임을 넌지시 드러냈다. 전도자 커플은 대번에 말뜻을 이해하고 고분고분 고개를 끄덕였다. 거실에 가서 아버지에게 소곤거렸다.

"아버지는 가톨릭 신자이고 이미 신앙이 있잖아요. 저 사람들 말 들을 필요 없어요. 그만 가라고 할까요?"

그러나 아버지는 본인은 괜찮다며 그들과 얘기를 나누고 싶다고 고집했다. 식탁에 돌아와 앉았는데, 그들이 아버지에게 디스토피아적인 성경 문구를 읽어달라고 말하는 소리가 들렸다. 아버지가 조용한 어투로, 실제로 사람은 죽으면 심판을 받고 천국이나 지옥으로 가게 된다고 그들에게 일러주었다. 전도자 커플은 이 교착상태를 받아들였다. 가기 전에 여자가 말했다.

"아까 그분이 따님이세요? 따님이 간병인이라니, 아버님을 아주 많이 사랑하시나 봐요."

나는 그들이 아버지를 조종하려 들지 모른다는 부정적인 의심을 거두지 않았지만, 그럼에도 불구하고 은근히 뿌듯했다. 간병인, 이 말에 드디어 익숙해지기 시작했다.

그러나 뿌듯함은 이내 희미해지고 억울함이 고개를 들었다. 아버지에게 긴장증의 몇 가지 위험신호가 나타나는 바람에 톰을 만나러 북부에 가려던 기대를 접어야 했다. 내 업무량도 점점 늘어났다. 톰과 내가 장난으로 키우던 가상의 반려동물 '도도'는 이제 우리가 벌이는 사업의 명칭이 되었다. 톰, 나 그리고 내 친구 알렉스 스피어스, 셋이 함께 도도 잉크Dodo Ink라는 독립출판사를 세웠다. 과거 독립출판계의 상징적 존재들로부터 어느 정도 영감을 받았다. 버지니아와 레너드 울프가 1917년에 설립한 호가스 출판사도 그중 하나였다. 본래 호가스는 버지니아가 지나치게 생각에 '골몰'하지 않고 현실에 발을 담그도록 도와주는 취미 활동으로 출발했다. 그러다가 T. S. 엘리엇의 『황무지』와 프로이트의 최초 영역본 그리고 『댈러웨이 부인』, 『올랜도』, 『등대로』 같은 울프의 명저들을 두루 펴냈다.

울프 부부가 기대했던 차분한 안정감까지 호가스 출판사가 가져다주지는 못했다. 부부의 첫 편집 조수였던 앨릭스 사전트 플로렌스는 고작 하루를 버텼다. '호가스 출판사에서 일하다가는 미쳐버린다는 우스개 소문이 친구들 사이에 자자했다'는 허마이어니 리의 논평을 읽다가 나는 웃음을 터뜨렸다. 우리도 과도한 업무량, 자금 부족 (크라우드펀딩 모금액은 인쇄와 표지 비용으로 순식간에 사라졌다), 2016년 출간 예정인 소설 세 권의 압박으로 비슷한 불안감에 시달렸다. 톰과 주고받는 이메일은 내 아버지나 톰의 딸에 관한 사적인 주제에서 계약과 표지에 관한 업무상 주제로 차츰 옮겨갔다.

아버지를 돌보는 일이 서서히 나의 일상생활에 침투하고 있었다. 의식적인 결정이었다기보다는 나도 모르는 새 슬며시 벌어진 일이었다. 간병인의 역사를 조사하다가 이 사실을 인식하고 오싹한 기분이 들었다. 연구 결과에 따르면 '돌봄은 서서히 진행되는 책임인 경우가 많아서' 여성들이 '이 역할에 옭매이는 일이 빈번하다.' 부모가 병들면 어떻게 할지 미리 가족회의로 계획을 세우는 집은 거의 없다. 처음에는 취약한 일가친지의 소소한 집안일을 여성들이 거들어주기 시작하고, 그 일이 점점 늘어나 결국은 어느 순간 여성들이 간병을 전담한다. 흔히들 가족 내에서 여성에게 돌봄을 요구하는 것은 암묵적으로 당연시하면서도 남성이 돌봄을 맡으면 대단히 훌륭한 행동이라고들 여긴다. 때로는 돌봄의 성별 불균형을 옹호하는 근거로 여성이 선천적으로 남성보다 양육과 감정이입을 잘한다는 진부한 생물학적 주장을 내세우기도 한다. 오히려 남성이 자녀를 보살필 때 테스토스테론 수치가 3분 1가량 낮아진다는 연구 결과도 있다. 돌봄을 통해 공감, 인내, 친절이 발달하는 것은 성별과 무관한 일이다. 여성들이 돌봄을 맡게 되는 건 여자아이들이 더 순응적인 태도를 갖도록 양육되기 때문일 가능성이 크다.

이렇다 보니 암울한 통계가 나온다. 영국에서 59세 여성이 돌봄 제공자가 될 확률은 50 대 50이고, 남성이 돌봄 제공자가 될 확률이 50 대 50이 되는 것은 75세일 때다. 미국에서는 여성이 돌봄 역할을 맡게 될 가능성이 남성보다 두 배 더 높다. 여성들은 복합적인 돌봄 의무로 인해 근로시간을 감축할 가능성이 남성에 비해 네 배 더 높다. 그런데 돌봄 제공자가 고령인 경우, 수치가 달라진다—85세 이상으로 올라가면 남성이 돌봄을 제공할 확률이 더 높게 나타난다. 남성들도 실제로 돌봄에 기여하고 이 역할을 잘 수행한다. 비공식 돌봄 제공자의 42퍼센트가 남성이다. 영국이 브렉시트로 향하면서 EU 출신 돌봄 노동자들이 대폭 감소하리라는 우려가 나온다. 보건부에서 배포한 한 자료에서는 '특히 여성들의 노동시장 참여 수준이 하락'하리라는 초조한 예측을 내놓았다.

실제로 영국의 돌봄 제공자 권리 운동을 확립한 인물은 메리 웹스터Mary Webster라는 여성이다. 그녀는 부모를 보살피기 위해 1954년 목사직을 사임하고, 십 년 가까이 돌봄에 헌신하고서 자신의 처지를 '가택연금' 상태에 비유하는 분노에 찬 편지를 언론사에 투고했다. 간병인들에게 더 많은 지원이 필요하다고 역설한 그녀의 주장은 비슷한 처지에 놓인 이들로부터 엄청난 호응을 얻었다. 이런 움직임이 1970년대에 도입된 간병인 수당을 비롯한 복지 지원의 기틀을 마련했다.

한 세기 전에는 플로렌스 나이팅게일이 용감한 돌봄의 아이콘으로 칭송받았다. 빅토리아시대에는 아내, 어머니, 누이, 간호사, 가정부, 가정교사의 역할로 여성을 규정했다. 사회는 여성들에게 돌봄 제공자로서 이타적인 삶을 살기를 기대했다. 가정에 감금된 생활, 신체를 구속해 이동 자체를 어렵게 만들었던 크리놀린으로 부풀린 드레스 등 여성의 삶 자체가 거대한 속박이었다. 중간계급 여성들은 교양을 제대로 갖추되 지나치게 똑똑하면 안 된다는 말을 들었다. 책을 너무 많이 읽는 여성은 이른바 여류 문인회의 일원으로 여겨져 잠재적 구혼자들이 떨어져

나가고 독신으로 남을 수 있었다. 중상위층 가정에서 태어난 나이팅게일은 억압적인 가정교육을 받으며 분개했고, 그의 뛰어난 머리는 당대 여성들의 권태로운 일상에 만족하지 못했다. 뜨개질, 낭독, 마차 나들이 같은 활동으로 낮 시간을 소일하고 밤이면 '긴장된 에너지가 누적돼 잠자리에 들 때는 이대로 미쳐가는 듯한…… 느낌을 받는다'고 그녀의 글에 적혀 있다. 이 구절이 담긴 나이팅게일의 말년 에세이 『카산드라Cassandra』는 버지니아 울프가 글쓰기라기보다 절규에 가깝게 읽힌다고 생각했을 만큼 맹렬한 문체를 보여준다. 아마도 이 글에서 중요한 영향을 받았을 에세이 『자기만의 방』에서 울프는 여성들이 창의성을 발휘하기 위해서는 공간과 돈과 시간이 필요하다고 단호히 말한다.

처음에 가족들은 간호사가 되겠다는 나이킹게일의 야심을 좌절시키지만, 그녀가 명성을 얻기 시작하면서부터 태도를 누그러뜨렸다. 나이팅게일은 궁극의 간병인—부상당한 군인들을 치료하기 위해 크림전쟁에 나간 여성, 다정하고 온화한 '램프를 든 여인'—으로 떠받들어졌다. 그녀의 공적인 페르소나는 실제 모습보다 여성다움이 훨씬 많이 부각됐다. 나이팅게일은 의료서비스 개혁에 앞장선 탁월한 운동가였고, 나이 베번Nye Bevan 영국 노동당 좌파 지도자, 영국의 국민보건의료서비스를 처음으로 입안하고 집행했다보다 수십 년 앞서 위생적인 통합 의료시스템을 확립하기 위해 싸운 인물이다. 통계의 활용과 자료의 시각화(파이도표, 그래프 등등)를 선도했으며, 나중에는 여성성을 강조한 자신의 유명세를

'구원의 천사 운운하는 허튼소리'로 일축해버리기도 했다.

그 당시에는 간병인이라는 호칭이 쓰이지 않았다. 단순히 사랑하는 형제나 부모나 친척을 위해 마땅히 요구되는 의무를 수행하는 가족 구성원일 뿐이었다. 현대사회에 와서야 그 역할에 간병인 꼬리표가 붙었다. 이것은 책임을 부과하는 방법이면서 동시에 간병인들에게 지원이 필요하다는 사실을 인정하는 길이기도 했다. 죽음에 관한 시로 나를 그토록 강하게 감응시킨 시인 에밀리 디킨슨 역시 간병인이었다. 아버지 사망 이후 디킨슨의 어머니는 뇌졸중으로 쓰러지고 고관절을 다쳐 병상에 누웠다. 에밀리는 어머니를 씻기고 먹이고 어머니에게 이야기를 들려주었다. 그녀의 여동생과 집안 하녀가 함께 어머니를 보살폈다. 그러나 셋이서 환자 한 사람을 돌보는 비율이어도 책임의 중압감은 무거웠다. 가족의 지인인 로드 판사는 집을 방문하고서 '쉴 새 없는 보살핌과 절박한 요구들로 지금의 처지가…… 얼마나 고단'하냐며, 에밀리가 그렇게 자신을 돌보지 않다가 병이 날까 염려했다. 이 돌봄의 의무는 칠 년 동안 이어졌다.

그 시대에는 더 어린 나이에 간병인 역할을 떠안게 될 가능성이 지금보다 매우 더 높았다. 현대 의학의 안전망이 부재하던 시기였고, 죽음은 훨씬 더 냉혹했다. 만약 어머니─돌봄의 여왕인─가 어떤 이유로든 돌봄 의무를 수행할 수 없으면, 집안의 다른 여성이 대신하는 것을 당연시했다. 에밀리 디킨슨은 이런 본보기를 보며 자랐을 것이다. 학교에 다니던 시절 그녀의 친구 에밀리 파울러도 어머니의 사망과 동시에 학교를 그만두었다. 열여덟 나이에 파울러는 집안을 책임지고 어머니의 자리를 대신해야 했다. 에밀리가 다른 교우에게 보낸 편지에는 두 여성의 갓 난 딸들에 관한 냉소적인 언급이 나온다. '죽지 않고 자라면, 이 애들도 사회의 장식품이 될 것이 틀림없어. 내 생각에는 두 아이 모두 미래에 쓸모 있는 배아로 여겨지는 것 같아.' 동시대 또 다른 시인 에드워드 리어Edward Lear는 자녀가 스물한 명인 집안에서 스무 번째 아이로 태어났다. 어머니는 그를 사랑할 기력이 없었고 아버지는 파산으로 고생하고 있었으므로 그는 누이 앤의 손에서 자랐고, 그림에 대한 그의 열정을 북돋운 사람도 그의 누이였다.

집안일과 집안의 이타적인 천사 역할을 해내느라 고군분투하던 여성들은 우리 엄마가 했던 것처럼—자기 자신을 쪼개는 방식으로—견딜 때가 많았다. 그들은 사회의 눈에 흡족한 여성적인 페르소나를 의식적으로 강조하고 자신의 내면 자아를 뒤로 감춰두었다. 샬럿 브론테를 예로 들어보자. 잘 알려진 대로 그녀는 열다섯 살에 시인 로버트 사우디Robert Southey에게 서신을 보내 작가가 되려는 자신의 포부에 관해 조언을 구했다. 사우디의 보수주의적인 답변에는 괄시하는 자의 훈계가 담겨 있었다. '문학은 여자의 활동 소관이 될 수 없습니다.' 샬럿은 답장에서 가정교사로서 맡은 바 일을 충실히 하고 있다고 서둘러 그를 안심시켰다. '고백건대, 저녁에는 생각을 하긴 합니다만, 절대 제 생각으로 다른 사람을 성가시게 하지 않습니다. 저의 집착이나 특이함이 겉으로 드러나는 일은 신중히 삼가고 있어요, 자칫 함께 사는 사람들이 제 취미 활동의 성격을 의심할 수 있으니까요.' 이렇게도 적었다. '여성이 이행해야 하는 모든 의무를 세심히 준수할 뿐만 아니라 그 의무에 깊은 흥미를 느끼기 위해 노력하고 있습니다. 항상 잘되는 건 아니지만요. 가끔은 가르치거나 바느질을 하는 시간에 책을 읽거나 글을 쓰고 싶어지니까요⋯⋯.' 말하자면 샬럿은 포커페이스를 유지해서 자신이 심오한 생각을 할지 모른다고―그래서 괴짜로 보이거나 심지어 정신적으로 문제가 있어 보인다고―남들이 불안해하는 상황을 방지했다. 자기 분열을 생존 전략으로 삼은 것이다.

볼라스의 글 중에 머릿속에서 계속 재생되는 구절이 있었다. 조현병은 환자를 낯선 누군가로 바꿔놓으며, '우리는 우리의 존재가 부인된다는 느낌을 받는다.' '우리의'라는 단어에서 나는 정신이 번쩍 들었다. 부재가 능동적 거부라는 역설이었다.

엄마는 명령하는 아버지와 멀어진 남편으로 인해 같은 문제를 되풀이해 경험했다. 엄마의 아버지는 닦달과 통제로 엄마의 진학을 거부했고, 엄마의 남편은 부재를 통해 의도치 않게 엄마를 간병인 자리에 앉히고 엄마의 성장과 욕망이 부정되는 삶을 살게 만들었다. 물론 내가 이제 그 역할을 맡게 된 사실에 대해 아버지로서는 어쩔 도리가 없었다. 나는 단 한 번도 아버지의 병을 이유로 아버지를 원망하지 않았다. 아버지의 한계를 받아들였다. 아버지의 지지와 칭찬이 없다고, 내 기분이나 근황을 아버지가 묻지 못한다고 해서 내가 부인당한다고 느끼지 않았다.

그러나 간병인이 됨으로써 내 자아가 한 차원으로 좁혀진 것도 사실이다. 사랑하는 사람과 함께 있어서 가장 좋은 점 중 하나는 당신의 복잡함이 허용된다는 것이다. 우리의 적들은 우리를 희화화하고, 성별 인종 계급의 구속 안에 우리를 가두며, 우리에게 모순과 복잡성을 허용하길 거부한다. 톰과 함께일 때, 나는 내가 가진 모든 색조를, 특이함과 유치함, 진지함, 박식함, 아둔함, 장난스러움, 따뜻함, 청승맞음, 조용함, 시끄러움을 그대로 드러낼 수 있었다. 간병인으로서의 나는 오직 한 가지 색조로 존재해야 했다. 그럼으로써 내 본성의 다른 빛깔들은 소거되었다.

내가 매일 아버지를 위해 할 일은 아버지와 세상 사이의 통역자가 되는 것임을, 침범하지 않으면서도 아버지에게 가능한 삶의 방식을 제안해서 아버지의 존재에 미묘한 형태를 갖춰주는 일이란 걸 차츰 배워갔다. 안녕히 주무셨느냐는 물음으로 매일 아침을 시작하고, 무슨 신문 기사를 읽는지 묻고, 아버지의 우편물을 함께 확인해서 고지서와 편지에 대해 상의했다. 몇 시에 점심을 먹자고 제안하고, 아버지의 하루 계획이 무엇인지 물었다. 모두 가족에게 일상적으로 물어볼 만한 질문이지만, 아버지가 보이는 반응에 신경을 쓰며 내 목소리에 힘을 싣고 열정을 불어넣었다. 마치 인생이 살 만할 뿐만 아니라 즐길 만한 가치도 있다고 아버지를 설득하듯이. 아버지의 나라 안에서 나는 그를 지지하는 뼈대가 되고 있었다. 그것이 아버지를 행복하게 했다.

　엄마를 향한 나의 연민은 하루가 다르게 깊어져갔다. 나는 엄마에게 노아가 필요했던 이유를 이해하게 됐다. 그래야만 엄마가 존재의 충만을 경험할 수 있었을 테니까. 마당에 나가서 아이스크림처럼 봄꽃이 만개한 야생능금나무를 손으로 쓰다듬었다. 언젠가 나와 함께 늙어가고 싶다고 말하던 톰이 생각났다. 하지만 서로 얼굴을 보지도 못하는데 함께 무엇이든 되어가는 게 가능할까? 그에게 이메일을 보냈다. 곧, **이제 곧 당신을 만나고 싶어.**

22

2011년 11월. 세인트판크라스역은 크리스마스 장식으로 환하게 밝았다. 아케이드에 세워진 대형 크리스마스트리 두 개가 반짝거렸다. 나는 북부에 가서 소설 『블랙아웃』으로 상을 받고 돌아오는 길이었다. 집에 들어서는 순간, 나의 뿌듯함은 흩어져 사라졌다.

엄마는 침대에 앉아 있었다. 안색이 창백했고, 숨을 쉬기가 힘들어 침대에서 몸을 일으켜 화장실까지 움직이기만 해도 호흡이 가쁘다고 말했다. 그리고 아직 아무것도 먹지 못했다고 짜증스럽게 덧붙였다. 아버지가 엄마의 점심을 준비해주기로 해놓고 잊어버린 모양이었다. 고양이 밥 주는 건 기억하면서 아내 밥은 기억 못한다며 엄마는 신경질적인 웃음소리를 냈다. 간담이 서늘해진 나는 부랴부랴 아래층에 내려가 치즈와 크래커를 챙겨왔다. 고작 이 정도가 엄마가 넘길 수 있는 음식이었다. 나는 저녁에 잡힌 일정을 포기해야 하나 싶었다. 신인 작가에게 상을 수여할 예정이었고, 취소하기에는 너무 늦어 보였다. 자살로 생을 마감한 작가 루크 비트미드Luke Bitmead를 기리기 위해 설립된 장학재단 행사인 만큼 참석할 의미가 있다고 생각됐다. 하지만 자선은 집에서 시작된다는 말마따나 몸으로 직접 하는 선행보다 관념적인 선행이 더 쉬울 때가 많다. 결국은 다녀오라고 엄마가 등을 떠밀었고, 나는 아버지에게 엄마의 저녁 식사를 잊지 말라고 신신당부했다.

아직 오후 다섯 시인데 바깥 하늘은 벌써 밤기운으로 찌뿌듯했다. 내가 내뿜은 숨이 뿌연 용이 되어 허공으로 사라졌다. 한 해 중 이맘때는 보통 나에게 축하 인사와 기대감을 불러일으켰다. 며칠 뒤면 내 생일이고, 엄마와 나는 생일 선물을 해결할 방법을 이미 생각해뒀다. 내가 선물을 구입해 엄마에게 주면 엄마가 나에게 주기로. 지하철을 타고 가면서 수상자를 위한 인사말을 생각나는 대로 메모했다. 이 수상식과 내가 받은 상 그리고 앞서 도착한『월 셀프의 본질』교정본을 놓고 보면, 지난 몇 년간 시들어가던 내 경력이 마침내 새 봉오리를 틔우는 것 같았다—하필이면 내가 조금도 관심이 가지 않는 이때에. 설사 관심이 간다 한들, 제대로 주의를 집중할 수 없는 이때에.

내가 어떤 성공을 거두든 그건 여하튼 전부 엄마 덕분이라는 걸 알고 있었다. 여덟 살 때 작가가 되고 싶다고 엄마에게 말했을 때 엄마는 더없이 다정하게 나를 격려해줬다. 열한 살 때 엄마가 돈을 아끼고 아껴 장만해줬을 중고 타자기로 뚝딱뚝딱 쳐내려간 것이 나의 첫 소설이 되었다. 이 소설을 출판사에 보내도록 도와 준 것도 엄마였고, 내 인생의 첫 거절 편지를 받았을 때는 대견함 이 담긴 환한 미소를 지어준 것도 엄마였다. 엄마처럼 보살펴주 는 엄마를 두다니 나는 정말로 운이 좋았다. 그날 저녁 시상을 마 치고 나서 누군가가 나의 배경에 관해 질문했다. 언제 처음 글쓰 기를 시작했는지, 어떤 과정을 통해 글쓰기와 친숙해졌는지. 질 문을 받고서 새삼 떠올랐다. 과거를 돌아볼 때마다 매번 내 눈에 는 두 개의 자아, 두 개의 가능성이 보인다는 사실. 하나는 내가 살아온 삶 그리고 다른 하나는 그림자 삶. 이 후자의 삶에서 엄마 의 영향이 없었더라면 너무나 쉽게 나는 결국 아버지처럼 되었을 지 모른다.

열다섯 살 때다. 나는 부모님 집 복도에 뭔가에 홀린 듯 서 있 었다. 좁은 문틈으로 아버지를 지켜보았다. 아버지는 거실 안락 의자에 앉아 마치 이 의자라는 악기의 연주법을 배우는 사람처 럼 의자에 얹은 손가락을 떨고 있었다. 내가 아버지의 병에 대해 설명을 들은 지는 일 년쯤 됐다. 아버지는 비발디 테이프를 카세 트플레이어에 집어넣었다. 현악 트럼펫인가 싶을 만큼 단호하게 첫머리를 여는 바이올린 소리에 아버지 머릿속 목소리가 〈사계〉의 아름다움에 떠밀려 나가는 상상을 했다. 여름이 신록과 화사한 꽃을 피우며 내 살갗으로 번져들고, 뒤이어 선율이 부드럽게 잠잠해지면서 축축한 흙과 갈색 연기와 시들어가는 낙엽이 내려앉듯 가을이 스며들었다. 바이올린 솔로가 가슴을 후비는 슬픔의 음조로 맴돌았다. 나의 모서리들이 사라지고 내 몸의 형태가 지워지는 느낌이 들었다. 나는 바이올린 음들의 바람이었고, 나는 바리톤의 음성을 가진 첼로였으며, 나는 비발디 자신이었다. 벽지의 줄무늬들이 하나둘 사라져가고 집 전체가 공기가 되듯―

나는 황급히 위층 내 방으로 올라가 벽을 손으로 만졌다. 내 손끝의 단단함, 그 느낌이 필요했다. 눈에 눈물이 고이고, 음악이 남긴 색색의 여운으로 여전히 심장이 고동쳤다. 창문을 열고 밤공기를 들이마시며 이것으로 좀 전의 감각이 씻겨 내려가길 바랐다. 책 한 권을 펼쳐 책상 앞에 앉았지만, 다시 내가 나로 느껴지기까지 몇 시간이 걸렸다.

이삼일 뒤 GCSE영국 중등교육 자격시험 영어 시간, 나는 과제로 제출할 완성된 에세이를 조심조심 배낭에서 꺼냈다. 에세이의 마지막 두 장 사이에 내 일기 귀퉁이에서 찢겨 나온 조그마한 메모가 끼워져 있었다. 메모에는 죽음이 다가온다는 내 심정의 파편들이 적혀 있었다. 나는 선생님이 집에 가서 과제를 꺼내는 순간 이 메모가 떨어져주길 기대했다. 선생님이 메모를 읽고 의아하게 생각해 무슨 일이 있느냐고 물어볼 것이고, 그럼 드디어 나에게 무슨 일이 벌어지고 있는지 누군가는 알아차리게 되겠지. 내 감정들을 말로 옮길 수가 없어서 아무에게도 말하지 못했다. 먼저 나에게 질문을 던져줄 누군가가 필요했다. 그런데 지금 보니 좋은 생각 같지 않았다. 그냥 정신 나간 애처럼 보일 것이다. 그래서 나는 내 고백을 빼놓았다. 내 에세이는 그저 내가 제출한 과제인 채로 종이로 쌓은 하얀 피사의 탑 위에 포개졌다.

어디서부터 시작됐을까—내 삶을 물들인 이 기이한 색조는? 열한 살부터 열다섯 살까지 지난 사 년은 즐거운 학교생활을 하며 보냈다. 우수한 성적을 받았다. 손목에는 무지갯빛 우정의 팔찌들을 주렁주렁 차고 있었다. 그러나 어둠이 서서히 내 마음에 스며들었다. 처음에는 까맣게 방울방울, 그다음엔 얼룩덜룩 그리고 지금은 내 안을 온통 밤으로 가득 채울 듯 위협했다.

파티에 간 날, 나는 화장실을 차지한 여왕이 됐다. 문을 잠갔다. 진한 키스를 하고 싶은 십 대 커플도, 볼일이 급한 애들도, 아래층 화장실을 써야 했다. 간간이 누군가 짜증스럽게 문을 두들겼다. 친구 루시가 나를 위해 문지기 노릇을 해줬다. 나는 터무니없이 많은 양의 맥주를 마신 뒤였다. 그렇게 해서라도 내 안의 이 감정을 어떻게든 희석시키려 했다. 그러다 제대로 몸을 가누기 힘든 지경이 됐다.

"맙소사, 쟤 너무 한심하잖아."

문밖에서 말소리가 들렸다. 정신이 가물가물한데도 내 안에서 뭔가가 바짝 죄어들고 움츠러들었다. **내가 좋아하는 남자애의 목소리였다.**

"못되게 굴지 마, 쟤네 엄마 아빠 이혼한단 말이야."

루시가 성을 내며 나를 편들었다.

"알았어, 그래, 힘들겠네."

남자애가 중얼거렸다.

철버덩! 변기에 또 한 번 구토를 하고 주저앉아 바들바들 떨며 휴지 조각으로 입술을 닦았다. 우리 부모님이 이혼한다는 말은 당연히 사실이 아니었다. 나는 뭔가 거창한 이유를 지어내야만 했다. 아무런 이유 없이 이렇게 지독한 기분이 든다는 게 나로선 말이 되지 않았다. 이혼은 말이 되는 스토리였다.

아버지가 열한 시 반에 나를 데리러 왔다. 나는 차에 올라타 창문을 내렸다. 가로등들이 오렌지색 혜성처럼 흐릿하게 스쳐지나갔다. 술이 깨기 시작했다. 속이 텅 비어버린 것 같았다. 아버지는 언제나처럼 말이 없었다. 내가 평소와 다르게 조용하다는 사실도 알아차리지 못한 것 같았다. 집에 돌아와 내 방에서 조용히 부모님이 잠들기를 기다렸다. 그러곤 살금살금 계단을 내려와 컵에 가득 물을 따르고 약품 보관 선반을 열었다. 다량의 파라세타몰^{해열진통제의 일종}이 놓여 있었다. 내 방으로 올라와서 옷장 뒤편에 숨겨두었던 봉지를 꺼냈다. 그 안에 몰래 알약을 모아두고 있었다. 다 합하면 거의 60알. 그 정도면 충분할 것이다.

친구들 모두에게 쪽지를 쓰느라 시간이 오래 걸렸다. A4 사이즈 종이 몇 장에 알약을 전부 꺼내놓으니, 앤디 워홀의 작품처럼 보였다. 나는 두 알을 삼키고 다시 또 두 알을 삼켰다. 다시 또 두 알ㅡ

소리가 들렸다. 문 열리는 소리. 나는 어둠 속에 앉아 있었지만 방문이 아주 살짝 열려 있었다. 재빨리 알약 위로 이불을 덮었다. 엄마가 화장실에 가려고 일어났다는 걸 발소리로 알 수 있었다. 아침에 일어난 엄마가 침대에 널브러진 나를 발견한다는 생각은 마치 강물에 빠진 오필리아가 된 듯 낭만적이었다. 그러나 한편으로 엄마가 나를 잃게 된다고 생각하면 가슴이 에였다. 몸을 뒤척이다가 알약 몇 알이 침대 옆으로 미끄러져 떨어졌다. 나는 적어둔 쪽지들을 통에 담으며 다른 날 다시 하리라 마음을 다잡았다. 은행에 넣어둔 돈처럼 죽음이 나중에 꺼내 쓸 수 있는 무엇이라면, 그런 미래를 생각하니 현재가 간신히 견딜 만해졌다.

내가 알아차린 것보다 엄마는 많은 걸 보았다. 다음 날 아침 엄마 때문에 가슴이 덜컥 내려앉았다. 엄마가 내 방에 들어와 말했다. "너는 다시 명상을 시작해야겠다. 정말로 그럴 필요가 있어." 나는 그러겠다고, 뜨뜻미지근하게 대답했다.

초월명상을 배우겠다는 강한 끌림을 처음으로 느낀 것은 일곱 살이든가 여덟 살 때였다. 엄마가 방으로 사라지는 걸 봤고, 방에서 다시 나올 때는 마치 엄마 안에 전등 스위치가 켜진 것처럼 엄마의 에너지가 달라져 있었다. 나도 배우고 싶다고 조르고 조른 끝에 열네 살이 됐을 때 엄마가 윔블던의 초월명상 센터에 나를 데려갔다. 입문자를 위한 대화 시간에 가르쳐주기로는 초월명상은 정신을 집중하거나 통제하는 기술이 아니고 힘을 빼는 기술이었다. 특정한 기도 문구가 주어지고 그것을 되풀이하며 기다리면 마법이 발휘된다는 것이다. 즐거웠던 나의 첫 경험을 기억한다. 부드럽게 느려지던 호흡, 긴장이 서서히 풀리기 시작하면서 비로소 내 몸에 얼마나 긴장이 쌓여 있었는지 인지하던 순간, 흐물흐물해지던 팔다리의 느낌까지. 내 정신이 한숨을 내쉬며 지극히 고요하고 평화로운 장소로 들어서는 것 같았다.

하지만 명상하는 습관을 슬그머니 놓아버린 채 몇 개월이 흘렀고, 다시 계속할 마음이 생기지 않았다. 한동안은 명상이 주는 혜택을 누렸다. 사고가 더 예리하고 명료해졌다. 더 빠른 속도로 과제를 해치우고 더 좋은 점수를 받는다는 걸 나도 알았다. 크리스마스 무렵에는 갑자기 정신이 더없이 맑아지고 모든 것이 자연스러운, 어떤 정화 상태에 놓이는 황홀한 순간을 경험했다.

나는 내 절망을 치유해보려고 니체를 공부하고 있었다.

"엄마랑 같이 그룹 명상에 참여할 수도 있어." 엄마가 계속 설득했다.

"좋아요." 나는 흐릿한 목소리로 대답하고, 읽고 있던 『선악의 저편』으로 다시 눈을 돌렸다. 그룹 명상까지는 한 주가 남아 있었다. 그날들이 지나는 동안, 잠을 자지 않고 어둠 속에서 알약을 세고 작별 편지를 쓰고 사느냐 죽느냐를 곰곰이 고민하는 밤을 다시 한번 겪었다. 고작 여덟 알을 삼키고 그만두었다. 낮 시간에는 학교에서 미소 띤 얼굴로 과제를 하고 에세이를 제출하고 A레벨 과목들의 토론에 참여했다.

그룹 명상 장소는 크로이든의 어느 비좁은 집, 밋밋한 선인장을 한 줄로 세워놓은 거실 안이었다. 나는 소파에 깊숙이 몸을 파묻고서 모인 사람들을 하나하나 뜯어보았다. 나 외에 여섯 명 정도이고, 다들 나보다 수십 살은 나이가 많았고, 나와 공통점이 하나도 보이지 않았다. 그리고 명상이 시작됐다. 기도 문구를 반복하는 사이 내 호흡이 부드러워지고 머릿속의 윙윙거림이 잦아들며 온몸이 평온하게 풀려나 숨을 내쉬는 듯했다. 그러고는 마치 행복의 바닷속으로 뛰어든 것처럼 급강하하는 감각이 밀려들었다. 수개월을 암흑 속에서 보내고 난 뒤 찾아온 지극한 행복감이 내 몸에는 엄청난 충격이어서 머리가 얼떨떨했다. **삶이 이런 거구나**, 나는 생각했다. **삶이 이런 것일 수도 있구나.** 명상이 끝나고 고개를 들어 엄마 얼굴을 쳐다보았다. 나를 보며 미소 짓는 엄마의 얼굴에 내가 느낀 광채가 고스란히 투영돼 있었다. 기차를 타고 집에 돌아오는 동안 나뭇잎들 사이로 조각조각 갈라진 저녁노을이 우리 머리 위에 빛으로 무늬를 그렸다. 나는 매일 아침과 저녁 어김없이 명상을 하리라고 조용히 자신에게 다짐했다.

이 일과를 지킨 지 일 년이 지나고부터 기분이 조금쯤 나아졌다. 명상은 그날그날의 최악의 스트레스들을 해소해주었다. 격한 감정의 폭풍과 기복이 명상으로 치유되긴 했으나 내 기어는 여전히 중립 상태에 놓여 있었고 삶은 잿빛일 때가 많았다.

또 한 해가 흘러갔다. 대학 입학 준비 과정의 마지막 해를 앞둔 여름이었다. 나이트클럽의 네온 불빛 속을 걸어 들어가 댄스 플로어에 있는 친구들과 한데 섞이면 반짝이는 행복감이 몸을 휘감았다. 그즈음은 매일매일 삶에 대한 감탄을 체험했다. 음악이 몸속에 환희를 불어넣었고, 클럽 조명이 스테인드글라스처럼 아름답게 빛났다. 내가 느끼는 감사함은 종교적인 감정에 가까웠다. 나는 내가 어떤 끔찍한 운명으로부터 아주 간발의 차이로 벗어났음을 자각했다. 지난 수년간 나를 괴롭힌 것이 무엇이었는지는 여전히 이해하지 못했다. 그것을 유전적 요인이나 내 아버지와 연결시킬 생각도 해보지 않았다. 그 암흑기에 내가 겪은 경험의 일부분이 조현병의 초기 증상과 일치한다는 걸 지금 와서야 깨닫는다. 당시에는 그저 내 가슴 한가운데에 침묵과 평화의 공간이 있다는 것 그리고 매번 명상과 함께 그것이 점점 강해지고 있다는 것을 알았을 뿐이다.

예전 친구 하나가 다가왔다. 우리는 신이 나서 부둥켜안았다. 마지막으로 만난 건 일 년 전이었고, 달라진 내 모습에 친구가 깜짝 놀라는 기색이 역력했다. 사정이 어떻든 이 친구는 점심 시간에 훌쩍이는 나를, 내가 절망감에 가늘게 내뱉은 높은 비명을, 다른 친구가 내 머리를 토닥이는 걸 목격한 적이 있으니까.

"나 옥스퍼드에 지원하려고." 내가 말했다.

"선생님들은 아마 못 갈 거라고 말하지만 말이야."

친구는 웃으며 자기 술잔을 내 잔에 쟁그랑 부딪쳤다.

"행운을 빌어!"

선생님들은 내가 합격할 가능성이 별로 없다고 경고했지만, 학교 안내서가 도착한 이후로 나는 줄곧 예감이 좋았다. 나의 구원이 너무나 기막힌 행운이었기에 마치 내가 운이라는 긍정적인 병에 걸리기라도 한 것 같았다. 그리고 그해가 지나기 전에 옥스퍼드대학 합격 통지서가 당도했을 때—곧장 위층에 올라가 혼자 봉투를 열어 본 다음 뛰어 내려와 모두에게 합격 사실을 말했을 때, 나는 인생의 축복을 받았다는 감흥에 어지간히 취해버렸다. 이 소식이 얼마나 엄마의 사기를 드높였는지도 기억한다. 이 일은 수년간 오로지 불운과 비극뿐이었던 우리 가족의 스토리를 완전히 재정립했다. 마침내 우리에게도 뭔가 좋은 일이 일어난 것이다. 우리가 중산층이 되는 데 철저히 실패한 것은 아니라는 신호이기도 했다. 열망이 거둔 승리였으니까.

이 경험으로 불굴의 감각이 생겨났고, 이후 몇 년 동안 나는 아무 일도 잘못되지 않을 거라는 순진한 믿음을 품고 지냈다. 이십 대를 통과하며 이따금 친구들에게 내가 한때 우울증을 앓았다고 설명하려 해봤다. 친구들은 도통 그 말을 이해하지 못했다. 친구들은 현재 버전의 나—강하고 행복한 나—와 내가 묘사하는 버전의 나를 연결하지 못했다. 그래서 내 과거에 대해 설명하기를 그만뒀다. 그래도 조심하며 살았다. 사랑으로 내 몸을 보살폈다. 잘 자고 잘 먹었다. 잘 살아내려고 노력했다. 모든 게 엄마 덕분임을 나는 잘 알았다. 엄마가 나에게 좋은 교육을 받게 하고 인생의 좋은 출발을 하게 해줬고, 내 온전한 정신을 구해주었다. 엄마는 나의 영웅이었다.

열한 시 정각. 연설을 하고 수상식을 마친 뒤 집에 돌아왔다. 거실에 들어서니 엄마와 아버지 두 분 모두 머리를 앞으로 숙인 채 안락의자에서 잠들어 있었다. 엄마가 잠에서 깼다. 예전 엄마라면 물어봐줬을 텐데 엄마가 시상식에 관해 아무것도 묻지 않아 잠깐이나마 이기적인 실망감이 들었다. 이제는 더 이상 내가 엄마의 자랑이 될 수 없구나 하는 생각이 들었다. 엄마는 불안한 표정으로 위층에 올라가 침대에 누워야겠다고 말했다. 나는 아버지를 깨워 도와달라고 부탁했다.

아버지와 내가 엄마를 양쪽에서 부축했다. 엄마의 몸이 어찌나 쇠약한지 가슴이 철렁했다. 지난 며칠 새 부쩍 상태가 나빠지면서 모든 뼈마디가 마른 나뭇가지처럼 만져졌다. 층계 중간쯤 폭이 좁아지는 코너에서 우리 셋의 몸이 들어가질 않았다. 엄마가 이 우스꽝스러운 상황에 웃음을 터뜨리기 시작했고 나도 불안하게 그 웃음에 가세했다. 가까스로 엄마를 층계 위까지 끌어올렸고, 엄마는 맨 위 계단에 앉아 숨을 몰아쉬었다. 침실까지 기어가기가 가장 쉽겠다고 엄마가 말했다. 나는 엄마를 침대에 눕히고 이불을 잘 덮어주었다.

다음 날 저녁, 같이 극장에 가기로 한 약속을 엄마가 나에게 상기시켰다. 우리의 생일 의식이었다. 하지만 엄마의 통증이 극심했다. 엄마가 침대 옆에 놓아둔 핸드백으로 손을 뻗더니 20파운드 지폐를 꺼내며 말했다.

"자자—엄마가 한턱내야지. 우리 둘을 대표해서 네가 다녀와."

나는 가까운 커즌 영화관에서 포스터들을 살펴봤다. 볼만한 건 〈케빈에 대하여〉 아니면 안드레아 아놀드 감독의 〈폭풍의 언덕〉이었다. 결국 나는 후자를 골랐다. 한 사람 티켓을 사려니 기분이 이상했다. '친구 없음' 상태를 동네방네 떠들고 다니는 기분이 들었다. 극장 안에 다른 관람객은 고작 두 명 정도였고, 나는 그들로부터 최대한 멀리 떨어져 앉았다.

로만 폴란스키 감독 말로는 '영화는 당신이 극장 안에 앉아 있다는 사실을 잊게 만들어줘야' 한단다. 평소 나는 그런 자아의 상실, 그런 몰입을 즐겼다. 그런데 지금은 영화보다 극장을 더 의식했다. 내 옆 빈자리가 미래에 대한 불길한 징조 같았다. 극장 안이 어두워 다행이라 생각할 만큼 두 시간을 내리 울었다. 다시 불이 들어왔을 때쯤엔 눈물이 멎었고 집에 돌아가 엄마에게 영화가 얼마나 재미있었는지 말할 수 있었다.

다음 날 아침, 나는 999 구급대에 연락했다. 엄마의 호흡이 너무 얕아지고 있었다. 그대로는 버티기 힘든 상황이었다. 도착한 구급차에 올라 엄마 손을 붙잡고 세인트헬리어병원으로 이동했다. 엄마의 얼굴이 산소마스크에 가려져 잘 보이지 않았다. 입원한 지 두 주일이 지났을 때 간호사가 우리에게 선택을 하라고 말했다. 엄마가 병원에서 크리스마스를 보낼지 아니면 집에 돌아가서 가족들의 보살핌을 받을지. 간호사가 의견을 물어보려고 나를 한쪽으로 데려가는 바람에 엄마 기분이 상한 것 같았다. 아이 취급을 받는다고 느꼈을지도 모른다. 저희야 당연히 엄마가 집에서 크리스마스를 보내길 원하지요, 내가 대답했다. 간호사는 내 눈을 똑바로 바라보며 크리스마스를 앞당겨 지내는 게 좋을 거라고 충고했다.

23

하지만 크리스마스를 앞당겨 지낼 수는 없었다. 아직 12월
15일이었다. 아무렴 당장 열흘 안에 엄마가 우리 곁을 떠날 리
있을 리가. 나는 반짝이 줄로 트리를 감싸고 장식물을 매달아 트
리를 꾸미고, 초콜릿, 감자스낵, 너트, 크래커를 대량으로 사다
나르며 바쁜 시간을 보냈다. 모두 평소 엄마가 해오던 일이었다.
엄마는 언제나 일 년 중 크리스마스를 제일 좋아했다. 크리스마
스의 상업주의에 관해서는 흔쾌히 냉소를 거두었다. 엄마는 시
내의 조명과 반짝이는 생기와 크리스마스 쇼핑을 사랑했다. 새
트리 장식을 사 들고 와서 하늘하늘한 천사며 사슴이며 산타클로
스 장식 포장을 풀 때의 두근두근한 흥분을 사랑했다.

초인종이 날카롭게 울렸다. 구급차가 도착했다. 구급대원들에 실려 다이닝룸으로 들어온 엄마가 활짝 웃으며 산소마스크를 올리고 말했다. "애썼다, 샘!" 나는 엄마의 퇴원에 대비해 다이닝룸을 침실로 개조해두었다. 식탁은 벽으로 붙이고 의자들은 포개두고 진공청소기로 구석구석 청소한 다음 벽에 걸린 유화 액자에 반짝이 줄을 늘어뜨려 장식했다. 고양이 레오가 나타나 귀를 쫑긋 세우고 두리번거리더니 복도에 설치된 대형 산소공급기에 호기심을 보이면서 킁킁댔다. 기계에 연결된 전선이 굵어서 문은 열어둔 채로 지내야 할 듯했다.

엄마의 약이 담긴 봉지는 미리 받아두었다. 맥밀란 간호사^{병원과 지역의 암 환자를 방문해 전문적 조언을 해주는 암 요양전문 간호사, 파견 비용은 맥밀란 기업의 후원과 NHS기금으로 충당한다}가 나와 같이 약품 목록을 체크하며 용량과 투여 시간을 확인해주었다. 오빠가 나를 보고 빙긋 웃으며 "샘 간호사님" 하고 불렀다. 내 생각에 오빠는 간호 역할이, 그 역할이 요구하는 친밀함과 고강도 일이 자신 없었던 모양이다. 내가 그 역할을 맡게 돼 안도하는 기색이었다. 오빠의 임무는 아직 엄마가 하지 않은 유언장 작성을 도와줄 변호사를 구하는 일이었다. 나는 오빠가 부러웠다. 유급 특별 위로 휴가를 통째로 한 달이나 받다니. 내 은행 잔고는 이미 바닥인데 엄마에게 여태까지 중에 가장 좋은 크리스마스 선물을 사주고 싶은 마음이 간절해서 여태 프리랜서 작업을 거절하지 못하고 모르핀 투여 사이사이에 짬을 내서 일하고 있었다.

일주일 동안의 일과는 이랬다. 매일 아침 일어나 아래층으로 후다닥 내려간다. 가보면 엄마가 자고 있거나 가끔은 침대에서 미끄러져 불편하게 꼬인 자세로 도와줄 사람을 부르고 있기도 했다. 엄마는 산소마스크 때문에 영원히 잠수하는 기분이 들고 쇠약한 몸이 갈수록 양서류처럼 느껴지고 다리가 인어 꼬리로 변해가는 것 같다고 말했다. 나는 아침 식사를 준비하고, 씻고, 약물을 투여하고, 칸디다균 탓에 하얗게 백태 낀 엄마의 입안 깊숙이 모르핀을 분사했다. 그런 다음 점심 식사를 만들고, 막히고 힘없는 엄마의 폐를 이완할 수 있도록 호흡기 치료로 증기를 쐬준 후 엄마가 자는 동안 옆을 지키고 앉아 있었다. 모르핀 투여─식사 준비─모르핀─식사 준비─모르핀. 오빠와 남동생은 매일 왔고 엄마 친구들도 자주 찾아왔다. 아버지는 엄마에게나 우리들 누구에게도 거의 말을 하지 않았다. 전담 간병인으로 지내면서 나는 다시 엄마와 가까워진 느낌이었다. 엄마의 투병 초기 우리 사이에 벌어진 틈이 메워지고 있었다.

7일째 되는 날, 나는 심한 피로감이 병으로 옮겨가는 조짐을 느꼈다. 목구멍 안이 긁히는 것 같고 눈 뒤쪽으로 열감이 느껴졌다. 겁이 덜컥 났다. 내가 독감에 걸리면 엄마한테 옮겨 엄마가 위험해질 테니까. 나는 따뜻한 물을 마시고 레몬생강차를 들이켜며 맹렬히 혼잣말을 했다. **아프지 마라, 아프지 마라, 아프지 마라.**

엄마의 유언장은 아직 작성하지 않았다. 변호사와 약속이 잡했다가 취소됐다. 엄마가 무심히 손을 내저으며 해가 바뀌면 그때 하겠다고 말했다. 엄마의 계좌 정보가 들어 있는 두툼한 무지개 파일은 그대로 탁자 위에 놓인 채 볼 때마다 우리에게 초조감, 죄책감, 부끄러움을 들게 했다. 엄마가 남기는 돈이 몇백 파운드 정도라면 문제될 게 없었다. 그런데 엄마가 탁월한 투자 능력으로 오랜 세월 적지 않은 재산을 모았다는 사실을 알고 우리 셋은 깜짝 놀랐다. 엄마는 매일 덫에 걸린 심정으로 꼴도 보기 싫은 일을 하러 출근하던 사람인데, 족히 이십 년은 한가로이 지낼 수 있을 만한 자산을 깔고 앉아 있었다니. 나는 맥밀란 간호사들에게 엄마가 자신의 상태를 받아들이지 못하는 게 아닌지 걱정된다고 조용히 털어놓았다. 간호사들이 엄마와 가볍게 몇 마디를 나누었고, 엄마는 당연히 본인도 상태의 위중함을 이해한다는 뜻으로 고개를 끄덕였다.

그러나 간호사들이 돌아가자마자 엄마는 크리스마스에 즐겨 만들던 민스파이를 만들고 싶다고 말했다. 내가 거들기로 동의했다. 우선 엄마 몸을 일으키고, 주방으로 데려가 스툴에 앉히고 엄마가 버터와 밀가루를 섞고 반죽을 미는 동안 쓰러지지 않도록 몸을 붙들어주기로. 이 계획의 어디쯤에서인지 모든 게 틀어지기 시작했다. 간신히 노란 소변 주머니를 건드리지 않고 엄마를 침대 가장자리에 일으켜 앉히는 데는 성공했다. 그런데 그때 갑작스러운 공황 발작이 찾아왔다. 학창 시절 친구들과 하던 놀이 중에 친구들이 등 뒤에 서 있고 내가 친구들의 팔 안으로 쓰러져야 할 때 친구들이 잡아주지 않으면 어쩌나 무서워서 심장이 아우성치던 순간을 기억하는지? 아마 엄마도 비슷한 감정을 느꼈을 것이다. 익숙하고 단단한 침대의 안전감 없이 주위를 둘러싼 건 공기뿐이고, 더 이상 주인이 시키는 대로 따르지 않는 몸뚱이가 언제 어느 방향으로 쓰러질지 모르는 상황이었으니. "내가 잡고 있어요, 내가 잡고 있다고요." 계속 외쳤지만, 정말 엄마가 쓰러지지 않게 잡고 있는지 나도 자신이 없었다. 나는 목청껏 아버지를 불렀고, 아버지가 황급히 들어왔다. 우리는 조심조심 엄마를 옮겨 침대에 뉘었다. 아버지의 얼굴이 붉게 상기되고 생기가 돌았다. 아버지가 당신 아내에게 도움을 줄 수 있던 건 아주 오랜만이었겠구나 하는 생각이 들었다.

진정이 된 엄마는 민스파이는 다른 날 다시 시도해보자고 말했다. 나는 엄마가 진심으로 본인의 상태를 부정하는 것인지 의문이 들었다. 아니면 엄마의 마지막을 대면해야 하는 우리를 도저히 대면할 자신이 없어서 우리를 위해 연기를 하는 것일까?

9일째 되는 날. 나는 엄마 침대 옆에 끼워 넣은 의자에 앉아, 식탁 겸 약품 보관대 위에 노트북을 올려놓고 빠르게 자판을 두들겼다. 오후 다섯 시까지 편집 의견서를 끝마쳐야 했다. 엄마는 얼굴에 산소마스크를 끼고 의료 장비들을 주렁주렁 매단 채 혼곤하게 앉아 있었다.

나는 눈물이 솟구쳤다. 엄마가 어떻게 끝내 학위를 받지 못하게 됐는지를 생각했다. 엄마가 샀던 그 모든 복권, 토요일마다 어김없이 복권 번호를 열심히 확인하던 모습. 엄마는 신들이 엄마의 기도를 진지하게 들어주기를 염원했다. 그렇게 저주를 내릴 수 있는 신들이라면 느닷없이 번쩍하는 행운도 내릴 수 있지 않을까 생각했던 것 같다. 대체로 엄마는 대단히 현실적인 사람이었는데, 점성술사에게 (엄마가 여든까지 산다고 장담한 사람이다) 상담을 받기도 하고 이상한 심령술사를 찾아가기도 했다. 간병인이 됨으로써 엄마는 철저히 짓밟힌 심정이었을 것이고, 자유의지를 갖는다는 감각 일체를 잃어버렸을 것이다. 운명이 내 삶을 다스린다는 느낌, 이건 우울감의 한 형태이자 무기력감이다. 엄마가 억울해하는 것도 당연했다.

그렇지만 엄마는 돈이 없지 않았다. 줄곧 그 돈을 깔고 앉아 있었다. 엄마는 가난의 심리, 아끼고 절약해야 한다는 심리에 너무 고착돼 있어서 실제로 자신이 꽤 부자라는 사실을 소화하지 못했다.

"호흡기 치료 하고 싶다." 갑자기 엄마가 내뱉듯 말했다.

"알았어요, 엄마." 나는 재빨리 눈물을 감추며 말했다.

"이 글만 마저 쓰고요. 몇 분이면 돼요."

"지금 하고 싶어!" 엄마가 소리를 질렀다.

"하지만 이걸 못 끝내면 곤란해져요, 에이전시에서 일감을 안 줄 거예요⋯⋯."

게다가 나는 사실상 파산 지경이라고요, 이 말은 속으로 했다.

"지금 하고 싶어, 당장 갖다줘."

"오늘 기분이 안 좋아요, 엄마?" 내가 물었다.

엄마는 이 물음에 당황한 듯했다. 엄마의 얼굴이 일그러지고, 노여움이 사라졌다.

"나는 매일매일이 안 좋은 날이야." 엄마가 서글프게 말했다.

나는 몸을 수그려 엄마를 안고 속삭였다. "**가엾은 우리 엄마.**" 엄마는 허탈한 표정이었다. 나는 엄마에게 호흡기 치료기를 가져다주었다. 그러고는 다시 눈물이 솟구쳐 주방으로 나갔다. 엄마는 가만히 말이 없었다.

그날 오후, 유언장이 작성되고 (서류가방을 든 훤칠하고 멋진 남자가 휙 하고 집에 들어왔다 한 시간 뒤에 돌아갔다) 안도감이 감돌았다. 엄마를 회유해 매듭을 짓게 할지 내버려둬야 할지 잘 모르겠고 우리의 소중한 기억에 돈이 얽히는 것도 원치 않아 불확실한 상태로 있기가 우리 모두 괴로웠던 참이었다. 엄마 기분이 조금쯤 밝아 보였다. 나는 잠깐 한숨 돌릴 겸 친구 롤라를 만나 저녁을 먹기로 했다. 집을 나서는데, 남들 뒤에서 험담하지 않는 태도가 중요하다고 아들에게 차분히 설명하는 엄마의 말소리가 들렸다. 애정과 연민이 듬뿍 담긴 말투였다. 엄마는 예전의 엄마 자신으로 돌아가 있었다.

그날 밤 내가 집에 돌아왔을 때, 엄마는 평화롭게 잠들어 있었고 꿈을 꾸느라 앞뒤 잘린 이상한 말을 웅얼거렸다. 나는 살금살금 거실에 가서 조지 엘리엇의 『미들마치』를 뽑아와 끝부분을 읽었다.

그러나 그녀의 존재가 주위 사람들에게 끼친 영향은 헤아릴 수 없을 만큼 파급력이 컸다. 이 세상에서 선이 늘어나는 것은 역사에 기록되지 않는 행위에 얼마간 기대는 바가 있으니 말이다. 그러니 세상일이 당신과 나에게 예전만큼 그렇게 불리하지 않은 이유는 절반쯤은 남의 눈에 띄지 않게 견실한 인생을 살고 찾아오는 이 없는 무덤에 잠들어 있는 그들 덕분이다.

크리스마스이브. 모두들 신경이 날카로웠다. 우리 셋—오빠와 남동생과 나—모두 다이닝룸의 엄마 옆에 오밀조밀 모여 앉았다. 아버지는 설거지 중이었다. 존이 80년대에 찍은 가족사진들을 컴퓨터 화면에 슬라이드 쇼로 깔아두었다. 우리는 즐겁게 보고 있었는데 문득 엄마를 보니 엄마는 즐겁지 않아 보였다. 어쩌면 엄마에게는 세상을 떠날 때 지난 삶이 주마등처럼 눈앞을 스치는 느낌과 너무 비슷했을지 모른다. 엄마가 조용히 쉬고 싶으니 비켜달라고 말했다. 울적해진 우리는 옆방 양탄자에 둥글게 앉아 루미 게임을 했다. 크리스마스에 카드 게임을 하는 것은 가족 전통이었다. 우리는 다시 아이로 돌아간 것 같았다. 멀리 거리에서 '고요한 밤'을 부르는 캐럴싱어들의 노랫소리가 아련히 들려왔다. 그들의 노래가 눈과 별들로 반짝이고, 우리가 엄마를 위해 준비한 커다란 선물 더미 위로 크리스마스트리 조명이 황홀한 색색의 빛을 드리웠다. 와인 잔을 들고 소파에 앉아 TV에 방영되는 크리스마스 시트콤을 보며 키득키득 웃는 엄마가 그 자리에 없다는 게 너무 이상했다.

오빠와 남동생은 피곤했고 나는 몸이 아팠다. 독감 기운이 스멀스멀 몸에 퍼지면서 팔다리가 하얗게 삶아진 느낌이 들었다. 침대에 누웠지만 잠을 잘 수가 없었다. 일어나 아래층으로 내려가 엄마 옆에 앉았다. 엄마는 잠깐 잠이 깼다가 내가 엄마 손을 잡고 명상을 하는 사이 곧 다시 잠들었다. 명상으로 나는 차분해졌다. 눈을 뜨고 엄마를, 반짝이 줄에 반사된 복도 조명이 색조를 입힌 엄마 얼굴을, 엄마의 움푹한 눈가에 생긴 초록 빨강 줄무늬를 가만히 바라보았다. 전날 무려 10분 가까이 산소마스크를 떼고 있는 엄마를 우연히 목격했다. 나는 엄마를 나무랐고 엄마는 산소마스크 없이 숨 쉬는 연습을 해야 한다고 고집을 피웠다. 돌이켜 생각하면, 분명 엄마는 이런 감금이 지긋지긋해 더 진행이 빨라지도록 하려던 것이고—울프 말대로 질병은 정신을 몸의 노예로 만드니—자유롭게 날아오르길 간절히 원했을 것이다.

나는 처음으로 노아 없이 크리스마스이브를 보냈을 노아의 가족들을 생각했다. 아버지의 부재와 남편의 부재로 똑같이 가슴이 쓰라렸겠지. 여기도 저기도 난리다. 마틴 에이미스Martin Amis의『돈 혹은 한 남자의 자살 노트1Money : A Suicide Note』중에 엉켜버린 실존의 매듭에 관한 완벽한 구절이 떠올랐다. '각각의 인생은 하나같이 일곱 수쯤 두고 나면 지옥에 이르는 체스 게임 같다. 이제는 딴전을 피우며 속임수를 쓰기도 어렵고, 그렇게 해봤자 금방 들통이 난다. 내가 쓸 수 있는 말들은 모두 발이 묶여 있고, 결국 외통수에 걸릴 수밖에 없는 인생…….' 노아가 죽기 몇 달 전에 엄마에게 했다는 말이 머리를 스쳤다. 엄마는 내게 이 말을 여러 번 들려주었다. '다음번 생에서 내가 당신을 찾을게 요. 이번에는 엇갈렸지만, 내가 가서 당신을 찾을 거고 다음번엔 우리 제대로 만납시다.' 다음번이라는 게 있을까? 엄마는 있다고 믿었다. 그러길 나도 바랐다.

"해피 크리스마스!" 다음 날 아침 엄마에게 인사했다.

"내가 아직 살아 있구나!" 엄마가 외쳤다.

"크리스마스까지 버텨냈어!"

나는 엄마에게 선물을 건네고, 앙상하고 연약해진 엄마 손을 대신해 내가 하나씩 선물 포장을 풀었다. 우리가 수개월 전에 사 둔 DVD 포장지를 반쯤 뜯다가 〈악마가 너의 죽음을 알기 전에 Before the Devil Knows You're Dead〉라는 지독히도 부적절한 제목 을 발견하고 일순간 소름이 끼쳤다. 불안하게 웃으며 황급히 다 시 포장지를 씌워 DVD를 치우는 나를 보고 엄마는 미소를 지었 다. 그러다가 갑작스러운 통증에 엄마가 내 손을 움켜잡았다. 통 증이 멈추지 않고 잇따라 밀려들고, 마치 엄마 주위로 물이 차올 라 엄마의 숨을 앗아가는 것처럼 엄마의 호흡이 점점 가늘어졌 다. 엄마는 계속 이 말을 되풀이했다. "어떡해야 하지, 어떡해야 하지?" 나는 맥밀란 간호사에게 전화를 걸어 도와달라고 애원했 다―그들과 말하고 있는 사이 엄마의 고개가 앞으로 기우는 것을 보고 불현듯 깨달았다―오, 이런. 때가 온 건가.

　한 시간 뒤, 엄마는 입술에 미소를 띠고 너무나 평온한 모습으로 침대에 누워 있었다. 떠나면서 엄청난 근심을 등에서 내려놓은 것처럼. 엄마 주위에는 절박해 보일 만큼 많은 선물이 놓여 있었다. 우리가 예년에 사드린 것보다 두 배나 많은 이 선물을 엄마는 결코 보지도 읽지도 즐기지도 못할 것이다. 모두가 잊어버린 크리스마스 터키 요리가 오븐에서 시커먼 숯덩이가 되면서 연기가 피어올라 화재경보기가 울렸다. 형제들은 울고 있었다. 나는 공황 발작이 일어나 걷잡을 수 없이 몸이 떨렸다. 스테판이 보드카 병을 내 손에 쥐여주고 억지로 마시게 했다. 독감 증상이 심해져 낮에 눈을 붙여보려 했지만, 엄마의 마지막 순간의 트라우마를 반복하듯 숨을 헐떡이며 깨어났다.

　"괜찮으세요?"

　우리는 아버지의 무반응에 당황해 아버지에게 거듭 물었다.

　"괜찮다."

　아버지는 기상 악화 예보에 기분이 언짢으냐는 질문을 받은 것처럼 반응했다. 엄마가 죽을 때 나는 엄마 손을 붙들고 있었다. 우리가 죽음의 협곡에 함께 걸어 들어간 듯 느껴졌다. 내 눈에 그곳은 검게 시든 나무들, 산그늘 아래 불모의 풍경으로 보였다. 며칠을 보내며 엄마가 천상의 영역으로 건너갔다고 느끼게 됐다. 하지만 나는 여전히 그 그늘을 서성이며 지평선을, 빛이 들어오는 틈새를 찾으려 애썼다.

24

　사랑하는 가족이 죽기 전에 얼마만큼 시간을 함께 보냈든, 그
것으로는 언제나 부족하다. 후회가 떨어져 지낸 시간의 기억과
합쳐져 그 날것의 기억에 소금을 뿌린다. 아버지의 죽음 이후—
최고의 부녀 관계가 아니었음에도—버지니아 울프는 '나는 아버
지에게 언제나 부족했다'며 무참함과 애통함을 토로했다. 나는
마지막 일 년을 엄마와 함께 살았고, 임종 전 열흘은 간병의 치
열함 속에 일체의 자아감을 상실하고 내가 그저 복도에서 쉬익쉬
익 돌아가는 산소공급기 같은 기계의 일부가 된 듯 오로지 엄마
의 숨이 붙어 있도록 기능하고 있다고 느꼈다. 그래도 안토니오
에게 허비한 그 4주의 시간은 여전히 후회스러웠다. 엄마와 심리

적 거리가 필요했던 그 시간들이 후회스러웠다.

엄마 친구 한 분으로부터 전화가 걸려 왔다. 엄마가 죽고 나서 가족들이 잘 견디고 있는지 연락해달라고 생전에 엄마가 당부해둔 것이다. 그분이 말해주기론, 엄마는 안토니오가 영 마음에 들지 않고 '구린' 데가 있어 보인다며 내가 남자 보는 눈이 없어서 걱정이 많았단다. 내 기분을 상하게 할까 봐 잠자코 있었을 뿐. 그분이 들려주는 얘기에 웃음이 지어졌다.

죽음 이후에는 죽음에 수반되는 요식 행위에 뒷덜미가 잡혀 판에 박힌 일들을 하나씩 처리하느라 동분서주하는 시기가 온다. **사망 증명서 발급, 은행 계좌 해지, 의류 기부, 목회자 섭외, 변호사와 유언장 관련 상의, 부고 발송, 추도문 작성.** 나는 형제들과 나의 관계가 이전과는 판이하게 달라졌음을 알아차렸다. 엄마가 살아 있을 때는 우리 사이에서 나이는 전혀 결정적인 요소가 아니었다. 이제는 오빠가 가장의 역할과 책임을 맡고 내가 엄마를 대신하는 역할을 맡고 남동생은 더 느긋하고 속 편한 처지가 되면서, 집안의 위계가 더 분명해졌다. 아버지는 여전히 미스터리한 존재였다. 애도를 하는 듯 아닌 듯 오랜 시간 잠을 자고 유령처럼 집 안을 서성였다. 우리는 모두 아버지가 발작을 일으키면 어쩌나 두려워하고 있다가, 아버지가 눈물 한 방울 흘리는 모습을 본 사람이 아무도 없다는 사실에 얼마쯤 당황했다.

그러다 장례식을 마치고 마지막 손님이 떠난 뒤, 이런 정화 과정이 너무나 가볍게 느껴지면서 정화에 대한 거부감이 찾아왔다. 사용한 컵과 접시와 의자들이 어질러진 집에 우리는 남아 있는데, 엄마는 이제 재가 되어 화장장에 새로 심은 가녀린 장미나무 아래 묻히고, 한때 엄마의 심장이고 입술이고 허파이고 사랑이던 엄마의 일부들 사이를 벌레들이 꿈틀거리며 기어 다니겠지.

장례식 이후에는 모든 서류 작업이 끝나고, 조문 카드가 더 이상 오지 않으며, '견디기 힘들지?'라는 습관적인 인사가 서서히 '잘 지내지?'라는 단조로운 일상의 인사로 되돌아간다. 세상이 계속 전진하는 느낌, 뒤에 남겨진 틈을 삶이 봉합해가는 느낌, 새로운 삶을 향해 당신도 한 걸음 내디뎌야 한다는 느낌이 든다. 그러나 당신은 어딘지 박자가 어긋나버린 것 같고 좀 더 길게 정지 버튼을 눌러야 할 것만 같다.

뭘 해야 하나, 어떻게 살아야 하지? 나는 곧 책의 출간을 앞두고 있었다. 출판사에서 이메일을 받았다. 유튜브에 올릴 수 있도록 『월 셀프의 본질』에 관해 작가님이 이야기하는 비디오 영상을 찍으면 어떨까요? 나는 거절했다. 대신 다시 스위스로 여행을 갔다. 눈 이외에 아무것도 없는 산속을 걷고 구름에 휩싸인 먼 봉우리를 바라보며 엄마와 같이 죽었으면 좋았겠다고 생각했다.

어느 날 저녁, 나는 엄마의 오래된 핫메일 계정에 들어가 엄마의 메일을 읽어 내려갔다. 엄마의 글은 다정했다. 엄마는 내가 안토니오와 여행가 있던 동안 집이 얼마나 고요한지, 내가 얼마나 보고 싶은지 적고 있었다. 마음을 간질인 구절 하나. **샘이 쉬지 않고 사 오는 이런 온갖 유기농 식품은 너무 비싸기만 하고 사**

실 맛에는 차이가 없다—뭐 하러 이렇게까지 하는지? 단 한 방울의 농약도 닿지 않은 콜리플라워를 엄마에게 구해주겠다고 런던을 헤매고 다닌 그날의 대장정이 떠올랐다. 깔깔 웃음을 터뜨리면서 엄마가 나와 같이 웃고 있는 기분이 들었다.

어느 날 밤, 런던에서 아버지 집으로 돌아가던 도중에 워털루역 벽돌 외벽 모퉁이에 앉아 있는 어느 노숙인 여성을 보았다. 여성은 히스테리가 실린 가는 목소리로 잔돈을 구걸하며 테두리가너덜너덜한 스티로폼 컵을 사납게 흔들어댔다. 퇴근 인파가 그앞을 스쳐 지나가고, 그들이 집어 드는 〈이브닝 스탠다드Evening Standard〉영국의 대중적인 무가지에는 노숙자 청원에 관한 상세 기사가 실려 있었다. 골치 아픈 현실에 감정적으로 연루되지 않고 어떤 대의명분에 기부하기가 훨씬 쉬운 법이다. 나는 노숙인 여성옆에 앉아 돈을 건넸다. 팔로 그녀를 감싸고 꼭 끌어안았다. 그전까지는 한 번도 노숙인에게 이런 행동을 하지 않았다. 나 역시 부끄럽게도 그냥 무심히 스쳐 지나갈 때가 많았다. 나중에서야 그녀의 얼굴에서 우리 엄마, 침대에 앉아 고통을 느끼며 고통에서 놓여나기를 바라는 엄마의 얼굴이 겹쳐 보였다는 걸 깨달았다. 더 이상 엄마를 보살필 수 없게 된 나는 그 공백을 채울 수 있도록 다른 누군가를 보살피고 싶었다. 같이 쇼핑하러 나와서 옷이며 책이며 식료품을 사느라 서로 상의하는 엄마와 딸 들을 볼때도 비슷한 감정이 들었다. 쓰라린 부러움이 가슴을 할퀴고 간

자리에 슬픔이 남았다.

　나는 북부로 향했다. 여전히 내 집이 없는 처지라 제니라는 친구 집에 머물렀다. 제니는 내가 만나본 사람들 중에서 가장 친절한 사람이었다. 여유 시간이 생기면 제니는 가족의 지원을 받지 못해 도움이 필요한 노인들을 돌보는 봉사활동에 참여했다. 가톨릭 신자인 그녀가 벽에 붙여 놓은 테레사 수녀의 말씀이 참 감동적이었다. '내가 하지 못하는 일을 그대는 할 수 있습니다. 그대가 하지 못하는 일을 나는 할 수 있습니다. 우리가 함께하면 커다란 일들을 행할 수 있습니다.'

　에이전트에게서 이메일이 왔다. '〈선데이 타임스〉를 사 보십시오.' 신문 가판대에 가서 한 부를 휙휙 넘겨보다가 『윌 셀프의 본질』에 대한 서평을 발견했다. 내 어깨 너머로 보고 있던 제니가 굉장하다며 탄성을 질렀다. 정말 그런가? 나는 심드렁했다. 그러다가 기사를 읽고 서평가의 열정을 음미하면서 처음으로 내가 죽음의 협곡을 벗어날지도 모른다고 생각했다.

　윌 셀프의 단편집 『정신이상 수량설』에 실린 첫 번째 단편은 부모의 상실을 아름답게 담아낸 스토리다. 어머니를 암으로 잃은 내레이터는 '마치 다른 많은 성공한 질병들과의 중요한 약속에 늦은 것처럼 암이 어머니의 몸을 급히 훑고 지나갔다'라고 말한다. 갑자기 '세찬 공기의 흐름에 누군가의 인격이 실린 것' 같고 어머니의 유령이 자신의 꿈속으로 침입했음을 그는 깨닫는다.

일단 사별을 겪고 나면, 무신론이라는 입장을 고수하기 힘들어진다. 한동안 나도 내가 완전히 혼자 버림받지는 않았다고 확신하던 시기가 있었다. 슈퍼마켓 안을 돌아다니다가 문득 엄마가 옆에서 나와 같이 웃고 있다고 또렷이 지각한 적도 있고, 단지 꿈이라기엔 너무나 생생하게 엄마를 느낀 꿈들도 꾸었다. 언젠가는 위급한 상황에서 엄마에게 기도를 하기도 했다. 그 순간 나에게 엄마는 나를 굽어살피는 신이었다. 다른 때에는 이런 일이 환상일 거라고 받아들였다. 엄마가 나를 굽어살핀다는 내 믿음은 희망과 냉소 사이를 오락가락했다. 마치 이쪽으로 보면 그리스도가 보이고 다른 쪽으로 보면 성모마리아가 보이는 가톨릭 홀로그램 카드처럼. 한 친구가 카르멜회 수녀님에게 들은 조언을 전수해주었다. '죽음 이후 당신은 여전히 당신의 어머니와 관계를 맺고 있다. 다만 관계의 형태가 달라질 뿐이다.' 신비주의이든 아니든 나는 이 말이 참일 수 있음을 실감했다. 당신이 영혼을 믿든 견고한 무신론자이든—우리가 잃은 이들은 우리의 기억 속에 계속 살아가고, 그들과 우리의 관계는 끝나지 않는다.

2012년 가을. 나는 새로운 돌봄의 역할을 향해 머뭇머뭇 걸음을 떼고 있었다. 제니와 함께 지내는 동안 매일 밤 취침 전에 아버지에게 전화를 걸었고, 이것이 규칙적인 일과가 되어 갔다. 해보니 전화 통화란 꽤 힘든 일이었다. 눈은 자꾸 휴대폰 시계를 흘끔거리고 머리로는 생각하길, **됐어, 5분은 넘겼네**—이만하면 충분한가? 나는 아버지에게 주로 이런 것을 물었다.

"점심 드셨어요? 뭐 드셨어요?"

"잠은 잘 주무셨어요?"

"오늘 외출은 하셨어요?"

"신문에 무슨 재미있는 기사가 실렸어요?"

그리고 무조건 무슨 말이든 더 해야겠다 싶으면 물었다.

"거기는 오늘 날씨가 어땠어요?"

다른 질문보다 마지막 질문이 더 만족스러울 때가 많았다. 음식과 수면에 관한 최소화된 대답에 비해 태양의 변화와 구름 모양에 관해서는 아버지가 더 자세히 설명하곤 했으니까. 그해 10월, 내가 전화를 걸어 팽팽하게 흥분된 목소리로 아버지에게 말한 것을 기억한다.

"내일 윌 셀프를 만나러 가요."

"아, 그래."

잠시 침묵.

"그게 누구니?"

"제가 쓴 책에 등장하는 사람이요. 그 사람도 책을 써요."

잠시 침묵—아버지는 소설을 읽지 않고 오로지 성경만 읽었다. 사고를 둔화시키는 약제를 복용하고 있어서 소설을 읽을 만큼 충분한 집중력이 없었다. 내가 쓴 책들도 아버지는 한 권도 읽지 않았다.

"그리고 TV에도 나오는 사람이에요, 가끔 〈뉴스나이트〉에도 나오고 〈해브아이갓뉴스포유〉랑 다른 정치 풍자쇼에도 나와요…….”

잠시 침묵─아버지는 더 이상 TV를 보지 않았다.

“여하튼 제가 그 사람에 관한 책을 썼거든요, 그래서 만나러 가요.”

아버지에게 셀프는 한 번도 읽지 않은 책의 주인공만큼이나 파악이 안 되는 인물이었지만, 그래도 아버지는 내 흥분을 알아차렸다.

“잘됐구나.”

“그렇죠, 이제 자야겠어요. 끊을게요.”

눈이 시계를 향했다. **6분**. 최장 기록이었다. 나는 조마조마한 마음으로 침대에 누웠다. 윌 셀프를 만나기로 한 게 잘한 일일까? 우리가 같이 점심을 하게 된 이유는 단 하나, 내가 그에게 불평을 했기 때문이다. 고속으로 이륙해 디지털 공간으로 날아간 항공기처럼 이미 전송된 이메일을 본 순간 나는 ‘맙소사, 내가 왜 보내기를 클릭했던가’ 하는 고뇌에 빠졌다. 어느 인터뷰에서 셀프가 나에 관해 무례한 발언을 했고, 나는 처음 내 원고 발췌본을 읽고 그가 편지로 책을 칭찬했던 사실을 언급하며 항의했다. 그에게서 신속하면서도 마음을 다독이듯 상냥한 답장이 왔다. 그는 자기 말이 잘못 인용됐다고 나를 안심시켰다. 오히려 그는 내 질책을 유쾌하고 재미있게 받아들이는 것 같았고, 공개적인 인신공격성 비판에 익숙해지려면 시간이 필요하다는 조언도 해주었다. '나는 그 세계에 뛰어든 지 꽤 됐어요, 내가 던질 때도 있고 받을 때도 있죠.' 화해의 선물로 그가 점심 식사를 제안했다.

나는 괴리가 두려웠다. 나에게 이메일 보낸 셀프와 내가 좋아하는 작가로서의 셀프 그리고 〈뉴스나이트〉에서 정치인들을 맹렬히 비난하는 셀프, 이 셋의 괴리가 두려웠다. 내가 만날 상대는 이 중 어느 셀프일까? 거기다 내 페르소나와 내 글 사이에도 괴리가 있었다. 그해 내내 나는 헷갈리는 표지를 달고 나온 책이 된 느낌을 받았다. 『윌 셀프의 본질』을 읽은 사람들이 내 실물을 보고 어리둥절해하는 걸 봤기 때문이다. 사람들은 줄담배를 피우는 불타는 빨간 머리의 약물 중독 색광증 환자 같은 모습을 기대했다. 열이면 열 모두 실망감을 내보였다. 나는 약물을 복용할 수 없었다. 아버지처럼 될 위험이 너무 컸으니까. 게다가 내 상상력은 이미 약에 취한 사람의 상상력과 크게 다르지 않았으니까. 내 정신분열증적 상상력은 아버지의 유산이었다.

다음 날 저녁, 나는 다시 아버지에게 전화를 걸었다. 우리는 수면, 음식, 날씨에 관해 대화를 나눴다. 그런 다음 아버지가 던진 질문이 나를 깜짝 놀라게 만들었다.

"윌 셀프는 잘 만났니?"

우와, 감동을 받아 속으로 탄성을 질렀다. 일반적으로 우리의 통화는 전날과 다음 날 사이에 아무런 연속성이 없었다. 그저 그날그날의 이야기로 끝이었다. 목구멍에서 여러 말들이 맴돌았다. 아버지에게 전부 다 얘기하고 싶었다. 맨체스터까지 기차를 타고 가는 동안 긴장감으로 신경이 곤두서고 불면 때문에 정신이 혼미했다는 이야기, 지금 작업 중인 소설 『워터마크The Watermark』 속 대사를 생각했다는 이야기, 그 소설에서 주인공이 자신이 숭배하는 문인을 만나러 간다는 이야기까지.

오거스터스 페이트는 자신이 말을 하고 나는 듣기를 원했다. 자신이 지도자가 되고 내가 그의 제자가 되기를 원했다. 실망감이 내 온몸으로 퍼져갔다. 우리가 우상을 찾아 나서는 건 그들 자신을 위해서가 아니라 일반인들과 다른 의식으로 그들이 우리를 자신들의 수준으로 고양시켜주기를, 우리의 영혼을 파고들어 우리 안에서 특별한 무엇을 발견해주기를 기대하기 때문이다. 하지만 정작 그들은 자신이 숭배할 가치가 있다는 확인을 필요로 한다. 그런 까닭에 우상과의 만남은 언제나 불가피한 충돌을 수반한다. 그들이 올라앉은 대좌 주변에 콘크리트를 철퍼덕 부어 얼룩을 남기듯이.

"처음엔 별로 좋지 않았어요." 내가 아버지에게 대답했다.

"좀 어색했어요."

우리가 무작정 발길 가는 대로 들어간 한 식당을 찬찬히 관찰하던 셀프는 그곳이 미식 정체성의 위기를 겪고 있다고 판단했다. 서점에서 집어 든 소설이 하필이면 소설의 종말을 공고히 할 만큼 형편없는 작품일 때처럼, 그가 경멸에 가까운 표정으로 메뉴를 훑어보다가 결론을 냈다. '난 음식은 됐어요.' 내가 주문한 수프와 감자튀김이 나왔다. 그가 보는 데서 후루룩거리며 먹느라 수프 때문에 불편한 틈이 벌어졌다. 대화는 몇 번 불꽃이 튀다가 몇 번 사그라지고 시커멓게 타고 남은 침묵이 이어졌다.

"아, 그랬구나." 아버지가 말했다.

"그런데 나중엔 괜찮았어요."

밑도 끝도 없이 내가 셀프에게 얼마 전 엄마가 돌아가셨다고 불쑥 말했다. 가까운 친구에게가 아니면 나는 그해 누구에게도 이런 말을 털어놓지 않았었다. 말을 하면서 동시에 후회가 들었다. 그런데 셀프의 태도가 달라졌다. 충격이 담긴 연민이랄까, 그는 내가 어떤 상황인지를 곧바로 이해했다. 그는 1988년에 어머니를 여의었고, 그 이후로 고아가 된 심정이었다고 말했다. 그때부터 대화가 좀 더 편안해지기 시작했다. 내 아버지의 병에 대해서 그리고 정신이상과 조현병에 관해서 내가 지금껏 접한 어느 현존 소설가보다 더 글을 잘 쓰는 작가이기 때문에 그의 책을 얼마나 좋아하는지에 대해서…….

다음 날 그에게 이메일을 보냈다. '어제 점심에 제가 따분한 년처럼 굴었다면 죄송해요.' 나는 오직 애정이 있는 사람들과의 대화에만 욕을 썼다. 그가 답장했다. '천만에요, 따분한 년이라니, 전혀요. 혹시 그랬다면 최소한 꼰대 새끼인 내 잘못이죠. 부모를 잃는다는 건 엄청난 일입니다.' 그때 나는 우리 사이에 모종의 유대가 형성된 느낌을 받았다.

이런 일들을 시시콜콜히 아버지에게 이야기하고 싶었지만, 아버지가 내 말을 이해하는지 의문을 품으며 혼자 전화로 독백을 하다가는 기분이 묘해졌을 것이다.

"그러니까 전반적으로 괜찮았어요." 간단히 요약하며 시간을 확인하니, 6분. 나는 아버지에게 안녕히 주무시라고 인사하고 아버지도 잘 자라고 말한 뒤 전화를 끊었다.

『윌 셀프의 본질』에 관한 리뷰들은 말이 안 되는 책이라면서도 한편으로는 칭찬을 했다. 글을 쓰던 수년 동안 의식하지 못했지만, 나는 여기에서 카타르시스를 느꼈다. 중산층 간행물과 라디오 4영국 BBC의 라디오 방송, 주로 뉴스, 시사, 교양 프로그램을 방송한다에서 내 아버지의 정신이상이 스며 있는 소설을 공개적으로 인정하다니, 이건 마치 내 아동기의 트라우마를 바로잡고 오명을 예술로 탈바꿈하려는 시도 같았다.

두 번째 만남에서 나는 윌 셀프와의 점심 일화를 톰에게 들려주었다. 그날 우리는 맨체스터 피카딜리 근처에서 한잔하기로 했다. 톰은 1차 세계대전 당시 시인 같은 모습으로 나타나 자선단체 캠페인을 위해 콧수염을 기르는 중이라고 밝혔다. 미리 그에게 멋대로 뻗친 눈썹으로 나를 알아볼 거라고 일러뒀는데, 그는 눈썹에 표정이 살아 있다며 나를 치켜세웠다. 『윌 셀프의 본질』의 광기 어린 장면들―특히 광란의 의식으로 셀프를 기리는 장면—을 그가 얼마나 좋아하는지 이야기할 때는 내 얼굴에 따뜻한 미소가 떠올랐다. 옥스퍼드로드역 근처 술집에 들어간 우리는 무릎이 닿을 듯 붙어 앉았고 그의 손이 내 손을 쓰다듬었다. 시간이 늦어지고 있었다. 막차가 떠나는 신데렐라의 순간이 가까워지고 있었다. 톰이 자기 집에서 자고 가기를 제안했고 나는 미소로 고맙다는 뜻을 전했다.

다음 날 아침, 톰의 침대에서 눈을 뜨면서 말했다.

"오늘 내 생일이에요."

맨체스터로 돌아가는 길에 그가 나에게 생일 축하 커피를 사줬다. 엄마 없이 처음 맞는 생일인 이날을 두려워했었는데, 이제는 어찌 됐든 넘길 수 있을 것 같았다.

"잠깐 즐기는 만남은 난 안 해요."

다음번 데이트에서 톰이 말했다. 이렇게 계속 만나려면 진지한 관계가 되어야 했다. 나의 장기적 관계 공포증commitment-phobia이 곧바로 강하게 반응했다. 내가 사람을 쉽게 마음에 들이지 않는다는 예전 남자친구의 불평이 귀에서 메아리쳤다. 안토니오는 통탄스러운 예외라 할 수 있었다. 평소의 나는 관계에 장벽을 쳤다. 나는 글쓰기에 중독된 사람이고, 대체로 남성 창작자들이 뮤즈의 마음을 잡아끄는 경우는 많아도 남자들 자신이 뮤즈가 되고 싶어 하는 경우는 매우 드물었다. 게다가 나에겐 Z가 있으니까. 하지만 이제 Z로 충분치 않다는 걸 깨달아가고 있었다.

그를 유혹하는 요부 노릇도 싫증이 났다. 한때는 기꺼이 그 역할을 하고 싶었으나 지금 나는 내 삶의 전반에 배어드는 친밀함을 원했다.

우리 관계에서 톰과 내가 얼마나 서로 운이 좋은지 알게 되는 순간이 찾아왔다. 데이트한 지 두어 달 즈음이었다. 우리는 맨체스터의 카페에 나란히 앉아 음료를 홀짝이며 책을 읽고 있었다. 이따금 책장을 벗어난 서로의 눈길이 부딪칠 때면 우리 얼굴에 저절로 미소가 피어났다. '참 행복하다.' 톰이 툭 던진 이 말이 내 마음을 대신해주었다. 우리는 소박한 일들을 함께하면서 몇 시간이든 즐겁게 보낼 수 있었다. 두 사람 모두 마찰과 말다툼이 소통의 방식이었던 관계를 이미 경험했다. 반면에 우리는 절대 언쟁하지 않았다. 서로에게 친절하고 다정했다. 톰이 직장에서 해고됐을 때나 내가 계약이 끝나고 출판사 없이 장기간을 버틸 때처럼 힘든 시기에는 서로가 서로를 보살폈다.

그렇게 3년째 톰과 나는 여전히 함께였다. 아마도 우리는 더 오래오래 함께 행복할 수 있었을 것이다. 아버지의 병이 아니었다면.

3부

간병인들은 가족과 친지를 이타적으로 돌봄으로써 사회에 매우 값진 기여를 하며, 우리는 이것이 간병인들 자신의 건강, 복지, 일자리의 희생으로 이뤄져서는 안 된다는 점을 인식하고 있습니다.

2019년 3월 8일, 보건복지부 대변인

아픈 사람 본인보다 돌보는 사람들에게 언제나 더 괴로운 일입니다.

1932년 5월경, 젤다 피츠제럴드,
편집자 맥스웰 퍼킨스의 아들이 아프다는 소식을 듣고
그에게 쓴 편지 가운데서.

25

'미스터 로즈에게' 서두를 열었다. 펜이 제자리를 맴돌았다. 나는 티라노사우루스 렉스 엽서 뒷면에 작별 인사를 쓰고 있었다. 무슨 말을 해야 하지? 톰이 자기 엽서 뒤에 빠르게 글을 적는 모습을 지켜봤다. 우리는 지난 이틀을 함께 보낸 뒤 런던 빅토리아역 카페에 앉아 여느 때처럼 작별 의식을 이행했다. 내 펜이 흐느적대는 느낌이 들었다. 가만 보니 나는 느끼는 바를 적기보다 그저 해야 할 말만 적고 있었다. 우리는 애석해하며 엽서를 교환했다. 과거에는 우리가 맛본 희열을 투영하기 위해 우리의 신나는 경험을 이상화하곤 했다. 과장이 오히려 더 정직하게 느껴졌다. 지금 우리는 과거와 현재의 간극을 감추기 위해 과장법을 썼다. 스토리 대신 신화를 지어내면서.

빅토리아 버스 터미널에서 우리는 포옹과 키스를 나누고 손을 흔들며 헤어졌다. 나는 다시 기차역으로 향했다. 내가 사랑하는 버킹엄 팰리스 로드를 따라 고목들이 줄지어 늘어서 있다. 높고 푸르고 너그러운 나무들이다. 평소에는 만면에 들뜬 미소를 띠고 이 길을 걸어 내려가는데 오늘은 헤어진 지 몇 분 만에 벌써 쓸쓸해졌다. 톰의 방문은 내가 고대했던 밀월이 되지 못했다. 나는 지치고 에너지가 바닥나 속을 터놓지도 못했다.

더군다나 즐길 짬이 나지 않았다. 공원 피크닉, 아이스크림, 느긋한 독서, 밀당과 말장난, 아무것도 하지 못했다. 아버지를 돌보는 일 외에도 우리의 독립출판사 업무 때문에 밤늦도록 일이 이어졌고, 톰의 런던 체류 시간을 미팅에 할애해야 했다. 출판사 공동대표 알렉스와 의논해 예산안을 수립하고 (우리는 빈털터리였다) 예술위원회 기금 신청서를 검토하고 에이전트를 만났다. 둘만의 시간이 거의 없고 섹스 할 시간도 부족했다. 우리 사이의 연결감이 점점 옅어지고 있었다.

친구 하나는 알츠하이머를 앓는 어머니를 양로원에 보내야 하는가 하는 딜레마로 고심 중이었다. 어머니를 감옥에―아무리 매일 차와 비스킷을 제공하는 파스텔톤 감옥이라도―가둘지 말지 결정하는 사람처럼 속을 태웠다. 친구는 어머니를 시설에 보내야 한다니 자신이 늙어버린 기분이 들고, 마치 어린 자녀를 아기침대 밖으로 나오지 못하게 하는 부모처럼 어머니의 공간을 제한해야 하는 이상한 퇴행감이 든다고 말했다. 다른 한편으로 이것은 반드시 필요한 결정이었다. 알츠하이머는 전문적인 돌봄을 필요로 하는 질병이니까. 어머니가 23,250파운드 이상의 자산이나 자금을 보유하면 그 차액은 이후 어머니의 간병 비용으로 사용되는 까닭에 자금 내역도 샅샅이 파악해둬야 했다.

그다음 걱정거리는 괜찮은 요양원을 찾는 일이었다. 모슬리 매너요양원 같은 곳에 어머니를 보내면 어쩌나 우려했다. 리버풀에 위치한 이 요양원은 '요양이 결여된 시설'이라는 판결을 받고 폐쇄 결정이 내려졌다. 소변 냄새가 진동하는 쓰레기장 같은 곳에서 4주 동안 제대로 씻지도 못한 환자들도 있었다. 요양시설을 점검하고 평가하고 규정 준수를 강제하는 CQC Care Quality Commission 돌봄관리위원회라는 감독 기구가 있다. 시설 평가에서 우수 등급을 받은 곳은 단 3퍼센트에 불과한 반면 개선 요망 등급을 받은 시설은 17퍼센트에 이른다. 이렇게 된 원인이 관리 소홀 즉 자본가들이 이윤 창출을 위해 요양원을 세우고 비용 지출을 최소화해서 생긴 일이라고 짐작할 수 있지만, 공정하게 말하자면 요양시설 운영자들 입장에서는 모든 환자를 담당할 만큼 충분한 직원을 구하기조차 쉽지 않은 실정이다. 사회적 돌봄 부문에서 충원되지 않은 일자리 수는 현재 10만 개에 이른다. 직원 유지도 문제다. 매년 36만 명의 사회적 돌봄 종사자들이 낮은 보수와 제로아워 노동계약 Zero hour Contracts 정해진 최소 노동시간 없이 고용주의 요청에 따라 업무를 보는 비정규직 고용계약의 한 형태에 지쳐 일을 그만둔다.

결과적으로 내 친구는 어머니가 요양원에 들어가신 이후로 어머니와의 관계가 크게 개선됐다. 돌봄의 의무에서 자유로워지면서 어머니의 딸로 되돌아갈 수 있었다. 나는 친구가 좀 부러웠다. 친구는 일주일에 한 번 어머니를 방문하기로 결정했다. 친구의 돌봄 의무는 깔끔하게 구분됐는데, 나의 돌봄 의무는 나를 집어삼킬 듯이 위협했다.

그게 위험신호였을까? 이제는 미묘한 낌새도 신호일 수 있음을 알기에 나는 경계를 늦추지 않았다. 아버지 눈에 스치는 표정, 눈동자의 빠른 흔들림 같은 것이 불안했다. 아버지는 안락의자에 앉아 가볍게 손가락을 두드렸다. 이런 속삭임이 고함이 될 수 있음을, 종국에는 병원 침대를 내리치는 손 망치질로 발전할 수 있음을 잘 알았다.

점심때도 아버지가 조금 이상했다. 아버지의 대화는 늘 예측이 어렵고 불합리한 추론이 곳곳에 산재하기는 해도 대개 유쾌한 수준이었다. 그런데 아버지 입에서 느닷없이 이런 말이 튀어나왔다. '너 히로시마에 대해 아니?' 내가 안다고 대답했지만 어쨌든 아버지는 나에게 히로시마에 관해 얘기하기 시작했다. '너무 끔찍한 일이다'라고 말을 맺을 때, 아버지의 표정에는 그런 일이 세상에 일어날 수 있음을 아는 데서 오는 깊은 슬픔이 가득했다.

나는 처음 홀로코스트 실상을 알게 되었던 내 청소년기의 감정이 떠올랐다. 인간이 저지를 수 있는 거대 악을 인식할 때 우리 모두가 겪는 그런 순간, 감옥의 그림자가 머리 위를 덮어 오는 윌리엄 워즈워스의 〈송시. 불멸의 암시들. Ode. Intimations of Immortality〉의 한 구절 그런 순간이 있다.

긴장증이 일종의 낭떠러지라면 그때 아버지는 그 가장자리에 휘청휘청 서 있었고, 바람이 점점 속도를 높이며 거세게 불어오고 있었다. 아버지가 집에 돌아온 지 6주째였고 우리는 아버지가 다시 또 낭떠러지에서 떨어지기를 원치 않았다. 그래서 동생과 나는 정신과 의사에게 응급 방문을 요청했다. 의사가 도착했을 때 아버지는 침실에 있었다. 파자마 차림으로 침대에 앉아 있었고, 커튼 쳐진 방 안으로 들어오는 봄볕은 허하고 창백했다.

"기분이 어떠세요?" 의사가 물었다.

그때부터 아버지는 가장 극적인 연기를 펼쳐 보였다. 이지적이고 논리적인 남자가 되어, 오늘 기분이 살짝 가라앉았을 뿐인데 자식들이 아버지를 오해했다는 듯 추가적인 도움이 전혀 필요하지 않은 인물을 연기하고─이런 내용을 전달하는 동안 시종일관 매력과 미소를 잃지 않았다. 동생과 나는 이의를 제기해봤지만, 우리 행동이 좀 옹졸하다 싶었다. 아버지는 계속 정신과 의사를 자기 거미줄로 옭아맸고, 의사는 우리에게 전혀 걱정할 것 없다는 장담을 남기고 곧 돌아갔다. 의사를 배웅하고 문을 닫다가 나는 지난 수년간 아버지가 생존 전략을 개발했다는 사실을 깨달았다. 일상적인 수다나 친교를 쌓는 일은 어려울지 몰라도 아버지는 전문가를 교묘하게 조종하는 법을 알았다. 우리가 아버지를 그토록 걱정하지만 않았어도, 꽤 우스울 법한 상황이었다.

그날 저녁, 아버지가 삶은 달걀 하나를 먹는 데 한 시간이 걸렸다. 아버지는 깨어 있는 상태와 꿈을 꾸는 상태의 중간 어디쯤에 있는 것 같았다. 나는 내 접시를 비우고 식탁에 아버지와 마주 앉아 노트북을 열었다. 거의 10분 간격으로 아버지의 몽롱한 의식을 조심스럽게 중단시키고 한 입, 또 한 입, 식사를 권했다. 아버지의 숟가락이 식어서 단단해진 달걀노른자를 슬로모션으로 조금씩 잘랐다. 울증이던 시기에 버지니아에게 음식을 먹이려고 그녀를 달래야 했던 레너드 울프가 생각났다. 끝내 아버지는 식사를 포기하고 화장실에 가야겠다고 말했다.

나는 계속해서 열심히 이메일을 작성했다. 목구멍 안에서 하품이 새처럼 날아서 튀쳐나올 기세로 빙빙 돌았다. 보통은 이렇게 늦은 저녁까지 일하지 않지만, 도도 출판사 업무가 너무 많았다. 책 편집 작업도 해야 하고 계약서도 마무리 지어야 하고 알렉스와 함께 표지의 세부적인 부분도 다듬어야 했다. 감각들이 충돌을 일으켰다. 눈은 창문 너머 맑은 저녁 하늘을 내다보는데, 귀는 비가 내린다고 알려주었다. 하던 일을 이어가다가 소음이 더욱 격렬해지면서 몸이 떨려왔다. 이건 처음 보는 열대성 폭풍우인가? 투둑투둑 소리가 아버지 손 망치질의 축축한 버전과 비슷함을 알아차리고 다급하게 층계를 뛰어 올라갔다.

아버지는 세면대 앞에 얼어붙은 듯 서 있었다. 손을 씻던 도중에 긴장증이 엄습한 것이다. 물이 파란 리놀륨 바닥에 출렁거리며 아버지의 신발을 흥건히 적시고 복도 양탄자로 스며들었다. 아버지 앞으로 손을 뻗어 수도꼭지를 잠그다가 나는 '만약'이라는 가정에 몸이 오싹해졌다. 만약 오늘 저녁 잠깐 휴식이 필요하다고 판단했더라면? 밖으로 산책이라도 나갔더라면? 친구를 만나러 갔더라면? 그랬더라면 집 전체에 홍수가 났을 것이다. 가엾은 아버지는 저렇게 혼자 남아 발목에서 정강이까지 물이 서서히 차오르는 동안 꼼짝없이 서 있었겠지.

그래도 아버지가 가까스로 걸음을 뗄 수는 있었다. 내 보조를 받으면서. 눈은 감겼지만 내가 안내하면 휘청거리며 한 걸음 한 걸음 복도로 걸어 나왔다. 침실 입구에 멈춰 선 아버지의 몸이 좌우로 흔들렸다. 나는 딱 한 걸음만 더 떼보자고 아버지를 달랬고, 침대에 오르도록 부축해서 반듯하게 뉘었다. 전화를 걸어 동생과 조마조마한 마음으로 방안을 논의했다. 지금 구급차를 불러서 응급실에 갇힌 채로 새벽 서너 시까지 기다릴 것인가, 아니면 우선 주무시게 하고 깨어나실 때 차도가 있는지 지켜볼 것인가? 어찌 됐든 침실까지는 옮겼으니까. 벌써 낮게 코 고는 소리가 들려왔다.

우리는 아침까지 지켜보기로 결정했다. 나는 아버지 몸에 담요를 덮어드렸다. 불안한 마음에 한 시간마다 일어나 아버지 상태를 확인했다. 드르렁드르렁 아버지 코 고는 소리가 나지막하고 우렁찼다. 어릴 때 내 귀에는 아버지 코 고는 소리가 꼭 산이 꿈을 꿀 때 낼 법한 소리처럼 들렸었다. 아침이 밝았다. 나는 아버지 침대 가장자리에 앉아 아버지를 깨워봤다. 반응이 없었다. 의식이 있고 숨을 쉬지만, 긴장증이 아버지 주위를 석관처럼 감싸고 있는 것 같았다. 그제야 내 밑의 침대가 축축하게 젖어 있음을 알아차렸다. 구급차를 기다리는 동안 나는 침대보를 접어 올려놓고 아버지의 바지를 벗기고 천천히 몸을 닦았다.

아버지가 다시 아프셔

나는 톰에게 쓴 문자메시지를 지우고 다시 썼다.

미안한데 아버지 상태가 나빠졌어 그래서

아니면, 아예 이 주제를 언급하지 않는 편이 나을지도.

도도가 다시 압생트를 양칫물로 사용하는 중 & 둥지에서 아편 소굴 냄새가 남

아니지, 그에게는 솔직해야 했다.

구급차를 타고 응급실로 가는 길, 나는 들것에 누운 아버지 옆에 앉았다. 집을 나서기 전 간신히 문자메시지를 보냈다. 메시지를 읽고서, 내가 예정대로 다음 주에 북부에 갈 수 없고 아마 그다음 주에도 어쩌면 그다음 달까지도 갈 수 없다는 사실을 머리로 받아들이는 톰의 모습이 그려졌다. 내가 알기로 그는 지난번 런던 방문 때 남은 휴가를 거의 다 써버렸다. 이 일이 우리 관계에 결정타가 되지 않을까 두려웠다.

　그렇게 처음부터 다시 순환이 시작되었다. 무뚝뚝한 스코틀
랜드 억양의 여성이 남긴 휴대폰 메시지로 정신보건법에 따라 아
버지에게 28일간 입원 조치가 내려졌다는 고지를 받았고, 아버
지가 다시 서머필드로 이송되었고, 매일매일의 방문이 이어졌
다. 서머필드에 가면서 보니 겨울철 뾰족하던 나무들이 꽃을 피
워 부드러워지고 밋밋하던 화단에 화초들의 생기가 넘쳐흘렀다.
나는 침울했다. 긴장증 발작을 겪을수록 병증이 심각해져 나중
에는 아버지가 아예 회복하지 못하는 날이 오는 건 아닐까. 정신
병동에 입원하면 정신이 훨씬 더 몽롱해진 상태로 나올 가능성이
높다고 경고한 친구도 있었다. 앞으로 계속 이렇게 살아가야 하
려나? 이런저런 생각에 나는 몹시 피로했다.

　친구들 몇 명과 술을 마시러 나갔다. 평소 나는 술을 많이 마
시지 않고도 그럭저럭 취한 기분을 냈다. 하지만 이날 저녁은 술
이 필요한 심정이었다. 시작은 진토닉 그리고 몇 잔 더. 물론 톰
은 지금껏 내 상황을 잘 이해해주었다. 자상하고 배려심이 많은
사람이었다. 그러면서도 한편으로는 다른 형제들이 간병과 면회
를 더 많이 맡아줄 수 없냐고 물었다. 나는 어떻게 대답해야 할지
난감했다. 처음에는 친구들 속에 섞여 들어가기가 어렵게 느껴
졌다. 톰과 얽힌 울적함이 아니더라도 간병인이라는 위치 때문
에 때때로 사람들과 어울리기가 거북해지곤 했다. 대화 실력이

너무 녹슬었다. 건강을 되찾도록 아버지를 달래느라 긍정적인 어투와 간단한 문답식 화법이 입에 뱄다. 나를 제외한 다른 이들은 다들 어찌나 유창하고 복잡한 화술을 구사하는 것 같던지! 하지만 밤이 무르익으면서 간병인 페르소나를 벗어버리고 내가 누구인지 기억해내기 시작했다.

주인이 영업 종료를 알리는 종을 울릴 때, 나는 주위를 둘러보았다. 사람들이 몸을 흐느적거리며 소리를 질러대고, 구석 테이블에서는 싸움이 일어나 남자 몇이 혀 꼬부라진 소리로 욕을 했다. 모든 게 정신병동의 젊은 시뮬라크룸처럼 보였다. 친구 둘은 저녁 내내 LSD 복용에 관해 열띤 토론을 벌였다. 이 약물로 말하자면 조현병과 같은 종류의 의식구조를 만들어내는 효과가 있다. 예컨대 조현병 환자의 뇌 영상을 보면 자기 성찰을 담당하는 회로와 외부적 관심을 담당하는 회로가 서로 뒤얽혀 있다―환각제가 뇌에 미치는 영향이 바로 이런 것이다. 사람들이 상당한 돈을 지불해가며 재미 삼아 경험하는 뇌의 화학작용이 실은 내 아버지가 앓는 증상과 똑같은 것이라니 얼마나 아이러니한가, 생각했다.

친구들은 약물 복용의 여파에 대해서도 이야기했다. 코카인의 흥분 뒤에 따라오는 저조한 상태―전부 조울증의 압축된 주기와 유사하게 들렸다. 친구는 스트레스를 풀기 위해 보름에 한 번씩은 친구들과 집단으로 약을 하며 욕구를 분출해줘야 한다고 설명했다. 어쩌면 우리는 모두 광기의 순간을 갈망하는지 모른다.

어디까지나 통제된 방식으로 안전장치에 기대 지킬과 하이드를 왔다 갔다 하며 모종의 미친 짓을 체험하는 수준일지라도. 게다가 실제로 어떤 미친 짓을 선보이든 약물과 알코올 탓이지 자신들 탓이 아니라고 말할 수 있을 테니까. 그렇게 야만적이고 광적인 욕구를 해소함으로써 나머지 시간 동안 문명화된 가치에 순응하며 제정신을 유지하는 방법이기도 했다. 그렇더라도 병동 안 사람들은 정상인이 되기를, 이런 술집에서 술을 마실 수 있기를 너무나 간절히 원하는데, 술집에 앉은 사람들은 병동 안에 있는 이들의 정신적 붕괴를 체험하고 싶어 한다는 게 슬프고 기이해 보였다.

집에 오는 길에 톰에게 문자메시지를 보내고 답장을 기다렸다. 그러나 그는 진즉 잠자리에 들었을 것이다. 그의 아파트에서 지낼 때 우리가 항상 하는 잠자리 루틴이 그리웠다. 내가 이제 귀마개를 꽂을 거라고 말하면 그가 '잘 자라, 이 몹쓸 년아'라고 대꾸하고, 그럼 내가 귀마개를 빼면서 지금 뭐라 했냐고 물을 거고 그는 아닌 척 시치미를 뗄 테고, 내가 욕으로 갚아주면 그때 서로에게 말하겠지, **사랑해** 그리고 **잘 자**.

술기운에 어렴풋한 정신으로 뒷마당으로 걸어 들어갔다. 시내의 광공해 탓에 어둠이 파스텔 색조를 띠었다. 별은 보이지 않고 그저 창백한 구름 사이로 언뜻 달이 스쳤다. 손가락으로 내 야생능금나무, 내가 엄마를 위해 심은 나무의 이파리들을 쓸어내렸다. 이 나무를 처음 심었을 때는 나와 키가 같았다. 이제는 나무 아래에 내가 설 수 있는 높이까지 자랐고, 우산처럼 펼친 가지들이 내 정수리에 입을 맞췄다.

나는 톰의 간절한 물음을 생각했다. **형제들이 간병을 더 많이 맡아줄 수는 없어?** 존은 아버지를 자주 들여다보기에는 너무 멀리 살았다. 스테판은 밤 여덟아홉 시나 돼야 런던 도심 직장에서 퇴근했고, 서머필드 면회 시간에 맞추지 못할 만큼 늦을 때가 많았다. 비록 당분간은 일주일에 두 번 때로는 세 번씩 아버지를 만나러 일찍 퇴근하지만. 한두 번 스테판이 나에게 병원 오가는 교통비를 '빌려' 주었는데, 돈을 갚으라고는 하지 않았다. 둘 중 누구라도 회사를 그만두는 걸 나는 차마 볼 수 없었다. 엄마가 떠올랐다. 눈을 감는 순간까지도 엄마가 얼마나 억울해했는지를 생각했다. 내가 살아온 시간이 엄마의 그것과 대구가 되기를 바라지 않았다. 그렇게 후회와 희생으로 평생을 살다가 죽고 싶지 않았다. 순간 2010년 내 생일 저녁 식사가 기억났다.

그날 우리는 즐겨 가던 이탈리아 식당에 갔다. 엄마가 폐암 진단을 받은 직후였지만, 우리는 그저 얼떨떨하게 파스타와 음료를 주문하고 나중에 보러 갈 영화에 대해 수다를 떨었다. 여느 생일날과 다를 바 없는 것처럼. 그러다 침묵이 엄마와 나 사이에 내려앉고, 죽음과 시간과 다가올 앞날에 대한 자각이 밀려들었다. 나는 포크에 반사된 내 얼굴을 들여다봤다. 눈, 코, 입이 유령의 집처럼 괴상하게 일그러져 보였다.

"난 아버지가 걱정이다." 엄마가 말했다.

"어떻게 감당을 할는지, 나중에…… 나중에 내가 옆에 없으면."

엄마에게는 노아가 있는데 그래도 여전히 엄마가 아버지를 사랑하는지 줄곧 궁금했는데, 엄마의 눈을 보고 알 수 있었다. 엄마는 아버지를 아주 많이 사랑했고, 이것이 엄마가 아버지를 절대 버리지 않고 자기 인생을 희생한 이유였음을. 나는 아버지를 사랑했을까? 그저 이론상으로 '내 아버지니까'라는 일반적인 의미 이상은 아니었다. 아버지와는 거의 대화 한마디 나눌 수 없었으니까. 그러니 내 대답은 엄마에 대한 내 사랑에서, 엄마를 행복하게 해주고픈 내 바람에서 비롯된 것이 더 컸다. 나는 포크에 비친 내 얼굴이 기우뚱한 입을 벌려 이렇게 말하는 걸 지켜봤다.

"걱정하지 말아요, 내가 아버지를 보살필게."

그러자 엄마가 안도의 표정을 지었고 우리는 다시 영화 이야기로 돌아갔다. 짧은 대화였지만, 나는 그것의 중요성을 결코 잊지 않았다. 내가 엄마에게 한 약속이었고, 나는 이 약속을 반드시 지키기로 결심했다.

26

"요즘 날마다 보네요."

신문 판매대 남자가 말을 걸었다.

"이 동네에 새로 이사 왔어요?"

남자는 중년의 인도계 사람이고 부드럽게 넘긴 검은 머리에 미소가 매력적이었다. 볼빅 생수 값으로 동전을 건네며 나도 미소로 답했다.

"아버지를 만나러 왔어요."

나는 아버지가 서머필드에 입원 중이라서 거의 매일 이 앞을 지나간다고 설명했다. 아버지의 옷가지가 가득 담긴 가방을 들어 보여주었다. 남자가 놀란 표정을 지었다.

"서구 사람들이 자기 부모를 돌보는 일은 흔치 않던데요. 대개 그냥 양로원에 집어넣던데."

남자는 인도에서는 자녀들이 부지런히 제 손으로 부모를 보살핀다는 말도 덧붙였다. 서머필드까지 걸어가면서 남자의 말을 곰곰이 곱씹었다. 인도의 돌봄 전통에 관해서는 그 뒤로도 여러 가지 이야기를 들었다. 예전에 케랄라를 여행할 때 듣기로는, 둘째 아들이 집안 어른들을 보살피는 책임을 맡고 그 대가로 집안 가옥을 물려받는단다. 물론 신문 판매인이 말해준 전통이 훌륭하다고 생각하지만, 동양의 모든 나라에 해당되는 얘기는 아니었다. 예를 들어 중국에서는 2013년에 노인권리보장법이라는 법률이 제정됐다. 2030년까지 두 배로 늘어날 엄청난 노인 인구의 대부분이 외로움에 시달리는 처지임을 감안해 자녀들이 '자주' 부모를 방문하도록 의무화하고 지키지 않으면 징역형에 처한다는 조치였다. 중국인들 트위터에는 이 조치에 관한 우스갯소리가 오갔다. 교도소에서 살인범과 한방에 갇힌 사람이 자기는 알츠하이머에 걸린 부모를 만나러 갈 시간이 없어서 감옥에 왔다고 말한다고 상상해보면, 과연 비현실적이긴 했다. 개발도상국 조현병 환자의 회복 가능성이 훨씬 더 높다는 기사를 접한 적이 있었다. 신문 판매인이 말한 가족 간의 돈독한 지지와 유대감이 이런 현상과 관련 있는 것일까 궁금했다.

시간이 갈수록 나는 포괄적으로 쓰이는 조현병이라는 용어 자체가 혼란스러웠다. 아버지가 쓰러지기 전까지 내가 만난 조현병 환자는 우리 아버지 한 사람뿐이었다. 그러나 환자들을 많이 마주칠수록 그들이 모두 얼마나 제각각인지, 교과서적 정의에 부합하는 것처럼 보이는 환자의 숫자가 얼마나 적은지, 점점 분명하게 보였다. 그날은 병동에 새로운 환자가 와 있었다. 은발을 짧게 자른 자그마한 체구의 그리스 여성이었다. 이 환자는 귀에 거슬리는 울음소리를 내며 걸어 다녔다. 양손을 쥐어짜면서 그리스어로 사람들에게 말하는 모습이 마치 데우스엑스마키나 deus ex machina가 내려와 자신의 고통을 해결해주기를 간청하는 것 같았다.

아버지 침대로 가보았다. 아버지의 회복이 전보다 빠르지 않다는 걸 눈으로 확인하고 내 기대는 허물어졌다. 그곳으로 온 지 사흘이 지났다. 아버지는 여전히 음식을 먹지도 말을 하지도 움직이지도 못했다. 두 눈은 감겼고 입은 당황했을 때처럼 둥글게 벌어져 있었다. 아버지에게 음료를 먹이고 있을 때, 울음소리의 환자가 다가왔다. 흡사 그리스 비극의 한 장면이나 나이 많은 오필리아를 연기하는 사람처럼 이 여성의 비애에는 장엄한 기운마저 감돌았다. 그녀의 뺨에 번들거리는 눈물을 보며 꾹꾹 눌러 참은 내 눈물을 생각했다. 어쩌면 우리의 유일한 차이는 그저 나는 참고 그녀는 표출한다는 것, 나는 사회적 관습에 순종하고 그녀는 더 이상 그러지 못한다는 것뿐이지 않을까.

무슨 트라우마가 그녀를 부서뜨렸을까? 어떤 무시무시한 사건이 일어나서 사람들에게 도움을 간청하는데 아무도 귀를 기울이지 않는 것 같았다. 나는 다시 아버지에게 눈을 돌렸다. 아버지의 팔을 토닥이다가 퍼뜩 죄책감이 들었다. 신문 판매인은 나를 칭찬했지만 사실 더 이상 감당하기 힘들다고 느끼기 시작했다. 병동을 오가는 단조로운 생활, 그 고된 반복을 꼬박 일 년 동안 해 왔다. 세 번째 긴장증 발작으로 애를 태우면서 벌써 네 번째, 다섯 번째 발작을 예측했다. 미래에 아무런 희망이 보이지 않았다.

신문 판매인이 했던 말이 신문 헤드라인에도 되풀이되고 있었다. 보수당 출신 보건부 장관 데이비드 모와트는 자식을 보살필 때와 똑같이 헌신적으로 우리가 부모를 보살펴야 한다고 역설했다. 병자와 노인을 국가가 돌봐야 한다고 선포한 필리프 피넬의 초기 빅토리아시대로부터 완전히 상황이 역전돼 다시 이 역할을 가장 잘 해낼 수 있는 건 오로지 가족뿐이라고 국가가 말한다. 물론 이는 모두 사회적 돌봄의 요구 및 비용 상승, 매년 파산에 이르는 요양시설 그리고 지출 확대나 세금 인상을 꺼리는 정부 정책과 관련이 있다.

정신이상자 감금에 대해 빅토리아인들이 품었던 터무니없는 낙관주의, 수용시설 안에서 정신이상자들이 완전히 치유되리라던 그들의 믿음은 현실 앞에서 차츰 위축되었다. 그들은 기대 수준을 대폭 낮추고 대신 청결과 편의성으로 초점을 옮겼다. 1855년 벨기에 도시 길Geel의 정신이상자 집단 거주지 내에서 정신병원 관리자로 근무하던 존 골트John Galt는 정신병자들에게 '혹독하고 단조로운 기계적 동작'으로 진행되는 정신병원의 일과를 면제해줘야 한다고 주장했다. 사회와 단절된 생활이 환자들에게 유해한 것처럼 가정으로 돌려보내는 결정도 그들의 회복을 저해할 수 있다고 그는 생각했다. 대신 일정한 관리 감독하에 정신병자들이 공동체 안에서 살아가도록 허용하는 방안을 해결책으로 내놓았다. 골트의 제안은 격분을 불러일으켰다. 그의 동료들도 거세게 반대하며 그의 발상을 조롱했다. 그러나 골트는 시대를 앞서간 인물이었다. 그가 예견한 '지역사회 돌봄Care in the community'의 도입이 한 세기 뒤인 1980년대에 유럽과 미국을 휩쓸기 시작했다.

'지역사회 돌봄'은 정신 건강 치료 역사상 엄청난 지각 변동이라 할 수 있었다. 환자들을 시설에 격리시키기보다 가정에서 치료함으로써 정신 질환의 낙인을 지우고 환자들이 더 존엄을 누리도록 하는 것이 이 시스템의 목적이었다. 더 냉소적인 논조로 보자면, 정부로서는 상당한 비용을 절감하는 방법이기도 했다. 1950년대 중반만 해도 잉글랜드와 웨일스 지역 정신병동에 수용된 환자 수가 15만 명 이상이었는데 1975년까지 환자 수는 8만 명으로 줄어들었다. 만약 우리 아버지가 1950년대에 발병했더라면 아마 아버지는 생애 대부분을 서머필드 같은 곳에서 보내게 됐을 것이고, 아버지를 면회하던 내 아동기의 기억은 정기적인 습관이 됐을 것이다. 대신 엄마가 (뒤이어 내가) 아버지의 간병인이 됐으니 개인적인 선택 못지않게 정부 정책도 우리의 운명에 중대한 영향을 미쳤다.

20세기 후반부에는 정신의학에 대한 의혹이 커지면서 종종 사회적 통제 수단의 하나로 정신의학을 바라보았다. 『뻐꾸기 둥지 위로 날아간 새』는 오리건의 억압적인 정신병동을 무대로 이런 시대적 정서를 포착한 이야기다. 20세기 초반에는 미심쩍은 이유로—임신한 미혼여성, 남편이 싫증 내는 아내 등—쫓겨나듯 시설로 보내지는 사람들이 많았다. T. S. 엘리엇이 시설에 보내버린 부인 비비엔이 그렇고, 무솔리니가 산클레멘테정신병원에 감금해버린 애인 이다 달세르가 그렇다. 사회적 압박이 느슨해지던 1960년대에는 사회 변화를 지연시키는 수단으로 정신의학이 이용되었다. 흑인의 권리를 위해 싸우던 사람들에게 뇌엽절리술을, 가정의 굴레에 저항해 페미니즘 성향을 키워가던 여성들에게 발륨Valium 신경안정제의 일종 처방을, 동성애자들에게 '치료'를 명목으로 전기충격요법을 시행했다. 구소련에서는 정신병원이 강제노동수용소를 대체했다. 반체제 인사들은 '나태 분열증sluggish schizophrenia' 환자로 진단받았다. 그러니 '단연코 영국 내 정신병원 대부분의 폐기'를 선언한 이녹 파월Enoch Powell 영국 보수당 출신 정치인—지역사회 돌봄의 아버지라 불린다—의 1961년 연설이 나올 즈음에는 정신병자 수용시설을 사실상 감옥으로 보는 그의 시각이 다수의 지지를 받았다.

정신의학과 정신병원에 대한 반발이 가시화되면서, 반정신의학 운동의 선봉에 선 의사들이 대항문화의 유명 인사로 떠올랐다. 토머스 사즈Thomas Szasz 헝가리 출신인 미국의 정신분석학자, 현대 정신과학의 과학적 도덕적 근거에 대한 비판을 제기했다의 명저 『정신 질환의 신화The Myth of Mental Illness』에는 이런 구절이 나온다. '동물 왕국의 법칙은 먹느냐 먹히느냐이고, 인간 왕국의 법칙은 규정하느냐 규정되느냐이다.' 대부분의 진단은 의학적 판단이 아니라 사회의 규준을 따르는 데 실패한 이들에게 가해지는 도덕적 판단이라고 사즈는 잘라 말했다. 정신분열증을 분류하는 방식도 미심쩍다고 지적했다.

당신이 하느님에게 말을 걸면 기도를 하는 것인데, 하느님이 당신에게 말을 걸면 당신은 정신분열증 환자가 된다.

사즈의 관점에서 정신 질환은 질병이 아니라 '생활상의 문제'가 투영된 것이었다. 그렇다고 해서 정신의학을 전적으로 반대하지는 않았다. 그는 단지 정신의학의 지나친 강제성을 우려하고 '해를 끼치지 말라'는 히포크라테스의 언명을 좇아 강제성을 밀어내고 그 자리에 신뢰와 동의를 세워야 한다고 생각했다.

지역사회 돌봄이 가능해진 한 가지 요인은 클로르프로마진을 비롯한 새로운 항정신성 의약품의 도입이었다. 빅토리아시대 새로운 정신병원 건립이 그랬듯 이런 의약품도 마찬가지로 정치인들 사이에서 터무니없는 낙관주의를 퍼뜨렸다. 대처 내각의 사회복지부 장관이던 키스 조지프 경은 '정신 질환을 앓는 사람을 병원이 치유한다'라는 확신에 찬 주장을 담아 정책 보고서를 발행했다. 최초로 장기 요양 환자들의 지역사회 정착이 진행되면서 탈시설화가 불안하게 첫발을 디뎠다. 불안했던 이유는 환자들이 흔히 마을과 도시 극빈 지역에 위치한 불결한 단칸방이나 숙박시설로 재배치되면서 정신 질환자 게토가 만들어졌기 때문이다. 혹은 개인 가정에 의탁되기도 했는데, 이런 곳은 대개 적절한 규제가 이뤄지지 않았다. 영국의 경우, 로이 그리피스 경이 제출한 정책 제안서는 '지역사회 돌봄의 무인지대'를 가리켜 '모든 사람의 먼 친척이지만 누구의 자식도 아닌' 처지라고 묘사한다.

역시 탈시설화가 한창 칭송되던 미국에서 사회학자 앤드루 스컬Andrew Scull이 주목한 현실은 이렇다. 네브라스카의 경우 '광인을 가축 취급하던 오랜 관행이 대단히 독창적으로 변주된 형태일 텐데, 정신 질환자 보호시설의 인허가 및 시찰 업무를 농림부가 관할하였다. 스캔들이 터지자 이들 보호시설 가운데 320곳의 면허를—환자들은 그대로 둔 채—취소했으나 피수용자들의 운명은 수수방관하였다.' 가족의 지원을 받지 못하는 미국과 유럽의 다수 '피수용자들'에게 닥친 운명이란 노숙자 신세이거나 교도소행이었다. 2006년 보고에 따르면, 미국 교도소에 복역 중인 환자 가운데 정신 질환 기준에 부합하는 환자가 24퍼센트에 달했다.

1980년대를 거치며 지역사회 돌봄의 단점이 영국 대중의 의식 속에 차츰 퍼져나갔다. 조현병 환자들―충분한 지원 없이 명백히 방치되던 취약한 환자들―이 저지른 살인사건이 신문 헤드라인에 오르내렸다. 격렬한 대중적 항의 끝에 1990년 '지역사회 돌봄 법안Community Care Act'이 도입됐다. 이 법안으로 정신 의료시설에서 퇴소하는 환자는 반드시 돌봄 플랜과 지속적 지원 및 가정의 후속 치료를 보장받아야 한다는 원칙이 확립되었다.

요즈음의 사회적 돌봄 위기에서도 나는 비슷한 진행 패턴이 읽힌다. 보호시설 수천 곳이 문을 닫고 노인들이 분산되리라는 말은 아니다. 하지만 지역사회 안에서 실행하는 대안적 돌봄 프로젝트가 갈수록 강조되는 추세다. 예를 들어 일명 '사회적 돌봄의 에어비앤비'로 불리는 돌봄숙박 제도the CareRooms scheme라는 것이 등장했다. 기록적 수준에 이른 국민보건의료서비스의 무의탁 환자 장기 입원 비율 즉 가정에서 보살펴줄 사람이 없고 지역 의회의 지원도 없이 병상에서 몸조리 중인 노인들이 늘어나는 데 대한 대응책으로 마련된 것이다. 기본 얼개는 일박에 50파운드 정도의 비용을 주인에게 지불하고 일반 가정의 남는 방에 환자를 이동시키자는 내용이다. 예상대로 당연히 논란이 뒤따랐다. 취약한 환자들이 쉽게 학대에 노출될 수 있다는 우려 때문이다.

거꾸로 간호 및 간병 대체 인력들이 학대에 노출될 가능성도 있다. 예를 들어 2015년 홈쉐어 네트워크라는 것이 만들어졌다. 이론적으로 구상은 훌륭했다. 주거지가 필요한 사람―가령 청년―이 독립적인 생활에 도움이 필요한 다른 이의 집에 적은 비용으로 세를 드는 대신 주당 최소 열 시간씩 의무적으로 집주인에게 도움을 제공하는 시스템이다. 그러나 대학원생인 젊은 여성이 한집에 사는 나이 든 여성으로부터 가정부 취급을 받은 사례를 나는 글로 접했다. 입주하고 얼마 지나지 않아 이 젊은 여성은 주당 열 시간보다 일을 훨씬 많이 하게 됐고, 주인 할머니가 아플 때는 특히 더했다. 사실상 이 여성은 자기 돈을 내가며 돌봄을 떠맡게 된 셈이다.

실제로 간병인과 환자의 관계는 일종의 힘겨루기 혹은 머리싸움으로 발전하기도 한다. 젤다 피츠제럴드와 스콧 피츠제럴드 부부의 사례처럼. 아버지의 간병인이라는 역할로 아등바등하던 내가 점점 강하게 매료된 또 한 쌍의 문인 커플이 이들이다.

27

아버지가 다시 서머필드로 들어간 뒤로 나는 다시 **어째서라**는 고민을 곱씹었다. 대체 이 긴장증의 뿌리는 무엇이었을까? 이전에 풀지 못한 질문들이 몇 달간 잠잠하게 일상의 업무 속에 파묻혀 있다가 다시 머릿속에 또렷하게 살아났다. 아버지의 입원이 반복되는 이유를 알아낸다면, 그럼 어쩌면 영원한 회귀의 순환을 중단할 수 있을지도 모른다. 애당초 아버지에게 조현병이 생긴 이유를 알아낸다면, 그럼 아마도 아버지가 앓는 병의 수수께끼를 풀고 아버지를 안정 상태로 돌려놓을 수 있을지도.

나를 괴롭힌 이 '어째서'는 1930년 스콧 피츠제럴드의 뇌리를 떠나지 않던 그 '어째서'이기도 했다. 세계경제가 붕괴하고 대공황이 시작됐으며 그의 아내는 스위스의 정신병원에 입원했다. 내 아버지처럼 젤다는 목소리를 들었다. 전부터 편집증으로 고생하다 이제는 환각에 시달렸다. 제네바 프란진스클리닉의 저명한 정신과 의사 포렐 박사가 젤다의 주치의인데, 그는 심리치료로 젤다가 나을 수 있다고 장담했다.

당시 스콧의 편지글을 읽어보면, 스콧은 확실히 처가 식구들의 책임이 크다고 생각했던 것 같다. 스콧과 처가는 사이가 꽤나 불편했다. 처가 식구들로부터 한 번도 젤다의 상대로 충분하다고 인정받지 못한 점이 스콧은 분통스러웠다. 물론 스콧 자신도 젤다가 과분한 상대라고 생각하던 시절이 있었지만.

1918년 몽고메리 컨트리클럽의 어느 댄스파티, 밴드 연주가 배경으로 깔리던 '반딧불' 같은 저녁에 두 사람은 처음 만났다. 그는 인근 캠프로 발령받은 육군 장교였다. 그리고 그녀, 젤다 세이어는 그날 무도회의 여왕이었다. 그녀와 춤을 추려는 남자들이 줄을 섰다. 스콧과 만났을 때 그녀는 취해 있었고 아무런 거리낌이 없었다. 스콧도 술을 좋아했다. 후에 젤다의 아버지는 스콧이 취하지 않은 모습을 본 적이 없다고 불평하기도 했다. 젤다의 부모는 중산층으로 아버지는 판사이고 어머니는 가정주부였다. 부부는 딸과 어울려 사고나 치고 다닐 파트너보다 차분하게 진정시켜 줄 남편감이 필요하다고 생각했다. 두 사람의 첫 약혼 당시 스콧은 1919년 초 군대에서 전역한 뒤 뉴욕 광고대행사에서 카피라이터로 일하고 있었다. 그는 가진 돈도, 이뤄놓은 성공도 없었다. 젤다가 약혼을 깼다. 하지만 그는 그녀를 되찾는다.

스콧은 『낙원의 이편』이라는 소설을 집필했다. 자기 이야기이자 젤다의 이야기였다. 그가 에이머리 블레인이고 젤다가 로잘린드였다. 이 작품은 젤다를 전설로 만들고, 그녀를 기리고 그녀라는 캐릭터를 설명했다. 젤다는 스콧에게 영감을 준 주인공으로 탄생했다. 그는 이 책을 '철학자와 신여성에 관한 소설'이라고 불렀다. 젊은 편집자 맥스웰 퍼킨스가 발굴하고 스크라이브너 출판사에서 출간한 이 소설은 재즈시대의 **표상**이 되었고, 모두가 읽고 (첫해에 4만 9천 부가 판매된!) 모두의 입에 오르내렸다. 스콧과 젤다는 뉴욕 문학계의 총아가 되었다. 그녀가 스무 살, 그가 스물네 살이었다. 자신들이 누구인지 뭘 하는 사람인지 잘 알지 못했지만, 여하튼 그들은 페르소나를 창조했고 그들의 페르소나가 다시 그들을 창조했다. '가끔은 젤다와 내가 실재하는 사람인지 아니면 내 소설 속 등장인물인지 나도 잘 모르겠다'고 스콧은 혼잣말을 했다. 두 사람은 고급 호텔에 묵으며 샴페인을 마셨고, 스콧은 백 달러 지폐들을 공작 꼬리 모양으로 접어 양복 윗주머니에 꽂고 거들먹거리며 다녔다.

젤다를 스위스 정신병원에 보내놓은 지금, 스콧은 자신이 항상 아내를 잘 보살펴 왔다고 자부한다. 두 사람에게는 아홉 살배기 딸 스코티가 있고, 스콧은 가족들이 부족함 없이 하인, 유모, 젤다의 모피코트에 이르기까지 최상의 생활을 누리도록 부양해

왔다. 그런데도 처가에서는 아직도 그를 나쁜 남편으로 생각한다. 처형인 로잘린드는 스콧에게 이런 가시 돋친 말을 적어 보낸다. '그 애가 기껏 도망쳐 당신들 둘이 만들어낸 그 미친 세계로 돌아가느니 차라리 그만 죽어버리는 편이 낫겠어요.' 격분한 스콧은 편지로 젤다의 부모에게 젤다가 있는 곳이 아주 비싼, '유럽 최고의' 정신병원이라고 강조한다.

프란진스클리닉은 제네바 호숫가에 자리 잡고 있다. 컨트리클럽처럼 호화롭고 환자들은 '손님'으로 대우받는다. 병원비가 자그마치 한 달에 천 달러다. 스콧은 부지런히 일한다. 장편소설을 완성하고픈 마음이 훨씬 크지만, 잇달아 단편을 써서 신문과 잡지에 보낸다.

젤다의 병은 선천적인 것일까, 후천적인 것일까? 정신이상 가족력이 있기는 하다. 그녀의 아버지는 주기적으로 격심한 우울증을 앓는다. 그녀의 할머니와 고모는 스스로 목숨을 끊었고 언니 마조리는 불안증에 시달린다. 그런데 젤다의 주치의들이 세이어 일가에 편지를 보내 이런 유전적 이상 증세와 극단적 성향의 가족력에 관해 질문했을 때, 가족들은 결백한 척 대답을 흐린다. 어쩌면 사실을 인정하기가 너무 수치스러운지도. 미국 최남부 지역에서는 이런 일들을 입 밖에 내지 않는다.

스콧은 양육 방식이 문제였다고 주장한다. 그가 느끼기에 젤다가 이렇게 된 건 부모가 그렇게 키웠기 때문이다. 젤다는 늘 버

룻없이 제멋대로에 원하는 건 기어이 가지는 아이였다. 열 살 때
인가는 세이어 씨네 지붕에 어린아이가 오도 가도 못하고 있다고
소방서에 신고해놓고 자신이 지붕에 올라가 사다리를 걷어차고
구조대가 오기를 기다렸단다. 젤다의 신경쇠약은 어릴 때 어머
니가 지나치게 애지중지하며 키운 탓이라고 스콧은 믿는다. 그
결과 '필연적으로 독단적이고 동기도 없고 심지어 원치도 않는
자기주장이 생기고ー이것이 아버지에게 배운 합리성과 대비되면
서 나중에 그녀를 미치게 만들었다'고.

책임 전가에 휘말린 스콧에게 어느 정도 공감한다. 나는 그가
유별나다고 생각하지 않는다. 이건 병의 진단과 함께 찾아오는
혼란과 당혹감에서 파생되는 감정이다. 사랑하는 사람의 역사
를 다시쓰기 해야 하는데 갑자기 내러티브에 빈틈이 보이면 악당
이 누구인지부터 찾으려 들기 십상이다. 아마 사건이나 가계도
의 짜임보다 비난할 사람을 찾기가 더 쉬울 것이다. 사람은 더 단
단한 실체가 있으니까. 아버지가 처음 발병했을 때 아버지의 어
머니가 엄마 탓을 한다는 이야기가 엄마 귀에 들렸다. 이 사람 저
사람 건너 전해 들은 말이었지만, 그 무심한 소문에 엄마 속은 타
들어갔다.

당시의 사회적 입장은 여성들 편이 아니었다. 1960년대부터
1970년대까지는 정신분열증에 대한 비난이 주로 가족들, 특히
'정신분열증을 초래하는 모친'ー독일 정신과 의사 프리다 프롬
라이히만Frieda Fromm Reichmann이 만든 용어로, 아이에게 명령

하고 과잉보호하지만 아이를 거부하는 어머니의 부정적 스테레오 타입을 묘사하는 말—에게 쏟아졌다. 어떤 좋지 않은 특성이 정신분열증을 야기하는지 답을 알아내겠다며 의사들이 정신분열을 앓는 자녀의 어머니에게 성격 테스트를 실시하기도 했다. 어쩌면 할머니도 비난을 회피하고 싶은 마음에 서둘러 책임을 다른 데로 전가했을지 모른다.

엄마와 엄마의 시어머니가 정면으로 대립한 적은 한 번도 없는 것 같다. 여전히 할머니는 간간이 우리를 만나러 왔고 항상 미소를 띠었다. 하지만 그런 점이 엄마의 소외감과 외로움을 더 악화시켰다고 생각한다. 엄마가 원한 것은 공감과 지지였는데 되레 사악한 아내 취급을 받았으니까. 그래서 나는 스콧의 분개심을 이해할 수 있다. 비싼 정신병원에 있으면 모든 게 좋아지리라는 그의 엇나간 확신에도 불구하고 말이다. 이것 외에도 그들의 결혼 생활에서 돈으로 그의 관심과 사랑을 대체한 사례들은 많았지만.

책임 전가를 둘러싼 다툼은 스콧과 처가 식구들 사이만이 아니라 스콧과 젤다, 두 사람 간에도 벌어졌다. 젤다가 처음 프란진스에 입원했을 때 스콧에게 면회가 허용되지 않았다. 그는 인근 호텔에 머물며 연일 아내와 편지를 주고받았다. 두 사람은 먹잇감과 전리품을 차지하려고 싸우는 독수리들처럼 지나온 역사를 빙글빙글 돌며 자신들의 관계를 물어뜯고 고통과 기억을 잘근잘근 씹었다. 때로는 덤벼들어 서로를 비난하고 때로는 한발 물러나 잘못을 인정하고 회한을 드러냈다. 각자 자기 버전으로 사건을 기억하는 탓에 누가 이기는지, 누가 내러티브를 구술할 것인지 확인이 중요했다. 토머스 사즈의 말마따나, 누가 규정하느냐와 누가 규정되느냐를 놓고 벌이는 전쟁이었다.

1930년에는 스콧이 이미 기선을 잡았다. 젤다에게 꼬리표가 붙었고 의사들은 젤다의 증상을 정신분열증이라 불렀다. 아직 누구도 스콧에게 꼬리표를 붙이지는 않았다. 조만간 그럴 조짐을 보이는 쑥덕거림에 슬슬 불안해지긴 했지만.

1929년, 스콧과 젤다는 아직 파리에 살고 있다. '저의 최근 경향은 열한 시쯤 뻗어버리는 겁니다.' 어니스트 헤밍웨이에게 보내는 편지에 스콧은 이렇게 적는다.

눈물이 줄줄 흐르든 아니면 술이 한도까지 차올라 줄줄 새는 것이든, 여하튼 관심을 보이는 친구나 지인들에게 말하는 거죠, 나는 이 세상에 친구 하나도 없고 아무도 좋아하지 않고, 거기에는 젤다도 포함되고…….

스콧은 종종 밤에 혼자 술을 마시러 가는데 종국에는 모르는 사람들과 엮일 때가 많다. 예전에는 젤다도 같이 어울리곤 했다. 뉴욕에서 지내던 결혼 초에는 부부가 호텔 방에서 밤새도록 술 파티를 벌이고 지치지 않고 떠들어댔다. 술이 그들을 웃게 만들고 그들의 빗장을 풀어 하나로 묶어주었다. 술은 그들을 미쳐 날 뛰듯 생동하게 만들었다. 조지 화이트의 〈스캔들Scandals〉 공연 중에 스콧이 옷을 벗어 던졌을 때처럼 혹은 젤다가 워싱턴 스퀘어 분수대에 뛰어들고 프린스턴의 프로스펙트 애비뉴에서 재주넘기를 했던 때처럼. 사람들은 그들의 에너지를 목격했고 더 많이 보고 싶어 했다. 도로시 파커Dorothy Parker는 두 사람이 마치 태양에서 걸어 나온 것처럼 보였다고 말했다. 가십난의 애정을 듬뿍 받으며 그들의 기행 하나하나가 기록되었다. 스콧은 그 시절을 떠올리면 아련한 통증을 느낀다. 그때는 젤다가 피츠제럴드 부인임을 자랑스러워했고, 그때는 젤다가 새 책 출간을 응원했다. 지금 그녀는 오로지 젤다 자신으로 사는 일에 전념하는 듯하다.

　스콧이 네 번째 소설의 초고 작업을 하는 동안 젤다는 전문무용가가 되겠다는 결심을 굳힌다. 오전부터 오후까지 발레 레슨을 받으면서 탈진 직전까지 자신을 몰아가고, 기관지염과 고열에도 연습을 쉬지 않는다. '당신이 이 일을 잘하게 되는 날이 오리라고 착각이라도 하는 거야?'라고 묻는 걸 봐서 남편의 전폭적인 지지를 기대하긴 어렵다. 스콧은 친구에게 속마음을 털어놓는다. '이사도라 덩컨이 세상을 떠났으니 자기가 이사도라 덩컨을 대신하는 동시에 나를 뛰어넘는' 것이 젤다의 욕망이라고. 하지만 스콧은 아내만큼 정력적이지가 않다. 글을 거의 쓰지 못하고 몇 날 며칠을 예사로 흘려보내기도 한다. 그는 전년도인

1928년을 처음으로 '글을 쓰기 위해 술을 마셔야 했'던 해로 기억한다. 부부는 많이 다투고 다른 사람들과 시시덕거리며 점점 사이가 멀어져 간다.

그럴 즈음, 젤다에게 도움이 필요한 상황임을 암시하는 일련의 사건이 일어난다. 그녀는 사람들이 자신을 비난한다는 피해망상에 사로잡힌다. 어느 꽃집에서는 백합이 자신에게 말하는 소리가 들린다고 스콧에게 이야기한다. 스콧이 그랑드 코르니슈―후에 그레이스 켈리의 목숨을 앗아간 프랑스 리비에라의 위험한 해안도로―를 따라 차를 몰고 가는데 젤다가 운전대를 붙잡더니, '나는 여기서 벗어날까 해'라는 말과 함께 바닷가 절벽 아래로 동반 추락을 시도하기도 한다. 그녀는 파리 외곽 말메종의 정신병원에 입원하지만, 그것으로는 부족하다. 열흘 뒤 의사들의 권고를 무시하고 병원을 나오는데 증상은 차도가 없다. 집 안에 시체들이 있다고 상상하고 존속살해를 저지르는 생각에 시달리고 자살을 기도한다. 결국 스콧이 자기 뜻을 밀어붙여 그녀를 굴복시킨다. 젤다는 로잔에 있는 발몽클리닉에 입원하고 이후 프란진스로 병원을 옮긴다.

젤다의 주치의 포렐 박사가 스콧에게 편지를 보낸다. 스콧은 현재 프란진스 근처 호텔에 묵고 있다. 포렐 박사는 스콧의 음주가 젤다의 병을 야기한 원인 가운데 하나일지 모른다고 우려한다. 박사의 편지는 충격적이다. 스콧은 격분해서 답장을 한다. 이것은 젤다가 자기를 비방한 것이며, 해결해야 할 젤다 자신의

결함과 병적인 자기중심주의와 어쭙잖은 야심으로부터 의사들의
주의를 다른 데로 돌리려는 수작임이 분명하다. 자리를 잡고 앉
아 그는 반박을 시작한다.

젊은 성년기에 칠 년 동안 저는 지극히 열심히 일했습니다.
부단한 문학적 단련을 통해 여섯 해 만에 젊은 미국 작가 중
단연 발군의 위치에 올랐으며……

그리고,

우리가 때로 과음하는 파티에 함께 다니기는 했으나, 와인과
식전주의 습관적 음용을 염려하는 저에게 오히려 아내가 적
극 권유했습니다. 제가 더 쾌활한 모습을 보이고 아내의 음
주를 더 많이 허용한다는 사실을 아내가 알았기 때문입니다.
발레라는 아이디어는 아내의 쓸데없는 음주를 멈추게 하려고
1927년에 제가 처음 제안한 것입니다……

그리고 스콧 본인이 음주를 포기하지 말아야 하는 이유는,

그건 아내의 행동을 자신에게 정당화하고, 아내의 친지와 친
구들에게 이 재앙을 초래한 것이 저의 음주며 따라서 제가
그것을 인정한다고 증명하는 형국이 되지 않겠습니까?

그들이 이해해야 하는 점은 이것이다. 이건 그의 잘못이 아니다.

지난 몇 년간 스콧의 행동 역시 이상했다는 주장도 나올 법하다. 1928년 프린스턴대학교 코티지클럽 만찬 석상에서 예정된 연설을 망치고 난 뒤, 그는 도망치듯 집에 가서 손님들이 보는 앞에서 젤다와 싸우고 아내가 아끼는 벽난로의 파란 화병을 박살내고 아내의 따귀를 때리기까지 했다. 음주로 인해 파리에서 몇 차례 유치장에 수감되기도 했고, 1924년 로마에서는 사복 경찰관에게 주먹을 휘둘렀다가 경찰들에게 두들겨 맞은 일도 있다. 폭력적인 주사로 가까운 친구들을 화나게 하는 일도 빈번했다. 프랑스로 이주한 부유한 미국인 지인 머피 부부의 디너파티에서 한번은 손님들의 주목을 더 많이 받는 헤밍웨이를 질투해서 탁자에 놓인 재떨이를 집어던졌다.

재즈시대에는 스콧과 젤다의 기괴하기 짝이 없는 행동이 대담하다고 찬양받았지만, 세월이 흐른 지금 한낮의 맑은 정신으로 보면 심각한 정신 질환 증상에 더 가까워 보인다. 그래도 환자가 된 사람은 젤다이고, 남편은 아내의 회복을 감독하도록 돕는 입장이다. 스콧은 아내의 여권 사진－'내가 알았고 사랑했던 얼굴'－을 계속 바라보고 있다고 그녀에게 편지를 쓴다. 면회 가서 완전히 다른 사람이 돼 버린 아내를 보고 그는 슬퍼진다. 젤다의 얼굴에 붕대가 감겨 있다. 예전 아름답던 아내는 사라지고 지금은 습진으로 피부가 얼금얼금 얽어 있다. 습진이 생긴 건 6월

중순, 스콧이 처음으로 딸을 데리고 젤다를 만나고 온 뒤부터다. 젤다는 쇠약하고 몹시 지쳐 보인다. 얼마 전 도주를 시도한 뒤 병원에서 진정제를 투여했다. 모르핀과 브롬화물을 직장에 주사로 투여해 수면 상태에 빠뜨리는 처방이 내려졌다.

스콧이 다시 포렐 박사와 면담한다. 박사는 젤다의 경쟁적 기질이 정신분열증의 증상이 틀림없다고 말한다. 그녀가 보이는 '가정성의 결여'와 최근의 동성애적 경향도 마찬가지라고 설명한다 (얼마 전에도 그녀는 오스카 와일드의 조카 돌리와 서로 추파를 던지고 발레 스승인 마담 루보브 에고로바에게 끌린다고 고백하기도 했다). 발레에 대한 야심을 불태우느라 기운을 소진한 상태이지만, 병원의 '재교육 프로그램'을 통해 달라질 것이다. 경쟁심을 내려놓을 것이고 좋은 아내가 될 것이다.

젤다는 가족들에게 편지를 쓸 수 없다. 편지가 검열당하기 때문이다. 신체 움직임도 강제로 저지당한다. 어느 땐 양손만, 어느 땐 양손과 양발까지 (자위를 하다 들킬 때도 양손이 묶인다). 병원 측은 그녀에게 모르핀과 벨라도나 추출액을 투여하고, 갑상선 건조 파우더와 난소 추출물을 사용한 내분비 치료와 인슐린 쇼크요법을 진행하고 있다. 인슐린 쇼크요법은 환자에게 고용량의 인슐린을 투여해 혼수상태를 유도할 만큼 혈중 포도당 농도를 떨어뜨린다. 여기에는 심각한 부작용이 따른다. 이런 시술이 환자에게 진정 효과를 가져올 수 있는 건 뇌세포에 포도당이 전달되지 못하게 막아 뇌 손상을 유발할 가능성이 있기 때문이다.

스콧은 의학 전문서적을 읽고 포렐 박사에게 편지로 자기 의견을 제시한다. 그는 점점 의사의 입장에 가까워진다. 젤다의 편지를 받고도 그는 꿈쩍하지 않는다. 젤다는 편지로 그에게 '제발 도와줘요. 이토록 가혹하게 끊임없이 무릎이 꿇린 채 나는 매일 점점 죽어가요'라고 애원하고, '우리가 어디에서 어떻게 살지 당신의 선택에 맡길게요'라고 회유해보기도 한다. 젤다는 완전히 다른 사람이 되도록, 직업적인 야심을 포기하도록, 스콧 피츠제럴드 씨의 순종적인 아내가 되도록 강요당한다.

스콧 피츠제럴드는 레너드 울프―내 시각에서 볼 때 성공한 간병인인―와 대조되는 남성이다. 레너드는 짐이 무거워 몸부림쳤을지언정 스스로 책임을 감당했으므로 존경받을 만한 사람이다. 스콧과 젤다는 아름답고 재능 있고 유약했다. 둘 다 타인을 보살필 능력이 부족하고 자기 자신에 대한 보살핌이 필요했던 사람들이다. 젤다가 정신이상에 함몰되는 사이 스콧은 알코올중독에 함몰됐다. 서로가 서로를 끌어내려 둘 다 침몰하고 말았다.

버지니아의 병이 레너드를 지치게 하고 간혹 절망하게 했지만, 그 안개 속에서도 아내를 놓치지 않고 아내의 천재성이 펼쳐질 수 있도록 치유하려는 레너드의 결심은 흔들리지 않았다. 때때로 아내의 식사와 휴식과 일과를 제한했을지 몰라도 그는 아내의 개성과 재능을 타협하려 하지 않았다. 레너드가 버지니아의 정신분석 치료에 반대한 것은―설령 이 치료로 자기 생활이 조금 더 수월해진다 해도—아내의 천재성에 해를 입힐까 걱정했기 때문이다. 반면에 스콧은 언제나 남들을 통제하려는 욕구가 강했고, 젤다의 상태가 나빠지면서 이런 경향이 극도로 치달았다. 아마 아내의 병으로 그는 혼란스럽고 무기력감이 들었을 것이다. 스콧의 보수주의는 당시 시대상의 반영이기도 했다. 더 페미니스트적 세계관을 가졌던 레너드가 예외적이었다.

엄마가 아버지—친절하고 느긋한 성격의 남자—와 결혼한 이유는 혹시 엄마의 아버지가 명령하고 통제하는 타입이었기 때문이 아니었을까 생각한다. 그렇다고 자신이 남편을 통제해야 하는 상황을 엄마가 기꺼워하지도 않았을 것이다. 만약 아버지가 다시 괜찮아졌다면 노아와의 불륜을 정리했을 거라고 엄마는 말했다. 항상 아버지가 본래 자기 모습으로 돌아오기를 남몰래 기다리고 있던 사람처럼. 스콧이 그랬듯 엄마도 과거를, 잃어버린 에덴동산 시절을 그리워했다. 엄마는 아버지가 약을 먹기만 하면 아버지가 원하는 대로 지낼 수 있는 자유도 주었다.

이와 달리 젤다는 갇혀 지냈다. 정신병원에 입원하기 전에 그녀는 스콧과 이혼을 고려했지만, 경제적으로 자립할 능력이 없었다. 어느 정도는 이 점이 작가로 혹은 무용가로 성공하고픈 그녀의 욕망을 부채질했다. 이런 연유로 그녀는 태도를 누그러뜨리고 굽히고 깨져가며 더 고분고분한 아내가 되어야 했다. 아니면 최소한 의사들과 남편이 원하는 좋은 아내가 되었다고 그들을 납득시킬 페르소나라도 만들어내야 했다. 겉보기에 온순하고 다

나은 듯한 모습으로 그녀가 프란진스에서 퇴원했을 때 스콧은 안도했다. 그러나 물론 오래가지 못했다.

내가 피츠제럴드 부부에게 강하게 끌린 이유는 지난 수년간 나를 따라다니던 물음을 그들이 체현하고 있기 때문이다. 돌봄이라는 도전을 내가 도저히 감당할 수 없다면 그건 나에게 어떤 영향을 미치게 될까? 사랑하는 사람이 산산이 부서지고 당신은 그를 원래대로 붙여놓을 힘이 없다면 그때는 어떻게 될까?

28

젤다의 병이 입힌 타격으로 불면증에 시달리던 스콧 피츠제럴드는 말한다. '침몰한 자를 위한 기본 치료는 현실적 궁핍이나 신체적 고통에 놓인 이들을 생각하라는 것이다. 일반적인 우울에는 전천후로 통하는 해법이고 낮 시간에는 누구에게나 제법 유익한 조언이다. 그러나 새벽 세 시에는 잊혀진 소포 하나가 사형선고나 다름없는 비극적 의의를 띠고, 그래서 이 해법이 통하지 않는다. 정녕 어두운 영혼의 밤은 언제나 새벽 세 시에 머물러 있다……'

나는 침대에 엎어졌다. 베개에 얼굴을 파묻었다. 그러다 홱 돌아누워 컴컴한 천장을 노려보고. 이번엔 오른편으로 뒤척, 왼편으로 뒤척, 다시 오른편으로 뒤척. 머리가 낮의 과열 가동 모드에 걸려 있었다. 시스템 종료가 안 되는 컴퓨터처럼 계속 원고를 구상하고 이메일에 답장하고 아버지 담당 의사와 상상의 대화를 펼쳤다. 머릿속으로 요새를 그려 보았다. **백색 벽이 방을 둘러싸고 있다**, 중얼거렸다. **그리고 모든 문제들은, 돈, 톰, 아버지, 도도, 서머필드까지 전부 바깥에 있다.** 팔다리에 긴장이 풀리면서 몸이 서서히 내 요새 안에 안전하게 가라앉으려는 그때, 느닷없이 꿈과 생시의 그 틈 사이로 이미지 하나가 뛰어 들어왔다. 갈라진 벽 틈으로 덩굴손이 비집고 들어와 나를 칭칭 휘감고 덩굴에 숨이 막히려는 찰나 눈이 번쩍 떠졌다. 10분간 좌식 명상을 하고서야 몸이 한숨을 내쉬며 스트레스가 사라지고, 이윽고 자정 무렵 잠이 들었다. 그러나 다시 새벽 네 시에 잠이 깼다. 몸을 뒤치락거려 이부자리는 잔뜩 헝클어져 있었다. 결국 일곱 시에 몸을 일으켰고, 글을 쓰고 아침을 먹으러 카페로 나갔다.

평소 나는 커피가 꼭 필요하진 않았다. 대개는 아침 명상 수행으로 평온과 기분 좋은 창작 에너지가 채워졌다. 하지만 네 시간 수면 뒤에는 나른한 시스템에 시동을 걸 라떼 한 잔이 필요했다. **다섯 밤째로군**, 생각했다. 또렷하고 상쾌하게 좋은 하루를 시작하게 해주는 평소의 여덟 시간 수면 대신 가까스로 서너 시간 눈을 붙인 뒤 찌뿌듯하고 몽롱하고 메슥거리며 잠이 깨길, 다섯 밤째였다. 카페에서 돌아오는 길에 건강식품점에 들러 발레리안과 기타 몇 가지 허브 성분 수면보조제를 구입했다. 평소 나는 몸이 민감한 편이라 어떤 종류의 약에든 신속하게 반응했다. 밤이 되어 수면보조제를 두 배로 복용했고, 그래도 여전히 덩굴손이 나타나 내 요새를 뚫고 들어와 불안에 빠뜨렸다.

채링 크로스 근처 카페, 톰과 나는 포일스 서점 직원과 마주 보고 앉아 있었다. 서점 직원은 살짝 어리둥절한 표정이었다. 그날의 미팅은 차를 마시며 도도 출판사에 관해 논의하는 자리였다. 세 사람의 담화라고 하기엔 톰과 내가 번갈아 서점 직원에게 말하는 식이었다. 우리의 대화는 두 개의 평행선을 그리다가 서로 서점 직원의 관심을 끌려는 경쟁으로 치달았다. 도중에 톰이 일어나 화장실에 간 사이 서점 직원이 왜 이러느냐고 묻는 눈짓을 보냈다. 나는 아무 문제없다는 듯 활짝 웃어 보였다. 그리고 그다음 날.

"당신과 헤어지고 싶어."

톰이 얘기 좀 하자며 아버지 집 식탁에 나를 앉히고, 초조하게 옷깃을 만지작거리다가 툭 말을 뱉었다. 두 사람 다 얼마나 마음이 놓이는지 웃음이 터졌다. 결별로 갓 동업을 시작한 회사가 엉망이 될까 봐 몇 주째 둘이 똑같은 걱정으로 끙끙댔다. 우리는 친구로 지내면서 프로답게 사업을 운영하기로 합의했다. 그날 오후 런던 시내 서점들을 함께 돌아다녔고, 표면상으로는 둘 사이가 편안하고 매끄럽다 싶었다. 하지만 우리 사이엔 여전히 말하지 않고 풀지 못한 역사가 남아 있었다. 수 주일의 빈약한 소통, 엇나간 동문서답, 서운함 들이 여기저기서 썩어 갔다.

나는 결별이 잘한 일이라고 생각했다. 몇 주 전부터 우리 관계의 종말을 예감하고 체념해가고 있었다. 의식적으로 내린 결정은 아니었다. 그러나 북부로 향하는 대신 남부에 머물고, 톰을 만나러 가는 대신 날이면 날마다 서머필드 방문을 택함으로써 나는 이미 아버지를 위해 남자친구를 희생한 것이다. 그럼에도 내 몸은 이게 자기기만이라고 말하는 것 같았다. 톰과 헤어지고 닷새 동안 이상한 증상에 시달렸다. 심장이 마구 뛰고 입이 마르고 새벽 네 시에 깨서 다시 잠들지 못했다. 전형적인 우울증의 징후였다. 그래도 울고 싶은 충동은 들지 않았다. 업무량과 아버지 걱정이 너무 커서 아마 슬픔을 처리할 여유가 내 안에 남아 있지 않았을 것이다. 슬픔은 보류해둬야 했다.

돌파구. 아버지가 다시 말을 하기 시작했다.

나는 서머필드의 휴게실에 앉아 자동 모드로 톰에게 문자메시지를 쓰고 있었다. 그러다 우리가 헤어졌다는 사실이 기억났다. 우리는 더 이상 서로의 행복에 신경 쓸 책임이 없었다. 사흘밖에 지나지 않았고, 아직 우리 관계는 우정이 될 듯 말 듯 불편한 경계 상태에 놓여 있었다. 그래서 문자메시지는 전송되지 않고 내 휴대폰에 그대로 남았다. 순간 쓸쓸함이 느껴졌다. 나는 억지로 미소를 짓고 가방에서 신문을 꺼내 아버지에게 보여드렸다.

아버지가 다시 말을 하게 되어 정말 한시름 놓았다. 이건 회복의 조짐이었다. 비록 퇴원까지는 아직 갈 길이 멀었지만. 아버지와 나는 같이 신문을 훑어보았다. 돌봄 시스템을 둘러싼 논쟁이 계속되었다. 사람들이 지불해야 하는 돈이 얼마인지, 비용 마련을 위해 집을 팔아야 하는 게 옳은지. 암에 걸리면 병원비가 전액 감면되는데 치매에 걸리면 당사자가 비용을 지불해야 한다니, 어째서 시스템이 그토록 불공정하게 치우쳐야 하느냐고 사람들은 따져 물었다. 쇠락의 과정이 길어질수록 비용 부담이 어마어마하게 늘어나는 까닭에 급기야 가족들이 환자가 일찍 죽기를 바라는 결과가 야기될 수도 있었다.

집에 돌아와 침대 생각이 간절한 지친 몸을 이끌고 결국 한밤중까지 도도 출판사 관련 이메일을 보냈다. 새로 회사를 차리는 일은 시도해볼 수 있는 가장 큰 도전 중 하나다. 아버지의 병증과 시기가 겹치지 않았더라면 즐기면서 해볼 만한 일이었을 것이다. 여러 책임 중에서 딱 *하나만* 주어졌다면 잘 대처할 수 있을 텐데, 자꾸 이런 생각이 들었다. 하지만 인생은 언제나 비극과 시련을 고르게 분배하지 않는다. 때로는 전부 한꺼번에 쏟아붓기도 한다. 나는 나 자신만 빼놓고 모두를 돌보고 있었다.

나는 부담을 항상 즐기며 살았다. 대학 시절에도 즐겁게 학기말시험을 치렀고 스트레스 때문에 진땀을 흘린 적도 없었다. 도전은 내 몸에 아드레날린을 분출시켰다. 혹시 일이 너무 힘들어질 때는 그저 명상을 더 늘리는 것으로 평소처럼 마음이 진정됐다. 하지만 지금은 그럴 시간이 없었다. 오히려 명상을 하루 한

번으로 줄여야 했다. 스콧 피츠제럴드의 묘사대로 '은행 예금보다 초과 인출하는 사람처럼 내 마음대로 할 수 없는 물적 자원을 청구'하는 기분이 들었다. 생소한 느낌이었다. 내가 대처할 수 없을 것 같은, 내가 접시처럼 산산이 깨져버릴 것 같은 이런 기분이라니.

나는 엄마의 사진─엄마가 삼십 대 중반일 때, 엄마의 자기부정이 자기 파괴로 바뀌던 시기에 찍은 사진─을 자세히 들여다보았다. 그리고 거울을 보다가 내 얼굴에서 어른거리는 엄마의 얼굴을 알아보고 마음이 뒤숭숭해졌다. 매일 셀카를 찍는 기이한 습관이 생기기 시작했다. 점점 깊어지는 다크서클과 점점 작아지는 눈과 갈수록 창백해지는 낯빛을 집요하게 점검했다. 나는 나의 쇠락을 기록하고 있었다. 기록함으로써 어쩌면 이 내리막을 통제해보려는 노력이었을 것이다. 그러다가 어느 날 내가 너무도 처참해 보일 것이고, 그날의 사진은 끝을, 이 모든 것에 종지부를 찍는 순간을 상징하겠지.

나의 조각난 하루하루. 일어난다. 피로하다. 더 자고 싶다. 몸이 뻣뻣하고 말을 듣지 않는다. 도도 이메일. 커피. 도도 표지. 도도 트위터. 조류에 관한 농담. 이메일 스무 개 전송. 천 단어 쓴다. 아버지 담당 의사와 통화. 청소. 밥. 내 트위터. 포스팅을 할까 말까. 포스팅 한다. 편집. 이메일. 봉투 스무 장에 주소 기입. 알렉스 미팅. 자금 문제 상의. 리트윗. 가식 없는 트윗이 어디 있었나? 더 나은 샘, 더 건강하고 더 행복한 샘의 아바타.

지울까 고민. 그대로 둔다. 지하철. 샌드위치 구매. 길에 토마토와 치즈 흘리며 걷는다. 아버지 음료수 구매. 서머필드. 땅거미. 아버지 만난다. 음료수 드린다. 웃음. 수다. 서로 치고받는 두 환자 목격한다. 나온다. 무섭다. 집. 고양이 쓰다듬는다. 이메일. 발레리안. 침대에 눕는다. 쪽잠과 악몽의 파편들. 하품. 다크서클. 셀피. 친구의 부고 이메일. 오늘은 트위터를 안 하리라. 아버지 만나러 갈 계획. 도도의 위기로 미뤄진다. 이십 년 지기 친구가 고양이 먹이를 주다가 심장마비로 사망. 조만간 장례식. 레오가 시원찮아 보인다. 동물병원에 데려간다. 앞으로 여섯 달밖에 못 산단다. 신들이 이제 나를 진지하게 대하고 있다. 이메일 편집 글쓰기 봉투 우체국 책 이야기. 하품을 참느라 얼굴이 빨개진다. 말을 하기 힘들다. 머리가 부러진 팔이나 다리처럼 느껴진다. 붕대처럼 잠이 칭칭 감싸 치유해줄 수만 있다면…….

29

　5개월. 스콧이 소설 집필을 위해 확보해둔 시간이 그만큼이다. 소설 제목은 '주정꾼의 휴일'(최종 제목은 '밤은 부드러워라')이고 그동안 여러 가지 초안과 구현을 거쳐 고심을 거듭해왔다. 『위대한 개츠비』가 출간된 지 칠 년이 지났는데, 책의 판매 실적은 실망스럽다. 스콧은 성공이 절실하게 필요하다. 버틸 생활비를 비축해두려고 지난 몇 달간 〈새터데이 이브닝 포스트〉와 여러 잡지에 보낼 단편들을 연달아 써냈다. 그가 담당 편집자 맥스웰 퍼킨스에게 쓴 편지로는, 글쓰기에 충분한 공간이 생기기는 '이 년 하고도 반 만에 처음'이다.

　1932년 1월이다. 수년간의 외국 생활을 접고 스콧과 젤다는 미국에 돌아와 있다. 다시 젤다의 고향인 앨라배마주 몽고메리로. 처음 도착했을 때는 유럽에서 벗어나 새 출발을 하는 느낌이었다. 스콧은 유럽대륙이 '미국인들에게 방탕의 장소'라고 믿었으니까. 그러나 인생은 다시 운율을 반복하고, 젤다는 그에게서 멀어지고 있다. 1931년 11월, 그는 여섯 주 동안 MGM에 시나리오 작가로 고용돼 할리우드로 가야 했다. 그를 애타게 그리며 혼자서 갈팡질팡 못하는 젤다를 남겨두고. 몇 주 뒤 아버지가 세상을 떠났을 때 젤다는 태연한 척 스콧에게 **우리 걱정은 하지 말아요**, 라고 전보를 보내고 남편 없이 장례식에 참석했다.

스콧은 젤다를 데리고 플로리다로 휴가를 간다. 젤다의 목에 몇 군데 습진 반점이 나타나고, 그녀의 평정이 무너지기 시작한다. 며칠 뒤 그녀는 정신병원에 입원해야 할 정도가 된다. 프란진스에서 나오고 불과 다섯 달 만이다.

새 병원의 이름은 핍스정신병원이다. 볼티모어 존스홉킨스병원 내에 위치해 있고, 역시나 호화로운 곳이다. 정신분열증의 세계적 권위자인 마이어 박사Dr. Adolf Meyer가 원장을 맡고 있다. 이 병원 역시 비용이 매우 많이 든다. 할리우드로 떠나기 전, 스콧은 병상에 누운 젤다의 아버지를 찾아갔다. 덕담을 청하는 그에게 돌아온 답변은 간결했다. '나는 자네가 앞으로도 쭉 가장 노릇을 하리라 생각하네, 스콧.' 장인의 말은 그를 안심시키고, 그가 자신의 의무를 이행하고 있다는 사실을 상기시켜준다. 그러나 가장 노릇의 압박은 상당하다. 젤다가 처음 프란진스에 입원했을 때, 스콧은 출판사 측에 사정해서 돈을 빌려야 했다. 젤다의 병원 생활은 종종 그를 빚구덩이에 빠뜨렸다. 이번 입원으로 그간 모아놓은 돈이 싹 사라질 수도 있고 아울러 이제나저제나 소설을 완성하고픈 그의 꿈도 쓸려 사라질지 모른다. 포렐 박사에게 쓴 편지에서 스콧은 『밤은 부드러워라』가 '저의 운 전체가 걸린' 작품이라고 말한다. 그러는 사이 핍스에 들어간 젤다는 마음껏 글쓰기와 그림 그리기를 즐길 수 있을 것이다. 스콧은 이 상황이 몹시 억울하다. '아내는 저를 일하는 소처럼 여기고 자기를 예술가라고 여기는 지경입니다.'

돈은 간병인들에게 공통된 문제다. 실질적인 돌봄 제공자는 거의 세 명 중 한 명꼴로 돌봄으로 인해 연간 2만 파운드 혹은 그 이상의 가계 수입 감소를 경험한다. 치료비 증가와 수입 감소가 합쳐져 가족의 재정이 위태로워질 수 있다. 결국 식료품, 난방 등 생필품 지출을 줄이는 가정이 거의 절반에 이른다. 간병 기간이 길어질수록 부채를 짊어질 가능성은 더 높아진다.

엄마가 돌아가시며 물려준 유산으로 몇 년은 버텼지만, 이제 나도 다시 빈털터리가 돼가고 있었다. 도도 출판사 업무 때문에 프리랜서 일을 할 시간이 갈수록 부족해졌다. 엄마를 간병하던 2010년에 정부에서 전업 돌봄 제공자에게 보조금으로 지급하는 간병인 수당을 신청하려고 알아보았다. 당시 내가 간병에 들이는 시간은 하루 열다섯 시간, 일주일에 백 시간 이상이었다. 그러나 나는 신청 자격에 해당하지 않았다. 한 번이라도 주당 123파운드 이상의 수입이 있으면 수당을 지급받을 수 없는데, 내가 가끔 짬을 내 프리랜서 일로 돈을 벌었기 때문이다. 간병인 수당은 고작 주당 66.15파운드이고 (이 글을 쓰는 시점을 기준으로), 이말은 주당 서른다섯 시간의 최소 노동시간만큼 돌봄을 제공하는 경우 시간당 1.89파운드를 받는다는 뜻이다. 내 연령대가 받는 최저임금의 4분의 1 수준이다. 빚을 지지 않으면서 고양이 사료 값과 공과금을 내며 생활을 유지하기엔 수당이 너무 적었다. 내가 돈을 버는 수밖에 없었다. 정부는 간병인들을 치켜세우고 그들이 얼마나 중요한 역할을 하며 경제적 비용을 얼마나 절감해주는지 이야기하지만, 이런 말들이 실제 재정 지원으로 나타나진 않았다.

매일 아버지를 면회하고 따뜻하고 긍정적인 기운으로 아버지를 북돋우는 일이 얼마나 중요한지 나는 알았다. 내가 언제든 아버지의 퇴원을 맞이할 준비를 하고 있지 않았다면 아마 아버지는 죽는 날까지 서머필드를 벗어나지 못했을 것이고, 국가는 엄청난 비용을 지불했겠지. 하지만 사랑을 어떻게 수량화할 수 있으며 그 자양분에 어떻게 가격을 매길 수 있단 말인가? 나는 아버지의 간병을 보조하고 아버지를 면회하고 아버지의 옷가지를 세탁하고 아버지의 집을 관리하느라 일주일에 스물다섯 시간씩 쓰면서도, 이 정도의 시간이 어중간한 양임을 인정해야만 했다. 나는 풀타임 간병인이 아니었지만, 간병에 쏟는 시간으로 인해 다른 일을 풀타임으로 하기도 어려웠다. 프리랜서 일과 글쓰기와 도도 출판사 업무와 아버지 면회를 쉴 새 없이 꾸려가느라 내 저녁과 주말이 사라지고 쉬는 날도 없는데, 내 수입은 불안할 정도로 줄어들었다. 단지 시간을 빼앗기는 문제만이 아니라 생산성에도 직접적인 영향을 미쳤다. 걱정스럽게도 나는 당연히 폐기될 원고를 쓰고 말이 안 되는 책의 개요를 작성하며 프리랜서 작업에 이전의 두 배나 시간이 걸리는 내 상태를 자각했다.

그러던 차에 지원할 수 있는 보조금을 발견했다. 갑작스럽게 재정적 위기에 처하게 된 작가들, 특히 가족 중에 질환자가 있는 작가들에게 작가협회에서 지급하는 응급보조금이었다. 1915년 버지니아가 아플 당시 울프 부부가 간호사 고용 비용을 마련하느라 버지니아의 귀금속과 증권 일부를 팔아야 했던 일을 생각하며 조금 씁쓸해졌다. 안타깝지만 나는 내다 팔 귀금속도 없었다. 쓸데없이 까다로운 지원 서류는 요구하지 않았다. 문학과 관련한 내 자격 증명과 현재 상황을 상술하는 편지면 됐다. 아버지를 만나러 가기 전에 딱 한 장 쓸 시간은 있겠다고 생각했다.

처음에는 격식을 갖춘 사무적인 어조로 쓰기 시작했다. 두어 단락을 쓰고 보니 감정이 소용돌이치며 말이 쏟아져 나왔다. 나는 한 장을 채우고 다시 한 장을 써내려갔다. 일기에 고백하듯 속이 후련해지는 한편으로 내가 그토록 감정을 억누르고 있었다는 사실에 적잖이 놀랐다. 얼마나 속상한지 친구에게 털어놓는 이메일 하나 쓰지 않고 내내 아무렇지 않은 척하기에 급급했다. 얼마 전 누군가 나에게 사업하랴 글 쓰랴 아버지 보살피랴, 슈퍼우먼처럼 보인다고 말했을 때에도 태연하게 미소를 지어 보였다. 엄마의 뺏뺏한 윗입술과 아버지의 점잖은 양복을 투영하듯, 취약함을 감추는 페르소나를 창조하는 집안 성향을 나도 물려받은 것이다. 돌봄은 들여다보면 볼수록 나 혼자만의 문제가 아니라는 생각이 들었다. 나는 친구와 동료와 매정한 상사에게 자신의 처지를 전달하는 소통의 어려움, 고립감, 외로움을 고백하는 많은 글을 읽었다.

편지를 맺고 봉투에 주소를 갈겨쓰며 기분이 좀 가라앉았다. 내가 받게 될 것 같지 않았다. 지원금에 관해선 나는 썩 운이 좋은 편이 아니었다. 아버지에게 가는 길에 편지를 부치고서 몇 분 만에 평소처럼 자욱한 걱정에 잠겼고 자연히 편지는 잊혀졌다.

약사에게 수면보조제를 달라고 말했다. 약국 카운터 안쪽에 보관된 약사의 허가가 필요한 품목 가운데 하나였다. 약사가 약을 건네면서 장기간 복용하지 말라고 경고했다. 나는 한 귀로 흘려 들었다. 허브 성분 보조제를 숱하게 시도해봤기에 내가 원하는 기절 효과를 내줄 거라는 믿음은 진즉 내려놓았다.

집에 돌아와 몇 주 만에 처음으로 혼자 한가한 저녁 시간을 가졌다. 어쩌다 보니 〈신데렐라〉를 보게 됐다. 어릴 때 이후로 디즈니 영화는 본 적이 없었다. 끝나갈 즈음 영화의 따뜻한 감성에 눈물이 핑 돌았다. 가슴에 꽁꽁 묶어두었던 감정들이 가닥가

닥 풀어지기 시작했다. 얼마나 지쳐 있었는지 모른다. 사방에서 나를 잡아당기는데 아무도 실망시키고 싶지는 않아서―꼬박꼬박 아버지 면회 가야지, 경제 사정은 갈수록 골치 아파지지, 도도 출판사 일로 아등바등하지, 최초 크라우드펀딩에 참여해준 후원 자들에게 고마운 마음에 온갖 책과 깃펜과 기타 등등 희한한 보 답품을 제시하긴 했는데 이제 그걸 어디서 조달할지 막막하지. 터진 울음을 멈출 수가 없었다. 녹초가 될 지경이었다.

그때까지 나는 내가 결국 엄마처럼 될까 봐 걱정했었다. 그런 데 이제는 결국 아버지처럼 될 거라고 절망하고 있었다. 처음 아 버지를 간병하기 시작한 2015년 가을, 한 친구가 나더러 아버지 를 가장 우선으로 생각해야 한다고 엄중하게 훈계했다. 친구는 내가 새로 짊어진 책임감에 허덕이는 걸 감지하고 혹시라도 아버 지를 저버릴까 불안했던 모양이다. 친구의 훈계는 나를 더 위축 되고 미숙한 사람으로 느끼게 만들었다. 하지만 정작 친구 본인 은 한 번도 간병인이었던 적이 없었다. 그의 충고는 순전히 이론 에 불과했다.

지난 며칠간 나는 간병인 역할에 관한 안내서들을 찾아보았 다. 정반대 의견을 제시하는 어느 경험자의 글을 한 편 발견했 다. 그 글에선 당신 자신을 보살피라고 조언하고 있었다. 언제나 당신을 가장 우선에 두라. 어느 정도는 이 금언이 타당했다. 베 풀기 위해서는 당신이 강해져야 한다. 피로는 간병인의 적이다. 하지만 좀 짜증도 났다. 전적으로 당신 자신을 우선에 둔다는 건 불가능한 발상이다—이 말대로 따른다면 당신은 애당초 간병인이 아닐 테니까. 돌봄은 언제나 얼마간의 자기희생을 요구할 것이고, 당신의 삶을 재편하도록 강요할 것이며 당신을 소진시키고 당신의 한계를 시험할 것이다.

이타심과 이기심 사이에, 사랑하는 이를 보살피는 일과 자기 자신을 보살피는 일 사이에 균형 유지가 필요하다는 건 이해할 수 있었다. 그러나 무슨 수로 이걸 해낸단 말인가? 나는 궁지에 몰린 심정이었다. 이 상황이 끝나기를 기다리는 것 외에 내가 할 수 있는 건 아무것도 없었다. 문제는, 과연 끝까지 버틸 만한 힘이 나에게 있느냐 하는 것이다.

잠자리에 눕기 전 나는 소미넥스Sominex 항히스타민 계열의 수면 보조제를 먹었다. 밤 열 시. 불면증의 불꼬챙이에 꿰어 또다시 엎치락뒤치락하는 밤을 두려워하며 불을 껐다. 다음 날 아침 눈을 떠 침대 옆에 놓아둔 금속 시곗줄을 더듬더듬 집어 보니, 아침 여덟 시였다. 열 시간이나 잠을 자다니! 배시시 웃으며 누워 있는 내 옆으로 레오가 올라와 가르랑거리는 한 마리 보아뱀이 되어 내 목을 감쌌다. 약통에 입을 맞출까 하다가 대신 레오의 앞발에 키스했다. 간밤의 서글픔이 저만치 멀게 느껴졌다. 에너지를 새로 충전하고 나니 모든 일이 훨씬 더 감당할 만하게 보였다. 긍정의 기운이 내 안을 해바라기처럼 환히 밝혔다. 그리고 그날 하루가 썩 근사하게 흘러갔다. 산더미 같은 이메일과 씨름하고, 몇천 단어 분량의 원고를 쓰고, 아버지를 만나러 다녀오고, 알렉스와 우리 도도 출판사 작가인 세라피나와 그녀의 에이전트와 함께 술도 한잔했다.

집에 오는 지하철에서 나는 생각했다. 이 수면보조제가 모든 걸 해결해주리라. 앞으로 매일 밤 이 약을 계속 먹을 테다. 약사의 경고 따위 꺼져버리라지. 분명 이 약은 나에게 아무런 해도 끼칠 수 없을 것이다. 중독성이 없다고 구글도 알려주지 않던가.

6월이 되었다. 서머필드의 아버지 담당 의사가 상의할 일이 있다며 전화를 했다. 아버지가 이상한 방식으로 걷는다고 의사가 말했다. 병동 안에서 두어 걸음 뗀 뒤 멈추고, 한동안 그대로 가만히 있다가 몇 걸음 더 걷고 다시 멈춘다는 것이다.

의사가 설명하는 정지-시작의 기이한 행동이 무엇인지 나는 이해했다. 마지막 긴장증 발작 조짐이 점차 강해지던 몇 주 동안 아버지에게 그런 행동이 나타나는 것을 알아차렸었다. '환자분의 조현병 증상입니다'라는 말에 이어 의사는 아버지가 일 년 전 복용을 중단했던 약물 중에서 아미설프라이드Amisulpride라는 항정신성 약물을 다시 처방할 계획이라고 설명했다. 알겠다, 그러는 게 좋겠다고 대답했지만, 내가 듣기에도 맥이 빠진 목소리였다. 언젠가는 아버지에게 꼭 맞는 치료법이 나오리라는 내 믿음을 극심한 피로감이 앗아가고 있었다.

'어쩌면 아버지를 그냥 요양원에 보내야 할까 봐요.' 이렇게 말하는 내 목소리가 내 귀에 들렸다. 앞뒤가 맞지도 않는 말이었다. 아버지는 이미 사실상 요양원에 가 있으니까. 이 말은 배신처럼 느껴졌다. 내가 정말 하려던 말은, 나는 휴식이, 잠시 쉴 틈이, 절실히 필요해요, 였다.

"요양원이요?" 의사가 물었다. 친절한 사람이라서 나를 차마 재단하지는 못하더라도 깜짝 놀란 음성이었다.

"글쎄요, 제 생각에는 환자분 상태가 나아지고 있습니다. 제가 보기엔 이제 집에 돌아갈 준비가 거의 된 것 같고, 오랫동안 아드님 결혼식을 고대하고 계셨어요……."

나는 살짝 기운이 생겼다. 그렇지, 결혼식은 중대한 일이고 아버지가 꼭 참석해야 하는 자리였다.

"그리고 아버님은 제가 치료하는 많은 조현병 환자들과는 다릅니다." 의사가 덧붙였다. "인정과 온기를 잃지 않으셨어요."

"그렇다니 정말 기쁘네요." 대답하는 내 목소리에 생기가 돌았다. 전화기를 내려놓았다. 엄마에게 한 약속을 잊지 않았지만, 극심한 피로감 앞에서 나의 의무감이 서서히 무너지고 있었다. 나는 버텨나갈 의지를 상실하기 일보 직전이었다. 우리가 타인에게서 발견하는 흠은 우리 자신의 결점을 되비쳐줄 때가 많다. 어쩌면 나는 스콧 피츠제럴드에게서 나 스스로가 부족한 간병인이 될 가능성을 엿본 것일지도.

이웃 사람과 우연히 마주쳤다. 이웃의 모친은 요양원에 있었다. '아버지가 꼭 돌봄 패키지를 받도록 하세요.' 이웃이 적극 권했다. '그게 없으면 병원에서 내보내지 못하게 돼 있어요.' 돌봄 패키지라고? 새로운 용어가 또 하나 등장했다.

 알아보니 돌봄 패키지란 간병인이 매일 환자 가정을 방문하도록 마련된 스케줄이고 비용은 지역의회가 부담하는 방식이었다. 나는 우리도 이 패키지의 적용을 받도록 신청해두었다. 그리고 아버지가 서머필드에서 집으로 돌아온 첫날, 점심 즈음 한 여성이 찾아왔다. 여성은 무척이나 친절하고 상냥했지만, 그가 한 일이라고는 아버지가 점심을 준비하느라 주방을 왔다 갔다 하는 모습을 지켜보는 것이 전부였다. 지방의회의 시간과 돈이 낭비되는 꼴이었다. 아버지에게는 실용적인 도움 이상의 정서적 지원이 필요했다. 그래서 나는 우리의 돌봄 코디네이터에게 연락해서 그 여성의 방문이 필요하지 않다고 설명했다. 사실상 내 아버지의 돌봄 패키지는 바로 나라고, 전화를 끊으며 생각했다.

30

오빠 존의 결혼식 날 아침. 새벽 공기가 사과처럼 아삭거렸다. 동생과 아버지와 나는 가까운 기차역에서 만났다. 수면은 좀 부족하지만 마음이 들떴다. 아버지는 멋진 양복을 차려입었고, 나는 오래돼서 너무 작아진, 하늘하늘한 자주색 드레스를 입고 전날 급하게 구입해 당일에 소매를 몇 센티미터 접어 꿰맨 보기 흉한 재킷을 걸치고 있었다. 눈코 뜰 새 없이 바빠서 한가하게 예쁜 드레스를 사러 다닐 여유가 없었다. 엄마가 살아 계셨더라면, 이런 차림으로 결혼식에 가도록 절대 내버려두지 않았을 것이다. 나를 끌고 이 가게 저 가게 돌면서 가족이 근사해 보여야 한다고 우기며 우아한 모자를 사느라 돈을 펑펑 썼을 텐데.

아버지가 손가락으로 가볍게 무릎을 두드리기 시작했다. 스테판과 나는 불안한 시선을 주고받았다. 그런 사소한 동작 하나가 그토록 중요한 위험신호가 될 수 있다는 게 아직도 말이 안 되는 것 같기는 했다.

기차 여행이 아버지에게 무서운 도전이란 건 알고 있었다. 삼년 전 아버지가 잠시 약 복용을 중단하고 더 생기 있었던 시기로 기억을 거슬러 올라갔다. 우리는 같이 극장에 가보기로 했다. 아버지와는 한 번도 해보지 않은 일이었다. 10분만 기차를 타면 되는 거리였는데, 두 정거장 만에 아버지가 기겁을 했다. 아버지에게는 두 정거장이 두 개의 대륙이나 마찬가지였다. 그래서 극장에 가려던 계획을 중단하고 집으로 되돌아와야만 했다. 이날 우리 앞에는 기나긴 여정이 놓여 있었다. 두 시간 36분, 두 번의 기차 환승. 아버지가 감당할 수 있을까?

패링턴역.

우리는 기차에서 내려 인파로 북적이는 역내로 들어섰고, 아버지에게 무리일 계단 대신 승강기를 탔다. 잠깐이나마 한숨을 돌렸다. 여기까지 오는 동안 아버지는 아직 잘 버텨주었다. 거기서부터 런던 패딩턴까지는 지하철로 이동했다. 그다음으로 타는 마지막 기차가 이날 여정에서 가장 긴 구간이었다. 한 시간 조금 넘게 걸릴 예정이었다. 우리는 좌석에 앉았다. 아버지의 손가락 두들김이 다시 시작되었다. 나는 최악의 시나리오를 상상해보았다. 긴장증 발작으로 쓰러진다면, 승객 경보기를 울려야 하고, 기차가 정지하고, 구급차가 오고, 아버지가 들것에 실려 기차 밖으로 옮겨지고, 오빠에게 연락해 오빠 인생에서 가장 특별한 날에 가족들이 모두 참석하지 못한다고 말해야 할 테고.

일링브로드웨이역.

앞으로 열 정거장 남았다. 우리는 얘깃거리가 바닥났다. 너무 지쳐 있었다. "눈 좀 붙이세요, 아버지." 내가 제안했다. "잠깐 쉬세요."

"그게 좋겠다." 아버지가 대답했다. 하지만 눈을 감고 얼마 지나지 않아 아버지가 다시 눈을 번쩍 떴다. 아버지의 손가락 동작이 멈췄다. 그러다가 다시 두드리기 시작했다. 의사들 최종 소견으로는, 복용하는 약을 줄인 것이 아버지의 병원행을 초래한 원인이라고 했다. 다시 적정량을 복용한 이후로 아버지는 안정을 되찾았다. 그러고 보면 지난 세월 동안 엄마의 최후통첩이 줄곧 옳았었다. 엄마는 아버지가 약을 먹도록, 아버지가 정상적인 생활을 영위하기 위해 약이 반드시 필요하다는 고집을 굽히지 않았다.

웨스트드레이튼역.

아버지의 주의를 딴 데로 돌리는 것도 나쁘지 않겠다는 생각이 들어 우선 눈에 들어오는 잘생긴 나무 한 그루를 가리켰다. "멋지구나." 아버지가 말하며 미소를 띠고 고개를 끄덕이는 사이 아버지의 손가락이 1분 남짓 동작을 멈췄다. 2015년 그때 무슨 까닭으로 아버지가 복용하던 약을 줄였을까? 우리는 아버지의 진료 기록을 보관해둔 폴더에서 정신과 진단서를 꺼냈다. 문제는 아버지가 매해 다른 정신과 의사에게 진료를 받았다는 것이다. 쉬지 않고 의사가 교체되는 바람에 아버지의 패턴을 인지하고 위험을 직감할 수 있는 한 명의 의사와 차근히 관계를 쌓을 시간이 없었다. 당시 아버지를 진료했던 정신과 의사의 진단서에는 이렇게 적혀 있었다. **에드워드는 행복하고 활기차 보이고…… 미소 띤 얼굴임…… 약을 줄여도 아무런 해가 없을 것으로 사료됨.**

아이버역.

나는 엄마의 죽음 이후 나의 애도에 대해 생각했다. 나의 애도는 상당히 보편적인 패턴을 따라 진행되었다. 애도의 과정에선 둘째 해와 셋째 해가 첫해보다 더 힘들다. 첫해에는 퍼뜩 정신이 들며 삶의 유한함을 깨닫고, 당신의 생활을 바꾸든 전부터 싫었던 회사를 그만두든 아니면 새로운 관계에 뛰어들어 이전이라면 하지 않았을 헌신으로 관계를 굴러가게 하려는 경향에 시달린다. 이러면서 취중 흥분감이랄까, 고인 없이도 살아갈 수 있겠다, 세상에 내 입지를 세울 수 있겠다는 느낌을 가질 수 있다. 그러나 둘째 해에는 이런 취기가 가신다. 그 사람은 가고 없다. 당신이 사랑했던 사람. 그를 보내고 당신은 여전히 살아 있고 아마새로운 생활을 하고 있을 테지. 그 사람이 아직 살아서 당신의 새로운 애정 상대를 만날 수만 있다면, 당신의 아기를 안아볼 수만 있다면, 얼마나 좋을까. 애도는 더 고요하고 더 잠잠하며, 시간이 흐를수록 당신의 애도가 보이지 않는 뿌리를 깊이깊이 뻗어 내려가고 있음을, 그러다가 결국 심리적 침잠의 균열이 보이기 시작함을 당신은 깨닫는다. 얼마나 많은 당신의 작용이 실은 반작용인지를 당신은 서서히 실감한다.

내 경우, 나는 나의 자유의지를 (아니면 최소한 자유의지의 환상을) 상실했다는 섬뜩한 느낌이 들었다. 애도가 운전대를 잡고 나를 이상하고 낯선 방향으로 몰고 가는 것 같았다. 매해의 시작점에서 나는 격렬하게 자신을 안심시켰다. 나는 예전의 나 자신으로 돌아가고 있다, 나는 전처럼 현명한 결정을 내리고 있다, 나에게 통제할 힘이 있다, 라고. 만약 아버지의 애도가 억눌려 있던 거라면, 눈물이 아닌 다른 신체 반응을 통해 표출되었던 거라면?

슬라우역.

"나는 기분이란 게 없어"라고 아버지가 했던 말이 아직도 귓가에 맴돌았다. 핍스병원 이후 옮겨간 정신병원 중의 한 곳, 노스캐롤라이나의 하이랜드병원에서 지낸 시기를 돌아보며 젤다는 이렇게 적었다. '우정, 취흥, 선택할 권리, 분개하고 분노하고 성급하게 행동할 권리, 이 모든 것이 순종, 굴복, 의무, 필요와 마찬가지로 삶을 구성하는 한 부분이다.' 하이랜드에서는 '이런 인간 기질의 발현이 질책당하고 병증으로 간주된다. 이 점을 알고서 환자들은 (대부분) 최대한 스스로를 억누르고 인내하면서

여기서 나갈 날을 고대한다.'

당신이 미쳤다는 말을 수년간 들으며 지낸다면, 그래서 어떤 종류든 극단적인 감정을 드러내기가 두려워진다면, 그것도 그런 감정 표현이 범칙 행위로 여겨져 감금의 서막이 될 수 있기 때문이라면, 이런 당신이 아내를 잃었을 때 당신은 어떻게 이 상황을 감당할까? 아마 비명을 지르며 울고 싶은 충동이 들겠지만, 약물로 누그러질 것이다. 어쩌면 두려움이 들지도 모른다. 그럴 때 두려움의 표출이 당신에게 허용될까? 그러니 애도는 그 자리에 그대로, 발산되지 못한 채 당신 안의 딱딱한 응어리로 남는다. 그러다가 그것이 너무 무거워지고, 당신의 몸은 그것을 짊어지고 다니기에 진력이 난 어느 날, 결국 꺼짐 버튼이 눌림과 동시에 무너져 내린다. 따지고 보면, 아내를 잃은 남자가 일상의 작동을 멈추거나 아예 식욕을 잃어버리는 모습을 짐작하기는 어렵지 않다. 긴장증이 내 아버지에게 가한 증상들도 이와 똑같았다.

메이든헤드역.

손가락 두드림이 갈수록 빨라지고 점점 강도를 높여가고 있었다. 어쩌면 그것이 아버지에게 유일하게 허용된 애도의 방법이었을지 모른다. 이른바 교양 있는 세계에서 발작을 일으키기는 위험하게 느껴졌을지도, 어쩌면 정신병동이 안전한 공간처럼 느껴졌을지도 모른다. 주위에 온통 싸우고 울고 비명을 지르는 사람들에게 둘러싸인 그곳에서 아버지도 전혀 달라 보이지 않을 테니까.

레딩역.

그리고 어쩌면 시험해본 것일지도 모른다. 아버지의 간병인이자 평생 아버지 곁을 지켜준 여성 없이 과연 삶을 이어가는 것이 가능한지 확인하는 방법이었을지도. 그녀 없이 살 수 있는 삶이란 게 있는지, 아침에 일어나고 약을 먹고 반쪽짜리 삶, 소리 없는 삶, 그늘 속의 삶을 살 가치가 있는지 확인하는 방법이었을지도. 과연 다른 사람들이 자신의 애도를 포착하고 그 과정을 지나 다시 현실로 돌아오도록 도와줄는지 확인하는 방법이었을지도.

틸레허스트역.

한 정거장밖에 남지 않았다. 나는 카메라를 가지고 있었다. 아버지에게 사진을 찍을 테니 웃어달라고 부탁했다. 아버지의 평상시 미소는 따뜻하고 온화했지만, 카메라 앞에서 아버지는 심하게 몸을 비틀며 얼굴을 잔뜩 일그러뜨리고 입술은 밑으로 축 처진 괴로운 형상이 되었다.

팽본역.

우리는 문 옆에 가서 섰다. 버튼에 초록색 불이 들어왔다. 내가 버튼을 눌렀고 우리는 차가운 공기 속으로 걸음을 뗐다. 근처 카페에 들어가 차를 주문하면서 보니, 아버지의 손가락 두드림이 멈춰 있었다. 우리가 해냈다. 우리가 해낸 것이다! 나는 마치 오랫동안 무거운 추를 머리에 이고 다니다가 이제야 내려놓은 기분이 들었다. 그러나 안도감에도 불구하고 이제는 내가 몸을 떨었다.

그날 오후, 목재로 벽면을 마감한 멋진 등기소에서 방명록에 서명하러 나가는 자랑스러운 아버지를 지켜보며 가슴이 벅차올랐다. 신랑 신부는 눈부시게 빛나고 있었다. "건강해 보이는구나." 이모 한 분이 동생에게 여러 번 이렇게 말했다. 나를 쳐다보는 이모의 표정은 조금 더 무서웠다. 무슨 생각을 하는지 나도 알았다. 이미 화장실에 갔다가 나 역시 화장으로 감춰지지 않는 내 움푹 꺼진 사팔눈과 초췌한 몰골에 흠칫 놀랐으니까. 처음에 그렇게 잘 들던 수면보조제가 마법의 효력을 잃기 시작했다. 실비아 플라스의 시 〈불면증환자Insomniac〉에 나오는 약처럼. '이제 약은 진부하고 유치하기가 고대의 신들 같다. /그 잠 오는 양귀비 빛깔도 그에게 아무 소용이 없다.' 나 자신을 더 잘 보살피지 않으면 안 되는 상태라는 걸 이모는 알아차렸다.

결혼 피로연은 근사한 시골 주점에서 열렸다. 나는 케이크를 먹고 샴페인을 마시며 즐거운 시간을 보냈다. 도중에 아버지의 누이 한 분과 나란히 앉게 됐는데, 그분이 아버지에 관한 이야기를 하나 들려주었다. 어릴 때 아버지가 여덟 살, 고모가 다섯 살 즈음, 하루는 아버지가 아주 이른 시각에 고모를 깨웠다. 부모님과 다른 형제들은 모두 잠들어 있었다. **밖에 나와 봐**, 아버지가 말했단다. **마법 같아.** 아버지는 동생 손을 잡고 동생을 바깥 거리로 안내해 어스름을 뚫고 동이 트는 아름다운 새벽 속으로 데려갔다. 행복한 꿈처럼 우아한 하늘, 영롱하게 반짝이는 거미줄의 이슬, 보드라운 새들의 지저귐. 아프기 전의 아버지 모습을 엿보는 가슴 저릿한 순간이었다—섬세하고, 자연 세계에 귀를 기울이며, 생명에 대한 사랑을 품을 줄 아는 사람.

집에 돌아오는 기차에서 아버지는 차분했다. 더 좋은 건 아버지가 행복했다는 사실이다. 아버지의 두 눈에서, 무릎에 잠잠히 놓인 두 손에서, 나는 행복을 읽었다. 『댈러웨이 부인』의 셉티머스가 떠올랐다. 전쟁신경증을 안고 전쟁에서 돌아온 군인들, 떨림과 눈물을 보인다는 이유로 처벌받고, 히스테리를 일으킨다고 군법회의에 회부된 이들. 애도가 허용되지 않은 남자들, 전쟁에 대해 온당한 반응을 보였다는 이유로 미치광이 취급받은 사람들. 나는 병원에서 아버지가 주먹으로 침상을 내리치며 내던 **쾅! 쾅! 쾅!** 소리를, 아버지가 그저 감기라고 나를 안심시킬 때 아버지 눈에서 떨어지던 눈물을 생각했다. 그러자 나는 의문이 들었다. 아버지의 긴장증은 유아기로의 기이한 퇴행이 아니라 어쩌면 자신이 내내 사랑했던 여인이 더는 이 세상에 존재하지 않는다는 억눌린 슬픔과 분노를 퍼내려는 시도가 아니었을까 하는.

31

부디 판단하지 말고, 혹시 이미 판단했더라도 후속 수정안 서신을 받을 때까지 젤다 책을 고려하지 마시오.

스콧의 전보에는 그의 감정이 강하게 실려 있다. 전보에 필수적인 간결함이 분노의 격렬함을 정확하게 담아낸다. 그는 이 전보를 맥스웰 퍼킨스에게 보낸다. 1932년 3월이고 젤다는 아직 핍스정신병원에 있다.

병원에 밀드리드 스콰이어스라는 젊은 여의사가 있는데, 이 사람이 젤다에게 예술가로서 야심을 펼치도록 격려를 아끼지 않는다. 몇 주 전, 이 의사로부터 젤다가 소설 집필에 빠른 진전을 보이고 있다는 편지를 받았을 때만 해도 스콧은 별로 진지하게 받아들이지 않았다. 그는 젤다가 장편 형식에 소질이 없고 '나 같은 의미에서의 타고난 이야기꾼은' 아니라고 생각했다. 그랬는데 이렇게 빨리 책을 끝내다니! 젤다는 원고 한 부를 스콧에게, 한 부를 스크라이브너 출판사의 담당 편집자인 맥스웰에게 보낸다. 원고를 다 읽은 스콧은 화가 머리끝까지 치밀어 오른다.

스콧 입장에서는 이건 죄악이나 다름없다. 젤다는 그의 글을 도용하고 있다. 그녀가 쓴 소설의 여러 부분이 그의 소설과 겹치고 차이가 모호하다. 플로리다에서 휴가를 보낼 당시 그는 『밤은 부드러워라』의 발췌문을 젤다에게 읽어주었다. 그리고 그가 할리우드에 있을 때 젤다는 자기가 그의 작품을 어떻게 연구하고 있는지, 자기도 스콧처럼 글을 쓸 수 있으면 좋겠다고 편지에 털어놓았다. 그녀가 쓴 단편들이 두 사람의 공저로 발표되긴 했지만, 최근 몇 년간 젤다도 취미 삼아 글쓰기를 해왔다. 그중 제일 뛰어난 「백만장자의 애인A Millionaire's Girl」에 대해 스콧의 에이전트는 처음에 젤다가 쓴 사실을 모른 채 칭찬을 아끼지 않았다. 〈새터데이 이브닝 포스트〉 측은 스콧을 단독 저자로 발표한다는 조건으로 4천 달러라는 큰 고료를 지불하기로 했다.

젤다의 소설은 화가 지망생과 결혼하는 앨라배마라는 소녀에 관한 이야기이고 이 화가 지망생의 이름은 에이머리 블레인이다. 에이머리 블레인!—스콧의 소설 『낙원의 이편』 주인공의 이름을 훔친 것이다. 앨라배마와 에이머리는 코네티컷에 살다가 프랑스로 건너가는데, 결혼 생활에 불만을 품은 앨라배마가 거기서 바람을 피운다. 인생에서 '뒷자리 참견꾼' 노릇에 머무르지 않겠다는 결심으로 그녀는 발레의 길을 택한다. 스콰이어스 박사에게 보내는 편지에서 스콧은 이렇게 불평한다.

> 사실과 허구의 이런 혼합은 단순하게 계산하더라도 우리 둘 모두를, 아니면 그나마 우리에게 남아 있는 것을 파멸시킬 겁니다…… 맙소사, 내 책들은 아내를 전설로 만들어줬는데, 이 얄팍한 초상에 담긴 아내의 의도라는 것이 고작 나를 실체 없는 껍데기로 만드는 것이라니요.

젤다는 스콧에게 사과의 글을 보낸다. 그리고 자기 소설에 대한 걱정을 풀어놓는다.

> 나 자신의 불안정함 탓에 이것도 불확실한 작품이 될 것 같아서, 지난번 내 단편에 대한 당신의…… 무자비한 평가처럼 신랄한 비평은 듣고 싶지 않았어요.

그의 빨간 펜이 남긴 문구들은 잔인하다. '이런 건 회피임. 죄다 허울만 번드르르한 추론.' 결국 스콧은 출간 진행을 허락하기 전에 세 가지 요구 사항을 내건다. 첫째, 소설을 부분적으로 잘라낼 것—자를 부분은 그가 지시한다. 둘째, 스크라이브너 측에서 젤다에게 아무 칭찬도 하지 않을 것, 이것은 그녀가 '병적인 자기중심주의의 초기 병증'을 겪는 상황을 초래할 수 있으므로. 셋째, 젤다가 받는 인세의 절반은 스크라이브너 출판사 측에 스콧이 갚을 빚을 변제하는 데 반드시 쓸 것, 스크라이브너 출판사는 그의 미완성 소설에 대해 미리 선급금을 지불한 상태이므로 5천 달러를 변제할 때까지 이런 조치를 유지할 것.

마침내 스콧의 요구 사항에 따라 젤다가 책의 수정을 마친 뒤, 『왈츠는 나와 함께Save Me the Waltz』라는 제목으로 소설이 출간된다. 심지어 이때에도 스콧은 출간 전 홍보에 끼어든다. 그가 〈볼티모어 선〉지와 인터뷰한 뒤 실린 기사 제목은 '그가 그녀의 소설에 관해 말하다'이고, 부제는 '남편의 제안으로 출판사에 보낸 자전적 원고'이다.

1933년. 젤다와 스콧은 볼티모어에서 '라 페La Paix'라는 침실 열다섯 개 저택에 살고 있다. 스콧은 『밤은 부드러워라』를 집필 중이고, 젤다는 그림과 발레와 글쓰기 연습 중이다. 젤다는 아직도 핍스에서 약간의 치료를 받고 있다. 젤다가 합의를 깨고 새 소설을 작업하고 있다며 스콧은 레니 박사에게 편지로 투덜댄다. 젤다의 소설 소재는 정신이상이다. 이 소재를 스콧은 *자기* 영역이라 여긴다. 작업 중인 그녀의 원고를 스콧이 찢어버리겠다고 위협하는 바람에 젤다는 글을 쓰는 방에 이중 자물쇠를 달 수밖에 없다.

1933년 5월 28일, 스콧과 젤다가 레니 박사와 삼자 논의를 하는 자리다. 레니 박사가 중재자 역할을 할 것이다. 스콧은 자기 권위를 확실히 주장할 생각이다. 핍스정신병원 의사 중 한 사람인 마이어 박사는 스콧의 음주가 젤다의 회복을 방해하고 있다고 우려하며 피츠제럴드 부부를 감응성정신병folie a deux 사례로 다뤄야 한다는 의견을 일전에 제시한 바 있다. 항의의 서신에서 스콧은 언제든 필요하면 젤다에게 짐을 싸서 정신병원으로 들어가라고 말할 권한이 자신에게 있어야 한다고 주장했다. 마이어는 이렇게만 답변했다. '권한 문제는 간단합니다. 반드시 선생님이 명령권을 가져야 하는 수고를 덜어드리기로 저희는 결정했습니다.'

속기사가 시각을 알린다. 오후 두 시 30분. 이 싸움은 모두 기록되고 있다.

'내 인생의 전체 자산은 소설가가 된 일입니다.' 스콧이 말한다. '그리고 이건 악전고투 끝에…… 얻어낸 것입니다. 엄청난 희생으로 얻어낸 것이지요.' 아마추어인 젤다와 다르게 자신은 전업 작가임을 우선 역설하고 이렇게 말을 이어간다. '아내는 무엇이든 가능하다고, 여자도 당연히 자기 요구를 충족시켜야 한다고 생각하고, 그런 이유로 자기만족을 위해서라면 자기 손으로 저를 철저히 무너뜨릴 권리가 있다고 생각해요.'

젤다가 도중에 끼어든다. 그녀는 남편의 주장이 부당하다며 반박한다. '그동안 살면서 나는 무슨 일을 시도하든 항상 당신을

가장 먼저 고려했어.'

스콧은 계속해서 아내를 깎아내린다. '아내에게 말할 거리라는 게 있었겠어요? 사람들에게 보고할 이런저런 경험이면 몰라도 본질적으로 말을 할 내용은 전혀 없는 사람입니다.' 주장에 탄력이 붙은 스콧은 『밤은 부드러워라』의 완성이 팔 년간 지연된 것도 그녀의 문제를 해결하느라 빚어진 결과이며 아내의 발레 야심을 자신이 어떻게 지원했는지 등을 설명한다.

그러니까 당신 말은 당신이 쉬지 않고 술을 마셨다는 뜻이겠지…… 그건 내가 발레 무용수가 되고 싶었던 여러 이유 중의 하나일 뿐이야, 내가 가진 게 그것밖에 없었으니까.

스콧은 아내의 말을 논박하며 이렇게 말을 맺는다.

나는 열여섯 살 되기 전까지 술을 마셔본 적이 없어요. 아내를 처음 본 순간 아내가 주정꾼이라는 걸 알았지만.

주제가 모성으로 옮겨가고, 젤다는 그가 자신을 딸에게서 떼어놓았다고 비난한다. 이내 주제는 한 바퀴를 돌아 다시 두 사람의 글쓰기로 돌아가고, 스콧은 젤다에게 치명타를 가한다. 젤다의 새 소설을 당장 중단해야 한다, 이건 표절이다, 젤다가 몰래 그의 등 뒤에서 그의 이야깃감을 훔쳐 가고 있다, 라고.

"당신은 삼류 작가에 삼류 발레 무용수야."

그는 두 사람 사이에 비교가 성립하지 않는다고 주장한다.

"나는 엄청난 팬들이 따르는 전업 작가야. 전 세계에서 가장 높은 고료를 받는 단편소설 작가라고."

젤다가 되받아친다.

"그런 분이 삼류 재주꾼한테 지나치게 맹공격을 퍼붓고 있는 것 같은데."

스콧은 젤다가 '쓸모없는 사교계 여성'에 불과하기 때문에 글쓰기로 절대 돈을 벌 수 없다고 단언하며 말한다.

"당신은 내가 식탁에 떨군 부스러기를 주워 담아 책에 대충 집어넣은 거야."

"당신도 십 년 동안 내가 떨군 부스러기를 주워 담았잖아."

(이 대목에서 스콧은 자신이 젤다의 아이디어와 재담을 종종 자기 책에 담아온 사실을 잊고 있다. 수년 전 어느 편집자가 젤다의 일기를 책으로 내자고 제안했지만, 스콧이 자기 소설과 단편에 그녀의 일기를 부분적으로 쓰고 싶다며 반대하기도……)

젤다는 자기도 글쓰기로 먹고살고 싶다고 대답하는데, 스콧이 펄펄 뛰며 소리를 지른다.

"그래서 당신이 내 글감을 가져가고 있군, 안 그래?"

"그게 당신 글감이야?"

"우리가 해온 모든 건 내 것이지…… 나는 전업 소설가이고, 내가 당신을 부양하고 있어. 그건 전부 내 글감이야. 그중에 당신 것은 하나도 없어."

레니 박사가 스콧의 주장이 타당하며 앞으로 젤다가 소설을 내고 싶으면 '그의 (스콧의) 손을 거쳐야 한다'고 젤다에게 충고한다. 싸움은 계속된다. 젤다는 '빌어먹을 당신의 학대에 지긋지긋 신물이 난다'고 비참하게 강조하다가 마침내 뭔가 비극적인 말, 스콧을 채찍으로 내리치는 듯한 말을 내뱉는다. 그에게 돌아가느니 차라리 그대로 정신병원에 남겠다고.

"의사들이 나한테 그러더군, 당신이 정신이상이 아니기 때문에 당신을 정신병원에 보내고 싶지 않다고 말이야." 스콧이 반박한다.

"어느 때는 당신이 정신병 환자라서 이런 짓을 하는 거라고 생각이 들다가, 또 어느 땐…… 그저 당신이 사악해서인 것 같다."

젤다도 지지 않고 반격한다. 그렇게 두 사람은 다른 얘기로 돌다가 언쟁을 벌이고, 다시 언쟁을 벌이다 다른 얘기로 빠지기를 되풀이한다. 스콧은 계속해서 젤다의 기를 꺾어놓으려 한다.

"여자가 있을 자리는 자기를 부양하는 남자 옆이고 자기를 부양하는 남자에게 의무를 다해야 한다고 생각하지 않아? …… 나는 당신이 내 이해관계를 고려하길 바라. 그게 당신의 주된 관심사여야지, 왜냐하면 내가 키를 잡는 사람이고 내가 조종사니까…… 나는 이 배의 선장이야, 그러니까 당신이 선장이랑 같이 지켜보고 있는 동안은 배가 운항하는 거고, 당신이 등 뒤에서 선장을 찌르는 순간 배는 가라앉아, 당신도 함께 가라앉고."

젤다는 사기가 꺾이지만 그래도 멈추지 않는다. 그녀는 계속 글을 쓰고 싶다. 돈을 벌고 싶다. 자신만의 독립을 이루고 싶다. 바깥에선 하늘이 바뀌고 있다. 그들은 몇 시간째 언쟁을 벌이고 있다.

"난 그저 내 인생을 구하려고 싸우는 거야." 스콧이 버럭 소리 친다.

"나는 당신을 위해 나를 희생해야 하고, 당신은 나를 위해 당신을 희생해야 해, 그러니까 소설 쓰는 건 이걸로 끝이야!"

레너드와 버지니아는 두 사람 모두 작품 안에서 그들의 관계를 탐색했다. 버지니아의 데뷔작 『항해』와 레너드의 『현명한 처녀들The Wise Virgins』에는 본인들의 구애와 결혼에 관한 두려움, 기대, 불안들이 담겨 있었다. 그러나 두 사람은 예술가로서 서로를 존중했으며 글감의 소유권을 독점하려고 다투지 않고 서로의 작품이 어깨를 나란히 하도록 허용했다. 스콧을 괴롭힌 문제는 그가 오로지 자기 자신에 관한 글만 쓸 수 있었고, 젤다 어머니의 표현을 빌자면, '이기적인 남자'라는 점이었다. 스콧의 항의에 난타를 당한 젤다는 실제로 두 번째 소설을 포기하고 대신 그림과 희곡 집필로 돌아섰다.

스콧은 자기 소설 『밤은 부드러워라』를 쓰면서 젤다의 병을 아주 많이 끌어왔다. 출간 전 수개월 동안 〈스크라이브너 매거

진〉에 연재된 이 작품을 읽고 젤다는 큰 충격을 받았다. 남편이 본인이 좋아서 하는 일의 자료로 아내인 자기의 삶과 편지와 경험을 얼마나 많이 가져다 썼는지 이전까지는 충분히 깨닫지 못했다. 『밤은 부드러워라』의 주인공 딕 다이버는 결혼 전까지 니콜을 진료하는 정신과 의사다. 스콧의 집필 메모에는 이렇게 쓰여 있다. '그와의 감정 전이만이 그녀를 살리는 길이다. 이렇게 되지 않으면 그녀는 살인마로 되돌아가 남자들을 살해하려 한다……' 그리고 이것이 '젤다의 초상—다시 말해, 젤다의 일부'라고 덧붙여 놓았다. 스콧은 젤다의 병을 극단까지 끌어온다. 심지어 말메종, 프란진스, 핍스에서 의사들이 남긴 아내의 진료서 내용까지 일부분 소설에 포함시켰다.

오빠의 자살을 비롯한 비극적인 개인사까지 이 모든 상황이 젤다를 심각한 우울증에 이르게 만들었다. 1934년 2월, 젤다는 세 번째 신경쇠약을 일으켰다. 핍스에 재입원한 뒤 젤다는 스콧의 글에 묘사된 자기 모습을 한탄했다. '내가 미치도록 화가 난 건 그가 그 여자를 너무나 끔찍하게 묘사하면서 그녀가 어떻게 자기 인생을 망쳐놓았는지 되풀이해 말하기 때문인데, 그녀가 내 경험을 너무 많이 가지고 있어서 나 자신과 그녀를 동일시하지 않을 수 없었다.'

『밤은 부드러워라』의 결말에서 나는 스콧의 두려움을 꿰뚫어 볼 실마리를 얻었다. 스콧이 젤다와 레니 박사에게 말한 그대로, '난 내 인생을 구하려고 싸우는 거야'라고 딕은 아픈 아내에게 이야기한다. '더 이상 당신을 위해 내가 해줄 수 있는 건 없어. 나는 나 자신을 구하려고 발버둥 치고 있어.' 딕이 약해질수록 니콜은 점점 강해진다. 소설 말미에 딕이 자신을 '희생'하고 시골마을 의사가 되는 반면 니콜은 온전한 정신을 되찾고 그를 떠나 토미 바르방이라는, 젤다의 옛 애인 조장과 조금 닮은 프랑스계 미국인 군인 곁으로 간다. 바르방은 어니스트 헤밍웨이의 느낌을 풍긴다. 헤밍웨이는 한때 피츠제럴드가 아끼는 친구였으나 차츰 그가 깊이 질투한 경쟁자가 되었다.

여기에는 언젠가 젤다를 잃으리라는 두려움만이 아니라 그녀의 상태가 호전되는 것에 대한 스콧의 두려움이 감춰져 있었다. 스콧은 젤다를 어린애 취급하는 경향이 있었다. 가까운 친구 말을 빌면, 스콧이 젤다를 '다루기 힘든 애' 대하듯 했다. 사는 내내 스콧은 두 사람의 신혼 시절을 그리워했다. 하지만 그때는 젤다가 사춘기를 갓 넘긴 아직 어린 나이였고 남편의 경력에서 조연 역할을 하기로 수락했을 때였다. 한 사람의 여성으로 성장할수록 그녀는 자기가 가진 재능을 표출하고 싶어 했다. 스콧은 젤다에게 책임을 감당하라고 끊임없이 요구하면서도 정작 그녀가 독립적인 존재가 되기를 원하기보다는 단순히 자기가 시키는 대로 움직이기를 바랐던 것 같다. 아내의 자연스러운 성숙 과정을 중단시키고 아내를 정체 상태로 붙잡아두려고 기를 쓰는 사람처럼. 젤다의 상태가 호전된다는 건 곧 그녀가 강해지는 걸 의미했을 것이다. 어쩌면 스콧은 그녀가 환자이고 자신이 돌보는 입장으로 남는 편이 더 행복했을지 모른다. 레너드 울프는 스콧과 정반대였다. 그는 마지막 몇 주 동안 버지니아를 환자로 만들게 될까 너무 경계한 나머지 자살로 그녀를 잃고 말았으니.

서머필드에서 퇴원하자마자 아버지는 미뤄둔 동맥류 수술을 받기 위해 곧바로 다시 환자 신세가 돼야 했다. 전신마취가 필요한 수술이었고, 아버지에게는 위험 부담이 있었다. 이 사실을 내 눈으로 목격한 건 2015년 6월, 아버지가 대장암 수술을 받았을 때였다. 수술 다음 날 병실에 가보니 아버지가 침대에 앉아 있었다. 수술 도중 노인 환자의 사망 가능성에 관한 통계를 검색하며 한참 마음을 졸인 뒤라 나는 아버지를 보자마자 환호를 지르고 싶었다. 그런데 내가 미처 인사를 하기도 전에 병동 간호사가 구석으로 나를 데려갔다.

"그쪽 아버지한테 약을 먹이느라 아주 애를 먹고 있어요." 간호사가 털어놓았다. 그녀는 고약한 말썽쟁이를 쳐다보듯 아버지를 한 번 쏘아보고는 종이컵을 건네며 나더러 한번 시도해보라고 말했다. 나는 컵 안에서 달그락거리는 색이 다른 알약 두 알을 내려다보았다. 간호사의 요청에 내심 놀랐다. 아버지는 항정신성약을 거부하는 일이 좀처럼 드물었다. 수술 때문에 병원에서 약 복용을 중단시켰고 이제 다시 복용량을 예전 수준으로 늘리고 있었다.

나는 아버지 침상 옆 플라스틱 의자에 앉아 아버지에게 몸이 괜찮은지 물었다. 아버지는 괜찮다고 대답했지만 어딘지 불안해 보였다. 아버지 몸에 여러 가지 플라스틱 튜브가 연결되어 있었는데, 아버지가 그걸 세게 잡아당겼다.

"좀 일어나야겠다."

"아버지 방금 수술받았잖아요."

나는 지그시 아버지 몸을 눌러 앉히며 말했다.

"네가 서류를 가져오면 여기서 나갈 수 있을 거야."

평소와 달리 주장이 강하게 실린 목소리로 아버지가 말했다.

"그리고 이것도 치워버릴 수 있고."

아버지가 다시 튜브를 잡아당겼다. 아버지에게 약을 먹이려 했지만 아버지가 내 손을 쳐냈다.

"얘야, 아래층 거실로 내려가야 된다."

아버지가 급하게 다그쳤다.

"거기 가면 서류가 있을 거야, 내 서류가방 안에 있다, 그걸 이리로 가져와야 된다. 서둘러라, 중요한 거야, 그러면 내가 여기서 나갈 수 있어."

그때 나는 깨달았다. 아버지는 지금 집에 돌아가 본인 침대에 있다고 생각하고 있었다. 무수히 많은 전문서적들에서 읽은 증상 가운데 하나―편집성 환각증세―였으나, 내 눈으로 직접 목격하기는 처음이었다.

"우리는 지금 병원에 있어요." 내가 아버지에게 말했다.

"아버지는 수술을 받았어요, 기억나요?"

"우리는 병원에 있지 않아." 아버지가 우겼다.

"우린 집에 있어, 그리고 네가 가서 서류를 가져와야 해. 네가 왜 이렇게 말을 안 듣는지 모르겠다."

"아버지, 아버지는 수술을 받았고 아직 병원에 있어요. 약을 먹어야 해요, 그래야 이번 주말에 병원에서 나갈 수 있어요, 안내책자에도 써 있었잖아요."

"나한테 거짓말을 하는구나. 왜 거짓말을 하는지 모르겠네― **서류 가져와라.**"

"아버지, 보세요."

내가 손가락으로 창밖을 가리키며 말했다. 바깥 풍경은 별로 볼 것이 없었다.

"저기 주차장이 있네요. 병원 주차장이요. 보여요?"

아버지의 시선이 내 손가락 선을 따라가다 아래 줄 맞춰 주차된 차량들에 닿으면서 아버지가 펄쩍 뛸 듯 놀랐다. 아버지의 눈에 잠깐 깨달음이 스쳤다. 아버지가 현실과 접속하는 순간이었다. 하지만 곧이어 아버지의 시선이 안개처럼 흐릿해지고 잠깐의 인식은 사라졌다. 아버지는 계속 나에게 서류를 가져오라고 말하고 약을 거부했고, 나는 이성적으로 아버지를 설득할 수 없었다. 마치 세 시간처럼 느껴지던 고단한 30분을 보낸 뒤, 나는 알약이 그대로 담긴 종이컵을 간호사에게 돌려주고 병동을 나왔다.

오빠에게 전화를 걸었다. 오빠는 내 목소리에 담긴 공포를 알아차렸다. 오빠는 마취제가 신체에 가하는 스트레스를 자동차 충돌사고의 충격에 비유한 전문가의 말을 인용하며 나에게 마취제의 위력을 다시 상기시켰다. 이번에는 친구에게 전화를 걸었다. 친구도 나를 안심시켜 주었다. 친구의 아버지가 수술 때문에 마취 상태에 놓였을 때 마치 술 취한 사람처럼 온갖 이상한 짓을 했던 일화를 들려주었다. 게다가 친구 아버지는 정신적으로 문제가 없는 분이었다.

다음 날 나는 다시 아버지를 만나러 갔다. 아버지는 졸리는 얼굴로 누워 있었다. 일어나서 병동 밖으로 나가려던 아버지를 경비 요원들이 붙잡았고, 다시 침대에 눕혀 진정제를 투여했다고 간호사에게 들었다.

"좀 괜찮아졌어요?" 내가 아버지에게 물었다. 아버지는 빙긋이 겸연쩍은 미소를 지으며 고개를 끄덕였다. 아버지가 내 질문의 뜻을 이해했다는 걸 아버지 눈을 보고 알 수 있었다. 무슨 일이 일어났는지 아버지도 인지했다. 나는 이 사실이 놀라웠고, 한동안 이 일을 곰곰이 생각했다. 언젠가 내가 엄청난 고열에 시달리다가 섬망 상태에 빠져 미친 듯이 웃다가 울음을 터뜨린 일이 기억났다. 그때 나의 일부는 아프게 앓던 몸에서 떨어져 나와, 이 상황이 곧 지나가리라는 걸 알고 조용히 이성적으로 지켜보고 있었다. 아버지의 정신이상이 아버지를 모조리 집어삼킨 것은 아니었다. 저 아래 깊숙이에서 아버지의 일부는 무슨 일이 벌어지고 있는지 인지하고 있었다. 정말 다행스럽게도 이번 수술은 순조롭게 끝났다. 편집증적 발작도 일어나지 않았다. 일주일을 넘기지 않고 아버지는 우리와 함께 집으로 돌아왔다.

9월 초, 우리는 아버지의 생일 기념으로 리틀햄프턴으로 드라이브를 갔다. 평소 나는 우리의 연례행사인 해변 나들이를 좋아했다. 올해는 좀 달랐다. 후끈후끈한 열기를 느끼며 자동차 뒷좌석에 앉아 있었다. 아마 차멀미와 전반적인 피로감이 뒤섞인 탓이었겠지. 동생이 여러 번 차를 세워야 했다. 나는 옆으로 차들이 휙휙 지나가는 도로변 풀밭에서 비닐봉지를 손에 쥐고 구토로 속이 편안해지기를 기다렸다. 해변에 도착했다. 바닷가 끄트머리에 서서 신선하고 알싸한 바다 공기를 들이마시며 주름진 물결 끝자락의 포말에 발을 담그니 기분이 한결 나아졌다. 하지만 암반 위를 걷고 나서는 마치 수백 미터 달리기라도 한 것처럼 다리에 힘이 풀리고 후들거렸다.

이제 아버지가 집에 돌아왔으니까 나도 곧 기운이 돌아올 줄 알았다. 그런데 몸이 생각 같지 않았다. 어째서 몸이 갈수록 약해지는 느낌이었을까? 몸에 무슨 문제라도 생긴 것일까?

32

그녀에게 무슨 일이 있었던 걸까? 그녀가 어떻게 변해 버린 거지? 모든 게 그의 잘못일까?

스콧은 모아둔 자금이 바닥났다. 『밤은 부드러워라』가 기대했던 것만큼 팔리지 않았다. 오히려 『위대한 개츠비』보다도 더 큰 실패작이다. 고작 5천 달러에 불과한 그의 인세 수입으로는 에이전트와 출판사 측에 진 빚을 갚기도 부족하다. 젤다가 현재 입원 중인 크레이그하우스의 치료비도 더는 감당할 수가 없다. 크레이그하우스에서 젤다는 개인 간호사, 부지 내 골프 코스, 수영장 등의 시설을 누리며 지냈다. 스콧은 비용이 더 저렴한 볼티모어 인근 셰퍼드앤에녹프랫 병원으로 젤다를 옮겨야 했다. 이

곳은 창문에 창살을 쳐놓고 출입문을 잠가두었다. 음침하고 시설이 변변찮은 곳이다. 처음 병원에 들어갈 때 젤다는 거친 몸수색을 받고 소독용 목욕까지 견뎌야 했다.

젤다는 환각 증세를 일으키고 목소리가 들리기 시작한다. 스콧이 자기 이름을 부르는 소리, '내 책에 담았던 그 여자를 나는 잃고 말았다'는 스콧의 말소리가 귀에 들린다. 그녀는 자기 목을 조르려고 시도한다. 1935년 내내 그녀는 자살 충동 환자로 분류된다. 의사들이 그녀에게 메트라졸Metrazol 중추신경흥분제의 일종 경련 치료를 시행하는데, 이 치료는 간질과 유사한 상태를 일으킨다. 치료의 부작용으로 그녀는 기억 손실과 무관심 증상을 겪는다. 스콧은 이 치료가 그녀의 정신을 '깨끗이' '씻어냈다'고 느낀다.

스콧이 면회 온 어느 날, 두 사람은 기찻길을 따라 산책한다. 기차 소음이 점점 커지며 우레같이 덜커덩거리는 짐승이 내뿜는 연기가 하늘을 가른다. 그 순간 스콧은 깨닫는다. **그녀가 기찻길을 향해 걸어가고 있다.**

기관사는 그녀가 무슨 행동을 하려는 것인지 보지 못한다—

그녀가 발을 헛딛으며 몸을 앞으로 내던진다—

기차가 그녀를 향해 덜컹거리며 달려온다—

그가 달려간다, 그녀가 비명을 지를 만큼 그가 사납게 그녀를 잡아챈다—

그녀를 끌어낸다.

나는 스콧이 젤다를 꽉, 너무나 꽉, 붙들어 그녀의 머리카락이 그의 뺨에 출렁이는 사이 기차가 그들 옆을 지나가는 광경을 상상한다. 일어났을지도 모르는 그 일, 그녀의 몸뚱이가 기찻길에 널브러지고 그녀의 피가 그의 머리카락에, 그의 얼굴에, 얼룩져 있는 그림에 그의 심장이 방망이질 쳤을 것이다. 어떻게 일이 이 지경까지 왔을까?

'매번 쓰러질 때마다 그녀는 눈에 띄게 퇴보한다'라고 스콧은 절망하며 기록한다. 이제 그는 젤다의 병이 일시적인 문제가 아니라 장기적인 어쩌면 평생에 걸친 전투이며, 간헐적인 안정기는 회복의 신호가 아니라 잠시 들르는 휴식일 뿐이라는, 점점 커져 가는 자각을 마주해야 한다.

그를 위로하는 건 불륜과 알코올이다. 불륜은 안전한 배출구다. 우리 엄마가 그랬듯, 불륜은 스콧으로 하여금 돌봄을 받는 입장이 되게 해준다. 불륜 상대 중 한 명은 유부녀인 노라 플린이다. '우울감에 빠져 지낸 지난 일 년 동안 그녀는 나에게 성자와 같았고, 한 달간이나 스코티를 보살펴주기도 했고…… 내견해로는 여러모로 세상에서 최고로 유쾌한 여자다.' 그러나 다른 불륜, 부유한 여성 비어트리스 스트라이블링 댄스와의 관계는 비극으로 끝난다. 결코 젤다를 떠날 수 없다는 스콧의 말을 듣고 이 여성은 신경쇠약을 일으켜 병원에 들어간다. 스콧은 그녀에게 비탄의 심경을 담은 편지를 쓴다. '당신 삶에 크나큰 슬품을 안기게 되어 진심으로 미안합니다.' 하지만 그의 『기록장 Notebooks』에 담긴 혼잣말에는, 노라와 비어트리스와 젤다의 '무모함'에 비해 스콧 본인은 비교적 균형 잡힌 사람이며, '모든 이들 중에 가장 무모한 (그리고 가장 불균형한)' 사람은 자기 아내라고 적혀 있다.

이 무렵 스콧과 가까워진 토니 버티타라는 남성은 이렇게 회고한다. 그해 여름 '그를 둘러싼 모든 것이 붕괴했다. 그는 신체적, 감정적, 금전적 파산 상태였다. 끊임없이 음주와 흡연을 하면서도 음식은 입에 대지도 않았다…… 나를 만나면 그는 잔뜩 긴장한 응석받이 아이처럼 갑작스레 울음을 터뜨릴 때가 많았다.'

1935년 11월, 스콧은 경미한 신경쇠약에 시달린다. 거의 빈털터리가 된 자포자기 상태로 그는 헨더슨빌의 (노스캐롤라이나 애시빌 근처) 스카이랜드라는 싸구려 호텔로 도피한다. 하루 1달러짜리 방에 묵으며 오렌지와 비스킷으로 연명하고 인사불성이 되도록 술을 마신다. 그렇게 남편과 아내 모두 만신창이가 되고 말았다.

『광기의 역사』에서 미셸 푸코는 사회의 대★감금으로 이성과 광기의 양극화가 일어나고 둘 사이에 확고한 경계가 구축됐다고 말한다. 스콧과 젤다의 관계도 이런 분화의 축소판이라고 해석할 수 있었다. 한번은 스콧이 젤다에게 믿기 어려울 정도로 가혹한 편지를 쓴(부치지는 않은) 적이 있다. '내 재능과 쇠락은 정상이지. 당신의 퇴보는 일탈이고,' 아내를 타자화하고 자신은 유사 정신과 의사 행세를 함으로써—간병인이 되느니 의사가 되기로 작정한 사람이므로—그는 권력자의 자리를 유지하고 자신의 음주 문제 해결을 회피했다. 그렇지만 나는 이런 회피가 그 시대의 징후였다는 사실에는 공감한다. 당시에는 음주 문제에 대한 지원 자체가 훨씬 적었다. 예를 들어 AAAlcoholics Anonymous 알코올중독 재발 방지를 위한 자조 모임도 1935년이 지나서야 설립되었다. 알코올 중독은 인격의 나약함이자 도덕적 결함으로 치부되었고, 치유 불가능하다고 보는 의사들이 많았다.

1933년 레니 박사가 참여한 삼자 면담에서 분위기가 최악으로 치달을 때 젤다는 번번이 같은 결론을 내렸다. 스콧이 술을 마시고 자기를 돌보지 않으면 계속 그와 함께 살 수 없다고—차라리 정신병원에 있겠노라고. 그래서 젤다가 계속 병자로 지냈던 것일까? 어쩌면 스콧은 완전히 아내가 건강을 되찾고 강해지기를 바라진 않았을지 모른다. 아마 공동 의존에 빠진 것은 젤다도 마찬가지였겠지. 담당 의사들은 젤다가 자기 병명을 방패막이 삼아 현실 문제에 관한 논의를 회피하려 한다고 생각했다. 의사들 역시 그녀를 도우려고 했겠지만 그만큼 그녀에게 피해를 입혔다. 그녀에게 영구적인 부작용을 남긴 인슐린 쇼크요법의 경우처럼. 어쩌면 젤다는 스콧과의 관계에서 풀 수 없었던 문제를 해결하는 방법으로 자기의 병명에 점점 집착하게 됐을지도 모른다—그녀는 스콧으로부터 자유로워지기를 염원하면서도 이 결혼에서 헤어나지 못하는 자신을 발견했다. '나는 남편과 잘 지낼 수도 없고 남편과 떨어져 살 수도 없다,'고 그녀는 핍스병원의 간호사들에게 말하곤 했다. 정신병원에서 나가지 않는 것이 이혼을 모면하되 스콧을 회피하는 방법이 되었다. 또한 병원이라는 환경 안에서는 비록 의사들이 정해놓은 제한이 있더라도 그녀의 창의성을 발전시킬 수 있었다. 그녀의 소설 『왈츠는 나와 함께』가 스콧이 아닌 밀드리드 스콰이어스 박사에게 헌정하는 작품이라는 점도 의미심장하다.

결혼 생활의 문제를 둘이서 풀지 못하고 각자 비극적, 연극적 요소에 끌린다는 점에서 스콧과 젤다는 에드워드 올비의 희곡 『누가 버지니아 울프를 두려워하랴』의 부부를 연상시킨다. 이 작품 속 부부도 그의 이야기, 그녀의 이야기를 각각 자기편에서 들어줄 관객을 필요로 한다. 젤다의 담당 의사들은 결혼 생활 상담자의 역할을 떠맡게 될 때가 많았고, 부부는 이들을 이용해 서로를 조종하려 들었다. 스콧은 의사들이 젤다의 작업 시간을 제한하도록 유도하는 방법으로 젤다의 창작 활동을 계속 축소시켰다. 1934년까지도 여전히 그는 아내를 '재교육'해서 창작을 포기시킬 수 있으리라는 기대를 버리지 않았다.

언젠가 스콧은 적었다.

젤다와 내가 충돌했을 때 내 삶은 끝났다. 만약 그녀가 건강해진다면, 나는 다시 행복해지고 내 영혼은 풀려날 것이다. 그렇지 않으면 영영 불가능하다.

돌봄이 어떻게 그를 심리적 감금 상태에 놓이게 했는지 압축적으로 보여주는 말이지만, 그녀를 대하는 그의 태도 탓에 그의 형량은 늘어나기만 했다. 젤다의 집요한 병세는 그를 지치게 만들었고, 젤다가 '하나의 사례―사람이 아니라―'가 돼버렸다는 자각과 함께 그를 절망에 빠뜨렸다. 그러나 젤다를 고유한 바람과 욕구와 창작의 야심을 지닌 한 사람으로 대하지 못한 스콧의 실패가 결국 아내의 병을 지속시켰다는 건 비극적이다. 그는 아내를 파멸시키고 그 과정에서 자기 자신을 파멸시켰다.

내 경우에는 뜻밖에도 막중한 돌봄 의무가 마무리된 뒤에 가장 극심한 탈진 상태가 찾아왔다. 아드레날린과 카페인으로 연명하며 몸을 실컷 함부로 굴리다가 어느 순간 몸의 에너지가 바닥나버린 것 같았다. 아버지의 수술은 성공적이었다. 아버지는 약을 복용하면서 비교적 안정을 유지하고 있었다. 이제 내가 할 일은 집안일과 아버지의 식사 준비 그리고 아버지를 잘 관찰하는 정도였다. 간병인이라기보다 다시 딸로 돌아간 기분이 들었다. 하지만 이미 신체적으로나 정신적으로나 번아웃인 상태라 몰골은 말이 아니었다. 나를 치유하고 회복할 시간이 필요했다.

1914년, 버지니아를 돌보다 지친 레너드 울프가 월트셔로 리튼 스트레이치를 찾아갔듯 나도 그런 시간을 가져야 했다.

도리어 나는 더 열심히 일하고 간병하느라 써버린 시간을 보충하고 작업 중인 범죄소설을 탈고하고 도도 출판사의 신간 발행에 박차를 가해야 한다는 압박에 시달렸다. 불면증이 해결되기는커녕 더 심해졌다. 나는 불면의 밤과 숙면한 밤을 꾸준히 기록했는데, 일주일에 보통 불면은 엿새, 숙면은 하루 정도였다. 칼로 찌르는 듯한 안구 통증이 있고, 매일 새벽 세 시쯤 잠이 깨 몽롱한 정신으로 종일 일하고, 기억력에 구멍이 숭숭 뚫려 메모 작성이 필수가 됐다.

작가협회에서 나에게 보조금을 수여한다는 소식을 듣고 나는 안도감에 흐느꼈다. 자그마치 2천 파운드를 수표로 받았다. 이제 비로소 공과금을 밀리지 않고 숨 쉴 여유가 생겼으니, 이 기회에 돈을 더 벌어 너덜너덜한 재정 상태를 바로잡을 수 있을 것 같았다. 그런데 일이 더 이상 즐겁지 않았다. 몸에 기력이 하나도 없어 활동을 한 가지 할 때마다 한 대씩 얻어맞는 것처럼 더 맥을 못 추는 지경에 이르렀다. 도도 출판사의 세 번째 책이 출간되던 그 주, 침대 밖으로 나올 기운조차 없었다. 극심한 피로가 나를 미라로 만들고 있었다. 어쩔 수 없이 억지로 몸을 일으켜 오랫동안 미뤄둔 일을 해치우러 가야만 했다. 나는 거의 기다시피 하며 주치의를 찾아갔다.

나를 진료한 의사는 내 이야기를 주의 깊게 듣고 나서 내가 지나치게 많은 일을 해왔다고 답했다. 의사는 나에게 돌봄 의무로부터 회복하는 시간을 가져야 한다고 말했다. 수면제는 해답이 아닙니다, 라는 경고도 했다. 몸은 회복을 간절히 원하는데 나는 한꺼번에 몸을 혹사하는 내 근본적인 문제를 직시하지 않으려 하고 있었다. 의사와 나는 타협점을 찾았다. 한 달 정도 일을 쉬기로 하고, 의사는 나에게 소량의 멜라토닌 정제를 처방해주었다.

의사의 조언은 내 마음의 부담을 크게 덜어주었다. 내가 담당하는 작가들을 일부 포기하고 톰과 알렉스에게 넘겨야 하는 것은 속상했다. 하지만 아주 오랜만에 처음으로 사흘 내리 숙면의 밤을 보냈다. 멜라토닌과 내가 가지고 있던 소미넥스의 도움을 받긴 했지만.

응급보조금을 받아도 완전히 일을 중단할 수 있는 형편은 아니었다. 어쩌면 일중독자로서 그러고 싶지 않았는지도 모른다. 매일 아침 나는 천 단어 정도 글을 썼다. 글쓰기가 치료 요법은 아니지만 긴장을 풀어주는 효과가 있었다. 보통은 글쓰기로 에너지를 얻곤 했는데, 이제는 몇 시간 글을 쓰면 진이 빠졌다. 몇 주 지나면 틀림없이 괜찮아지리라고 거듭 되뇌었다. 그렇게 팔팔하고 유연하던 내 몸의 회복 속도가 이렇게 더딘 것이 당황스러웠다.

크리스마스가 코앞일 때 북부로 여행을 가는 건 실수였다. 길고 피로한 여정이었고 한기가 몸을 파고들더니 다음 며칠 동안

다시 불면증이 도졌다. 예전의 내 몸은 한 번도 여행을 싫어하지 않았다. 마음껏 사방팔방 누비고 다녀도 괜찮았다. 이 새로운 몸뚱이는 적응력이 형편없고 아주 작은 변화에도 기겁해서 방향 감각을 잃고 헤매기 일쑤였다. 일 년 새 십 년은 더 늙어버린 기분이었다. 몸을 망치로 두들겨서라도 규칙적인 수면으로 돌아가보려고 허브 성분과 일반 약 성분을 뒤섞어 한 움큼 약을 먹었다.

엄마가 떠난 뒤로 우리 가족에게 크리스마스는 빨리 지나가길 바라는 하루가 되었다. 모두들 평소와 다르게 행동했다. 기분전환 거리—영화, 술, 책, 잠—라도 없으면 큰일이었다. 오빠는 DIY 작업을 특히 좋아했다. 유난히 심란했던 어느 해인가 오빠는 연휴 기간 사흘에 걸쳐 아버지의 주방을 개조하기로 결정했다. 심할 정도로 활동적인 사람이라서 두 주 치 일을 일흔두 시간 안에 욱여넣었다. 주방 개수대가 사라지고 없어서 크리스마스 음식 기름이 잔뜩 묻은 그릇을 욕실에서 씻어야 했던 일이 기억난다. 어쩌다 보니 덜 익힌 크리스마스 푸딩이 욕실 선반 위에 올라갔고, 그래서 옥신각신 다툼을 벌이다가 나는 죄책감이 들었다. 오빠는 좋은 뜻에서 도움 되는 일을 하고 있고 아버지에게는 멋진 선물이 아닌가. 이건 애도를 하면서 애도를 회피하는 오빠 나름의 방식일 뿐이었다.

2016년 크리스마스는 엄마의 5주기였다. 우리는 전년도에 비해 조금 여유를 되찾아서 함께 TV를 보고 보드게임을 했다.

하지만 가만 보니 나는 게임에서 내 말이 어느 것인지 자꾸 헷갈리고 간단한 규칙을 혼동하고 있었다. **노망이 드는구나,** 생각했다. 새롭게 기억력에 문제가 생겨서 좋은 점은 이미 봐놓고도 플롯을 세세히 기억하지 못하는 영화들을 다시 볼 수 있다는 것이었다. 덕분에 새 DVD 살 돈을 아낄 수 있었겠지.

몇 개월 뒤 눈의 통증이 너무 심해져 책 읽기나 영화 보기가 고역일 때 나는 안경점에 찾아갔다. 왼쪽 눈 뒤편에 일시적인 출혈이 있다며, 깜짝 놀란 안경사가 엑스레이 사진을 흔들어 보였다. 눈이 나을 때까지 보름 정도는 영상과 활자를 멀리하고 독서 대신 누워서 라디오 4를 들으며 눈을 쉬게 했다. 그 보름 중의 어느 날인가 우연히 내 수면제에 딸려 온 환자용 설명서를 살펴보게 됐다. 전에는 귀찮아서 굳이 읽지 않았었다. 심각한 부작용으로 '흐릿한 시야, 시력 저하 또는 눈의 통증' 등의 증상이 나타날 수 있다, 라는 경고문이 적혀 있었다. 약의 복용을 중지하고 즉시 의료인의 안내를 받으라는 권고와 함께.

애당초 약사로부터 수면제를 두 주 동안만 복용하라는 설명을 들었지만, 나는 6개월째 약을 계속 복용했다. 그러나―어떻게 약을 포기한단 말인가? 환자용 설명서에는 중독성이 없다고 적혀 있는데, 약을 먹지 않으면 잠이 달아나고 눈이 피로감으로 화끈화끈 타들어 갔다. 매일 밤 나는 칼로 수면제 알약을 조금 깎아내고 살짝 더 조각이 큰 흰색 가루를 휴지통에 털어버리기로 했다. 작고 까만 부유물이 시야를 방해해서 시력은 갈수록 나빠졌고, 책의 왼편을 읽을 때는 흐릿한 얼룩이 활자를 가렸다.

내가 겪고 있던 이런 문제들은 간병인들 사이에서 흔히 발생한다. 간병의 결과 정신 건강이 나빠진 사람들이 72퍼센트, 신체 건강이 악화됐다고 말한 이들은 61퍼센트에 이른다. 특히나 아무도 발 벗고 나서서 당신을 대신해줄 사람이 없는 상황에서 앓아누우면, 세상에 나 혼자라는 기분이 들 수 있다. 게다가 당신의 병을 깎아내리려는 사람들이 언제나 나타난다. 친척 한 분— 그즈음 일주일에 한 번 아버지를 만나러 오는 것 외에 아버지의 간병에 거의 관여하지 않은 사람—은 내가 몸이 아프다고 설명을 해도 전혀 알아듣지 못하는 표정이었다. 자꾸 이렇게 말하는 친구도 있었다. '그래도 너는 멀쩡해 보여, 진짜로 어딘가 탈이 났다고는 믿어지지 않아.' 때로는 불면증과 탈진과 절망감 대신 차라리 다리가 부러졌으면 좋겠다고 생각했다. 부러진 다리는 겉으로 눈에 보이는 신호라서 누구든지 분명하고 쉽게 이해할 수 있을 테니까.

내가 휴식이 절박한 처지이면 아버지를 임시 위탁 간병에 맡길 수 있다는 조언을 들었다. 그러나 곤란한 문제가 놓여 있었다. 아버지의 긴장증에는 감정적 요소가 있고 아버지는 정해진 일과에 집착하는 사람이라는 점. 혹시라도 아버지의 주변 인식이 흐트러지고 불만족한 기분이 든다면, 또 다른 긴장증 발작을 일으킬 수 있고, 그렇게 되면 장기적으로 내가 짊어질 간병의 부담이 더 커질 뿐이다.

극심한 피로가 어떻게 사람의 분별을 흐려놓는지 한 가지 예를 들어볼까. 아버지가 집에 돌아오고 일 년쯤 지났을 때, 우연히 간병인 소책자를 발견했다. 아버지의 병증이 깊어진 동안에는 걱정거리가 너무 많아 집중해 읽지 못하고 한쪽으로 치워두었다. 어쩌면 도움을 주는 척 내가 부응하지 못할 지침이나 조언을 제시하지 않을까 우려했던 것일지도 모른다. 그런데 책자는 실제로 도움이 되는 내용을 담고 있었다. 지역 자선단체에 의뢰했으면 서머필드로 아버지 면회를 다닐 때 교통비를 지원받을 수 있었을 것이다. 무료 상담을 받을 수 있다는 안내도 있었다 (물론 상담받으러 다닐 시간이 있었을지는 의문이지만). 간병인 평가라는 것을 받을 수 있다던 어느 요양보호사의 조언도 기억한다. 지역 의회 담당자가 신청자의 사정과 지원 자격 여부를 평가하는 사업이다. 그런데 이번에도 역시 아버지에게만 신경을 집중하다 보니 이런 조언이 그저 스쳐 지나가고 다음 날이면 잊혀졌다.

간병인이 되면 이런 문제가 생긴다. 결국 당신은 〈로젠크란츠와 길덴스턴은 죽었다Rosencrantz and Guildenstern are Dead〉햄릿을 햄릿의 친구 관점에서 해석한 영화, 톰 스토파드Tom Stoppard 감독의 1990년 작의 배우들처럼 보조적인 들러리 신세가 될 수 있고, 모든 논의와 관심의 초점은 당신 자신보다는 당신을 필요로 하는 사람에게 맞춰진다.

크리스마스부터 2016년 새해맞이 무렵까지는 아버지의 상태가 안정된 것처럼 보였다. 나는 아버지의 병이라는 내러티브가 이제 결론에 도달했고, 내가 거기에 종지부를 찍을 수 있으며, 그래서 돌봄의 책임으로부터 자유로운 새로운 삶의 국면이 시작되리라는 희망에 차 있었다. 그러나 당연히 그런 일은 일어나지 않았다. 더 복잡한 상황이 기다렸다.

33

2017년 여름밤, 잘 시간이 가까워진다. 나는 가스레인지 옆에 서서 아버지가 알약 포장 팩을 눌러 약을 꺼내는 모습을 지켜보며, 마녀가 된 듯 즐거운 흥분을 느낀다. 나는 마법의 묘약을 끓이는 중이다. 우유가 담긴 팬에 양귀비씨, 카르다몸, 코코넛 팜 설탕을 추가한다. 보글보글 끓어올라 달달하고 진한, 진정 효과가 있는 혼합 음료가 완성된다. 아유르베다 요법 전문가인 덴마크 출신 의사에게 전수받은 레시피다. 수면제를 끊으려고 일년간 노력하며 관찰해보니, 수면제에 맞먹는 효력을 가진 건 이 의사가 알려준 수면 요법뿐이었다. 수면제만큼 강력하지만 인체에 무해하다. 자면서 대개 유년기의 마법으로 물든 행복한 꿈을 꾼다. 마치 수면제에서 헤어난 것을 몸이 축하하기라도 하듯. 나는 명상 수련회에도 참가했고, 거기서 경험한 희열 덕분에 수개월의 스트레스가 해소되었다. 집에 돌아왔을 때 여러 사람에게 몇 년은 젊어 보인다는 말을 들었다.

마침내 나는 치유되고 있었다. 두려워했던 것처럼 쓰러지지도 않고 부서지지도 않고 2016년을 보냈다. 수년간의 명상 수행이 내 힘의 기반이 돼준 덕분이었다. 다시 좋은 운도 찾아왔다. 범죄소설 원고로 출간 계약을 맺었다. 2016년 나의 상태를 돌아보면 그해에 뭔가 출간할 가치가 있는 원고를 썼다는 것 자체가 기적 같았다. 도도 출판사도 순조로웠다. 알렉스와 톰과 나, 우리 셋은 한 팀으로 똘똘 뭉쳤다. 소설 세 권을 세상에 선보이려고 열심히 작업 중이었다.

아버지가 안정 상태를 유지한 지 12개월을 넘어섰다. 나는 여전히 아버지를 보살피고 아버지 집을 간수하고 아버지에게 정서적인 지원을 제공하고 적어도 하루 한 끼는 아버지의 식사를 요리했다. 긴장증의 위험신호에 대해서도 여전히 경계를 늦추지 않았다. 퇴원 직전 아버지 의사가 남긴 말이 귓전에 울렸다. '다시는 이런 일이 절대 일어나지 않도록 해야 합니다.' 그러던 즈음 이전과 다른 일련의 신호들, 내가 미처 인식하지 못한 신호들이 나타났다. 아버지가 주치의에게 전화를 걸어 복부 통증, 메스꺼움, 구토 증상을 열거했다. 병원 측에서는 아버지에게 걱정할 일이 아니라고 말했다. 단지 위염으로 불편한 증상이라고. 아버지는 긴급 진료 예약을 잡아달라고 요청했다. 그쪽에서는 14일 뒤로 예약을 잡아주었다. 이삼일 뒤 아버지가 다시 전화를 걸었지만, 예약 날짜를 앞당겨주지 않았다. 전화 연결이 된 의사는 아버지에게 부드러운 음식을 먹으라고 조언했을 뿐이다.

열흘 뒤, 스테판이 찾아왔다. 동생은 아버지의 상태를 보고 응급실에 모시고 가기를 고집했다. 수술을 해야 할지 말아야 할지 논의가 오가는 동안 아버지는 병원에 머물러야 했다. 장폐색증이라는 자칫 생명이 위험할 수 있는 질환이 생긴 것이다. 주치의의 논리를 그대로 믿어버린 나 자신이 부끄러워 얼굴이 화끈거릴 지경이었다. 예산 삭감으로 인한 재정난에 환자는 넘치고 진료 시간은 부족해서 지역 주치의들이 악전고투하고 있다는 건 나도 알았다. 내 아버지처럼 정신 질환을 앓는 노인들은 어물쩍 지나쳐버리기 쉬웠다. 의료계의 적자생존이랄까. 의사들이 하는 말에 귀를 기울이고 백색 가운을 두른 그들의 권위를 그대로 믿고 있다가 상황의 진상을 파악 못하고 지나쳤다. 나는 아버지가 사는 세상과 아버지를 잇는 통역사이고 아버지의 보호자였다. 그런데 하필 내가 아버지의 진두에 서야 했을 그때, 아버지를 위해 싸우지 못했다. 간병이라는 이 일을 내가 웬만큼 파악했다고, 아버지의 상태도 속속들이 안다고 짐작했었다. 하지만 사실 간병은 본질적으로 정지 상태일 수 없는 일이라서 좀처럼 간단치가 않다. 규칙적인 일과를 만들고 일상을 일정한 형태로 빚어가다가 당신을 안심시켜 거짓된 안정 상태에 놓이게 해놓고는, 어느 순간 돌변해서 새로운 난제로 당신의 뺨을 후려치고, 당신이 비로소 지혜를 가지게 됐다고 느끼는 바로 그때 당신을 망연자실하게 만든다.

일주일 만에 수술이 필요하지 않다는 결정을 듣고 우리는 가슴을 쓸어내렸다. 비록 아버지는 나흘간 물을 포함 완전 금식을 유지하며 몸에 연결된 튜브로 모든 게 투여되는 치료를 견뎌야 했지만, 막혔던 장의 흐름이 원활해지고 있었다. 치료 때문에 항정신성 약의 복용을 중단한 아버지는 전혀 딴사람이 되었다. 이번에도 짓궂은 재치와 냉소와 번득이는 통찰로 동생과 나를 깜짝 놀라게 만들었다. 아버지가 복용하는 약물이 아버지의 인격을 얼마나 흐려 놓는지, 그래서 영원히 물에 잠긴 사람처럼 만들어 놓는지 더 확실히 볼 수 있었다. 클로자핀은 복용을 갑자기 중단하거나 시작하면 안 되는 약물이다. 이어지는 한 달 동안 하루 두 번씩 '가정회복팀'의 요양보호사가 집에 찾아와 아버지에게 적정 양을 투여했고, 그렇게 서서히 이전 수준의 복용량과 좀비 같은 의식 상태로 아버지를 돌려놓았다.

나는 애플리 브리지로 짧은 여행을 떠났다. 거기서 하루 글을 쓰려고 맨체스터에 갔다. 언제나처럼 비가 내리고 있었다. 딘스게이트에 있는 워터스톤 서점에 앉아, 내 가슴 안쪽에 깔린 감정이 무엇인지 한번 짚어보았다. 무언가를…… 누군가를…… 기다리는 마음. 그 순간 답이 나왔다. 나는 수년간 바로 이 자리에 앉아서 톰이 퇴근하기를, 에스컬레이터를 타고 올라오는 그를 찾아내기를, 밥을 먹거나 영화를 보러 가기 전에 그가 나에게 환영의 입맞춤을 해주기를 기다렸다. 얼마 전 친구와 피자를 먹으러 갔을 때는 자동 모드로 내 올리브를 친구 접시로 다정하게 덜어주다가 어리둥절한 친구의 표정에 그만 당황해 웃음을 터뜨렸다. **톰과 있을 때 하던 행동이야**, 내가 친구에게 설명했다. **나는 올리브를 싫어하고 그는 좋아했거든.**

2016년에 나는 과거를 애도할 시간이 없었다. 지금에서야 거리 곳곳에, 우리가 함께 피하던 빗속에, 같이 느긋하게 앉아 있던 카페에, 함께 영화를 본 극장에, 곳곳에 얽혀 있는 그와의 추억을 발견하며 달콤씁쓸한 슬픔을 느꼈다.

얼마 전 Z와 만남을 가졌다. 반발심에 하는 하룻밤 일탈이나 위무처럼 느껴지는 만남은 아니었다. 우리 사이는 언제나 이어주는 끈이 있었고, 우리의 드문 만남으로 그 끈이 되살아났다. 행복한 웃음과 설레는 열정이 있는 밤이었다. 하지만 아침이 되어 그와 헤어질 때 스카이라인에 비친 내 미래의 윤곽은 서글퍼 보였다. Z와 함께 있으면 나는 항상 포만감과 좌절감을 동시에 맛보았다. 모든 관계 중에서 가장 만족스러운 동시에 가장 불만족스러운 관계였다. 그러나 제대로 된 관계를 기대하기는 불가능해 보였다. 연애와 돌봄은 언제나 결국 링에서 맞붙을 테고, 아마 나는 영영 이 이상의 관계는 맺지 못할 것이다.

아버지의 통원 치료는 새로운 변화를 가져왔다. 병원 검진이 잡혀 있던 어느 토요일, 형제들과 나는 누가 아버지를 모시고 갈지를 두고 옥신각신하기 시작했다. 불꽃이 튀고 불길이 활활 번지는가 싶더니 이내 누가 아버지를 가장 많이 돌보는가 하는 고약한 주제로 치열한 말다툼이 벌어졌다. 마치 누가 아버지를 가장 많이 사랑하느냐를 두고 경쟁이라도 하듯.

하지만 싸움이 일단락되고 나서는 생활이 실제로 개선되었다. 돌봄의 부담이 더 공평하게 배분된 점이 눈에 띄었다. 병원 진료와 정신과 예약에 아버지를 동행하는 일은 동생이 맡았다. 오빠는 한 달에 두 번 아버지를 태우고 슈퍼마켓에 다녀오고, 마당과 집안의 DIY를 챙겼다. 나는 매일 아버지의 정서적 돌봄을 담당하고 집안의 의사 노릇을 했다. 아버지의 의료팀은 지난번 같은 대장의 참사를 우려해 아버지가 장기간 복용하던 약을 중단하고 올란자핀Olanzapine이라는 새 약을 시도해보기로 결정했다. 몇 주 만에 최악의 우려가 현실로 나타났다. 아버지가 긴장증 발작을 일으킨 것이다. 다만 이번에는 짧게 지나갔다. 우리는 발륨Valium이라는 비밀무기를 발견했다. 발작을 예방하는 최선의 방법인 것 같았다. 의사가 설명하기로는, 긴장증에 빠지면 몸의 근육이 자물쇠를 걸어 잠그고 작동을 멈추는데 발륨이 몸을 부드럽게 이완시키는 해독제 기능을 한다.

책임이 막중했다. 그러나 버지니아의 위험신호를 감지하는 일에 자신감을 가지게 된 레너드 울프처럼 나 역시 아버지를 향한 안테나가 제법 민감해졌다고 느꼈다. 나는 매일 아버지에게 미묘한 신호가 나타나는지 세심하게 관찰해야 했으니까. 혹시 아버지가 설거지할 때나 계단을 오를 때 속도가 느려지지 않는지 혹은 미세하게나마 조금 더 내향성이 강해지지 않는지. 손가락 두드리는 소리에 대해서는 일종의 조건반사적인 반응이 생겼다.

의료와 복지 그리고 부동산과 재정 관련 사안에서 아버지를 대신할 위임장은 오빠가 마련했다. 유사시를 대비해 가족의 정신이 온전할 때에만 미리 준비해둘 수 있다. 응급상황이 발생하고 나면 이미 때가 늦다. 내 친구는 위임장 때문에 지옥을 겪고 있었다. 부모가 알츠하이머를 앓고 있어 친구가 보호 법원에 법정대리인 자격 신청을 해야 했고, 이 길고 지난한 과정에는 많은 스트레스와 비용이 수반되었다.

그렇긴 해도 나는 마음이 썩 편치 않았다. 꼭 필요한 수준 이상으로 아버지의 자산을 좌지우지할 권한은 가지고 싶지 않았다. 간병인 안내서 조항 중에 재정 관리에 관한 다음의 원칙이 제시돼 있는 것이 고마웠다. '개인이 현명하지 못한 판단을 한다는 이유로 능력이 결여된 자로 취급되어서는 안 되며, 이에 대응하는 조치는 이 개인의 권리와 행동의 자유를 최소한으로만 제한하여야 한다.'

어느 날 오빠로부터 아버지의 씀씀이가 걱정스럽다는 연락을 받았다. 나는 오빠의 걱정을 이해하고 나중에 아버지와 마당을 산책하며 얘기를 꺼내보겠다고 말했다. 이 산책은 우리의 점심 식후 의식으로 자리 잡았다. 엄마가 죽고 나서 마당이 어떤 모습이었는지 돌이켜보았다. 꽃보다 황량함이, 초록 잎보다 울타리가 더 눈에 띄었었다. 지금 마당은 무성한 잎과 덩굴과 꽃이 한창 경합을 벌이며 무르익어갔다. 마당은 오빠와 나의 공동 작품이었다. 새 화단과 마당 끄트머리 격자 울타리를 내가 디자인하고 오빠가 공사했다. 아버지와 마당을 산책하면서 나는 자연 프로그램 진행자처럼 해설을 곁들였다. 새로 심은 분홍 장미, 노란 폭포수 같은 록 로즈, 통통한 파랑벌 같은 시아노투스 꽃송이, 야생사과나무의 풍성한 잎과 뒤엉킨 가지들. 아버지는 안내를 받으며 마당을 돌아보길 좋아하고, 제철 문양의 설명을 듣고 눈으로 확인하는 걸 좋아했다. 높다란 소나무 두 그루—수십 년 전 아버지가 직접 심은—옆에 걸음을 멈췄을 때, 별안간 아버지가 눈을 번쩍이며 '피누스 스트로브와 피누스 셈브로이데스'라고 나무 이름을 술술 말하는 게 아닌가. 평소 그토록 흐릿하던 아버지의 기억이 이렇게 명료해지는 순간이 있다니, 깜짝 놀랐다.

"아버지."

나는 말을 시작하다가 잠시 멈추고, 얘기를 어떻게 꺼내야 할지 곰곰이 생각했다. 이따금 지출과 관련해 아버지가 잘못된 결정을 내리기도 했다. 가령 시계 배터리만 새로 교체하면 되는데 시계가 고장 났다고 오해해 터무니없이 비싼 새 시계에 아낌없이 돈을 쓴다든지 하는. 아버지는 꽤 넉넉한 연금을 수령하지만, 연금만으로는 아버지의 생활비로 충분하지 않아서 엄마가 남겨준 유산을 조금씩 빼 썼다. 장차 노년의 우여곡절, 이를테면 계단리 프트나 별도의 샤워실, 간호사 등이 필요할 때를 대비해 이 돈은 저축해두는 게 현명하다고 오빠는 생각했다. 나는 돈을 다루는 오빠의 솜씨가 항상 존경스러웠다. 오빠는 금전에 밝고 감각이 예리했다. 아버지의 과도한 지출을 막는다는 건 좋은 생각이지만, 나는 아버지가 엄마처럼 돈을 아끼다가 전부 우리한테 물려주고 죽는 건 싫었다. 아버지가 즐기면서 살기를 바랐다. 문제는 균형을 유지하는 것 그리고 당연히 아버지가 얼마나 사실지 모른다는 점이었다.

"괜찮아요, 아버지, 아무 일도 아니에요." 이렇게 말하면서도 이게 사려 깊은 태도인지 아니면 그저 무책임한 태도인지 헷갈렸다. 그날 오후, 세인즈버리 마트에 갔던 아버지가 엘더베리 꽃과 장미 추출액이 든 음료를 사 왔다.

"아버지, 이건 너무 비싸요." 내가 부드럽게 나무라듯 말했지만, 아버지는 활짝 웃으며 내가 가장 좋아하는 음료라서 아버지가 나에게 주는 선물이라고 대답했다. 집을 비울 때마다―한 달에 한 번, 일주일을 넘기지는 않았다―나는 매일 아버지에게 전화를 걸었는데, 그러면 아버지는 나를 주려고 사과를 사 왔다거나 좋은 치즈를 사 왔다고 말하곤 했다. 단지 나를 기쁘게 해주고 싶어서만이 아니라 맛있는 선물로 나를 꾀어 집에 돌아오게 하고 싶은 것처럼.

딱 한 번 아버지에게 매일 전화하는 일을 지키지 못한 경우가 있었다. 2018년 여름 몇 년 만에 해외여행을 갔을 때였다. 오슬로에서 로밍 이용료 때문에 (원칙적으로는 요금이 적용되지 않아야 맞는데 내 이용 요금이 계속 치솟았다) 속을 끓이고 있었다. 스카이프로 아버지와 통화를 시도했지만, 집 전화기에 설치된 전화 차단장치 메시지만 들렸다. '지금 거신 번호는 일반 전화 외에 수신을 거부한 번호입니다.' 열흘 뒤 집에 돌아와 보니 아버지의 상태가 매우 좋지 않았다. 몸을 흔들고 손가락을 두드리고 거의 입을 열지 않았다. 그해 하마터면 아버지의 긴장증이 다시 도질 뻔했던 것은 이때 한 번뿐이었다. 나는 단 하루라도 전화 통화를 빠뜨려서는 안 된다는 것을 절실히 깨달았다. 나는 아버지의 바위였다. 아버지의 안정적인 상태를 좌우하는 것은 아버지가 밤낮으로 복용하는 무지개 색 알약들만이 아니었다. 안전하다는 느낌, 사랑받는 느낌, 내가 곁에 있다는 확인, 이것 역시 필요했다.

34

나는 코벤트가든 지하철역 앞에 서서 문을 밀고 나오는 검은 머리 남자들을 하나하나 유심히 살펴보고 있었다. 과연 현실이 과학기술의 약속과 맞아떨어질는지 궁금했다. 큰 키에 안경을 쓴 이탈리아 남자가 나에게 다가왔다.

"안녕하세요?"

남자는 한쪽 입꼬리가 올라간 미소를 지었다.

"샘, 맞아요?"

우리는 가까운 술집에 자리를 잡고 앉았다. 음식과 술을 곁들여 수다를 떨면서 상대를 저울질해 볼 작정으로. 이즈음 사람들이 간병인 자조 모임에 참여하지 않겠느냐고 나에게 자주 물었다. 내 대답은 늘 "아니요"였다. 대신 데이트 사이트에 가입했다. '장기적' 관계 칸에 표시하지 않도록 신중을 기했다. 아직도 내 연애 감정은 톰과 헤어진 후유증에 시달리고 있었다. 게다가 관계와 돌봄이 양립 불가능하다는 것을 잘 알았다. 그 점에 관해선 아직도 약간 심통이 났다. 그래도 아무것도 없는 것보다야 하룻밤 만남이라도 가지면 낫겠지 싶었다. 간병인 모임 같은 곳엔 가고 싶지 않았다. 설사 그런 모임이 많은 사람에게 위로와 도움을 주고 외로움을 달래준다는 걸 모르지 않더라도. 내게 필요한 것은 여유 시간과 탈출이라고 생각했다. 간병과 정반대의 활동이 필요했다. 나는 극장의 고요한 어둠 속에 파묻혀 누군가의 스토리에 빠져드는 시간을 즐기고 미술관의 아름다움 속을 헤엄치며 다녔다. 내게 필요한 것은 재미, 모험, 자유 그리고 책임으로 허덕이는 나를 간간이 찔러대는 이 초조함을 사라지게 해줄 무엇이었다.

그리고 잠깐이나마 효과가 있었다. 하룻밤 만남이 영혼 없이 공허하리라는 두려움이 반쯤은 마음에 있었다. 오히려 만남은 재미있고 고무적이고 달콤했다. 해 질 녘 키스하는 로맨스를, 낯선 아파트에 가는 모험을, 동거인을 깨우지 않으려고 애써 참는 키득거림을, 여름의 가벼움 안에 불어넣어 주었다.

그날 술집에 나와 나란히 앉은 그 남자와도 같은 패턴을 따르려니 기대했었다. 그런데 이 남자가 내 프로필을 제대로 읽지 않았다는 게 점점 명확해지고 있었다. 남자는 내가 여자라서 당연히 장기적인 관계를 찾겠거니 지레짐작한 것 같았다. 남자의 짐작을 바로잡아 주기가 영 어색했다. 남자는 내 입술과 목을 바라보았다. 내가 하는 모든 말을 유심히 듣고, 판단을 하고, 찬반을 따져보며, 애인감인지 아닌지 가늠했다. 잘생긴 외모였고, 나도 잠깐 관심을 가져볼까 마음이 흔들렸다. 다시 누군가와 사귈 수 있다면 어떨까? 한번 시도라도 해본다면? 새로운 질문을 받았다. 남자는 내가 여태 아버지와 한집에 사는 이유를 알고 싶어 했다.

"그게, 아버지가 조현병이에요." 내가 말했다.

"제가 간병인이고요."

남자의 맥주가 허공에 멈췄다.

"그거 유전인데, 그렇죠?"

그의 반응에 비위가 상해서 나는 딱딱하고 과학적인 어조로 유전자가 영향을 미칠 수도 있지만 후생유전학적 문제도 있다고, 다시 말해서 환경적 요인에 따라 유전자의 스위치가 켜지기도 꺼지기도 한다고 대답했다. 생활 방식, 가정교육, 치료 계획 등등이 모두 관련이 있다고.

침묵. 남자가 맥주를 내려놓았다.

"그만 가야겠어요."

나는 쏘인 듯 얼얼했다. 모욕당한 심정으로 밖으로 나와 런던 거리를 걸었다.

다음 날 쇼핑 목록을 적다가 문득 **생강**ginger이라는 단어에서 펜이 멈췄다. g의 독특한 고리 모양이 눈에 익숙했다. 엄마가 죽던 그 주, 전화를 건 어느 친척이 내 목소리를 듣고 말을 잇지 못하던 일이 떠올랐다. "너는 엄마 목소리 그대로구나." 친척 어른의 이런 말에 내가 마치 엄마의 혼령이 담긴 영매라도 된 느낌이 들었다. 나는 엄마의 목소리를 가졌고, 엄마의 흘림체 손글씨를 따라 했고, 엄마가 남겨준 레시피로 요리를 했고, 엄마가 하던 방식 그대로 아버지를 보살폈다. 나는 외할아버지의 파란 눈을 가졌다. 엄마는 내가 엄마 쪽 혈통을 물려받았다고 여러 번 주장했다. 마치 내가 오로지 엄마의 딸이라는 듯, 정자와 난자 둘 다 엄마 몸에서 만들어지기라도 한 듯.

아마 엄마는 내가 아버지의 병을 물려받을까 봐 겁이 났던 모양이다. 서머필드로 아버지 면회를 갔을 때 내가 깊이 공감했던 부분적인 이유는 인생의 운이 다르게 풀렸더라면 나도 그 병동에 갇히는 신세가 될 수 있었다는 자각 때문이다. 나의 창의적인 에너지를 아버지에게 물려받았을지 모른다는 느낌도 들었다. 물론 어디까지나 직관일 뿐이고 이것이 참인지 증명할 방법은 없었지만.

워털루역. 잠시 시간이 남아 역내 서점을 구경했다. 조현병에 관한 책을 찾아봤지만 한 권도 없었고, 대신 내면의 사이코를 이용해 회사에서 성공하는 방법을 알려주는 자기계발서, 일명

『좋은 사이코패스가 성공에 이르는 길The Good Psychopath's Guide to Success』이라는 책을 발견했다. 비록 경제적으로 사회에 기여하지는 않더라도, 내가 보기에 아버지는 내가 아는 어느 누구보다도 친절하고 섬세한 사람이었다. 하지만 내면의 조현병을 소질로 계발하는 내용의 자기계발서가 조만간 서점에 등장할 가능성은 희박해 보였다.

자본주의 체제에서 사회에 유용한 일원이 된다는 건 얼마나 생산적인가로 좌우된다. 앤드루 스컬 말마따나, '미치는 건 나태한 것'이다. 자본주의는 이 관념을 극단까지 밀고 나가 혹시 돈이 될 수 있다고 판단되면 정신병에도 정상이라는 꼬리표를 고쳐 매단다. 반면 취약한 이들에게는 생산성 부족이라는 표식이 달리겠지. 영국의 낮은 생산성을 장애인 취업률 상승과 연관 지은 재무장관 필립 해먼드의 2017년 발언처럼. 이런 발상은 빅토리아시대로의 퇴행이다. 1872년 월간지 〈굿 워즈〉에는 케이터햄 정신병자 수용소 방문 기사가 실렸다. 기자는 환자 다수가 '극빈층 인구에서 선발된 것이 분명해 보인다'라고 기록했다. '정신병자 수용소에 입소하기 전에는 인생에서 하루도 유용한 노동을 해보지 못한' 이들이 환자의 다수인데 이들이 일을 하게 됐다며 찬사를 보내는 한편 수용소 내 아동들의 상태는 '개탄스럽다…… 아동들에게는 건강한 일감을 찾아주지 못했기 때문'이라고 적었다.

독일의 경우, 나치가 조현병 환자와 양극성장애 환자를 몰살한 일은 홀로코스트와 관련해서 여전히 잘 알려지지 않은 사실이다. 1939년부터 1945년 사이에 죽임을 당하거나 불임수술을 당한 조현병 환자 수가 약 25만 명으로 추산된다. 나치 정권의 사고에서 정신 질환이 있는 사람들은 '살아 있을 가치가 없는 목숨'이었다. 나치는 가난과 질병이 유전적 조건에서 발생한다고 주장하고, 국가가 지불할 비용을 부각시켜 선전 공작을 펼쳤다. 1930년대부터 히틀러는 선포했다. '그런 생물체들의 무가치한 목숨은 마땅히 끝장을 내야 타당하며, 이런 조치가 병원과 의사와 간호 인력의 측면에서 일정한 비용 절감을 가져올 것이다.' 유일한 예외라면 시설 안에서 경제적으로 중요한 일을 하는 환자들이었고, 1939년에는 독일 내 병원 관리자들에게 환자들의 진단명과 작업 능력을 상세 기술한 문서 작성 요청이 하달되었다. 단, 조현병을 가진 자들에게는 예외가 적용되지 않았다. 조현병 환자를 마지막 한 명까지 절멸시키겠다는 나치의 결심은 확고했다. 조현병 환자들이 유독 극심한 공격의 표적이 된 이유는—역사학자 헨리 프리드랜더Henry Friedlander에 따르면—T-4 대량살상 계획에서 대상을 선별하는 '최우선 기준'이 '생산적 노동을 할 수 있는 능력'이었기 때문이다.

만약 내가 그 당시에 살았더라면, 나도 불임수술을 당했을 것이다. 1935년에 한 연설에서 베를린의 정신의학자이자 유전학자 프란츠 칼만Franz Kallman은 발병하지 않은 보균자를 색출하기 위해 조현병 환자의 친인척에 대한 전수조사를 요구했다. 실제로 사소한 이상 증세를 감지하는 방식으로 조사가 실시됐다. 그러나 이런 모든 이론은 잘못된 과학적 관념에 바탕을 두고 있었다. 단일 유전자가 조현병의 원인이라는 나치의 사고부터 틀렸다. 현실적으로 조현병을 야기하는 원인은 수백 가지에 달한다. 많은 사람들이 그런 유전적 변이를 몸에 지니고 있고, 결코 조현병으로 발전하지 않는 사례들이 대부분이다. 대량살상을 감행했지만 나치는 조현병을 일소하는 데 실패했다. 독일의 조현병 유병률은 전체 인구의 1퍼센트에 이르며, 전 세계적으로도 일반적인 비율이다.

만약 조현병이 대물림되기에 그토록 끔찍한 유전적 혼합이라면 (나는 그런 것 같지 않다만), 어째서 아직까지 유전자 풀에 남아 있는 것일까? 어째서 자연이 종을 개량해 이것을 완전히 제거하지 않았을까?

최근 어느 사교 모임에서 만난 정신과 의사로부터 이런 이야기를 들었다. '조현병 유전자를 아주 조금 가지고 태어나면 작가가 되는 데 도움이 됩니다. 하지만 많이 가지고 태어나면, 끔찍해지는 거지요.' 의사는 비유적으로 이야기했지만 나는 그의 말뜻을 이해했다. 발작을 일으키지 않는 가벼운 조현병적 특징을 가진 사람들이 높은 수준의 창의성을 누리는 경우가 많다는 어느 논문의 주장이 떠올랐다.

정신병이 있는 가족 구성원의 건강한 친인척으로 사는 것에는 나름의 이점이 있다. 레이캬비크의 유전학연구소에 근무하는 욘 뢰버 칼슨Jon Löve Karlsson은 아이슬란드 내에서 정신병력이 있는 사람들과 일차 친척 관계인 이들을 대상으로 연구를 실시했다. 대상자들은 아이슬란드의 『명사 인명록Who's Who』에 이름을 올릴 확률이 30퍼센트 더 높았고, 상당수가 학계와 정치 예술 분야에서 두각을 나타냈으며, 책을 저술할 확률은 50퍼센트 더 높았다. 천재성과 광기 사이를 아슬아슬하게 줄타기한 무수히 많은 저명 작가 중에 몇 사람만 이름을 들어볼까. 버지니아 울프, 실비아 플라스, 리처드 대드, 윌리엄 블레이크, 로베르트 슈만, 빈센트 반 고흐, 허먼 멜빌.

의학자 데이비드 호로빈David Horrobin이 인용한 연구에서도 '조현병 환자를 둔 가족들은 더 다양한 기술과 능력을 보유하고, 성적 우수자를 배출할 가능성도 더 높은 것'으로 나타난다. 아인슈타인의 아들은 조현병을 앓았고, 칼 융의 어머니도 그랬다. 딸 루시아의 조현병이 발병했을 때 제임스 조이스는 딸을 데리고 융을 만나러 갔고, 융은 이들 부녀에게 두 사람이 강바닥으로 향하는데 '한 사람은 추락하고 다른 한 사람은 다이빙을' 하는 형국이라고 설명했다. 나와 내 아버지의 상황에도 들어맞는 묘사가 아닐까. 나는 명상과 글쓰기가 퍽 비슷하다고 느꼈다. 둘 다 깊은 물속, 무한한 가능성과 고요의 장소로 뛰어드는 행위이니까.

나는 내 아버지에게서 극도의 민감함을 물려받았고, 그래서 쉽게 상처받았다. 하지만 이런 민감함의 이면이 일종의 초공감력hyper-empathy이라는 것도 알았다. '내 몸 어디를 자르든 나는 지나치게 많은 양의 피를 흘린다. 삶은 너무 많은 동종의 "느낌"을 내 안에 낳았다'라고 이야기한 버지니아 울프에게 나는 공감했다. 다른 젠더, 다른 직업, 다른 연령의 누군가의 사고방식에 슬며시 들어가는 일이 나에게는 어렵지 않았다. 문학계 행사에서 마주친 사람들은 내가 여성이라는 사실에 눈이 휘둥그레졌다. 젊은 남성의 관점에서 쓰인 나의 일인칭 소설에 속았다면서. 조울증을 앓았던 시인 시어도어 로스케Theodore Roethke의 경험에서 나는 내 경험을 보았다. '불현듯 나를 둘러싼 모든 것의 삶 속으로 들어가는 방법을 나는 알았다. 나무, 풀 한 포기, 토끼 한 마리가 되는 것이 어떤 느낌인지 나는 알았다……' 위태로웠던 십 대 시절에는 하마터면 치명적인 경험이 될 뻔했지만, 작가가 되고 명상으로 안정을 유지하는 지금 나에게는 소중한 창의적 자산이었다.

조현병 환자와 창작자의 뇌 화학구조에는 생물학적 유사성이 존재한다. 스웨덴 카롤린스카 연구소의 연구자들에 따르면, 고도로 생산적인 건강한 사람과 조현병 환자 양측 모두 시상부 D2 도파민 수용체의 밀도가 더 낮게 나타난다고 한다. 시상부는 일종의 중계소다. 여기서 여과된 정보가 대뇌 피질에 도달하고, 대뇌 피질이 의사결정을 담당한다. 여과되는 정보가 적을수록 더 많은 창의적 아이디어가 촉발될 수 있다. 연구소 일원인 올렌 박사Frederic Ullén가 추론하듯, '다소간 덜 온전한 상자를 가진 조건 때문에 상자 바깥에서 사고하기가 더 수월했을 수도 있다.'

창의성은 연결하는 힘이다. 새뮤얼 존슨은 형이상학 시란

'이질적인 아이디어들이…… 폭력에 의해 한데 얽어매지는 것'이라고 정의한 바 있다. 젤다 피츠제럴드가 프란진스클리닉에서 회복하던 시기, 의사들은 그녀의 화법이 한 주제에서 다른 주제로 별안간 건너뛰는 경향을 보인다는 점에 주목했다. 젤다가 가진 여러 특징이 병원에 격리되기 전까지는 하나의 기벽으로 여겨지다가 발병하고부터 증상으로 분류됐는데, 이것도 그런 경우였다. 데뷔작 『왈츠는 나와 함께』에도 비슷하게 초현실적인 상상력의 비약이 보인다. 이를테면 주인공 앨라배마는 연인 데이비드 나이트에 대한 연모의 감정들을 세세히 이야기하고 그러다가 다음 문장에서는 자신이 연인의 귓속을 기어 다닌다고 상상한다. '신비한 미로처럼 황량한 공간에 주름과 이랑이 솟아 있고, 방향을 나타내줄 만한 것은 아무것도 없었다. 비틀거리며 걸어가던 그녀는 마침내 연수延髓, 숨골에 다다랐다.' 바로 이런 이유로 조현병 유전자가 사라지지 않았다는 주장도 꾸준히 들려온다. 사회가 전진하기 위해 우리에게는 혁신이 필요하고, 혁신가가 있는 곳에는 약간의 광기가 따라온다고.

한때 낭만주의 시인들이 그랬듯 광기와 천재성을 동일시함으로써 정신 질환을 낭만화할 위험도 물론 있다. 내가 매일 아침 일어날 때마다 창의적 아이디어가 충만하고 그 아이디어로 밥벌이를 할 수 있으므로 우리 아버지의 극심한 고통이 가치 있었다고 말한다면, 그건 오만함을 넘어서서 잔혹한 느낌마저 든다. 심각한 정신병이 있는 사람들의 비극에는 낭만이 들어설 자리가 없다. 그러나 이런 유전적 이점에 대해 알아갈수록, 내 몸에 나쁜 유전자가 있다, 내가 어딘지 오염돼 있다, 나중에라도 아이를 가지는 것이 좋은 생각이 아닐지도 모른다, 라는 불편하고 끈질긴 사고로부터 나를 지켜낼 수 있었던 것도 사실이다. 그리고 나는 바란다. 조현병과 정신병의 이점을 소중히 여기는 태도가 이런 질환으로 고통받는 이들을 타자화하는 태도보다 우리 사회 전체에도 더 도움이 되기를.

아버지가 굳이 동물병원까지 동행할 필요는 없었다. 레오의 운반을 도와주기에 아버지는 너무 연로했고, 굳이 따지자면 레오의 캐리어를 나르며 아버지 보속에 맞춰 느릿느릿 걷느라 병원 가는 길이 더 힘들어졌다. 그래도 나는 아버지의 '정신적 지지'가 필요하다고 말했다. 아버지는 바깥세상에서 하는 일이 지극히 적었고, 이런 외출은 아버지가 좀 더 사회에 통합된 느낌을 가질 기회였다.

일 년 전, 수의사로부터 우리 고양이 레오가 앞으로 6개월밖에 살지 못한다는 말을 들었다. 하지만 레오는 여전히 옆에서 가르랑대고 장난치며 잘 살아 있었다. 수의사가 놀란 표정으로 기적처럼 레오의 건강이 좋아졌다고 말했다. "끝내주는 뉴스네요!" 나는 이렇게 외치고 털북숭이 레오의 머리통에 입을 맞췄다. 아버지가 조용히 흐뭇한 미소를 지었다.

병원 로비로 나와 진료비를 계산하러 갔다. 문득 접수계 직원이 아버지를 이상한 눈으로 쳐다보는 것이 눈에 들어왔다. 왜 그러지? 아버지에게는 아무 문제도 없고 긴장증 증상도 전혀 없었다. 그러다 나는 시점을 바꿔서 그 직원의 눈으로 아버지를 바라봤다. 낯선 사람의 시선으로 어딘지 살짝 이상해 보이는 남자, 약간 몸을 떨고 씰룩거림이 있는 남자를 바라봤다. 나에게는 이런 특징들이 정상적이었기 때문에 나는 더 이상 의식하지 않았다. 직원에게 언짢은 표정을 지어 보였다. 그래도 달라지는 건 없었다. 직원은 계속 아버지를 재단했고, 나는 다시는 그 동물병원에 가지 않기로 마음먹었다.

집으로 돌아오는 길, 예전 아버지와 지하철을 타고 런던에 가다가 당황했던 그때 이후로 많은 것이 달라졌다는 생각이 들었다. 돌봄이 아버지와 나 사이의 거리를 무너뜨렸다. 아버지는 더 이상 집안의 유령이기를 멈추고 다시 내 아버지가 돼 있었다. 나는 더 이상 아버지를 부끄러워하지 않는, 아버지의 보호자가 돼 있었다. 나는 아버지의 딸인 것이 뿌듯하고, 아버지의 간병인인 것이 자랑스러웠다. 약물의 부작용으로 씰룩거리는 저 모습 이면에 멋진 남자가 있음을, 그가 한때는 새벽의 마법이 좋아서 거리를 거닐던 소년이었음을 알았기 때문이다.

35

스콧 피츠제럴드는 어떻게 되었을까? 젤다를 보살피는 어려운 과제를 과연 그가 감당하게 됐을까?

때는 1938년, 젤다는 애시빌의 하이랜드병원에 이 년째 입원 중이다. 그녀가 정신병원을 들락날락한 지 거의 십 년이 되어간다. 스콧이 젤다에게 경제적 지원을 제공하지 못한 적은 없다. 막대한 치료비를 꼬박꼬박 지불해 왔다. 그러나 올해 스콧과 세이어 일가 사이에 젤다를 두고 격렬한 언쟁이 오가고 있다. 젤다의 상태는 호전되었다. 휴일을 어머니와 함께 보낸 젤다는 환하게 생기가 돌고 예전으로 돌아간 듯한 모습이다. 가족들은 이제 젤다가 퇴원하기를 바란다. 젤다의 어머니 미니가 스콧에게 편지를 쓴다. '사랑하는 가족과의 접촉이 그 애에게 도움이 되고 보호받는 느낌도 준다고 생각하네······ 젤다가 여기서 나와 지낼 수 있다면, 그렇게 한번 해보고 싶네.' 처형인 로잘린드도 스콧에게 간청한다. '본인 의사에 반하는 계속된 입원 치료는 해로울 거예요.'

스콧은 처가 식구들의 낙관론을 물정 모르는 순진함이라 여긴다. 연애 초기에 쓴 편지에서 그는 젤다를 탑에 사는 공주로 애틋하게 묘사했다. 지금 그는 탑이야말로 그녀에게 알맞은 안전한 장소이고 어쩌면 남은 평생 동안 거기서 보살핌을 받을 수 있을 거라고 생각한다. '아내를 치유하는 건 나로선 불가능한 일이고, 단순히 아내가 치유됐다고 말한다면 그건 신들이 웃을 일'이라고 그는 잘라 말한다. 젤다의 다른 언니 마조리 앞으로도 냉소적이고 성난 어조로 편지를 작성한다. '몽고메리행 편도 승차권으로 젤다의 온전한 정신을 살 수 있다니 가당찮은 생각(이군요)······ 당신들이 해줄 수 있는 건 아무것도 없으면서.' 이 편지는 부치지 않지만, 로잘린드 앞으로 무례한 편지를 한 통 더 쓴다. 젤다가 처음 병원에 격리됐을 당시 로잘린드가 그에게 편지로 한 말을 스콧은 아직도 잊지 않았다. 스코티를 입양해야겠다며, 스콧을 자기 딸을 양육할 능력도 안 되는 사람 취급했더랬다. 로잘린드에게 쓴 편지 맨 위에 스콧은 이렇게 덧붙인다. '가족들이 구린데 댁이라고 다를까.'

스콧은 현재 젤다를 담당하는 캐롤 박사에게 연락을 취해 젤다를 절대 퇴원시키면 안 된다고 말한다. 세이어 일가에서 입에 거품을 물고 난리를 피워도 병원은 이 입장을 고수해야 한다고 못 박는다. 그러고는 자신은 양손이 묶인 무력한 관찰자인 양 다시 세이어 일가에 편지를 보내 캐롤 박사가 퇴원은 안 된다고 말했다며, 만약 퇴원했다가 실험이 잘못되면 병원으로 돌아갈 수 없게 된다고 전한다.

어째서 스콧은 젤다가 회복하리라는 희망을 포기했을까? 그는 지칠 대로 지쳐 보이고, 인생의 좌절과 알코올로 녹초가 된 듯하다. 자기 자유를 되찾겠다고 남편을 괴롭히는 짓을 그만하라고 젤다에게 편지를 쓴다. 자기는 딸도 보살펴야 하고 딸의 학비도 지불해야 하고 새 소설 작업도 해야 한다고. 스콧의 결심에는 과거에 겪은 재앙이 분명 영향을 미쳤을 것이다. 그의 최근작 『밤은 부드러워라』가 완성된 곳은 라페, 그러니까 젤다가 핍스 병원에서 퇴원한 뒤 함께 살던 집의, 벽에 물 자국이 얼룩덜룩하고 스모그가 뿌옇게 낀 반쯤 불탄 서재였다. 젤다가 위층 벽난로에서 낡은 옷가지를 태우느라 집에 불을 내는 바람에 그렇게 됐다. 젤다와 함께 사는 건 화산 가까이 굉장히 아름답지만 당장이라도 용암이 흘러 덮칠 수 있는 자리에 사는 것과 비슷하다. 화재 이후 언론과의 인터뷰에서 두 사람은 화재 원인을 전기 장치의 결함 탓으로 돌린다. 둘 다 그럴듯하게 연기를 하고 있다. 하지만 먼지 한 톨 없이 깨끗한 할리우드에서 둘이 같이 사람들 눈을 속이며 살기는 힘들 거라고 스콧은 느꼈을 것이다. 이미 자기한 몸 눈속임하기도 충분히 고달픈 상황이다.

할리우드. 여기서 일을 해보는 것도 세 번째다. MGM 영화사와 시나리오 계약을 체결했었고, 지금은 프리랜서로 일한다. 샌 페르난도 밸리에 살면서 빚을 갚아나가며 조용히 지낸다. 병원에서 알코올중독 치료를 받고 나온 뒤로 음주를 절제 중이다. 대부분의 시간은 그렇다. 그는 보호관찰 처분을 받은 기분이다. 처음 이곳에 왔을 때 그를 퇴물 보듯 하는 사람들의 동정 어린 시선이 느껴졌다. 어느 사내는 그를 보고 화들짝 놀라기도 했다. 스콧이 한참 전에 죽었다고 생각한 모양이다. 자신의 용모가 별로 세련되지 못하다는 건 스콧도 의식한다. 오랜 음주로 얼굴 윤곽이 흐릿해지고 피부는 칙칙해지고 머리가 벗어지고 있다. 나름 대로 예의를 지키고 프로답게 행동하면서 생계를 꾸리고 명성을 말끔히 바로잡으려고 최선을 다한다. 쉴라라는 새 애인이 생겼는데 그녀의 선한 영향도 도움이 된다. 그렇지만 지나간 세월이 입힌 마모는 되돌릴 수 없다. 지금 그가 할 수 있는 것은 살아남고, 빚을 갚고, 말년을 최대한 잘 활용하는 것, 그래서 일류 소설을 몇 작품 더 쓰고 세상에 뚜렷한 족적을 남기는 것 정도다.

그러던 차에 깜짝 놀랄 일이 생긴다. 캐롤 박사로부터 편지를 받았다. 젤다가 퇴원해도 좋은 상태란다. 스콧은 놀라는—긍정적인 의미로—반응이었다가 곧 의심이 고개를 든다. 젤다와 할리우드는 위험한 조합이 될 것 같다. 그는 젤다에게 편지를 써 이 반가운 소식을 공유한다. 그러나 뒤이은 편지에서는 이렇게 경고한다.

당신이 더 밝은 환경에서 지내기를 나도 바라지만, 지금 나한테 올 시기가 아니란 건 분명해.

스콧은 돌봄의 의무에서 중도 하차했다. 더는 그 역할을 해낼 수 없다. 그는 패배자로 물러났다.

스콧 피츠제럴드는 어려운 상황을 어떻게든 극복해보려고 노력한 사람이지만, 결국 형편없는 간병인이었다. 그런데 한편으로는 아버지의 긴장증 발작이 쉬지 않고 계속됐더라면 과연 어떤 상황이 벌어졌을까 의문이 든다. 내 기력이 바닥나기까지 단 일 년으로 충분했는데, 만약 십 년이었다면 아마 나는 형체도 없이 사라졌을 것이다. 어쩌면 팔 년쯤 시달리고 나서 나도 스콧처럼 아버지를 요양원에 팽개치고 포기해버렸을지도. 그렇더라도 혹시 형제들이 아버지를 돌보겠다고 나섰다면, 그런 상황에서 아버지에게 감금 생활을 강요하는 건 상상도 할 수 없다. 젤다에게 무엇이 최선인지 결정할 때 스콧은 젤다의 병이 누구 책임인지 서로 공방을 벌이던 가족 간의 불화를 떼놓고 생각하지 못했다. 스콧의 알코올중독이 심해질수록 그의 질환과 젤다의 조현병 사이에 직접적인 반향이 일어났다. 종국에는 스콧의 간이 심하게 손상돼 진전 섬망증에 시달리고 고형 음식물을 소화하지 못했다. 1935년에는 딱정벌레와 분홍 생쥐들이 자기 몸 위를 돌아다니는 장면이 눈에 보인 적도 있다. 하지만 젤다와 다르게 그의 환각은 정신이상이나 격리의 근거로 간주되지 않았다. 마침내, 드디어, 알코올중독을 치료하겠다고 결정했을 때, 그것은 스콧 자신의 선택이었다. 그리고 본인이 원하는 방식으로 치료를 받았다. 자신을 보살필 의사와 간호사들을 고용했고, 알코올을 끊은 부작용으로 극심한 구토에 시달리는 동안 의사와 간호사들이 그에게 정맥 주사를 놓았다. 나중에 해롤드 오버Harold Ober에게 보낸 편지에서 스콧은 마침내 잠을 잘 수 있다며 '비록 머리카락은 희끗희끗해도 네 살은 더 젊어진 기분'이라고 전했다.

마지막에 젤다가 하이랜드병원에서 탈출할 수 있었던 이유는 단 하나, 캐롤 박사가 자기 환자의 성폭행에 연루되었기 때문이다. 작가 샐리 클라인Sally Cline이 찾아낸 증거에 따르면, 다른 여성 환자들 몇 명도 캐롤에게 학대를 당하고 있었으며 젤다 역시 피해를 입었을 가능성이 있었다. 젤다는 이 사실을 무기 삼아 자유를 쟁취하는 싸움에 활용했다. 1940년 4월 15일, 젤다는 몽고메리행 버스에 올라 어머니와 함께 살기 위해 집으로 향했다.

처음에는 적응이 힘들었다. 글을 쓸 수도 그림을 그릴 수도 없었다. 스콧에게 설명한 대로 '병원을 멀리하는 일에 정신력의 대부분을 쏟아야 한다.' 그러나 몇 개월이 지나고부터 그녀는 다시 미술 작업을 시작했고, 가까이에서 전시회를 열고 『시저의 것 Caesar's Things』이라는 제목의 새 소설 집필에 착수했다. 나는 젤다의 이런 점을 사랑한다. 의사들이 아무리 젤다에게 야심을 억누르고 좋은 아내가 되라고 말한들, 스콧이 아무리 그녀의 창의성을 깎아내리려 애쓴들 그녀는 투항하기를 거부했다.

우리 엄마처럼 스콧은 여러 관계로 분열된 자기 모습을 발견했다. 그는 젤다와 이혼하지 않았다. 젤다가 버림받았다고 느끼게 하고 싶지 않았다. 스콧이 아내와 얼마나 자주 편지를 주고받는지 쉴라는 몰랐다. 젤다에 대한 사랑은 언제나 그의 주위를 서성였고, 그 옆에는 그의 낭만적이고 파괴적인 충동의 한 부분인 과거에 대한 향수가 어른거렸다. 마지막 (미완의) 소설 『라스트 타이쿤The Last Tycoon』에서 스콧은 주인공이 애도하는, 고인이 된 아름다운 아내 미나라는 인물로 젤다에게 불멸성을 부여했다.

젤다에게 일어난 일들, 착한 아내라는 사회의 이상에 부합하지 않는다는 이유로 어떻게 그녀가 처벌과 통제를 받고 '광인'으로 분류되었는가를 읽다 보면, 1960년대 정신병원의 폐쇄 조치가 그토록 견인력을 얻은 맥락이 이해된다. 뒤이어 진행된 지역사회 돌봄으로의 전환은 긍정적인 한 걸음—취약한 이들에게 자유를 주고 그들이 더 독립적인 삶을 영위하도록 허용했다는 의미에서—으로 보였다. 그러나 이 과정은 사회복지의 확대로 뒷받침된 것임을 반드시 기억해야 한다. 60년대 미국에서는 린든 존슨 대통령이 '위대한 사회' 프로그램을 도입해 시설에서 풀려난 정신 질환 환자들의 소득이 보장되도록 기틀을 마련했다. 영국은 에드워드 히스 총리 시절 다수의 사회보장연금제를 도입했고, 그중 하나가 1971년에 시작된 장애수당이었다.

내핍의 시기에 가장 고통받는 이들은 사회의 취약계층이며 이것이 사회의 비극적인 패턴인 듯하다. 이것을 보여주는 최악의 사례가 1차 세계대전의 와중에 벌어졌다. 인력 손실, 예산 감축, 혹독한 배급제는 영국과 프랑스 내 정신병원 환자들을 아사에 빠뜨렸다. 1918년 버킹엄셔의 한 병원에서는 환자들의 3분의 1이 사망했다.

2010년 이후 잔인한 수당 삭감과 유니버설 크레딧Universal Credit 영국의 국가보조금 일원화시스템의 올가미로 인해 정신 질환자 상당수가 안전망 밖으로 밀려나고 있다. 사회복지제도 개선 과정에서 질병수당 수혜자 전원을 대상으로 재심사가 실시됐다. 민간기업들이 심사를 운영했고, 이들은 여러 자선단체 사이에 심각할 정도로 조야하다는 평이 자자한 취업적합성 테스트를 심사 도구로 사용했다. 장애수당에 대한 항소 절차에 1억 파운드 이상의 예산이 허비되었고, 항소의 60퍼센트는 항소 내용을 인정받았다. 항소 절차가 진행되는 동안, 수당 지급이 중단된 이 기나긴 대기 기간 동안, 간병인들의 스트레스는 재앙에 가까운 수준이다─경제적 부담은 물론이고, 사실상 자기 삶의 실체성을 부정하는 말을 들어야 하는 고립감의 스트레스도 더해진다. 간병인의 일상적 현실은 세탁하고 음식을 먹이고 약물을 투여하고 사랑을 주는 고된 일의 연속이었을 텐데, 이런 일과를 수행하는 내내 자신들이 돌보는 '환자'가 취업에 적합하며 따라서 하루

여덟 시간 근무직을 구해야 한다는 짧고 건조한 통지문의 문구가 뇌리를 떠나지 않고, 실생활과 제도적 무관심 간의 괴리가 깊은 혼란감을 불러일으킨다.

얼마 전 ITV의 뉴스 기사에 따르면, 수많은 간병인이 단지 너무 '피로해서' 항소 절차를 밟지 못한단다. 2018년 6월, 트위터에서 #케어러스액션데이CarersActionDay 해시태그가 활발히 공유되는 것이 눈에 띄었다. 정부가 일련의 새로운 간병인 지원 정책을 도입한 직후였다. 이런 조치는 긍정적인 전진이었다. 고용권을 헌납했을 간병인들이 앞으로는 점심시간 연장을 비롯해 유연 근무시간, 연간 열흘의 추가 휴일, 그리고 근무 시작 시간을 당기고 종료 시간을 늦출 선택권을 제공받게 되었다. 또 유급 간병 휴가를 얻어 환자의 병원 진료에 동행할 수도 있었다. 간병인들이 영국 경제에 절감해주는 비용이 연간 132조 파운드에 달하고 영국 내에서 매일 6천 명이 간병인이 된다는 글을 읽었다. 이들은 더 많은 지원을 받을 자격이 충분했다.

새로운 정책이 도입됐다는 사실이 달갑긴 해도, 비임금 근로 상태인 내 처지에 미칠 영향은 손톱만큼도 없을 터다. 구글 검색을 해보니 많은 사람이 나와 똑같은 반응을 보였다. 간병인들에게 가장 필요한 것은 더 많은 수입이다. 간병인 수당으로 부족하다는 것은 모두가 동의하는 사실이다. 전업 간병인의 수입은 최저임금에 못 미친다. 간병인 대부분이 돌봄과 풀타임 근무를 병행하며 가난 대신 탈진을 선택한다.

〈가디언〉에서 임박한 돌봄의 위기를 다룬 또 다른 기사를 읽었다. 수지를 맞추려고 몸부림치던 요양원들이 기록적인 속도로 파산하고 있었다. 요양원 비용을 '자비 부담'하는 노인이 일반적으로 지불하는 비용은 주당 약 845파운드인 데 비해, 의회가 지불하는 비용은 평균 621파운드다. 이번에도 역시 정부는 우리가 다시 돌봄을 지역사회와 우리 가정의 품으로 가져와 가족들이 간병인의 역할을 수행해주기를 제안했다. 그러나 기사에 달린 댓글에서 나는 우려와 반대의 목소리를 들었다. '부모를 보살피기 위해 만약 우리가 일을 포기하면, 자녀들은 어떻게 부양하는가?' 혹은, '본인도 이미 육십 대에 접어드는 시점에 부모 돌봄을 시작해야 한다면, 과연 이것을 감당할 에너지가 남아 있을까?'

필요한 만큼 도움을 받지 못하는 노인들, 용변 옷 입기 씻기에 보조가 필요한 노인들, 하지만 혼자 방치되어 허덕이는 노인들의 숫자가 현재 1백만 명을 넘어섰다. 인구 고령화와 함께 이 숫자는 급속도로 증가하고 있다. 국가가 뒤로 물러날수록, 간병인이 되기를 원하느냐 아니냐를 선택할 우리의 자유는 더 제한된다. 그리고 설령 우리 중에 수천 명이 매일 간병인이 되어 국가가 발을 빼는 만큼 발을 들인다 해도, 우리들만으로는 부족해질 것이다. 이대로는 답이 나오지 않는다. 비공식 간병인 다섯 중 세 명이 오십 대 이상이고, 따라서 그들도 조만간 돌봄을 받아야 하는 처지에 놓일 텐데. 많은 이들의 수명이 길어지는 이상 노인은 너무 많고 젊은이는 너무 적어져, 수요와 공급의 격차가 벌어질 것이다.

한동안 떠나 있다가 얼마 전 맨체스터와 리버풀을 다시 방문했을 때 큰 충격을 받았다. 몇 걸음 뗄 때마다 길에서 손에 컵을 들고 구걸하는 이들을 마주쳐야 했다. 살면서 이렇게 거리에 노숙자들이 많았던 적은 없었다.

시내에 별로 나가지 않는 아버지는 신문에서 이런 상황을 다룬 기사를 꾸준히 읽고 있었다. 2017년 런던에서 한뎃잠을 자다 사망한 이들의 80퍼센트가 정신 건강상 돌봄이 필요했다는 기사도 보았다. 그러다가 오빠로부터 아버지가 자선단체들에 너무 많은 수표를 보낸다는 전화를 받았다. 여기 20파운드, 저기 20파운드, 이런 식으로. 연금으로 생활하는 노인에게는 너무 큰 금액이라고 오빠는 말했다—액수를 줄여야 한다고. 나도 같은 의견이긴 했지만, 아버지의 측은지심과 아버지의 사회적 양심이 내게는 감동적이었다. 수표는 대부분 노숙인 자선단체로 보내지고 있었다.

저널리스트이자 조현병을 앓는 아들의 아버지인 패트릭 콕번 Patrick Cockburn이 말한 대로, 취약한 이들이 이토록 많은 권리를 가진 적도 없고 동시에 이토록 적게 돌봄을 받은 적도 없는 그런 시대에 우리는 살고 있다. 다행스럽게도 지금은 스콧 제럴드가 젤다에게 했던 것처럼 본인이 돌봄을 감당할 수 없다는 이유로 가족을 몇 달씩 시설에 감금하는 식의 행위는 훨씬 하기 곤란해졌다. 정신보건법the Mental Health Act, 1983에 따라, 설령 28일간 강제 입원 조치를 받더라도 환자는 이 결정에 이의를 제기할 권리를 갖는다. 그렇긴 해도 정신 질환자들을 위한 국민보건의료 서비스 침상 수는 모든 의료 부문에서 가장 큰 폭으로 감소하는 추세다. 예를 들어 1987년에 67,112개에서 2016/17년에는 불과 18,730개로 72퍼센트나 줄어들었다.

아버지 집에 돌아와 설거지를 하면서 나는 요양원 문제에 관한 라디오 4의 토론에 귀를 기울였다. 요양원 입소자들 다수가 애초에는 자신이 그렇게 오래 살 수 있으리라고 기대하지 않았다. 요양원에 입소하기 위해 집을 팔아야 했고 자금이 바닥날까 두려워하는 이들도 있었다. 돈이 없는 입소자들을 위해 지역의회에서 요양원에 얼마 되지 않은 액수를 지급했지만 여전히 비용을 충당하기에는 부족했다. 때문에 요양원 운영자들은 끔찍한 딜레마에 직면하게 되었다. 향후 닥칠 폐쇄의 위험을 감수하고라도 요금을 낮출 것인가, 아니면 일부 입소자들을 강제로 내보낼 것인가? 떨리는 노인들의 목소리에서 나는 두려움을, 길바닥으로 쫓겨나 버려지는 진정한 공포를 들을 수 있었다. 문제를 해결할 방안이 무엇일까, 진행자가 질문했다. 할머니 한 분이 맹렬하고 단호하게 말했다. 우리는 모두 서로를 보살펴야 한다고, 우리 모두가 거대한 한 가족으로 행동해야 한다고.

간병인이 되면서 약자에 대한 공감이 점점 커져가는 것을 실감한다. 길거리에서 지내는 이들을 보면서, 라디오 토론을 들으면서, 엄청난 비애를 느낀다. 어떻게든 도움이 되고 싶다. 노숙자에게 잠자리를 제공하는 사업을 소개한 기사를 읽었지만, 우리 집에 다른 사람을 들이지 못하리란 건 알았다. 아버지에게는 그것이 침입으로 느껴져 감당하기 힘들 테니까. 개인으로서 우리가 할 수 있는 돌봄에는 한계가 있고, 국가가 너무 뒤로 물러서면 결국 우리는 도움이 필요한 사람들의 숫자에 짓눌려 무력감에 빠질 것이다. 자선과 국가의 개입 사이에 올바른 균형이 세워져야 한다. 개인으로서 우리가 더 많이 돌봄에 참여해야 한다면, 국가라는 집단으로서도 더 많은 돌봄을 제공해야 마땅하다.

36

"이거 봐라." 아버지가 말했다.

우리는 식탁에 앉아 있었다. 나는 이메일을 처리 중이었고, 아버지는 결혼식 사진이 담긴 두툼한 흰 앨범 속 한 페이지를 가리켰다. 갑자기 왜 아버지가 그 앨범을 꺼냈는지 알 수 없었다. 아버지는 지난 수년간 그 앨범을 쳐다보지 않았는데. 아버지와 엄마의 모습이 담긴 사진이었다. 두 분 다 눈부시게 아름답고, 젊고, 앞날에 대한 희망이 가득해 보였다. 엄마의 머리카락이 짙은 와인처럼 하얀 드레스 위로 흘러내렸다. 아버지는 소년처럼 환한 미소를 짓고, 신부를 얻어 자랑스러운지 가슴이 한껏 부풀어 있었다. 그때 아버지가 노여운 어투로 말했다.

"형제들과 누이는 결혼식에 오지 않았어……."

"저런." 대꾸하는 나도 마음이 심란했다. 새벽에 몰래 일어나 누이동생의 손을 잡고 새벽 여명의 마법 속으로 걸어가던 소년일 적의 아버지가 다시 떠올랐다. 얼마 전 아버지의 어린 시절 사진을 보았다. 개구쟁이 천사 같았다. 아버지는 아직까지 안정적인 상태였다. 그러나 원인을 알아내고 싶은 욕구가 다시 나를 따라다녔다. 아버지가 어째서 긴장증에 빠졌는지는 이해가 됐지만, 애초 조현병의 발병 사유는 아직 찾지 못했다. 정신의학 전문가 로빈 머레이 경이 라디오 4에 나와 본인의 논문을 소개하는 방송을 들었다. 조현병 환자들이 아동기 '위험 요소'를 겪었을 가능성, 예컨대 수막염을 앓거나 형제들보다 뒤처졌을 가능성이 더 높다는 내용이었다. 방송을 듣고 나서 아버지도 가족 내에서 아웃사이더로 자랐던 것일까, 그래서 형제들이 모두 결혼식에 불참한 것일까 의문이 들었다. 내 상상 안에서 온갖 플롯이 떠오르기 시작했다. 동기간의 경쟁, 비극적인 실수, 자식에 대한 부모의 편애 등등.

그 무렵 나는 조현병에 관한 독서를 다시 재개하면서, 엘리너 롱덴Eleanor Longden의 책을 새로 발견했다. 책에는 '정신이상의 의미를 찾는 스토리'가 담겨 있었다. 작가가 대학생이던 어느 날, 아침에 일어나면서부터 목소리가 들리기 시작했다. 목소리는 삼인칭 시점으로 그녀의 행동을 관찰하고 기록하며 그녀의 삶을 서술했다. 작가는 이 목소리가 자연스럽게 느껴졌다. 무섭다는 생각이 들지 않았다. 적어도 친구에게 이 일을 이야기하기 전까지는. 친구는 의사에게 도움을 받아야 한다고 고집했다. 엘리너 입장에서는, '마치 내 친구가 배턴을 집어 들었다가 이것을 의사에게 건네고, 다시 최종적으로 정신과 전문의에게 넘긴 것 같았다.' 입원 조치가 뒤따르고, 그녀가 듣는 목소리에 무서운 소리라는 꼬리표가 부착됐다. 그녀가 목소리와 싸우면 싸울수록 목소리는 더 여러 개로 늘어나고 더 사나워졌다. 결국 그녀는 스스로 '조현병 폐기물'이라 부르는─'진단과 투약을 거쳐 폐기되는'─환자가 되고 말았다. 그렇지만 엘리너는 자기가 듣는 목소리가 메신저라고 생각했다. 그 목소리는 성장 과정에서 자신이 겪은 아동학대에 관한 중요한 메시지를 전하고 있었다. 내면에 묻혀 있던 깊은 트라우마였다.

엘리너의 회복 스토리는 내가 읽어본 가장 고무적인 이야기 중 하나였다. 회복할 수 있다며 그녀를 지지해준 의사의 도움으로, 엘리너는 조각난 자아를 다시 하나로 결합시켰다. 그녀는 매일 일정한 시간을 할애해 목소리에 귀를 기울이고 저항하기보다는 수용하는 자세로 목소리를 대했다. 그리고 '가장 위협적이고 공격적인 목소리가 실은 가장 상처 입은 나의 일부를 대변하는 소리임을─그러니 이들의 소리에 가장 큰 연민과 관심을 보여줘야 함'을 인정했다. 엘리너는 학업을 계속해 학사학위 과정 역대 최우수 성적을 거두고, 이어서 진학한 석사과정에서도 학년 최고 성적을 기록했다. 엘리너는 정신의학에서 환자에게 '무엇이 문제인가요?'라고 물을 것이 아니라 '무슨 일이 있었나요?'를 물어야 한다고 강조한다. 또한 환청이 일종의 생존 전략이자 '비정상적인 상황에 대한 정상적인 반응'이며 따라서 환청을 듣는 이들이 성취감을 누리는 풍요로운 삶을 영위하고 사회에 기여할 수 있다고 믿는 '히어링 보이스 운동Hearing Voice Movement'에 앞장서고 있다.

아동기의 심각한 학대는 성인기 조현병 (아울러 다른 연관 정신병의) 발병 위험을 세 배로 높인다. 의식의 해리解離—자기 경험으로부터 분리되는 상태—는 강력한 방어 기제다. 나는 할리 스트리트Harley Street 병원이 밀집한 런던 거리에서 정신과 전문의로 일하는 친구 토마지와 세인트판크라스에서 커피를 마시며 이 주제로 대화를 나눴다. 토마지는 분열된 자아는 비록 힘이 약해져 있을지라도 공격하기가 더 어렵다고 설명했다. 그가 손을 이쪽저쪽으로 번갈아 흔들어 보인 뒤 물었다.

"만약 네 몸이 여러 조각으로 쪼개져 있다면, 어디를 공격당할까? 공격 위치를 정확히 집어내기가 더 어렵겠지."

조현병 환자에게는 그렇게 분열된 자아가 목소리 형태로 나타날 수 있는데, 이것이 외부의 목소리처럼 들릴 것이다. 그러나 검사 결과가 보여주기로는, 이 소리들은 사실 별개의 정체성을 가장하는 내면의 목소리다. 이 목소리와 함께 뇌의 언어 센터인 브로카 영역 활동이 활발해지는—외부의 목소리를 들을 때와 마찬가지로—사실로 알 수 있다.

우리는 모두 헤라클레이토스의 흐름 같은 내면의 독백을 온종일 경험한다. 그리고 이를테면 중요한 결정이나 도덕적 사안을 토론할 때처럼 때로는 의식 속 목소리가 부모/자식으로 쪼개지기도 한다. 그럼에도 우리는 하나의 '나', 단일한 '나'라는 자아의 환상을 유지하고 싶어 한다. 크리스토퍼 볼라스가 말한 대로, 조현병 환자에게는 '통합된 정신 상태라는 우리의 "정상적인" 환상에 비해 오히려 지금 '나'의 기능이 담긴 복수형의 목소리들이 더 실존적 진실에 가깝다. 실상은 '나'는 결코 통합된 단일한 관점이었던 적이 없으며 항상 다양한 다수의 시각을 대변해왔다. 우리는 모순으로 가득 찬 비균질적인 존재다…….' 정상적 의식을 보존하기 위해 '나'라는 환상이 득세한다.

「무너져 내리다The Crack-up」에서 스콧 피츠제럴드는 자신의 신경증에 관해 진술하며—'더 이상 하나의 "나"는 없었다'—자기 양심의 면면을 대변하는 여러 친구를 묘사한다. 가령 에드먼드 윌슨은 그의 지성적 양심이고, 헤밍웨이는 그의 예술적 양심으로. 한번은 젤다에게 이렇게 쏘아붙이기도 했다. '당신의 "나"들 좀 멈추게 할 수 없어? 당신은 누구지? 당신은 예닐곱 개의 서로 다른 부분으로 이뤄진 사람이야. 이제 그만 당신 자신을 통합해보지 그래?' 그는 아내에게 자기 자신의 신경증을 투사했다. 젤다가 쓴 에세이를 일인칭 시점에서 '우리'의 관점으로 고쳐 쓰게끔, 그래서 부부의 내레이션이 담긴 'F 씨와 F 씨 부인'의 에세이로 바꾸게끔 아내에게 요구할 때도 이런 식의 자아 상실감, 정신의 분열감이 투영돼 있었다. 만년에 스콧은 향수에 젖어 이렇게 회상한다. '한때 우리는 한 사람이었고, 앞으로도 언제나 조금은 그런 식일 것이다.' 그의 '나' 의식이 시들어갈수록 젤다의 강하고 독립적인 '나'가 위협이 되었다. 그래서 그는 이 둘을 무너뜨려 하나로 만들어야 했다.

엘리너 롱덴의 스토리가 머릿속에서 맴돌았다. 나를 희망에 부풀게 하고 그러면서도 나를 괴롭히는 스토리였다. 일주일 뒤, 나는 한바탕 독감을 앓았다. 침대 밖으로 나오지 못하고 잠이 들었다 깼다 하며 며칠을 보냈다. 고열과 지끈거리는 두통으로 식은땀을 흘리면서 어쩐지 아버지에 대한 억눌린 슬픔을 몸에서 배출하는 느낌이 들었다. 아버지의 인생이 너무 아깝게 허비되는 것 같았다. 다른 시대에 태어나기만 했더라도, 아버지 안의 목소리를 아버지가 싸워야 하는 질환으로 규정하기보다 그대로 받아들이는 시대이기만 했더라도. 아버지가 복용하는 약물은 치유하는 약이 아니며, 반쯤 깨어 있고 반쯤 살아 있는 연옥에 아버지를 놓아두는 절충안일 뿐이었다. 수년 전 처방받은 약 하나가 과도하게 고용량으로 조제된 바람에 아버지의 기억이 뭉텅이로 사라져버렸다. 마치 군데군데 폭격당한 교각처럼, 건널 수 없게 된 도로처럼. 피해자는 우리 아버지 혼자가 아니었다. 논란이 일어난 후에도 그 약은 브랜드를 바꿔 다른 이름으로 계속 판매되었다. 아버지가 나처럼 젊은 시절에 명상법을 배우기만 했더라도.

어째서 나는 그런 행운과 구원을 누리고—어째서 아버지는 누리지 못했을까? 엄마는 아버지가 쓰러진 다음 들어갔던 정신병동 **안에서** 아버지의 조현병이 시작됐다고 확신했다. 마치 거미줄처럼 미세하게 금이 갔던 아버지의 정신을 그 공간이 마구 찢어 영구적인 파열을 불러온 것처럼.

나는 잠이 들었고, 악몽의 구덩이로 빠져들었다. 내 꿈속 자아가 복도에 서 있었다. 아버지가 계단을 올라왔다. 꿈속이 아니면 결코 하지 않을 친밀한 몸짓으로 아버지를 감싸 안았다. 아버지는 울고 있었다. '아버지는 어쩌다 아프게 됐어요?' 내가 아버지에게 물었다. 아버지가 대답했다. '나는 말해줄 수가 없구나.' 아버지가 본인 방으로 들어가 문을 닫았다.

잠에서 깼다. 결혼식 앨범! 나는 파자마 차림으로 아래층 식탁에 앉아 앨범을 다시 펼쳤다. 아버지가 했던 말이 떠올랐다. "형제들과 누이는 결혼식에 오지 않았어⋯⋯." 내가 용기를 내서 전화를 걸어 결혼식에 왜 오지 않았는지 물어볼까 생각했다. 그때 사진 한 장이 눈에 들어왔다. 갓 결혼한 엄마와 아버지, 그 옆에 아버지의 형제들 그리고 남편과 아기와 함께 서 있는 아버지의 누이까지. 모두들 결혼식에 **참석한** 것이다.

"아버지!" 내가 목청껏 불렀다.

"왔었네!" 아버지는 깜짝 놀란 표정으로 활짝 웃었다. 의자에 앉아 아버지는 앨범 속 사진들을 한 장 한 장 다시 넘겨보며 기억을 고쳐 썼다.

'나는 그 이유를 알아낼 수 없을 것 같아.' 토마지에게 모든 스토리를 전달하고서 내가 내린 결론이다. 아마 아버지는 언제까지고 수수께끼로 남을 거라고 토마지가 조심스럽게 말했다. 엘리너 롱덴의 이야기를 꺼냈을 때도 그는 나를 안심시켰다. 약물 치료 중단이 그녀에게 효과가 있었다는 사실만으로 그것이 모두에게 적합한 해결책이라고 볼 수는 없다고 그는 말했다. 모두가 각자 자기만의 길을 찾아야 한다고. 어떤 이들에게는 약물 치료가 필요하고 어떤 이들은 상담 치료가 필요하다. 확정적인 치유법은 존재하지 않았다. 롱덴 본인도 사람에게 저마다 고유한 여정이 있다는 견해를 피력했다. 토마지와 대화하고 나니 마음이 평온해졌다. 아버지에게는 당연히 약물 치료가 필요했다. 그것을 중단하면 긴장증이 도질 테니까. 아버지에게 약물은 자고 먹고 말하고 존재하게 해주는, 아버지 삶을 떠받치는 비계였다.

그러나 나는 여전히 롱덴의 경험이 앞으로 나아갈 길이라고 믿었다. 오로지 정신 치료를 통해 성공적으로 조현병을 치료한 임상 연구 사례들을 계속 접하고 있었다. 그러다가 선진국에 비해 개발도상국 조현병 환자의 장기적 회복률이 더 높게 나타나는 이유를 찾아냈다. 처음에는 다들 문화적 차이, 태도, 가족 간 유대에서 비롯된 결과라고 생각했지만, 종국에는 의학적 요인 때문이라고 인식했다. 개발도상국의 조현병 환자들은 항정신성 약품을 더 적게 복용했으며, 장기적으로는 투약을 중단하면서 상태가 더 호전됐다. 2015년에는 항정신성 치료제가 뇌 손상과 위축을 야기하고 뇌세포를 수축시킨다는 연구 결과가 나왔다.

어쩌면 지금 우리 사회는 약물 자체를 지나치게 강조하는 게 아닐까. 환자에게 수 주일의 정신 치료를 제공하기보다는 약물과 진정제를 투여하는 편이 더 간단하고 더 저렴하고 시간 소모도 적으리라 짐작은 한다. 약물에 대한 과도한 의존은 정신 질환이 순전히 생물학적인 사안이라는 관념을 강화한다. 나는 환경적인 요인을 조사하면서 아버지의 내력과 일치하는 사유가 있지 않을까 기를 쓰고 찾아봤다. 심지어 출생 시기도 조현병 발현에 영향을 미칠 수 있다는 사실을 발견했다. 북반구에서 겨울이나 초봄에 태어난 사람들이 연중 다른 시기에 태어난 이들보다 이후 더 높은 발병 가능성을 보인다. 어머니의 스트레스나 질환도 영향을 미친다. 1940년대 독일군의 네덜란드 침공 당시 나치의 봉쇄로 식량 부족에 시달렸던 어머니에게서 태어난 자녀의 경우 조현병 발병 비율이 더 높았다. 조현병 환자를 일소하려던 나치의 결정을 생각하면 다소 역설적이기도 하다. 정신 질환에 취약한 이들의 경우 대마초 사용이 병증을 촉발시킬 수도 있다. 시골보다는 도시 생활이 위험을 증가시킨다고 짐작되며, 일부 소수민족들에게서 조현병 비율이 더 높게 나타나는 점으로 미뤄 소수집단에 속하는 것도 요인으로 작용한다. 비혼이 드문 지역에 거주하는 비혼 생활자가 비혼이 흔한 곳에 사는 이들에 비해 정신병 발생 가능성이 더 높다는 점도 비슷한 맥락이다.

그렇지만 아버지는 여름에 태어났고, 아버지 말로는 단 한 번도 대마초를 피운 적이 없었다. 전시의 식량 배급이 아버지의 임신 기간에 어떤 영향을 주었을지 나는 모른다. 아버지의 아동기에 감춰진 무엇, 아버지가 결코 직시하거나 인정할 수 없었던 무엇인가가 병을 유발했을지, 나는 모른다.

『밤은 부드러워라』에서 젤다의 정신이상을 탐색하면서, 스콧은 니콜(젤다)에게 어린 시절 아버지의 학대라는 분명한 원인을 부여했다. 알려진 바로, (젤다의) 현실은 이렇지 않았다. 이런 설정은 젤다의 질병 내러티브를 통제하고 책임 전가의 게임에서 자신이 최종 발언권을 쥐려는, 그래서 자신의 음주보다 젤다 가족의 책임이 크다고 주장하려는 스콧의 욕망을 반영한다. 병의 원인이 명확히 하나인 대안 현실을 창조하는 게 위안이 될 수도 있다. 소설가로서 나 역시 그런 깔끔함을 갈망했다. 하지만 모든 것이 딱 맞아떨어지게 만들어주는 그 퍼즐 조각을 도저히 찾지 못했다. 나는 아버지의 병이 수수께끼임을 받아들여야 했다. 나는 그저 내가 하나로 맞출 수 없는 조각들을 쥐고 있을 뿐이었다. 이 병의 뿌리를 결코 알지 못하겠지만, 그래도 여전히 나는 아버지에게 좋은 간병인이 될 수 있을 것이다. 아버지에게 필요한 건 내가 어떤 핵심적인 원인 하나를 알거나 이해하는 것이 아니었다. 아버지에게는 내가 아버지의 곁을 지키는 것, 오직 그것이 중요했다.

37

　'매물'이라 적힌 표지판이 옆집 앞마당에서 바깥을 향해 삐죽 튀어나왔다. 그들이 떠난다니 섭섭했다. 정말 좋은 사람들─따뜻하고 너그럽고 꼬치꼬치 캐묻지 않으면서도 다정한, 혹시 내가 집을 비운 사이에 아버지에게 무슨 일이 있다 싶으면 내게 연락해주는 분들이었다. 그러나 연세가 지긋하고 부부 모두 기력이 쇠약해졌다. 할아버지는 넘어져 고관절 수술을 받았고, 할머니는 무릎관절이 좋지 않아 걸음이 느려질 수밖에 없었다.

　부부의 딸이 돌보겠다고 나섰다. 이 집을 팔고 본인이 사는 노퍽으로 이사하도록 부모를 설득했다. 순간 내게도 이 방법이 해결책이 되지 않을까 생각했다. 혹시 기회가 닿으면 아버지를 모시고 다른 곳으로 이사를 갈 수도. 그러나 기차를 타고 새로운 장소로 이동하는 것만으로도 아버지가 얼마나 불안해하는지를 기억했다. 우리 가족이 살아온 집이 아버지의 정박지였다. 그런 대로 간혹가다 내가 집을 벗어날 수는 있었다. 루마니아로 일주일간 도피 여행을 다녀왔고, 물론 아버지와의 전화 통화는 하루도 빠뜨리지 않았다. 이제 나는 아버지의 어투만으로도 긴장증의 가능성을 감지했다. 그럴 때는 놓치지 않고 아버지에게 발륨을 복용하도록 했다.

여행 가 있는 동안, 친구 딜런이 우리 집에서 하룻밤 묵을 수 있느냐며 문자메시지를 보냈다. 그가 최근 힘든 시간을 보낸다는 걸 알고 있었다. 주머니 사정이 좋지 않고 안정된 거주지도 없었다. 나는 답을 보냈다. '나는 휴가 중인데 아버지에게 연락했더니 네가 와도 좋다고 하신다!'

살짝 불안하긴 했다. 과거에도 딜런은 우리 집에서 자고 갈 때마다 아버지와 잘 지냈다. 하지만 나 없이 단둘일 때는 상황이 다를 텐데. 얼마 전 아버지의 요양보호사 한 분이 아버지를 설득해 사교 모임에 나가게 했는데, 생각대로 풀리지 않았다. 아버지는 고작 모임 장소에서 어색한 20분을 보내고 차를 한 잔 마시고 집으로 도망쳐왔다. 타인과의 대화는 아버지의 강점이 아니었다. 집에 머무는 손님은 아버지에게 감당하기 힘든 침입자 같은 존재가 아닐지 걱정스러웠다.

집에 돌아와 보니 아버지는 그사이 주인 역할을 완벽하게 해내고 있었다. 문자를 받고도 나는 미처 몰랐는데, 묵을 곳을 구하던 당시 딜런은 우울감이 깊은 상태였다. 아버지는 점심으로 무엇을 먹을지 메뉴를 읊어주고 의기양양하게 음식을 차려주고 식사를 하며 딜런과 소통했다(전형적인 대화가 오갔을 테고, 상대가 아버지에게 질문을 던져야 아버지가 조심스럽게 답하는 식이었겠지만, 그래도 딜런은 즐거웠단다). 아버지가 보여준 환대와 온정과 친절에 딜런은 곤궁한 처지에서 자신을 끌어올려주는 기운을 느꼈다. 그리고 응급지원금을 신청해 지급받았다. 몇 주째 곤란을 겪던 딜런으로서는 하나의 전환점이 되었다. 딜런은 이 모든 게 우리 아버지가 베푼 친절 덕분이라고 생각했다.

딜런의 이야기에 나는 가슴이 뭉클했다. 아버지가 다른 누군가를 돌볼 수 있다는 사실에서 나는 그저 측은지심만이 아니라 건강이 호전된 신호를 읽었다. 아버지에게 더 자립적인 생활이 가능하지 않을까 싶은 생각이 짧게나마 머리를 스쳤다. 그러다 찬장을 열었고, 그 안에 최근 아버지의 슈퍼마켓 방문이 남긴 벨기에 빵이 가득 차 있는 모습을 보았다. 내가 집을 비운 사이 아버지가 나쁜 습관에 빠진 것이다. "아버지!" 나는 찬장을 가리키며 아버지를 부드럽게 나무랐다. "설탕은 금지라는 거 알잖아요." 이것 역시 아버지가 복용하는 약물의 지독한 부작용이었다. 새로운 항정신성 약물로 인해 아버지의 당뇨 수치가 경계 수준까지 올라갔다.

"하지만 그 빵에는 설탕이 별로 안 들었어." 항변하던 아버지는 자일리톨로 무설탕 케이크를 만들어 드리겠다 말했더니 반색하는 표정을 지었다. 그 순간 나는 생각했다. **내가 죽는 날까지 아버지를 보살피겠구나.** 곧이어 심란한 경고의 소리도. **사실 그럴 수 없을지도 모른다, 경제 사정이 허락하지 않으면.** 만약 아버지가 몸을 움직이지 못하게 되면, 아버지에게 스물네 시간 보조가 필요해서 내가 일을 그만두게 되면, 간병인 수당만 가지고는 생계를 유지하고 빚을 갚아나가기 부족할 테고, 따라서 전업 간병인이 되었다가 나는 잠재적 파산자가 될지도 모를 일이다. 지금은 그저 앞으로 재정적 지원이 더 좋아져서 마지막까지 아버지를 돌볼 수 있는 선택지가 나에게 주어지기를 기원하는 수밖에 없었다.

"고맙고, 사랑해. 이건 파푸아뉴기니에 사는 아름다운 윌슨 극락조의 사진이야. 이 새를 그대에게 물려줄게."

나는 첫 문장이 상상이 아닌지 확인하기 위해 Z의 이메일을 다시 읽어야 했다. 사랑해, 라니! 무슨 뜻이었을까? 13년 전인 2005년, 우리가 처음으로 같이 런던을 쏘다니고 클럽에서 춤을 추고 우리의 심장박동을 쿵쿵 두들기는 음악을 들으며 첫 키스를 나누던 그날 밤으로 기억을 되감아보았다. Z는 우리의 밀회가 어디까지나 가벼운 만남에 그쳐야 한다고 선을 그었다. 우리 둘 사이에는 불이 너무 많아 지속될 수 없다며, 그저 활활 타오르고 꺼지면서 아름다운 우정으로 남을 거라고 그는 말했다. 나는 실망했었다. 겉으로는 웃고 어깨를 으쓱하며 '맞아요, 가벼운 만남 괜찮네요'라고 말하면서도, 내심 그 이상을 바라고 있었다. 하지만 그의 카리스마가 너무 강했고 나는 그에게 완전히 매료된 터라 그의 방식대로 우리 관계를 받아들일 각오가 돼 있었다. 시간이 흘러 나의 자기 인식이 더 분명해지고 조금 더 자기중심으로 생각하게 되면서 나 역시 서로에게 열정적인 동시에 가볍고, 전부인 동시에 아무것도 아닌 이런 방식에 만족했다.

사랑해. 아마 그가 취중이었을 거라고 혼잣말을 하면서도 조바심이 일었다. 뭐라고 답장을 해야 할까?

"아버님이 아주 잘하고 계세요." 아버지의 요양보호사 토니가 흡족한 얼굴로 말했다. 우리는 마지막으로 한 번 더 후속 진료를 받고 있었다. 아버지의 상태가 크게 호전된 덕분에 정신 건강 위기개입팀의 관리대상에서 제외될 예정이었다. 집으로 돌아오는 길에 아버지와 나란히 버스에 앉았다. 자꾸만 배시시 웃음이 지어져 참을 수가 없었다.

그때 문득 깨달았다. 더 이상 죄책감 때문에 혹은 엄마와 했던 약속 때문에 아버지를 돌보고 있는 것이 아니었다. 내가 아버지를 돌보는 건 그래야 할 책임을 느끼기 때문이고, 내가 아버지를 사랑하고 아버지를 보살피고픈 마음이 들기 때문이었다.

몇 주 전부터 나는 이 자전적 에세이를 쓰기 시작했다. 간병인으로 사는 얘기가 자칫 지루한 주제로 비치지 않을까 걱정이라고 친구에게 말한 것을 기억한다. 좀 더 자극적인 주제를 골라야 하나 싶다고도 말했다. 친구는 바로 그렇기 때문에 내가 이 책을 써야 한다고 대답했다. 의사들, 성공한 외과 전문의들에 관한 책은 많이 나와 있는데 일상적인 무보수 의무로 돌봄을 행하는 사람들에 관한 책은 찾아보기 힘들기 때문이라고 말이다. 현재 영국에는 650만 명의 간병인이 있고, 달리 말하면 여덟 명 가운데 한 명은 간병인이라는 의미다. 이 수치는 빠르게 늘고 있으며 2030년에는 60퍼센트까지 증가할 것이다. 2019년 봄, 정부는 사회복지에 관한 정책 제안서 공개를 연기한다고 발표했다. 이 년 사이에 다섯 번째 연기였다. 그러므로 위기는 계속 심화하고 해결책은 보이지 않는 상황이다.

우리는 경제적 가치만이 아니라 사회적 지위 면에서도 간병인의 역할이 과소평가되는 사회에 살고 있다. 이 나라에서—다른 유럽 국가들보다 더 빠른 속도로—불평등은 심화되고, 국민 정서에 각인된 불평등의 효과는 우리 모두를 더 많은 지위 불안과 공포와 의심으로 내몰며, 어려운 이들을 향한 연민을 외면하게 만든다. 간병인 역할은 무거운 부담일 수 있고, 덫에 걸린 듯 당신을 불안하고 지치게 만들기도 한다. 그러나 다른 한편으로는 사랑과 친절과 연민을 키우는 긍정적인 힘도 발휘한다. 물론 이런 자질이 그렇게 가치 있게 여겨지는지는 잘 모르겠다. 부분적으로는 과거에 이것을 여성들, 특히 집안의 천사 노릇을 강요

받은 여성들과 결부시켰기 때문이다. 페미니스트로서 나는 적극적으로 자기 인생을 개척해나가는 강인한 여성들에게 찬사를 보낸다. 그러면서도 이런 생각을 지울 수 없다. 어째서 사랑과 친절과 연민의 자질에 '여성적'이라는 꼬리표를 붙여야 할까—왜 그걸 뒤집으면 안 되나? 그냥 여성과 남성 **모두가** 지닌 가치 있는 자질이라고 하면 안 되는 건가? 왜 남성들이 이런 자질을 더 많이 갖추도록 격려하지 못하는 걸까? 정부가 간병인에게 실용적 지원과 경제적 지원 모두를 제공하는 것이 중요한 이유가 바로 여기에 있다. 경제적 지원 부족은 돌봄을 변변찮아 보이게 만들고 돌봄의 지위를 무보수에 하찮은 '여성의 일'로 묶어두기 때문이다.

사랑해, Z에게 보낼 답장에 이렇게 적고, 글자를 그대로 화면에 띄워두었다. 가끔 나는 Z가 죽을까 봐 걱정이었다. 한 번도 사랑한다고 말하지 못한 채로 그가 세상을 떠난다면 얼마나 끔찍한 일일까? 엄마의 죽음 이후 나는 죽음의 불가피성을 더 날카롭게 인식하게 되었다. 그리고 분명 사랑하는 사람을 잃을 거라고 확신하는 편집증적 증상이 이따금 엄습했다. 하지만 만약 내가 Z에게 긍정의 답장을 보낸다면, 우리 관계는 전혀 다른 영역으로 진입해 돌봄과 충돌을 일으킬지 모르고, 그러다가 완전히 깨져버릴 수도 있었다. 나는 이 관계를 아예 잃기보다 차라리 지금처럼 철저히 분리된 채로라도 유지하고 싶었다.

그래서 아까의 그 말을 지우고, 그가 아예 그런 말을 하지 않은 것처럼 그저 따뜻하고 다정한 답장을 보냈다. Z도 똑같이 경쾌하게 답을 했고, 우리는 이전처럼 관계를 이어갔다.

나는 테이트모던 갤러리의 기념품점에 있다. 아버지에게 드릴 엽서를 고른다. 방금 관람한 피카소 전시회의 색채에 한껏 취한 기분이다. 아버지가 런던 시내까지 이동하기를 무서워해서 전시회 구경을 엄두도 내지 못하는 것이 참 안타깝다. 전시회에 올 때마다 나는 해외여행이라도 다녀온 것처럼 아버지에게 엽서를 사다드린다.

기차를 타고 집에 돌아가는 길, 석양이 내 휴대폰 화면 위로 제 황금을 쏟아놓는다. 베를린으로 모험을 떠난 친구에게서 문자메시지를 받는다. 아직도 나는 마음이 초조하게 동동거리는 날들이 있다. 자유로이 여행하는 친구들이 부러워지는 날들, 연애가 과연 나에게 가능한 일일지 의문이 드는 날들. 그러다가 다시 어떤 날에는 아버지를 보살피는 경험이 귀하디귀하게 느껴지고, 내가 만든 음식을 먹는 아버지 얼굴이 즐거워 보일 때나 내가 건 전화를 받는 아버지 음성에서 애정이 느껴질 때 가슴에 행복감이 퍼지기도 한다. 타인에 대한 커다란 책임을 감당하는 사람은 늘 이런 상태들을 오락가락하기 마련이다. 이 책임에는 나름의 보상이 따르고 나름의 제약도 있으니까. 내 아버지는 대단한 일을 성취한 사람은 아닐 것이다. 아버지의 삶은 어떤 면에선 정상적인 생활에 반反하는 삶에 가까웠다. 그러나 나는 아버지가 아주 특별한 사람이라고 믿는다. 아버지를 보살피는 것은 영예로운 일이다.

집이다. 문을 열고 들어가면 아버지가 안락의자에 앉아 있다. 내가 건네는 엽서를 받고 아버지 얼굴이 환하게 밝아진다. 아버지는 엽서를 뚫어지게 바라보며 고스란히 눈으로 들이마신다. 아버지에게 이 엽서는 루브르, 메트로폴리탄, 테이트 갤러리에 가는 것만큼 의미가 깊다. 아버지는 엽서를 그동안 내가 가져다드린 엽서 더미 위에 조심조심 얹는다. 다빈치로 시작해서 마지막 피카소까지, 이 엽서들은 엄마가 떠난 뒤로 차곡차곡 흐른 세월의 기록이다. 그 순간, 지금 내 곁에 아버지가 있다니 얼마나 운이 좋은가 싶고, 시간을 동결시켜 모든 변화를 멈추고 싶다. 그러나 미소 짓는 아버지의 눈가에 짙어지는 주름을, 지난해보다 더 가늘어진 아버지의 백발을 나는 안다. 창밖으로는 저녁노을이 밤의 첫 어둠 속으로 서서히 사라지고 있다.

아빠와 나, 1984년 8월

수차례 원고 수정의 방향을 이끌어준 나의 훌륭한 편집자 헬렌 가넌스-윌리엄스, 쟁클로&네스빗의 에이전트 윌 프랜시스에게 크나큰 감사를 전한다.

책의 집필을 응원해준 가족들에게 감사드린다.
도움과 지지와 수다와 영감을 준 고마운 친구들이 많다.
톰 토마체프스키, 조 토마스, 헤럴드, 주드 쿡, 데이비드&리샤, 베네치아 웰비, 세라피나 매드슨, 제임스 히거슨, 수잔 바커, 알렉산더 스피어스, 사이먼 루이스, 톰 쿠얼, 제니, 애나 매커너키, 바나자&쿠마 마하데반, 딜런 에반스, 닐 그리피스, 롤라 제이, 사만다 엘리스, 샘 바이어스, 자키아 우던, 에밀리 미도리카와, 조나단 루핀, 에마 클레어 스위니.

부모님 병환 중에 큰 도움을 베풀어준 맥밀란 간호사들, 세인트헬리어병원과 여러 정신병동의 헌신적인 의료진, 우리 변호인 데이비드 룬에게 감사드린다.

어려운 시기에 응급보조금으로 지원을 보내준 작가협회 그리고 이 책의 최종 원고 개발지원금을 수여해준 영국예술위원회에 깊은 감사를 전한다.

레너드 울프와 버지니아 울프

『씨뿌리기Sowing』, 『성장Growing』, 『다시 시작Beginning Again』, 『Downhill All the Way』, 『The Journey Not the Arrival Matters』
레너드 울프 (Hogarth Press 1960-1969)

『Letters of Leonard Woolf』, ed. Frederic Spotts (Bloomsbury 1989)

『레너드 울프 전기Leonard Woolf: A Biography』, 빅토리아 글렌디닝Victoria Glendinning (Simon & Schuster 2006)

『댈러웨이 부인Mrs Dalloway』, 버지니아 울프 (Hogarth Press 1925; Penguin Classics 2000)

『자기만의 방A Room of One's Own』, 버지니아 울프 (Hogarth Press 1929)

『존재의 순간들Moments of Being』, 버지니아 울프 (Pimlico edition 2002; 부글북스, 서울 2013)

『어느 작가의 일기, 버지니아 울프Virginia Woolf, A Writer's Diary 1918-1941』 ed. Leonard Woolf (Hogarth Press 1953; repr Persephone Books 2012; 이후, 서울 2009)

『The Diary of Virginia Woolf』 vol. I-V, ed. Anne Olivier Belle and Andrew McNeillie (Hogarth Press 1977-1984)

『The Letters of Virginia Woolf』 vol. I-VI, ed. Joanna Trautmann and Nigel Nicholson (Hogarth Press 1975-1980)

『Selected Writings』, 비타 색빌웨스트Vita Sackville-West (St Martin's Press 2015)

『버지니아 울프Virginia Woolf』, 허마이어니 리Hermione Lee (Chatto & Windus 1996; 책세상, 서울 2001)

『Virginia Woolf: A Biography』, Quentin Bell (Hogarth 1972)

『Virginia Woolf, Selected Essays』, ed. David Bradshaw (OUP 2008)

『Virginia Woolf, A Literary Life』, John Mepham (Macmillan 1991)

『The World Broke in Two: Virginia Woolf, T. S. Eliot, D. H. Lawrence, E. M. Forster and the Year that Changed Literature』, Bill Goldstein (Bloombury 2018)

『All that Summer She Was Mad: Virginia Woolf and Her Doctors』, Stephen Trombey (Junction Books 1981)

『Vanessa Bell, Selected Letters』, ed. Regina Marler (Bloomsbury 1993)

젤다 피츠제럴드와 스콧 피츠제럴드

『Zelda Fitzgerald: Her Voice in Paradise』, Sally Cline (Faber & Farber 2002)

『왈츠는 나와 함께Save Me the Waltz』, 젤다 피츠제럴드 (Charles Scribner's Sons 1932; Vintage edition 2001)

『Zelda』, Nancy Milford (Harper & Row 1970)

『A Constant Circle: H. L. Menchen and his Friends』, Sara Mayfield (Delacorte Press, 1968)

『F. Scott Fitzgerald: A Life in Letters』, ed. Matthew J Bruccoli (Charles

Scribner's Sons, 1994; Simon and Schuster 1995)

『The Letters and F. Scott Fitzgerald』, ed. Andrew Turnbull (Harpercollins 1994, Charles Scribner's Sons, NY1963; Bodley Head London 1964)

『Dear Scott, Dearest Zelda-The Love Letters of F. Scott and Zelda Fitzgerald』
ed. Jackson R. Bryer and Cathy W. Barks (Bloomsbury 2003)

『Scott Fitzgerald』, Andrew Turnbull (Charles Scribner's Sons 1962)

『Paradise Lost: A Life of F. Scott Fitzgerald』, David S. Brown (Harvard University Press 2017)

『Scott Fitzgerald, A Biography』, Jeffrey Meyer (Harpercollins 1994)

『무너져 내리다The Crack-Up』, 스콧 피츠제럴드, ed. Edmund Wilson (New Directions, New York 1945-1956; Alma Classics Edition 2018)

『낙원의 이편This Side of Paradise』, 스콧 피츠제럴드 (Charles Scribner's Sons, New York 1920; Penguin, Harmondsworth 1963)

『아름답고 저주받은 사람들The Beautiful and the Damned』, 스콧 피츠제럴드 (Charles Scribner's Sons, New York 1922; Grey Walls Press, London 1950, Penguin, Harmondsworth 1966)

『밤은 부드러워라Tender Is the Night』, 스콧 피츠제럴드 (Charles Scribner's Sons, New York 1934, 1962; Penguin, Harmondsworth 1955, 1986)

『라스트 타이쿤The Last Tycoon』, 스콧 피츠제럴드 (Charles Scribner's Sons, New York 1941, 1969; Penguin, Harmondsworth 1960)

에밀리 디킨슨

『Emily Dickinson: The Complete Poems』, ed. Thomas H. Johnson (Faber & Faber edition 2016)

『Letters of Emily Dickinson』, ed. Mabel Loomis Todd (Franklin Classics edition 2018)

『A Loaded Gun: Emily Dickinson for the 21st Century』, Jerome Charyn (Bellevue Literary Press 2016)

『Emily Dickinson: A Literary Life』, Linda Wagner-Martin (Palgrave Macmillan 2013)

『Lives Like Loaded Guns: Emily Dickinson and Her Family's Feuds』, Lyndall Gordon (Virago 2011)

『My Wars Are Laid Away In Books』, Alfred Habegger (Modern Library 2001)

플로렌스 나이팅게일

『Florence Nightingale: The Woman and Her Legend』, Mark Bostridge (Penguin 2009)

「카산드라Cassandra」, 플로렌스 나이팅게일 (1859)

정신 건강/조현병의 역사

「옐로우 월페이퍼The Yellow Wallpaper」, 샬럿 퍼킨스 길먼Charlotte Perkins Gilman (The New England Magazine 1892)

『조발성 치매증과 망상분열증Dementia Praecox and Paraphrenia』, 에밀 크레펠린Emil Kraepelin, trans. R. M. Barclay (Edinburgh: E & S Livingstone 1919)

『태양이 폭발할 때When the Sun Bursts』, 크리스토퍼 볼라스Christopher Bollas (Yale University Press 2016)

『Living With Schizophrenia』, Neel Burton (Acheron Press 2012)

『내 머릿속에 누군가 있다The Voices Within』, 찰스 퍼니휴Charles Fernyhough (Wellcome Collection 2016; 에이도스, 서울 2018)

『정신 질환의 신화They Myth of Mental Illness』, 토머스 사즈Thomas Szasz (Harpercollins 1961)
『Madness and Modernism: Insanity in the Light of modern art, literature and thought』, Louis Sass (Oxford University Press; revised edition 2017)

『광기와 문명Madness in Civilisation』, 앤드루 스컬Andrew Scull (Thames & Hudson 2015; 뿌리와이파리, 서울 2017)

『Madhouses, Doctors and Madmen: The Social History of Psychiatry in the Victorian Era』, 앤드루 스컬 (University of Pennsylvania Press 1981)

『Psychiatry and Its Discontents』, 앤드루 스컬 (University of California Press 2019)

『Bedlam: London and Its Mad』, Catharine Arnold (Simon & Schuster 2008)

『Madness: A Brief History』, Roy Porter (OUP 2003)

『The Female Malady: Women, Madness, and English Culture, 1830~1980』, Elaine Showalter (Virago 1987)

『Strong Imagination: Madness, Creativity and Human Nature』, Daniel Nettle (OUP 2002)

『분열된 자기The Divided Self』, 로널드 랭R. D. Laing (Penguin Books 1965; 문예출판사, 서울 2018)

『유전자의 내밀한 역사The Gene: An Intimate History』, 싯다르타 무케르지 Siddhartha Mukherjee (The Bodley Head 2016; 까치, 서울 2017)

『The Madness of Adam & Eve: How Schizophrenia Shaped Humanity』, David Horrobin (Transworld 2001)

『정신이상 수량설The Quantity Theory of Insanity』, 윌 셀프Will Self (Bloomsbury 1991)

『Learning From the Voices Inside My Head』, 엘리너 롱덴Eleanor Longden (TED Books 2013)

샘 밀스가 세 살 때 아버지의 조현병이 처음 발병한다. 입원과 퇴원을 거듭하며 아버지는 가족의 일상에서 자주 사라진다. 병증이 심할 때는 '이상한 사람'이었다가 약물 치료를 받으면서는 '모르는 낯선 사람'으로 변해간다. 아버지 간병과 가족의 생계는 어머니 몫이 된다. 돌봄을 책임지느라 어머니는 '자신을 맨 마지막에 두는 습관'을 얻는다. 그런 어머니가 예순 중반 신장암으로 일 년 남짓 투병 끝에 세상을 떠난다. 어머니가 죽었어도 이전과 다름없이 조용한 그림자처럼 지내던 아버지가 어느 날 긴장증이라는 기이한 발작을 일으킨다. 조현병이 아버지를 옆에 있지만 없는 사람으로 만들었다면, 긴장증은 깨어 있지만 혼수상태인 사람으로 만들어놓는다. 아버지의 회복은 더디고, 발작은 잦아진다. 돌봄은 길어지고, 샘은 자꾸 '그분의 간병인이십니까?'라는 질문을 받는다. 그러면 이렇게 대답한다. '아니요, 저는 딸입니다.'

이 이야기는 여기에서부터 시작된다. '아버지의 질병이 용암처럼 분출해 내 삶을 덮쳐' 아버지를 보살피게 되지만, 아버지의 간병인으로 불리기는 거북한, 삼십 대 후반 비혼 여성 샘 밀스의 당혹감. 샘은 간병인이라는 이름이 낯설고 불편하다. 언뜻 보면 '푸른 가운'을 입은 치료 보조 '전문가'의 역할을 맡기에 자신이 부족하다고 생각하는 것 같다. 그러나 곰곰 들여다보면 샘의 저항감은 더 깊은 데서 나온다. 아버지를 돌보는 일은 단지 아버지를 '환자'로 대하는 행위로 설명되지 않는다. 아픈 사람의 간병인으로서 '케어러Carer'는 돌봄을 베푸는 사람이면서 돌봄의 책임을 감당하는 사람이다. 돌봄의 복잡함을 직감적으로 알기에 샘은 자신이 간병인으로 규정되는 것이 두렵다. 이 무거운 이름을 거부하던 샘이 마침내 '나는 아버지의 간병인인 것이 자랑스럽다'라고 말하기까지의 지난한 과정이 이 이야기를 이루는 날줄이다.

물론 거부에서 수용에 이르는 길은 첩첩산중이다. '죄책감, 양심, 중압감, 애정으로 뒤범벅된 감정'에 빠져 자칫 길을 잃을 수도 있고, 돌봄의 수수께끼를 풀지 못해 궁지에 빠질 수도 있다.

옮긴이의 말

그래서 샘은 돌봄과 정신 질환을 열쇳말 삼아 책에서 실마리를 구한다. 특히 자기보다 앞서 정신 질환을 앓는 가족의 간병인이 었던 두 사람의 생애에 강하게 이끌린다. 샘이 존경하는 성공한 간병인으로서 레너드 울프, 그리고 샘이 닮을까 우려하는 실패한 간병인으로서 스콧 피츠제럴드. 돌봄 스펙트럼의 양극단에 서 있는 두 사람의 딜레마는 이 이야기의 굵직한 씨줄이다. 무엇보다 번번이 샘을 미궁에 빠뜨리는 존재는 '자기 안의 고립에 갇힌' 아버지다. 아버지의 미스터리한 병증을 해독해보려고 샘은 정신 질환 이론과 사회적 처우의 역사를 공부한다. 절박한 독서는 샘의 시야를 넓히고 이야기에 한 겹 더 새로운 층위를 입힌다.

그래서 이 책에는 돌봄에 관한 자전적 스토리, 두 문인 커플의 전기적 스토리, 정신 질환에 관한 논픽션 스토리, 세 개의 내러티브가 흥미로운 방식으로 얽혀 있다. 각각의 내러티브가 연대순을 따르지 않고 제 안에서도 수시로 과거와 현재를 넘나드는 데다 불쑥불쑥 서로를 자르고 끼어든다. 그렇게 잘린 이야기 토막들, 기억의 단편들, 생각의 조각들이 교차하고 중첩되며 서서히 면적을 넓혀간다. 성글게 보이던 짜임은 이야기가 확장될수록 단단한 그물코의 매듭을 보여준다. 왜 이런 분절된 서술 방식을 택했을까 묻는다면 샘 밀스는 이 책의 원제로 대답을 대신할지 모른다. '내 아버지의 조각들: 정신이상과 사랑과 돌봄에 관한 회고록'.

샘의 아버지 에드워드는 '조각난 파편들로 존재하는 사람이었다.' 아버지를 돌보기 전까지 샘에게 아버지는 집 안을 서성이는 조용한 유령일 뿐이었다. 아버지를 돌보는 자리에 자신을 앉히고서부터 비로소 샘의 눈에는 아버지의 존재가 '보인다.' '내 아버지의 불가사의한 인격 부재'라는 막연함에 윤곽을 부여하는 상상을 하게 된다. 병이 조각조각 낸 아버지의 인격을 찾아 붙여보려는 의지를 품는다. 아버지의 파편을 찾는 것은 눈앞의 현재, 기억 속의 과거는 물론 자신이 보지 못한 아버지의 청년 시절, 어린 시절과 연결되는 일이다. 아버지의 머릿속에서 말의 주도권을 놓고 벌어지는 전투를 상상하려면, 조현병을 앓는 다른 이들의 이야기에 들어가 봐야 한다. 공감하기 위해 아버지의 다름을 이해하고, 다름을 이해하기 위해 아버지와의 닮음을 인정하지 않을 수 없다. 아버지와 닮았다는 사실을 처음 자각하고 그것을 부정하느라 샘은 성장기에 우울증을 앓았다. '내 정신분열증적 상상력이 아버지의 유산임'을 받아들이기까지 샘의 마음은 격심하게 요동쳤을 것이다.

돌봄은 아픈 사람의 고유함을 이해하는 민감한 마음이며, 그래서 돌보는 사람을 강하게도 하지만 취약하게도 한다. 돌보는 사람은 아무도 명쾌히 대답해주지 않는 질문으로 머릿속이 웅성거린다. 약을 늘려야 할까 끊어야 할까, 집에서 돌봐야 할까 입원을 연장해야 할까, 자유를 허용해야 할까 통제를 강화해야 할까, 과연 아버지가 회복될까, 회복되지 않으면 언제까지 돌봄을 감당할 수 있을까. 돌봄이 던지는 최악의 딜레마는 아픈 사람을 돌보는 일과 자기 자신을 보살피는 일 사이의 균형 유지다. '전적으로 자신을 우선에 둔다는 건 불가능한 발상'이고 돌봄은 언제나 얼마간의 자기희생을 요구할' 테니까.

돌보는 사람은 매일 상실을 경험한다. '사랑하는 사람이 시들어'가고 '병을 겪으며 달라지고' '육체의 훼손으로 성격이 뒤틀리는' 모습을 지켜봐야 한다. 아픈 사람의 조각을 잃는 만큼 자기 삶의 조각도 잃는다. '내 존재가 온통 돌봄으로 희석'되고 '내 본성의 다른 빛깔들이 소거'되는 과정을 피하기 어렵다. 간병 시간은 나의 경제활동, 수입, 인간관계와 반비례한다. 무엇을 얼마나 잃든, 내가 잃은 것을 애도할 겨를조차 없다. 상실감이 마음 한구석에서 썩어가다가 곪아 터지면 스스로도 납득할 수 없는 '미친 짓'으로 터져 나와 더 큰 좌절감에 빠지기도 한다. 돌보는 사람은 이타심과 이기심 사이에서, 죄책감과 억울함 사이에서, 낙관과 두려움 사이에서 갈팡질팡하다 몸과 마음이 상한다.

질병이 아버지의 인격을 조각조각 냈듯, 돌봄은 간병하는 샘의 마음을 조각조각 낸다. 그러니 토막토막 끊어진 이 이야기의 파편들은 돌보는 사람의 조각조각 난 마음의 투영이다. '간병하는 사람의 마음이 처한' 균열의 풍경이다. [1]

샘 밀스는 살면서 두 번 간병인이 된다. 처음에는 암 투병하는 어머니를 위해, 다음에는 아버지를 위해. 두 번의 돌봄 경험으로 달라진 것은 샘과 부모님의 관계만이 아니다. 샘은 '돌봄은 들여다보면 볼수록 나 혼자만의 문제가 아니라는 생각이' 든다고 말한다. 소통의 어려움, 고립감을 토로하는 다른 간병인들 이야기에 감응하고, 노약자, 노숙인, 돌봄을 필요로 하는 타인들에게 깊은 연민을 느낀다. 그러면서 돌봄은 개인이 혼자 감당할 수 있는 성질의 일이 아님을 깨닫는다. 집안의 이타적인 천사 노릇을 여성 한 사람에게 강요하는 돌봄의 성별 불균형이 해소되기를, 가족의 테두리를 넘어 사회적 안전망이 갖춰지기를 요구하게 된다. 돌봄은 가족에서 출발하지만, 가족 너머를 고민하는 각성이 일어난다.[2]

그래서 샘 밀스는 '사랑과 친절과 연민을 키우는 긍정적인 힘'이 돌봄에 따르는 보상이라고 인정한다. 샘은 늘 어머니를 사랑하고 존경했지만, 자신이 아버지의 간병인이 되어 본 뒤에야 평생 간병인으로 살았던 어머니의 결핍을 제대로 이해한다. 어

---

1) 질병과 노화를 겪는 몸과 마음의 지형도를 연구하는 모임 '옥희살롱'의 책에서 전희경은 말한다. "간병하는 사람의 '마음'이 처한 풍경과 그 풍경의 지도에 대해 우리가 함께 이야기해야만 한다."
「'보호자'라는 자리」, 『새벽 세 시의 몸들에게: 질병, 돌봄, 노년에 대한 다른 이야기』, 봄날의 책, 87쪽
2) 그래서 스무 살부터 치매 아버지의 청년 돌봄자가 된 조기현은 선언한다. "나는 효자가 아니라 시민이다."
『아빠의 아빠가 됐다』, 이매진, 170쪽

머니에게 불륜이 필요했던 이유를 수긍하는 대목에서 어머니를 향한 연민은 애도로 이어진다. 그리고 아버지의 긴장증 발작의 맥락을 마침내 이렇게 '짐작한다.' 평생의 돌봄자인 아내를 잃고 조현병을 앓는 남편이 취할 수 있었던 유일한 방식의 애도였으리라고. 정신 질환을 앓는 아버지의 마음속에 그런 풍경이 있다고 상상할 수 있다면, 이미 그 자체로 돌봄은 위안이 아닐까.

〈더 타임스〉는 이 '용감하고 독창적인 글에는 개인적이고 문학적이고 정치적인 갖가지 반짝이는 이야기의 파편들이 가득하다'라고 이 책을 소개한다. '반짝이는 이야기의 파편들'을 옮기며 나는 자주 그 안에서 내 가족의 이야기, 나의 이야기, 내가 아는 타인의 이야기를 발견했다. 앞서거니 뒤서거니 돌봄을 이미 맞닥뜨린, 곧 맞닥뜨릴 많은 이들이 이 책에서 낯익은 조각들을 발견하리라 믿는다. 그들이 들려줄 그들의 이야기를 기다린다.

2022년 7월
이승민

돌보는 사람들

버지니아 울프, 젤다 피츠제럴드
그리고 나의 아버지

초판 1쇄 발행 2022년 7월 29일

지은이 | 샘 밀스
옮긴이 | 이승민

펴낸곳 | 정은문고
펴낸이 | 이정화
디자인 | 원선우

등록번호 | 제2009-00047호 2005년 12월 27일
주소 | 서울시 마포구 동교로13길 60 503호
전화 | 02-392-0224
팩스 | 0303-3448-0224
이메일 | jungeunbooks@naver.com
블로그 | blog.naver.com/jungeunbooks
페이스북 | facebook.com/jungeunbooks

ISBN 979-11-85153-52-0 03840

책값은 뒤표지에 쓰여 있습니다.

이 도서는 국제 친환경 인증을 받은 100% 천연펄프 용지인 norbrite 80#로 제작되었습니다.